沖喜 3

目次

壹之章

貪財老鴇尋是非

等待的時間不長，就頻頻傳來好消息，書畫已經賣出好幾幅了。

方明珠到底年輕，沉不住氣，在門前轉來轉去，「怎麼還沒人來？怎麼還沒人過來？」

章清亭倒是平靜了下來，「明珠別慌，這十六套房子呢，縱是要一一看下來，也得費小半個時辰。若是真心想要的人，恐怕得等到日中才有定論，哪有這麼快的？」

話音未落，卻見張小蝶慌慌張張跑了進來，「大姊，來……來了！」

章清亭定了定神，「是客人來了嗎？快請進來。」

張小蝶剛剛閃身，就見賀玉堂笑吟吟地走了進來，「趙夫人，恭喜妳這買賣開張，我來先拔個頭籌好嗎？」

章清亭微微訝異，「賀大爺，你也要買房？」

賀玉堂笑道：「正是，我就要這胡同最後頭的那一套松風院。」

章清亭道：「我這院子可是五百兩銀子一套。」

賀玉堂直接問：「是收銀票還是現銀？」

這買賣也太快了吧？章清亭狐疑，「賀大爺，你可別為了照顧我們的生意，特意破費。」

賀玉堂挑眉一笑，「趙夫人，什麼是恩義，什麼是買賣，在下還是分得清楚的。我確實是覺得你們這房子值這個價才買的，這點妳大可以放心。」

章清亭還是不信，「賀大爺，恕我多嘴，你們家是做馬匹生意的。若是說住，家裡房子已經夠大了，若是說做生意，八竿子也打不到這邊，有必要嗎？」

她本就不大想賣房子，更不想無緣無故欠他這人情，縱是想要這房子，也得給她一個可以接受的理由。

見章清亭諸多疑問，賀玉堂笑了，「我們家雖是做馬場生意，但時常也有些客人要來往。鬧回家裡，各種不便。送去客棧，也是筆花銷。不如買妳這小院，位置便利，周邊齊整，用來待客再好不過。不過是從家中撥幾個下人過來伺候，這一年能省多少？況且還是自家的產業。」

章清亭這才信服，「令尊同意嗎？我沒別的意思，就怕引得你們父子失和，那倒不美了。」

賀玉堂笑道：「妳就放心吧，我爹就在外頭，還是他看中了說要買的。」

章清亭這才放下心來，賣房契約是早就準備好的，一手交錢，一手交貨。

賀玉堂收了契約，卻又笑道：「趙夫人，也恕我多嘴說一句。妳這房子，賣得太便宜了。我要是貪心，就把妳這整條胡同全部買下來，立即轉手都是有賺的。」

五百兩一套還便宜？章清亭有點不敢置信。

賀玉堂道：「妳若信我，趕緊提價，要不，就別賣，留著出租多好？每月十兩，一定租得起的。尤其要把自家周邊幾套院子收在手上，千萬別賣了。到時想要擴充，或要出租，都好管理。」

章清亭聽得連連點頭。

賀玉堂又特別提醒她：「簽租約時也要小心，特別要防備有人租了妳的房子再高價轉租。」

章清亭本來以為自己已經想得夠細緻的了，沒想到在老江湖面前，還是經不得推敲。

再三謝過，送走了賀玉堂，章清亭正想著是不是緩緩，先不賣房子了，忽地趙成材急匆匆趕了回來，「娘子，那房子不能賣！」

章清亭一愣，幾乎是同時，晏博文也進來了，「老闆娘，趕緊停下，房子不能賣。」

趙成材瞧見晏博文身上那身嶄新紫衫，微微變了顏色。雖然心下狐疑，但他仍是先講正事，「妳這房子有賣出去的沒？」

「有一套，就頂頭那間給賀玉堂了，他就招待客人的。」

趙成材鬆了口氣，「還好還好。我方才在學堂裡忽地想起一樁要事，像是平常人家典賣房屋，都是要周邊鄰居簽字同意才許轉手的。咱們這兒雖然眼下沒有，但是妳這一賣出去就算有了，所以萬事還是小心些，省得日後弄得鄰里不睦，到時可就麻煩了。」

對啊，章清亭聽得心中一緊，這麼重要的事情，自己怎麼沒想到？

而晏博文提到的，也是賀玉堂所說的：「這房子的定價還是太便宜了，要是再報五百兩，恐怕這兩三日內就能賣出去。」

他話音未落，張金寶一臉喜色地進來，「大姊，外頭有人要買院子，還說價錢若是合適，要買三五套呢！」

章清亭立即回絕，「去跟客人道歉，就說我們不賣了。」

「錯！」趙成材接過話來，「就說老闆不在，家裡親戚來了，走不開。若有想要的，留下姓名，咱們回頭再請人過來詳談。」

是是是，章清亭連連點頭，等張金寶和晏博文都出去了，她拭一把額上的汗，「這做生意像打仗似的，弄得人驚心動魄。」

方明珠更是撫胸咋舌。

「都慢慢學著吧。」趙成材遞了杯茶水給章清亭，方德海忙讓方明珠也遞了杯給他，秀才一口氣喝乾，也來不及追究衣裳之事，先回學堂去了。

章清亭乾脆閉了門，再逐條逐條把方才聽到的意見，與方德海一起商量推敲。

剛擬了個大致的方案出來，牛姨媽來了，還帶著趙玉蓮和牛得旺。

趙王氏頭一回拉下臉來跟章清亭說了句軟話：「若妳姨媽想要，妳好歹給個便宜點的價。」

可憐天下父母心，章清亭也頭一回沒有計較地答應了。

迎出門外，牛姨媽還是一身花枝招展，富貴逼人又俗不可耐。趙玉蓮又標致了些，牛得旺似是長高了，只顧逗弄著小白狗，一派天真癡憨。

讓張發財看著牛得旺，趙王氏帶小女兒去說體己話，章清亭親自陪著牛姨媽參觀新胡同。

牛姨媽把整條胡同都看過一遍，也湊趣地花了二兩銀子買了副字畫，最後看中一套院子。

「真不好意思。」章清亭很是抱歉，「我這一早上只賣了一套，就是這間。」

牛姨媽問她賣了多少錢，章清亭也如實說了。

牛姨媽氣得跺足，「傻丫頭，妳怎麼能這麼亂賣呢？妳這些房子雖大小結構一樣，卻不值一樣的錢呀！」

難道還有自己沒想到的？

牛姨媽拉她到窗口，傳授生真經：「妳這條胡同前頭不用說，那是學堂，剩下最好的一套房子就是這兒了，四通八達。妳想想，要是在這上頭掛個招牌，是多好的鋪面？起碼得比裡頭多賣三成。」

啊，又長學問了！

牛姨媽又指著一套告訴她：「妳注意到這些房子的朝向沒有？那個第三套的後頭是個賣吃食的，油煙味兒怪熏人的，想來難賣。第四套後頭又是銀樓，叮哩噹啷怪鬧人的。其他幾套倒是沒事，應該好賣。」

章清亭真是受教了，本來還以為自己足夠聰明，又讀了些書，好像就無所不能了。尤其絕味齋的生意，除了開頭受些挫折，後面簡直是一帆風順，讓她並沒有認真在商場上打過滾。

如今沉下心來想一想，自己的成功，有多少是她的努力，又有多少是旁人的協助呢？

自己拉不下臉來做的事情，有人幫她做了；自己不願意紆尊降貴做的事情，也有人幫她做了；自己解決不了的事情，還是有人幫她做到了。

確實自己也是努力了，但若是沒有這麼多人在一旁幫著她，她還可能成功嗎？

在這賣房子的過程中，雖然都是些小細節，卻讓章清亭深刻認識到，自己只能說是個幸運兒，誤打誤撞正好都趕上了，但她離真正的成熟與優秀卻還差得很遠。若是真的想要在這條路上走下去，她要學習的還很多很多。

既然頭一套房子沒了，牛姨媽便訂了隔壁的一套修竹居，似笑非笑地望著章清亭，「成材媳婦，妳賣我多少錢？」

章清亭想了想，「姨媽不是外人，這蓋房子也給我們出了這麼好的主意，我既然之前賣虧了，就還是按那個虧本價賣給您，就五百兩，行嗎？」

「這就對了，有點做生意的樣子了。」牛姨媽拍手笑道：「日後不管是遇上親朋還是好友，該賣的價還是得賣，該說的話也得說到，自個兒心裡舒坦，日後也免了那些糾紛。」

別看這姨媽一身的俗氣，但確實俗得可愛。

章清亭覺得自己真是再不能以貌取人了，想來這些從商的，又有幾個是讀過許多書，又能出口成章的？自己之前瞧不起他們，又焉知人家瞧不瞧得起自己做的事呢？

扶著牛姨媽回家，時至日中，學堂裡的孩子都放學了，三三兩兩牽著手回家去。

牛姨媽讚道：「要說成材還當真有幾分本事，竟弄了這麼大個學堂來，這可帶旺了你們這條胡同。還是家裡有個讀書人好，妳是不知道，姨媽家做那生意，就是沒個能撐得起門面的人，這小商小販的，哪怕你做到天大，也還是讓人瞧不起，不知受過多少夾心氣。」

章清亭暗自點頭，趙成材確實對她助益良多。若不是有他一路扶持，怎麼也不可能順風順水地做到今日。那……要接受他嗎？

章大小姐的心很矛盾，有點想，又有點怕。

剛從後門進了院，就聽見牛得旺的哭鬧之聲。

牛姨媽趕緊加快了腳步，卻見牛得旺正在地上打滾耍賴，趙王氏幾人都拉不動。

「旺兒，這是怎麼了？」

牛得旺見了親娘，又嚷嚷起來：「娘，我要上學！他們都說要妳說了才算數，妳讓我上學，我也要進學堂！」

趙玉蓮無奈，「方才旺兒見那麼多孩子下學，嫂子家的兩個弟弟也在其中，便鬧起來了。」

牛姨媽放下心來，並沒當什麼大不了的事情，拍拍兒子身上的塵土，「傻孩子，咱們又不是住在這兒的，怎麼來上學？」

「我不管，我就要上學！」牛得旺拖著他娘就往外走，「咱們去找大表哥，大表哥是老師，您幫我報名！」

牛姨媽只得嚇唬他道：「進了學堂，書念不好可是要挨板子的。咱們不去啊，娘不是幫你請了夫子的嗎？聽話！」

「我不要！」牛得旺仍是不依不饒，「要去，就要去！那麼多孩子都能去，我也要去！」

牛姨媽被兒子夾纏得受不了，只好帶他去學堂，意思要趙成材來拒絕。

章清亭遞個眼色，趙成材就明白了，「這可不行，咱們只收本地的學生，不收外地的。」

牛得旺急得滿臉通紅，「大表哥騙人！」

趙成材故作正色道：「這書院又不是大表哥開的，不信，我找個先生你再問問。」

他把李鴻文抓來了，「我這個表弟想來讀書，你看怎麼辦？」

李鴻文戲演得不錯，「衙門裡明文有規定，不收外地學生，可怎麼辦呢？」

牛得旺急得不行，見大夥兒都不幫他，便把趙玉蓮往前推，「姊，妳跟他說！」

趙玉蓮能說什麼？她赧然地跟李鴻文見禮，低垂著粉頸，柔聲問了一句：「先生，真不能讓我弟弟來讀書嗎？」

李鴻文素來自命風流，見過不少美女，可瞧見趙玉蓮也有些傻眼，渾然忘了周遭眾人。

牛姨媽有些不悅，清咳了兩聲，李鴻文才回過神來，當即道：「也不是不可以。」

眾人一愣，卻聽他又問牛得旺：「那你會背《三字經》嗎？」

「我會！」牛得旺大聲答應，隨即開始背誦：「人之初，性本善，性相近，習相遠。」

李鴻文道：「後頭的呢？」

牛得旺不吭聲了。

李鴻文兩手一攤，「這就不行了，背不出來，就不能收你，快回去吧。」

牛姨媽這才轉嗔為喜，「聽見沒？人家先生都說了不行。要不，咱們先回家背會了再來？」

牛得旺嘟著嘴，垂頭喪氣地回去了。

等他們走了，李鴻文才忙不迭打聽：「成材，那女子是誰？」

趙成材嗔他一眼，「別亂打聽，是我小妹！」

李鴻文下巴都快掉到地上了，不可置信地望著他，「你……你小妹？怎麼沒聽你提過？」

趙成材不欲多言，含糊道：「她從小寄養在我姨媽家了。」

李鴻文一愣，再想想方才那小胖子，明白過來，倒是賠了一禮，「恕我冒昧。」

趙成材嘆了口氣，「沒事。」

李鴻文搖頭嘆息，這麼個天仙怎麼就配了個小傻子？可惜，太可惜了！

趙成材如何瞧不出他眼裡的惋惜之色，也勾起了自己的愁緒，小妹子這事，該怎麼辦？

回了家，午飯吃得熱鬧。兩家子聚齊，再加上牛姨媽一家，擠了兩大桌。

張銀寶無心說了句：「比過年還熱鬧。」

聽得大人們心裡卻是有喜有愁，尤其是趙家人，多少年沒跟趙玉蓮同桌共餐了，這一頓飯吃下來，是五味雜陳，說不出的苦辣酸甜。

牛姨媽見章清亭還要重新擬定契約，便說先回去，過幾日再來，但牛得旺見這裡人多熱鬧，小孩子心性犯了，死活不肯走，嚷嚷著要背了《三字經》，然後上學去。牛姨媽瞪起眼不肯，他就撒潑打滾在地上不起來。

趙王氏想想，「要不，就讓孩子在這兒住兩日吧，反正也有空房間，等旺兒新鮮勁兒過了，也就好了。現在這麼強拉硬拽地走，他就是回去了，也還是會跟妳鬧彆扭。」

牛姨媽可就這一個心肝寶貝，想想也就算了，「那就只住一晚，明兒可一定得回去。」

牛得旺卻不管那些，歡天喜地跟張銀寶和張元寶玩去了。

可真要留人住下，就得添置些家什了。章清亭剛好收了賀玉堂五百兩銀子，其中的四百兩準備拿來還債，剩下的一百兩和方德海各分了五十兩，大家都拿去添幾樣簡單的家具。

趙王氏心中記掛一事，拉著她道：「妳這樓上又沒炕，不如和成材安張大床吧，其他人湊合湊合也就得了。」

章清亭臉上一紅，正待推拒，不料牛姨媽聽到，也道：「這話有理，床安得穩，兩口子的日子才穩當。錢不夠，我幫你們墊上，回頭從房價裡扣下就是了。」

這可如何是好？章清亭求助地望向趙成材，他卻是爽快應了：「那就買吧，不過我書房那張小床還是要的，有時看書累了要躺一會兒。」

章清亭安下心來，趙成材卻望著她笑笑，自去忙活了。

等他再回來，家裡煥然一新。不僅換了新床，還幫他換了新書桌和新書櫃，連被單鋪蓋全換了乾淨的，成雙成對，很有些新房的意思。

章清亭怕他想歪，眼睛不敢與他對視，只跟他扯些旁事：「……姨媽也訂了一套院子，就在賀家隔壁，她想在這兒也弄個米糧行，讓咱們幫著照管。我怕日後牽扯到銀錢之事起衝突，又不好拒絕，你說怎麼辦？」

趙成材道：「這個容易，妳讓姨媽自己派帳房夥計來，咱們可以每隔幾日去幫她清查一次倉庫，她自己再隔三差五來把帳對一對，也就穩妥了。」

章清亭其實也是這麼想的，只是沒話找話，勉強讚他兩句，就不知道說什麼了。

趙成材卻有一事想跟她商量：「妳看玉蓮這事要怎麼辦？有空也幫我出出主意。」

章清亭聽得心下稍安，卻又發愁。趙玉蓮的事情可比趙玉蘭的更加難辦，因為畢竟是兩家說定了，還是趙家有難時，主動求人說定的。

說起來，牛姨媽待這個外甥女也算不錯，從趙玉蓮的吃穿用度來看，真沒拿她當外人。可若是當真讓趙玉蓮跟了牛得旺，那就是毀她一生了。但要是趙玉蓮不跟他，將來誰肯照顧個傻子一輩子？

章清亭思前想後，「這事的關鍵還得著落在姨媽身上，趁著旺兒還小，姨媽也清明，能說通是最好的。」

「這個我也知道，只是，要怎麼說呢？」

章清亭一時也沒好主意，「要不，先跟姨媽走近乎了，再慢慢來吧。」說了也等於沒說。

章清亭頗覺抱歉，趙成材幫自己出那麼多主意，自己卻幫不上他的忙，「這事我會記在心上，好生想想的。」

「這事確實棘手，不怪妳。對了……」還有樁疑問，趙成材想弄明白，又有些難以啟齒。

「怎麼了？」

猶豫了一下，趙成材心想，與其憋在肚子裡胡思亂想，還不如問個明白的好，「我能問問，阿禮那身衣裳是怎麼回事嗎？」

章清亭愣了一下，「什麼衣裳？」

這是裝傻嗎？趙成材低聲嘟囔：「就是他今兒那身紫色衣裳。」

「那衣裳怎麼了？」章清亭還沒會過意來。

趙成材有些不悅地瞟她一眼，「那不是妳買的嗎？」

啊，明白了！章清亭噗哧笑了起來，「你誤會了。那塊料子是明珠給錢讓我買給他的，做也是明珠自己做的，這些天你瞧我動過針線沒？」

趙成材終於放下心來，「那就好。」

章清亭知他是吃醋了，有些赧顏地嗔他一眼，低頭出去了。

趙成材本想攔著，可看天色還早，心想等到晚上再說。誰料晚上章清亭早早回去閂了門，死活不出來了，弄得他毫無辦法。

次日，章清亭把擬好的新契約給牛姨媽瞧過，當即就簽字畫押，也放下了訂金。

用過晚飯，張金寶、趙成棟自跟著趙成材去上課，趙王氏提了一句：「今兒這麼辛苦，姨媽也來了，要不，歇一日吧？」

趙成材卻正色道：「這讀書便如逆水行舟，不進則退。要是今日覺得辛苦了，難道明日就不辛苦？每日都有辛苦事，每日都有理由推脫，那三天打漁，兩天曬網的，還讀什麼書？既然決定要讀，就得專心把這三個月的課好生上了，總歸是自己受用。像小蝶，想去還沒機會。」

這話說得一眾弟妹本來想偷個懶的，也都老實下來了。

章清亭微微頷首，趙成材不僅是這麼要求弟妹，更是這樣要求自己的。像今天晚上，學堂自有夫子授課，可他也必去，便是逼自己去讀書。

看旁人都開始認字讀書，牛得旺道：「我也要讀書，姊姊教我。」

趙玉蓮正收拾了他今天的髒衣裳要去洗，便一面在院子裡洗衣裳，一面隨口就背著《三字經》，讓他跟著念。

章清亭聽著訝異，趙玉蓮竟然一字不落地把整本《三字經》全都背了下來，「玉蓮，妳還會背什麼書？」

趙玉蓮略帶羞澀地低下頭，「也沒什麼，就旺兒常念的幾本書，聽得多了，便記下來了。」

牛姨媽笑道：「玉蓮這孩子，聰明、心細。像我有什麼事情怕忘了，全都告訴她，她一條一條的都幫我記得清清楚楚的。」

趙王氏感慨，「這倒是真的，小時候她哥念書，她跟在旁邊，聽不上三五遍，就會背了。」

這不是過目不忘嗎？章清亭又多了幾分憐惜。留神觀察，深覺這小姑子聰明過人，只是不顯山不露水的，極懂得藏拙。再看看牛得旺，確實也是個好孩子，說起來也怪可憐的，但若是讓玉蓮跟他……

正在嘆息，卻見方明珠托了一大盤點心笑著進來，一路嘴甜地叫著叔嬸們好，「知道大姊家來貴客，白天都忙得沒空招呼，這是晚上爺爺才教我做的虎皮花生、合意酥，又酥又脆，給姨媽和弟弟吃著玩。」

「這怎麼好意思？」牛姨媽也客氣著，「上兩回他們來，也是帶妳家的糕點，旺兒可喜歡得不得了。」

「有吃的嘍！」牛得旺有了吃的，就忘了背書，歡天喜地過來抓東西吃。

「小饞貓！」牛姨媽一面寵溺地笑嗔著，一面又讓眾人吃，還說要留點給趙成材他們。

章清亭笑道：「姨媽不用客氣，我們成日都有得吃，不過這些零嘴晚上也別吃多了，不好消化，倒是大家都分一點才是，也不辜負他們做的心。」

牛得旺很有良心，也沒忘了後頭幹活的趙玉蓮，拿了東西就往她嘴裡送，「姊姊吃。」

「瞧這孩子倆多好。」牛姨媽喜得眉飛色舞。

趙王氏卻樂不起來，「這出來一天，我們也該回去了。」

張小蝶打趣：「嬸，您不等成棟啦？」

「小蝶。」章清亭嗔了她一句，張小蝶嘻嘻笑著拿了些糕點溜了，「我拿給銀寶和元寶。」

趙王氏抬腳和趙老實一起走了，趙玉蓮那頭還耐心教著牛得旺：「這吃的是誰給你的？有沒有說謝謝？」

牛得旺咚咚咚又跑到方明珠跟前，「我姊姊叫我來謝謝姊姊。」

這話說得像繞口令似的，方明珠也笑了，「旺兒真乖，明兒姊姊再做好吃的給你。」

「好。」牛得旺應得倒是痛快。

牛姨媽本想提一句明兒就得回家，又怕他鬧騰，不作聲了，想著明早興許就全忘了。沒想到，第二天一早，她一說要走，牛得旺又不幹了，「我要上學，隔壁那個姊姊還答應做好吃的給我。」

小孩子別的容易忘，記吃喝玩樂總是特別牢。

牛姨媽哄他：「不是說過了嗎？你書還沒背會，不能上學。」

牛得旺不服氣，指著張銀寶和張元寶，「我昨晚去看他們背書了，他們也不會背！」

「誰說的？」章清亭接道：「他倆肯定記得比你多。」

牛得旺抓耳撓腮想了半天，「那姊姊會背，姊姊帶我上學去。」

趙成材又有理由，「姊姊是女孩子，你是男孩子，你不能和她一塊兒念書。」

「我不管！」這時辰差不多該上學了，牛得旺眼見許多孩子都往學堂裡走，更著急了，攔著張銀寶和張元寶不許他們出門，「你們去也要帶我去！」

趙成材想想，「姨媽，我先帶他過去晃晃，讓人打他兩戒尺，嚇唬嚇唬他，斷了他這心思就好了。」

牛姨媽一看實在沒轍，只好忍痛讓兒子去了。

牛得旺拽著趙玉蓮就不放手，非把她也拖進學堂壯膽。

李鴻文一瞧這傻孩子怎麼又來了，趙成材在一旁面授機宜。

李鴻文聽了直撇嘴，「怎麼淨讓我做惡人？」

趙成材拉了他低聲道：「算我欠你一個人情。」

李鴻文姑且試試，擺出師長姿態，「牛得旺，你會背《三字經》了嗎？」

牛得旺把趙玉蓮往前一推，「姊姊會。」

「那可不行，不能讓人替的。」

「可張元寶他們也不會。」

「那你也得背出前五十句才行，要是背不出來，差一句就打一板子，你還要不要來啊？」李鴻文把戒尺敲得劈啪作響，很具威懾力。

牛得旺一看傻眼了。

趙玉蓮柔聲勸著：「旺兒乖，咱們回去吧，這挨打可痛得很呢！」

牛得旺癟著嘴左右看看，忽然下定決心，將一雙小胖手伸了出去，「打了可得收我，哇……」這還沒打，他自個兒倒先哭得驚天動地。

李鴻文戒尺一扔，「我做不了這惡人。」

眾人面面相覷，這還真是走不了了。

牛姨媽可真是鬧心，家裡的生意已經丟下一天了，要是再沒人，那夥計不得鬧翻天？

趙成材想想，「姨媽，能跟您商量一下嗎？」

「有什麼主意，你就直說。」牛姨媽著急解決，也不客套了。

趙成材字斟句酌，「您家裡生意離不開人，但旺兒不懂事，若是這麼鬧騰，縱是回去了也不省心。您若是信得過我，能不能就讓他和玉蓮暫時住下來？您千萬別誤會，我可沒別的意思。只是一來，您既然要在我們這兒籌備開分店，少不得也要來來去去地跑，若是旺兒跟著您一路顛簸，實在也辛苦。」

「二來，您若是開店，這邊有玉蓮，她對您家裡的事各方面都清楚，您有什麼要辦的，可以交代給她，這樣兩頭就都有人了。等這店開起來了，旺兒估計也該玩夠了，再說要走，應該就容易些了。」

「三來，旺兒畢竟是個小孩子，成天跟您和玉蓮在家裡，接觸的人少，畢竟孤單。小孩子好熱鬧是天性，您看能不能讓他上幾天學，跟這些孩子接觸接觸？旺兒畢竟是要長大的，您不可能一輩子把他關在家裡，總要出來見人的。讓他跟孩子們一起玩玩，哪怕拚著讓他吃點虧，懂得人心險惡也好。」

他說得很是誠懇：「我畢竟年輕，談不上多少見識，只是真心為了旺兒好。要是說的不對，您千萬別見怪。」

牛姨媽聽得微微動容，尤其是那句讓他「懂得人心險惡」，當真是說中了她最擔心的事。思忖半晌，她嘆息一聲，「成材，你說的都對。若不是真心為了旺兒好，你順著我把他打發了回去，你這兒還不知省多少事……好吧。」

牛姨媽起身問兒子：「旺兒，你自己想好，是跟娘回去，還是留在這兒？娘要是回去了，恐怕得有個三五日才能過來，你要是見不到娘，可不許哭鬧。」

牛得旺皺眉想了想，「那姊姊呢？」

「姊姊留下陪你。」

牛得旺頓時眼睛笑成兩道縫，「那我保證不哭！不過，娘，妳也要快回來啊！」

牛姨媽道：「那你在這兒可得好生聽大表哥的話，不許闖禍，不許跟人打架。」

「那我也要去上學！」小胖子心心念念就惦記著這一件事。

趙成材道：「你要是去上學，可得聽大表哥和先生們的話，乖乖地聽課，上課時不許吃東西，也不許玩，你能做到嗎？」

「能！」牛得旺應得聲如洪鐘，可誰都知道，那是一句空話。

牛姨媽取了幾兩銀子交給趙成材，「你這孩子是個穩當人，把旺兒交給你，姨媽很放心。雖說親戚之間，你未必好意思跟姨媽收錢，但旺兒這孩子著實費事，這錢你就收著備他急用。要是客氣，我就不留他下來了。」

趙成材接了銀子，卻又轉手給了妹子，「那就給玉蓮收著，旺兒有什麼花用，找她就是。」

牛姨媽又交代趙玉蓮：「妳跟著旺兒在這兒住幾日，好生看護著他。若是他當真去了學堂，妳也跟著。我不是怕人欺負他，我是怕他沒個輕重地欺負人。」

能和自家父母兄姊團圓幾日，趙玉蓮心中也暗自歡喜，很是溫順地應了。

牛姨媽又交代了幾樁要注意的事情，這才一步三回頭地走了。

牛得旺乍離了娘親，也不覺得怎樣，倒是興致頗高，「大表哥，我是不是可以去上學了？」

趙成材板著臉告誡他：「若是去了，一定要聽話，若是不聽話，可就不再讓你去了。」

「好！」牛得旺拍著手，歡天喜地上學堂。

趙成材只得把他悄悄領進張元寶他們班上，指了個偏僻角落，讓玉蓮陪著他一塊兒上課。牛得旺哪裡坐得住？沒一會兒就開始東倒西歪，人也不安分起來。不過畢竟初來乍到很是新奇，趙玉蓮管得也嚴，又見其他小孩子們也沒有說話玩鬧的，他勉強支撐了下來。

這頭安置了他，那頭趙成材才回頭去辦自己的正經事。說好月底要大考的，雖然才開學半個月，但跟夫子們商議之後，還是決定要考一次試，摸摸學生們的真實水準，也檢驗一下教學成績。

他這頭自忙著，那頭章清亭也專心做起出租生意。

唯一例外的是李鴻文他爹，也是五百兩，只不過李老爺想半天，覺得只買一套將來幾個兒子不好分，乾脆不要了。

這樣也好，章清亭那邊重新擬定了出租條件，再談起來就容易多了。

首先租出去的就是張家後院。來租房的是城中最大的綢緞莊吉祥齋，那老闆早就想換個大鋪面了，一直找不到合適的地方。章清亭還建議他把二樓設成雅室，專門招待有錢的太太小姐。那老闆覺得主意很不錯，當場就放下租金準備開新鋪子。

章清亭旗開得勝，備受鼓舞，準備再接再厲，乘勝追擊，但趙王氏卻不能理解，這租房來錢多慢，賣了多爽快？

雖說她現在不當家了，可總不能連個說話的權力都沒了吧？回頭跟趙成材一說，反把兒子說笑了，「現下國泰民安，又不打仗，娘，您怕個什麼勁兒？這租房子雖然來錢慢，但四五年後，回的全都是利息了，這才是留傳子孫的東西。」

趙王氏聽得重又高興起來，「那絕味齋空出來，你們打算怎麼辦？」

「早退給劉老闆了。咱們這胡同建起來，也抬高了他們那邊的租金，他巴不得我們退呢！」

趙王氏聽著有些心疼了，「那咱們何不自己拿去轉租？還有兩年期限啊！」

趙成材搖頭，「這又何必？那劉老闆本就不大好說話，不過是幾兩銀子，懶得費那個工夫。要是真有那個精神，不如琢磨著以後做點什麼才好。」

「要依我說，就得買田！」趙王氏早想好了，「做生意都太不穩當了，還是買田最好。我都替你們看好幾塊良田，什麼時候要買，我帶你們去瞧。」

趙成材耐心勸說著：「這生意上的事情就交給娘子自己幹吧，您別操那些心了。再說，這買田都是人家有正經買賣了，再有閒錢才買地。咱們雖有這幾套房子，還得再找個賺錢的門路才行，光靠買地哪成？」

趙王氏瞧左右無人，方道：「傻孩子，你要你媳婦賺那麼多錢幹麼？能過上如今這日子就夠了，她要是賺那麼多錢，不是把你比下去了？」

這話趙成材可不愛聽，「娘子她有本事，能多多賺錢我才開心。我跟她走的可不是同一條路子，我讀我的書，她經她的商，這個搭配才剛剛好。」

「這話怎麼說？」趙王氏不明白讀書和經商有什麼關係。

趙成材不願多言，「總之，您記住，只有我的書讀好了，娘子的生意才能做得好。反過來，娘子的生意做得好了，我讀書上進也更容易。我們倆這樣，才是絕配。」

「聽不懂你在說些什麼。」不過瞧兒子這麼自信，趙王氏也放下一半心來。

才打發走了趙王氏，張金寶慌慌張張跑了過來，「姊夫，你快去瞧瞧吧，大姊在那兒跟人吵起來了！我沒跟在旁邊，不知道發生了什麼事，還吵得挺凶的，就趕緊回來叫你了！」

趙成材匆匆忙忙趕到現場一看，已經圍了許多人了。

還沒擠進人群裡，就聽見有個女人在叫罵：「妳個殺豬的狐狸精，原來竟是這麼做生意的？我瞧妳不是賣豬肉，敢情是賣皮肉吧？」

這也罵得太難聽了！趙成材往前跑，分開人群就往裡擠。

卻見晏博文已經憤怒地衝上去，「妳嘴巴放乾淨點，不要血口噴人！」

「怎麼？心疼了？她是你什麼人啊？一個夥計都招來這樣的小白臉，難怪這麼為她拚命！」

趙成材聽這言語不善，定睛細看。

就見那婦人也就二十來歲，長相不俗，眼角眉梢卻透著點說不出來的風騷之意。穿了身黃衣綠裙，非常鮮豔，頭上點綴著兩支金釵，頗為華麗。她身後站著一個年輕男子，生得倒也相貌堂堂，只是形容有些猥瑣，二人似是夫妻。

章清亭氣得滿面通紅，渾身發抖，怔怔地往下掉眼淚，張小蝶和方明珠扶著她，俱是又羞又惱，偏那婦人言語下流，不敢接話。

見他們都不出聲，那婦人越發得意，還故意往晏博文跟前湊，「怎麼？想打人？那就來啊！別客氣，就衝這臉上來！」

晏博文被那女人噎得一個字也說不出來，緊握著拳頭就是不敢動手。

見她體態妖嬈，舉止輕浮，趙成材在盛怒的同時，也開始有些懷疑。哪有這樣的夫人？恐怕是來鬧事的。趙成材壓下怒火，上前厲聲喝止那婦人：「這是怎麼了？有話不能好好說嗎？」

那婦人搖著一把小扇，斜睨著他，「你又是哪根蔥哪根蒜？莫非也是這個殺豬女的相好？」

「混帳！我是她相公！」趙成材他沉下臉來與之對質，「請問妳又是哪家的夫人？如此出言羞辱我娘子，豈不知律法上有明文規定，若是隨意污辱誹謗他人，尤其是有功名之人，輕則杖責三十，重則發配充軍。我娘子與我是一體，妳既當眾羞辱她，便也是羞辱我了。妳今日若不說出個子丑寅卯來，可休怪我不客氣！」

那婦人神色一凜，隨即又滿不在乎道：「唬誰呢？這兒的縣太爺都已經卸任了，難道你還能把我告上公堂？」

趙成材心中越發肯定她來者不善，連婁大人走了都打聽得一清二楚，那就絕不是無的放矢了，「縣太爺是離任了，但衙門一樣照常辦公，可莫以為離了縣官，就能任由妳胡作非為！」

那婦人收斂了三分神色，上下打量了趙成材幾眼，「好一張利嘴！只縱是讀書人，也不能不講道理的吧？你娘子藉著談生意，勾引我相公，這又怎麼說？」

「她胡說！」章清亭抽抽噎噎欲上前辯解，「我……」

趙成材伸手扶著她，輕拍她氣得冰涼的小手，柔聲安撫著，「我信妳。這兒交給我，聽我說好嗎？」外面還圍著這麼多人，她越解釋越容易被人傳得變味。

得到他這樣無條件的支持，章清亭心頭一下子好過了許多。況且見他如此沉穩鎮定，胸有成竹，手心溫暖而乾燥，她也漸漸平復了情緒。

趙成材轉而盯著那婦人冷冷地問：「夫人，請問妳到底是哪家的夫人？」

那婦人明顯猶豫了一下，才把後頭那一直躲著不吭聲的男子拉上前來，「我相公姓周，我是周夫人。」

趙成材看出蹊蹺，緊追不捨，「那麼請問妳是哪兒的周夫人啊？家住何處？做何營生？子女幾人？夫君姓甚名誰？妳都編好詞兒了嗎？」

那婦人當即吵嚷起來：「你胡說八道什麼？明明是你老婆……」

「閉嘴！」趙成材狠狠地指著她，「妳若是再敢對我娘子有半字不敬，別怪我不客氣！周夫人是嗎？妳還沒回答我的問題，你們到底是什麼人？誰讓你們來鬧事的？妳若是有名有姓的，就請報上來，說不得我還要親自去查證一番，縱然打起官司，也是冤有頭債有主！」

「我……」那婦人眼神明顯閃躲起來。

「何嬤嬤，妳今兒怎麼有空到這裡來了？」李鴻文忽地滿面春風從後頭迎了上來，假裝發現奇珍異寶似的，猛瞧著她身後那個周老爺，「喲，這不是周權嗎？怎麼也一併過來了？何嬤嬤，難道妳想把妳那四美院搬到這兒來？那恐怕不行吧？別把我們學堂的孩子們給帶壞了。」

一見著他，那兩人頓時慌了手腳。

趙成材心下越發有底，「鴻文兄，請問這是哪家的周夫人和周老爺啊？」

李鴻文一笑，「這位就是大名鼎鼎四美院的老闆娘何嬤嬤，那個周權是她院子裡的龜公。何嬤嬤，難道妳從良了，嫁了他？那怎麼也不請我們去喝杯喜酒啊？」

何嬤嬤臉上紅一陣白一陣，羞得頭都抬不起來。

旁邊眾人才知，原來是妓院的老闆娘帶著龜公來假扮夫妻鬧事。這個不用問，肯定人家秀才娘子是冤枉的了。

李鴻文嘻嘻笑著，「何嬤嬤，妳那四美院離這胡同可有好幾里地呢。敢問趙夫人是怎麼得罪了妳？若是不當著大夥兒的面把話說清楚，恐怕妳今兒可是脫不了身了。」

趙成材重重哼了一下，聲色俱厲，「何嬤嬤？有名有姓，那就好辦了。鴻文兄，你既認得她二人，煩請幫我作個證，我非一紙狀告她不可，否則還當那律法是寫著玩的嗎？」

何嬤嬤這下可嚇壞了，連忙拉扯著李鴻文的衣袖，「李公子，你快幫我說句話呀！」

「說什麼？」李鴻文兩手一攤，「我哪兒知道何嬤嬤妳這玩的是什麼把戲？妳與周權假扮夫妻，在這大庭廣眾之下漫罵趙秀才家的娘子，這也不光是我一人看見，街坊鄰居全都瞧見了，大夥兒說是不是？」

他又湊近了低聲道：「何嬤嬤，妳這事可鬧大了。這麼多人圍觀，趙秀才家豈能善罷甘休？我知道妳肯定跟他家無冤無仇，可今兒這事妳要是不當眾給個交代，恐怕真免不了一場牢獄之災。」

何嬤嬤當即氣焰就矮了三分，支支吾吾地道：「是……是旁人叫我來的。」

「到底是何人指使？」趙成材非常氣憤，抓著那王八蛋，非把他拆皮剝骨不可！

何嬤嬤左顧右盼，還想拖延。

周權怕進大牢，心中慌張，小聲道：「這都什麼節骨眼兒了，您就說吧。」

「那你去說。」

周權上前陪了個比哭還難看的笑臉，「是孫大爺讓我們來的。」

乍聽一個孫字，趙成材頓時氣結，「孫俊良？」

周權點頭哈腰，「就是他，讓我們來鬧事。」

好啊！好啊！趙成材火氣騰騰就起來了。

我不找你麻煩，你倒是淨給我找麻煩，那咱們就來個了斷吧！

何嬤嬤忙道：「你既然知道了，那這裡可沒我們的事了。」她轉身就想走人。

趙成材臉色黑得嚇人，「誰都不准走！」

家裡人都已聞風而動，將二人圍住。這惡意中傷他人的名節，可是比捅人一刀更加惡劣。

趙成材對著李鴻文拱手，「鴻文兄，煩請你作個見證，我去請程隊長過來。」

何嬤嬤慌了神，「這可不關我的事，你們要找去找姓孫的，別找我呀！」

李鴻文搖頭嘆息，「何嬤嬤，妳這麼個聰明人，怎麼就糊塗了呢？這種誹謗誣衊的事情是能隨便說說的嗎？何況對方還是有功名的讀書人，人家怎能不弄個清清白白？不過也沒你們多大的事，只是少不得要上個公堂，寫個證詞。」

這一上公堂能有好果子吃嗎？何嬷嬷當即在那兒呼天搶地，幾次三番想要逃脫，卻被人團團圍住，根本走脫不得。

等官差趕到時，趙成材已經悄悄問明章清亭事情的經過，就讓家人全都回去，約了李鴻文押著一干人等到了公堂。

何嬷嬷哪裡見過這種陣勢？當即一五一十把事情都交代了。

原來孫俊良也是她那兒的常客，養好傷後過去尋風流快活，酒後就把受的窩囊氣給說了，還放出豪語，誰能幫他整治趙成材和章清亭，出了這口氣，他就賞銀百兩。何嬷嬷一時貪財，便留上了心。

之前聽說趙成材和縣官關係甚好，一時不敢輕舉妄動，後聽來尋歡作樂的客人們說起妻大人走了，何嬷嬷便想了這麼個損招，假借來看房子，趁機尋釁滋事。

先是假扮夫妻一同看房，消除章清亭的戒心，然後何嬷嬷假意說要出恭走開，留下章清亭和周權獨處。

章清亭本來還非常熱情地介紹著自家院子的優勢，誰知那周權忽地上來拉扯她的衣袖，何嬷嬷趁機殺個回馬槍，揪著兩人不放，周權當即反咬一口，硬說是章清亭勾引他，何嬷嬷就就鬧騰開來，意欲敗壞章清亭的名聲，從而帶累趙成材。

趙成材恨得牙根都癢，既恨孫俊良的卑鄙無恥，也恨這女人的惡毒心腸。

何嬷嬷卻是委屈至極，「那姓孫的很小氣，說事情沒成，一文錢都不付，非等成事了才肯給錢。我都沒收錢，也不算太嚴重吧？」

陳師爺問：「這口說無憑，妳既連錢都沒收到，憑什麼來幹這檔傷天害理之事？」

何嬷嬷倒也不笨，「我讓他打了個欠條，上面寫明了我幫他做這事，事成之後他得付我一百兩銀子。就收在我屋子裡，要不，我幹麼來惹這一身騷？」

這可是重要物證，程隊長趕緊帶著捕快跟她去取。

何嬤嬤回了家，還以為自己沒事了，「那我交了這個，就不用再去衙門了吧？」

程隊長收了東西冷笑，「無知婦人！妳還真當那律法是玩笑嗎？趙秀才可是把你們都給告了的。他這苦主沒發話，妳還想跑哪兒去？」

何嬤嬤哭喪著臉又被帶了回來。

證人和證詞都有了，趙成材便請求立即捉捕孫俊良。

程隊長簡直太願意趙成材打這官司了，何嬤嬤和孫俊良都是有錢人，把他們抓到牢裡來，可少不了他們的好處。他喜孜孜的也不畏辛苦，連口茶水都不喝，立即帶著大隊人馬氣勢洶洶地又去孫家提人。

突然見官差如狼似虎闖進家中，孫家老少三人都嚇壞了，尤其是聽說要抓兒子去坐牢，孫夫人一時衝動，居然讓看門的老蒼頭放狗咬人。

這下罪名更重了，公然拒捕，還放惡犬襲擊官差，罪加一等。

這幫衙役也不是第一回和孫家打交道了，早知道這家人的惡形惡狀，來時就帶了棍棒繩索，當下一頓亂棒，將孫家惡狗盡數打死。接著在外頭找了個鄉人，雇了輛獨輪車，堆上死狗作為物證，綁了孫家四人，一同提上公堂。

左鄰右舍瞧了，無不拍手稱快。

等到了衙門，天都黑了，眾人也不歇息，秉燭夜審。

殺威棒一敲，孫夫人本還想硬氣一下抵死不認，架不住孫俊良是個軟柿子，與何嬤嬤兩相對質，立即招供了。

錄下供詞，簽名畫押。因縣官不在，一干人等便都要關進大牢，等新任縣太爺來了，再行處置。孫老爺見勢不妙，在路上就從手上拔下金戒指，交給程隊長，此時他便說了句好話：「這老頭倒是沒幹什麼，是不是放他回去得了？」

若是孫家一網打盡了，他們可就沒油水撈了，總得有個人在家做散財童子。

趙成材不是第一天進官場了，當然知道其中竅門，就順水推舟允了。連孫夫人他也不告，不過她放狗傷人，將由官府來定罪。

何嬤嬤也趁機討饒，趙成材主要目標不在她，可也不想便宜了這個惡毒心腸的婦人。直到李鴻文在一旁提點著，逼著她跪下敬茶認了錯，方才鬆口。

何嬤嬤以為事情就這麼了了，趙成材卻端著茶杯慢悠悠地道：「我是可以不告妳了，可這官司一日未了，妳也一日脫不了干係。若是日後反悔或是跑了，那可怎麼辦？」

陳師爺心中暗笑，這個傻老鴇，怎麼就偏偏撞在趙秀才手上？趙成材這幾個月的師爺可不是白幹的，各項條文律法摸了個滾瓜爛熟。

陳師爺當然知道該怎麼做，說起來趙成材是為他們賺錢呢，這麼份大禮他怎麼能不收？

他當即正色對何嬤嬤道：「作為證人，妳若是不想坐牢，須交錢，讓個有功名有身分的士紳為妳作保，在家候審，保證得隨傳隨到。」

這個何嬤嬤應允，她的店在，跑得了和尚也跑不了廟，「那保金得要多少？」

陳師爺伸出三根手指頭，「也不多，就三百兩。」

何嬤嬤聽得肉痛，嘴角抽搐了兩下，「那還有得退嗎？」

陳師爺一笑，「那就請妳進牢裡住幾天吧，一文也不要，還管三頓。」

何嬤嬤敢進那大牢嗎？她雖是做這下賤行當，卻是跟富人家一樣嬌生慣養到如今，打死她也不可能踏進那又髒又臭的牢房半步。這下當真虧死了，一文錢沒賺到，倒貼出去三百兩。

何嬤嬤咬牙切齒地大罵孫俊良，乖乖交出三百兩，又好說歹說，允諾了若干好處，才求著李鴻文幫她作保。

李大秀才倒是一臉正氣，「我可不是想妳那兒的好處，只是這鄉里鄉親的，妳又是為人所騙，才幫妳這個忙，妳可別想歪了。」

他自從當了書院院長，要為人師表，確實潔身自愛了許多，再不敢輕易踏足花街柳巷了。

行吧，你說什麼就是什麼了！何嬤嬤只求有人幫忙，也不多言語，交了保金，千恩萬謝地回去了。

該收的收，該押的押，事情辦完，剩下眾人心照不宣地點了點頭。既然事涉官司，也不好太過親熱，就各自散去。

出了衙門，趙成材這才謝過李鴻文，「你今兒怎麼來得這麼巧？」

李鴻文笑道：「哪裡是巧？是你家小妹特意請我過去瞧的。也是趕巧，才替你們解了圍。」

趙成材恍然，見天色已晚，便要請他去吃個便飯。

李鴻文擺手，「咱們之間還客氣什麼？都這麼晚了，你家裡肯定都等得著急了，趕緊回去吧。明兒學校還要考試，我也早些回去歇著了。」

與他分手作別，趙成材回了家。

全家人都沒吃飯，翹首以待等結果呢。聽說孫俊良母子入了大牢，無不拍手稱快。

趙王氏忙問：「那他們到底會治個什麼罪名？」

「這個要看縣官怎麼判了。」趙成材也不敢說準，「若是輕判，打上一頓大板，罰些銀兩完事的也有。但若依著律法，孫俊良少不得要判兩三年流徙。他娘年紀大了，若說判得多重不太可能，很可能是法外開恩，罰她做些紡織之活也就是了。」
方德海也在，他是跟官府打過交道的，當然清楚其中的黑幕，只是現在報應到了壞人頭上，卻是大快人心。
「這孫家兩人入了獄，怕是得大大破一注財了。況且讓他們坐了牢，就得遭些罪，這就夠他們生受的，這個仇也算是報了。」
大夥兒聽得安心，吃飯不提。
等到晚上回了房，趙成材把門一關，板起了臉，「娘子，咱們來談一談。」
章清亭還真有話想跟他說，今兒這事雖不是她的緣故，卻是自己行事不周闖下的禍。不僅有損自己的名節，還帶累了全家的聲譽，當下便誠心誠意賠了禮，「今兒這事，是我的不是。」
趙成材忍不住說了，「妳這麼個聰明人，怎麼就著了人家的道呢？」
章清亭也在生自己的氣，低垂著粉頸，默然聽訓。
見她如此，趙成材又不忍心責備，但有些話一定得說清楚，「知妳怎麼犯的錯嗎？」他伸出四根手指，「急功近利！」
章清亭微噘了小嘴，心中不服，我哪有如此市儈？
趙成材還當真是要好好訓誡她一番，「咱們一樁樁的來說。先說今日之事，我知妳著急把房子租出去還債，可是無論妳怎麼行事，總得合乎規矩禮儀，才不被人拿住話柄。妳平日最是穩重，今兒這事，妳但凡多個心眼，都不該和男人獨處。這瓜田李下，日後須得時刻牢記。」
章清亭聽得臉上發燒，確實是自己疏忽了。
趙成材又批第二樁，「絕味齋倒了，確實該怪成棟，但是妳有沒有想過，未嘗不是妳急於求成，樹大招風所致？」

這事章清亭早想過了，她起初只以為是自己利益分配不均所致，但前些天賣房時深思，自己也有錯。她只顧著賺錢，把生意做大，卻有沒有留神看看四周的動靜，就連那供應豬肉的王江氏都忌地搬弄是非，外頭又有多少人在虎視眈眈？

還有那日救賀玉華，為什麼一定要自己出面？打發張金寶去不行嗎？自己雖然是好心，可也太衝動了，才又招惹來了薛紹安。

響鼓不用重錘，趙成材看她臉色，就明白她已經想清楚了。

略有不忍地倒了杯熱茶遞過去，章清亭接了，再看他時，臉上無比誠懇，「這事確實我也該負很大的責任，那我還有什麼地方做得不對的？」

趙成材也反省了自己，「其實妳已經做得很好了。若是當真追究起來，我的責任更大。若不是當初跟妳簽那什麼勞什子的協議，妳也不至於著急賺那一千兩銀子離開。」

章清亭赧然道：「我確實心態不好，太急進了。」

趙成材很是寬容，「年輕人嘛，畢竟是初次從商，銳氣當然足一些。也不全怪妳，日後記著教訓就是。」

章清亭忍不住揶揄一句：「說得你好像多老似的。」

「那可不一樣。」趙成材指著自己，「我是讀書人，自然該比你們老成持重。若是咱們一家子都這麼冒冒失失的，那還得了？還有樁事，我沒好意思跟妳開口，妳知道是什麼？」

章清亭不知，趙成材把晏博文寫的那份公文拿了出來。

「這個有什麼不妥？」

趙成材嗤笑，「豈止不妥，簡直兒戲！」

章清亭被斥得有些下不了臺。

趙成材瞟她一眼，「你們倒想得美，讓方老爺子不教絕活，只教些家常菜的做法。那我問妳，若是大家都跟他學了，讓那些小廚子吃什麼？他們日後還怎麼收徒弟？不是斷人家財路嗎？」

章清亭噎住。

趙成材一臉鄙視，「還出書？真虧你們想得出來！且不說有幾個廚子看得懂，肯花錢買回去，我且問妳，妳知道咱們紮蘭堡印書的地方在哪兒嗎？一個都沒有，連郡裡也沒有！妳以為這書是妳想印就印的？簡直是開玩笑！當然，像有些大戶人家，閒了沒事，想幫自己刻本詩集，印個經文什麼的，也是有的，但妳知道那費用要多少嗎？」

章清亭聽不下去了，偏他扳著指頭一一算給她聽，「請雕刻師傅，買木材製版，再買紙漿回來印刷封裝，沒個兩三年工夫，根本下不來！你們現在有多少錢，還去折騰那玩意兒？就算讓妳折騰下來，妳得印多少本，一本賣多少錢才能回本？」

章清亭聽得滿臉通紅，頭一次在秀才面前覺得無地自容。

趙成材橫她一眼，「咱們兩家沾這胡同的好處已經夠多的了，你們別把心思全鑽到錢眼裡去了。還想租了學堂自己收了錢辦班？當書院是菜市場啊？我都沒臉出去說！」

章清亭被駁得啞口無言，確實不該頭腦發熱撩撥著方德海，一門心思想著賺錢。

只是她那小嘴越噘越高，低頭悶悶嘟囔：「人家不是來問你了嗎？也沒往外說過。」

趙成材瞧她這又羞又惱的小模樣，心中喜歡，強自按捺住想要上彎的嘴角，見敲打得差不多了，終於開始誇獎。

「不過呢，你們這主意，倒是給我提了個醒。日後要是有機會，我想辦個這種專教人勞作之技的學習班。比如編筐打繩什麼的，這個不用保密，又是家家戶戶都能用得到的技藝。那時若是方老爺子願意，也可以來教大夥兒炒兩個家常小菜、包個餃子做個點心什麼的。當然，學堂是沒錢付的，主要是讓大夥兒來學點東西。還有，讓方老爺子把他畢生所學記錄下來也是對的，就讓他們家留作傳家寶吧。畢竟是一輩子的心血，若是失傳了實在可惜。」

趙成材最後總結，「這飯要一口口地吃，事要一件件地做。賺錢是要緊，但莫在賺錢時失了做人的根本。」

章清亭心服口服，「我一定謹記在心。若是日後有什麼行差踏錯的地方，你儘管指出來，千萬不要客氣。」

聽到日後二字，趙成材心裡有三分小得意，「行了，妳今兒也累壞了，早點歇著吧。」

章清亭回去，越想越覺得趙成材說得有理。身邊有這樣一個良師益友，實在是太幫忙了。

可趙成材後悔了，怎麼著最後也該要點甜頭啊，小手都沒摸到呢！

不過也不是全無收穫，今兒這番話應該能讓章清亭對他刮目相看了。

他不僅要做章清亭的狗頭軍師，更要讓自己成為章清亭的主心骨，讓她慢慢依賴上自己。

李鴻文說的對，男女相處不能一味遷就，既得相互哄著點，還要相互敲打著點。等把她的心慢慢攥緊了，她的人不遲早是自己的？

就一個月，還過了好幾天了，趙成材眼中露出一絲甜蜜又執著的熱切。或許該尋個藉口，去找鴻文借本冊子看一看？

他平日裡的溫吞是像趙老實，但骨子裡卻也流著趙王氏那份強悍的血脈。對於自己真心想要的東西，他不會輕易放手的。只是，為了這個家，考個舉人是必須實現的目標。

等過些時候，學堂和家裡的事都弄踏實了，他得抽個空再去趟郡裡，拜會一下那幾位大人和方大儒，婁大人那兒也該有些書信往來，多鋪些路子總是沒錯的。

自己現在還只是個小小的秀才，真要遇上什麼事情，必須依附於有權勢之人才能解決問題。之前有妻大人，可是之後呢？得靠自己才穩妥。

主意已定，趙成材又去溫書了。

他知道隔壁的那個女子有多好，他要她，就會為了她更加努力。

天光放曉，金雞唱白，新的一天開始了。

紮蘭學堂裡氣氛無比嚴肅，迎來了開學以來的第一次考試。

幾百名小學子正襟危坐，抓耳撓腮地答著對他們來說，還是有一定難度的考題。

牛得旺也在其中，不過他純粹是應景，除了費了半天勁，寫下大大的「牛得旺」三個字，什麼也不會。趙玉蓮閒著也是閒著，便將那考題一一答上，怕他吵鬧，便交了卷，帶他出來。

「這就考完了？」牛得旺還一臉的意猶未盡。

趙玉蓮哄著他：「是呀，這就考完了，咱們回家去吃糕好嗎？」

「嗯。」牛得旺重重點著頭，跟她回來了。

趙玉蓮將他託付給張發財，自去準備牛姨媽交代給她的開店之事。

書院裡，李鴻文拿著趙玉蓮交來的卷子搖頭嘆息，「成材，你看看吧。」

卷子上牛得旺那三個大字歪歪扭扭，但趙玉蓮的答題雖然簡單，卻是字跡娟秀，文詞流暢，分明可以看出具有一定的水準了。這兩相對照，怎不叫人愁思頓生？

趙成材心裡越發沉甸甸的難受，除了為趙玉蓮，也為牛得旺。

就算是牛姨媽肯取消玉蓮的婚事，那他呢？又沒個兄弟姊妹扶持，誰來照顧他的終生？

牛得旺是傻，但也沒笨到無可救藥，和天生的愚兒還是有差別，那他這病還有沒有得治？

趙成材不覺就問了一句：「鴻文，你長年在外頭跑，有沒有見過能治我表弟的大夫？」

李鴻文搖了搖頭，「沒有留心。不過，京城倒有個很出名的藥鋪，叫做濟世堂，裡頭大夫姓黃，好幾輩子都在行醫，醫術很高明。」

趙成材忽然想起，能不能在給婁大人的信裡提一句呢？

他想想又問：「那郡裡呢？有沒有比較出名的大夫？」

李鴻文搖頭不知，趙成材想想，還是下回去時，自己留心打聽吧。

新胡同裡書畫掛了兩天，已經賣得七七八八的了，籌得的銀兩當然是全交到了學堂帳上。

幾位夫子見剩下的畫也不多了，若是還零散擺放在十幾套院子裡，未免不好看，況且章清亭有幾套院子已經租售出去，人家都陸續開始置辦家什，要做生意了，便商議著把字畫全都收回來，擺進書院後頭的文魁閣裡去。

章清亭昨晚蒙趙成材一番教訓，心態平和了許多。算算剩下的幾幅字畫統共也不過二十幾兩銀子，她便爽快地表示自己願意全包下來，就當是借了他們的光。

那些夫子中有些看出章清亭之前用心，本來有些鄙夷，可瞧她如此行事，倒也不好再說什麼，大家心照不宣地便把此節揭了過去。

又有一樁，如今這買賣做起來了，少不了跟人打交道，還多涉銀錢之事，總把章清亭和方明珠綁在一起，初時尚好，如今卻平添許多不便。章清亭想想，跟方德海討了個主意，為自己和方明珠各刻一枚印章，讓晏博文來當兩家的帳房先生，給他一定的自主權，彼此省事。

她又將出書之事跟方德海解釋了一番，「這事全怪我，沒想仔細就胡亂來攛掇，差點鬧出笑話，您老多包涵，可千萬別見怪。」

方德海笑了，「哪能怪妳？說起來，我也是糊塗。幸好成材穩重，幫咱們想到了，要不，真做起來虧了血本，那才叫肉痛呢！」

既然說開了，章清亭自去忙活，倒是晏博文聽說要刻印章，表示自己就會。

張小蝶他們聽了新奇，人人都想要，章清亭索性多買了些玉石和篆刻刀回來，全交給晏博文弄去，只是晏博文問她：「要不要替趙大哥也刻一個？就選跟妳一樣的石頭，替你們雕一對鶼鰈、大雁還是比目魚？」

章清亭臉上微紅，「誰要跟他一樣？有名有姓就好了。」

看她嬌嗔著低頭走開，直如處子的模樣，晏博文心頭猛地狂跳幾下，有隱隱的歡喜悄然綻開，又有莫名的感傷。再怎樣，也不是他的。

時氣漸暖，去年種的冬小麥快熟了，張發財這回倒是主動提出來，等到趙家收割時，全家都過去幫忙。章清亭也記在了心上，不看僧面看佛面，就衝著趙成材，她也該有所表示的。

趙玉蓮辦完事情回來，聽說張銀寶和張元寶帶著牛得旺出去玩了，這才安心坐下喝茶。

她這姊姊當得真是負責至極，章清亭笑問：「今兒事情辦得怎樣？」

趙玉蓮道：「差不多了，姨媽讓我瞧的幾樣家什，我都瞧好了，只是幾樣銅鐵之物還沒找著人來做，明兒再跑一趟也就差不多了。」

章清亭道：「那我幫妳介紹個人，包管做得又快又好。」又交代趙玉蘭：「妳明兒多做些點心，再買些肉，多蒸些肉包子，我要送人的。」

趙玉蓮卻笑，「這眼看端午就快到了，大嫂要送禮倒不如多包點粽子，再做些綠豆糕，怕是更應景些。」

章清亭不覺失笑，「瞧我這記性，竟把這麼大節都給忘記了。」

她琢磨一下，這粽子糕點還得打點著給趙成材送人，便提了筆道：「那大夥兒說說要買什麼，明兒我跟妳們一起去辦吧。」

趙玉蓮笑道：「若是要做，能不能也預備姨媽的一份？她端午節前必是要來的，少不得也要辦些東西回家，到時我幫著姊姊一起做。」

章清亭也笑了，「姨媽有妳這個貼心的小管家，真不知省多少心。」

因明兒學堂放假一日，趙成材下午直忙到黃昏才回。

得知晏博文當了帳房，點頭讚許，「如此就對了，我早想說讓你們請個掌櫃回來，這做老闆的就得有老闆的樣兒，不用凡事親力親為，否則妳也累，旁人看得也心疼。」

章清亭橫他一眼，這個秀才，說話越來越放肆了。

「這過節你有多少份禮要送？還有你家，問問你娘哪天收割，好讓大夥兒去幫忙。」

趙成材知她轉移話題，不過送禮也是正事，心裡盤算著，說了讓她記下。

等寫完了，章清亭才忽而想起，「我竟成了你的使喚丫頭了，還替你記這些東西！」

趙成材嘻嘻湊近調笑，「若是使喚丫頭，可得隨主子吩咐什麼就做什麼呢！」

章清亭耳根一熱，佯怒著把筆一擱，「我不管了，你自己愛辦什麼找你妹子說去。」

「別走啊，我還有好消息告訴妳呢！」趙成材才想伸手拉她，牛得旺哭鬧著進來了。

大夥兒都嚇了一跳，牛得旺身上滾得像泥猴似的，小胖臉漲得通紅，哭得稀里嘩啦。

「這是怎麼了？誰欺負你了？」趙玉蓮看著可心疼。

張發財立即訓斥跟著回來的兩個兒子，「不是讓你們看著旺兒的嗎？怎麼把他弄成這樣？」

張銀寶和張元寶一樣灰頭土臉，衣衫不整，耷拉著腦袋辯解著：「旺兒也沒吃虧，我們有幫他打架來著。」

趙成材板著臉道：「上課時老師是怎麼教的？是跟誰打架的？為什麼打？」

牛得旺的小胖嘴噘老高，「是那個洪……」

「洪細文。」張銀寶在後頭提醒。

牛得旺一臉委屈，對趙玉蓮道：「那個洪細文說妳是我老婆，他們都笑話我，說我被個大老婆管著，可妳明明就是我姊，怎麼會是我老婆呢？」

此言一出，全家人都尷尬得不行，要怎麼跟這孩子解釋？

「姊，妳快說嘛！」牛得旺搖著趙玉蓮的衣袖使勁搖晃。

趙玉蓮尷尬至極，「旺兒……姊，當然是你姊……」

牛得旺立即拉著她往外走，「那妳去跟人說說妳是我姊，不是我老婆！我說他們弄錯了，他們都笑我是傻子，我才不是傻子！」

趙成材聽得真心疼，拉住了他，「旺兒當然不是傻子，只是他們誤會了，改天大表哥去跟他們說說好嗎？」

「為什麼現在不去說？」

章清亭溫言笑道：「因為現在天黑了呀，別人都要回家吃飯了，你縱是去了，他們也都走了，你要跟誰說去？明兒再說吧。你們玩了一下午，難道不餓嗎？玉蘭姊姊可做了好多好吃的菜呢，還有糕點，旺兒要不要吃？」

牛得旺皺眉左思右想，很是苦惱。趙玉蘭見此，徑直去廚房端了道乾豆角燒肉出來，「旺兒瞧，這是什麼？香噴噴的肉都燒好了，要吃嗎？」

牛得旺見了愛吃的紅燒肉，連忙點頭，也不鬧了。

趙玉蓮忙帶他去洗手換衣裳，章清亭才瞪著兩個弟弟，「誰把玉蓮這事說出去的？」

「不是我們！」張銀寶和張元寶連連擺手，很是無辜，「我們本來沒跟他們一起玩，就帶著旺兒在外頭抓石子玩，是他們跑過來跟我們玩，抓不贏我們，就說那些話。那個洪細文還說他上課都離不開媳婦，旺兒生氣了，才跟他打起來的。我們當然要幫旺兒，可也沒真打，就把人扯開，把旺兒帶回來了。」

「算了算了。」趙成材擺手，「這事也瞞不住人，街坊鄰居知道的不少，說給小孩子聽也是有的。你們倆也快去洗洗，出來吃飯吧。」

一家人心事重重，總覺得喉嚨裡像卡著根小魚刺，噎得人難受。

這樣沉悶的情緒連笨拙的牛得旺也感受到了，「你們今天怎麼都不說話了？」

「哪有？」張發財呵呵強笑起來，「這不是今天菜燒得好吃，都只顧著吃東西了嗎？旺兒，你覺得好吃嗎？」

牛得旺點頭，「好吃。」

章清亭尋了個話題，望著趙成材，「你不是說有好消息要告訴我嗎？是什麼？」

趙成材打起精神，望著張銀寶和張元寶，「他們倆這回都考得不錯，全進了前五十名。」

「是嗎？」這一下，一家子終於有點喜色了。

「那我呢？」牛得旺忙不迭問。

趙成材一笑，「旺兒考得也很好，不過你來得晚，又不是我們這兒的人，成績是不用跟大夥兒比的。」

牛得旺安心了，繼續吃飯。

張金寶揉揉兩個弟弟的頭，「不錯啊，沒給咱們家丟臉！」

兩個小的頗有些不好意思。

張小蝶笑道：「那是姊夫教得好。之前學了有段日子，肯定比別的孩子強些。」

「那倒也不盡然。」趙成材真心誇獎他們，「也有些孩子是別的私塾轉來的，若說基礎好，也不見得就是這兩個了，更何況……」他忽地一笑，賣了個關子，「等後日紅榜貼出來，你們就瞧得到了。真的都考得不錯，值得嘉獎。」

張發財老臉笑得像朵菊花似的，「我說女婿，到底第幾名，你就說唄，怎麼吊人胃口？」

趙成材笑道：「岳父，該是什麼就是什麼，跑也跑不掉的，您就等著聽好消息吧。」

張羅氏也很歡喜，「那每天兩個雞蛋沒白吃。」

全家都哈哈大笑了起來，張小蝶更加鬧騰起來，「那我們也要每天吃雞蛋。」

「我也要，我也要！」牛得旺高高舉起了手。

「行啊！」都不用章清亭開口，張發財爽快地答應了，「咱們這小店雖然利薄些，但供你們幾個雞蛋還是供得起的，以後全家每人每天一個雞蛋。」

張羅氏道：「那還不如咱們養幾隻雞，反正院子也夠大，我昨兒在菜場還看見有人賣小雞崽，尋思抓幾隻回來呢！」

章清亭當即皺眉，「那個有味道，不要弄了。」

趙成材笑道：「就妳講究多。這樣吧，咱們買些小雞崽，我讓娘餵著，反正那邊房子也空下來了，咱們到時過去拿就是了。」

「那可太辛苦親家母了。」說起房子，張發財也想到一事，「咱們家那個老房子可還破在那兒，是不是日後也該修修？將來金寶成親時，也是用得上的。」

「我不要。」張金寶含著飯，含糊答道：「你們都住在這兒，讓我一人住鄉下，我不去！」

張發財撓頭，確實，住慣了集市這邊，出門幹什麼都方便，別說張金寶，連他自己也不想回去了，「那房子就那麼扔了？」

章清亭道：「又不值幾個錢，賣了算了。」

趙成材卻道：「既然不值錢，賣了更可惜。你們家那地兒我去過，也不算太小。若是把那兒好生建起來，日後再買匹驢或是小馬車，來往也方便，住著可比這邊寬敞得多。」

張羅氏很贊成，「真要那樣，我還願意回去住。這兒雖好，總是吵鬧些，那兒可清靜多了。還可以餵點雞，養隻豬，日子可美了。」她捅了一下張發財，「到時咱們倆可以回去養老啊！」

張發財想想也對。

趙成材還想到一層，「我瞧後頭院子還有好大一塊菜地，荒著實在可惜，你們現在要看店，沒空弄那個，我讓娘去幫你們收拾了，不拘種點黃豆玉米什麼的，總有點出息，自家也是要吃的。順便也就照看一下那破房子，或者咱們明兒就去收拾了？乾脆拆了，省得有人進去弄出事來。」

全家人都點頭，「聽你的。」

趙成材主意已定，開始安排。

章清亭在旁邊不爽地斜睨著，什麼時候這秀才竟能做起張家的主了？

第二日天氣晴好，一早問了趙王氏他們過節所需之物，章清亭和幾個姊妹自去採買。趙成材浩浩蕩蕩率領著張趙兩家人，帶了繩索鋤頭去拆張家那破屋。

許久沒過來，那老房子破敗得更不像樣了，冬天的幾場大雪，又壓垮了半邊。裡面倒是沒人，只是不知什麼時候來了幾隻流浪貓狗，弄得污穢至極。

把牠們趕了出來，在屋子幾根主樑上拴了繩索，合力一拉，那房子就轟然倒塌，幾個孩子看得是興高采烈。

趙王氏又細問張家具體的田地位置，張發財很不好意思地標記了出來。

趙王氏瞧著幾塊菜地殘留的痕跡直搖頭，「我說親家，你們可真是太懶了。這麼大塊地，竟只種了這麼一點，還伺弄得不像個樣子。」

「那些陳年往事，提它做什麼？」張發財赧然道：「現在全讓妳種了，妳愛種什麼就種什麼吧，咱們可不要妳的租金。」

趙王氏也老臉一紅，卻硬著嘴道：「那時大家可都好不到哪兒去！行啦，這塊地就交給我啦，保證養得肥肥的，下半年就等著收東西吧！」

趙成材上前稱讚娘親：「我娘種地可是一把好手，種什麼成什麼。娘，您回頭再受些累，多養些雞吧，他們可都喜歡吃雞蛋。」

趙王氏有些不悅，「那你們自己怎麼不養？當我老媽子呢！」

趙成材把娘拉一旁低聲道：「咱們那兒房子窄，要是養雞，風吹到學堂裡多不好？辛苦您餵一下，家裡那兩畝地，您要是想種就種，若是嫌辛苦，就租給人種，或是出錢請人來幫忙種，我出錢總行了吧？」

「我還沒你這麼闊氣，趁你娘這把老骨頭還能動，先自個兒種著吧，不過可說好了，農忙時都得來幫忙。」

「這個自然。」

趙王氏想想不甘心，「什麼怕熏到學堂？怕是熏到你家樓上那尊活佛吧？」

趙成材嘿嘿笑道：「您既知道還說什麼？您大人不計小人過，有我在，她不敢虧待了您！」

這頭趙成材哄好了娘親，趙王氏也來了幹勁，指揮著眾人將菜地整平，又就著那些剩磚爛瓦，把原有的菜地一圍，做了個小小的籬笆。

他們這邊自忙碌著，那邊章清亭也沒閒著，帶著一幫女將，大包小包採辦回了過節之物。

青粽葉白糯米、大紅棗小紅豆，林林總總裝了兩大筐，雇了個腳夫挑著，一併送回家來。

收拾妥當了，章清亭拿起讓趙玉蘭早上準備的一大籃點心，「我帶玉蓮出去辦點事，回來幫妳包粽子。」

趙玉蘭應了，這邊出了門，趙玉蓮才問：「嫂子，妳是帶我去找鐵匠嗎？」

章清亭卻反問她：「妳怎麼方才在家不問我？」

趙玉蓮抿唇輕笑，「妳昨兒跟我說時，就覺得妳是話裡有話，想來這鐵匠師傅不一般。」

「聰明。」章清亭很是讚許，「那妳再猜猜會是誰？說起來，妳應該認得才對。」

趙玉蓮忽地黯然低了頭，「離家多年，好多人好多事都不記得了。」

章清亭自悔失言，忙揭穿謎底：「妳還記得田家嗎？」

趙玉蓮眼睛一亮，「妳說打鐵的田大叔家？記得呀，不過他們家幾個孩子，我就記得福生哥了，他人很好的，小時候總是背著我出去玩，打了棗子也先給我們吃。」

章清亭附在她耳邊低聲問：「那妳知道他和玉蘭的事嗎？」

趙玉蓮搖頭，這個卻是不知，不過聽章清亭這麼一說，她就猜出八九分了，「妳是說……」

章清亭點了點頭，嘆息了一聲，「起初妳娘死活不同意他倆，硬生生把玉蘭嫁了那姓孫的，結果弄成這樣。不過那田福生倒有良心，心裡還惦記著妳姊呢。他那人也有幾分骨氣，並沒有因此想沾咱們點什麼。只若是有了生意，照顧他一二也是應該的。」

趙玉蓮明白了，「可大嫂專程過來，不止是想照顧他這麼點小生意吧？」

章清亭一笑，「什麼也瞞不過妳。他之前跟我提過，他家是苦於沒錢周轉，才做不起好生意。我手上剛好有點錢了，便想借他一些，讓他把生意做大。不僅讓自家日子過好些，日後若是玉蘭真的跟了他，也能有點家底。」

趙玉蓮很是感動，「大嫂，妳心眼真好！」

章清亭卻瞧著她嘆了口氣，「我倒是還想操一個人的心，可惜不知該怎麼操。」

趙玉蓮微微一怔，忽地耳根紅了，眼裡很快泛上來一層霧氣，用極低極低的聲音道：「我……其實很好……」

章清亭拍拍她的手，「我知道姨媽對妳好，旺兒也是真心拿妳當姊姊看的，只是……好不好的，都寫在心裡呢，妳大哥也記得的。」

趙玉蓮的小手輕輕顫抖了起來，頭埋得更深了，不讓人瞧見，章清亭輕撫著她的背，「妳的委屈，家裡人都知道，該怎麼辦，總得好好想想。」

「不。」趙玉蓮忽地抬起泛紅的雙眼，哽咽著道：「我知道你們是為了我好，只是……若是旺兒……他將來沒個真心的人在身邊，等姨媽老了，他們該怎麼辦？」她拚命搖頭，「做人不可以這麼沒良心的。」

章清亭聽得動容，握緊了她的手，「妳還說我心眼好，跟妳比起來，我不知壞到哪兒去了。旺兒還小，他的事情可以慢慢來，只是，玉蓮，我們不能眼睜睜看著用一份恩情來毀了妳的一生。這事我們回去再說吧，總之，要既對得起姨媽和旺兒，也不能讓妳愁苦一輩子。」

趙玉蓮不再多言，心裡翻騰的酸甜苦辣，只有她自己知道。

不多時到了田家的鐵匠鋪，田福生正繫著皮圍裙在那兒叮叮噹噹地打東西，瞧見她們來了，趕緊招呼：「嫂子，妳站遠點，當心火星燒了衣裳，我忙完這個就過來！」

章清亭含笑道：「不急，你先做完手裡的活。」

鋪子裡忽然鑽出一個跟張元寶差不多大的小男孩，還掛著兩條鼻涕，抱了一條長板凳出來，放在她們身邊，接著轉身就想跑。

「站住。」章清亭拉著小姑一起坐下，溫言笑問：「你叫什麼名兒？」

小男孩回過頭，腳尖抵著腳尖，抓耳撓腮的，很是靦腆，「我……我叫田水生。」

「啊，原來你就是水生啊！」趙玉蓮想起來了，這是田福生的小弟，「我記得從前你才這麼一點大，連路都不會走，我還抱過你呢！」

田水生略抬頭，斜眼瞧著這位漂亮的大姊姊，很是疑惑，「我怎麼不知道？」

章清亭噗哧笑了，「你會知道才怪！對了，你家爺爺奶奶還有你娘的身子都好些了沒？」

田水生搖了搖頭，又點了點頭。

「你這是什麼意思？」

田水生擤擤鼻子，「爺爺今天冬天好些了，不再咳了。娘還天天躺在床上，奶奶和大夫說是快不行了。」

章清亭想了想，又問：「那你和你小姊姊怎麼沒去上學呢？」

「二姊要在家裡燒飯熬藥，我要過來幫忙。」

章清亭和趙玉蓮面面相覷，他們這一大家子，沒個女人可真不行，瞧這孩子身上的衣裳，東拼西湊的，補得亂七八糟，不知家裡日子過得怎麼糟心呢。

她把手裡的糕點遞過去，「這是玉蘭姊姊早上才做的，你一會兒帶回去分給家裡人嘗嘗。玉蘭姊姊還在包粽子糕點呢，過兩日再送來給你們。」

田水生瞧著東西卻不敢接，回頭看田福生，「哥。」

田福生應聲瞧了過來，不好意思地一笑，「趙家嫂子的東西你就接著吧，別忘了說謝謝。」

田水生這才紅著臉道了聲謝，接了糕點，像捧寶貝似的收進去了。

田福生忙完手上的活，交給客人，才跑了過來，「真不好意思，讓妳們久等了，每回來還讓嫂子破費。這是玉蓮妹子吧？越大越漂亮了。」

趙玉蓮和他見了禮，章清亭笑道：「我不過是個順手人情，做的人可不是我。你也拿個凳子坐下，跟你說兩句話。」

田福生心裡一甜，就在旁邊大石坐上，「嫂子有話就說吧。」

章清亭一推趙玉蓮，她才會意，「福生哥哥，姨媽要在新胡同開米糧行，要打幾樣東西。」她從袖裡取出圖紙，田福生接過一瞧，「行啊，沒問題，什麼時候要？」

趙玉蓮道：「當然是越快越好，最好是每樣東西上再打上一個牛字，這樣也不怕弄丟了。」等他二人談妥，章清亭才問：「家裡情況怎麼樣？怎麼沒瞧見田大叔？」

田福生眼神一沉，「爹去幫奶奶置辦東西了。」

章清亭心一緊，「真不好了嗎？」

田福生點了點頭，「連東西都吃不進去了，每日就只能喝些米湯。大夫說，怕是捱過端午就差不多了。」

章清亭默然無語，生老病死也是自然規律，非人力所能及，「那你爺爺和娘呢？」

田福生嘆道：「爺爺不過是個喘症，只要穿暖和了不凍著，便是無礙的，只是娘那病著實費事。」他苦笑一聲，「嫂子，妳之前幫我介紹那麼大筆生意，結果到如今，手上竟一個子兒也攢不下來，又全填進去了。」

這好人就怕病來磨，何況他們家還是三個藥罐子，下頭又有兩個小弟妹，指望不上的。章清亭心中暗自搖頭，照這樣下去，那猴年馬月才能攢下點家當？

趙玉蓮忽道：「福生哥哥，那你有沒有想過也打些馬具生意？那個賺得可比你幫人打菜刀修鋤頭來得強多了。」

田福生如何不知？

「馬具上的東西多要用黃銅，那一套光本錢就要好幾兩銀子了，再說，我縱是打一兩套擺著也不像樣，非等弄個幾十上百套的不可。」

「那就索性做大啊！」章清亭道：「錢我這這兒還有一點，乾脆幫你開個鐵匠鋪，算咱們合夥好不好？」

田福生搖頭，「嫂子，我知道妳是一片好意，只是咱們縱然開起了這鋪子，哪裡有客源？幾家大馬場都有相熟的鐵匠鋪，光開個鋪子沒有馬場來支持，也是做不下去的。再說了，開個鐵匠鋪本錢至少得要好幾百兩了，要的工匠也多，妳縱然是幫我開了起來，我們家也做不過來的。」

章清亭忽然想到，「一個馬場就能帶起一個鐵匠鋪子，那這馬場該更賺錢吧？」

「那是當然啊！」田福生很是憧憬，「一個馬場可不止帶起一個鐵匠鋪，還能帶起一間皮匠鋪，還有養馬的草料糧行，那個出息確是極高的。」

趙玉蓮點頭贊同，「像姨媽那米糧行，咱們每年等秋天收糧食，最不好收的就是高粱大豆玉米這些餵馬的東西，最怕遇到的就是馬場主過來搶生意。他們一個兩個財大氣粗，可不是咱們能拚得過的。前年秋天，姨媽就遇上這事，氣得一天都沒吃飯，說是要有機會，咱們也去開馬場，省得再受這口窩囊氣。」

「那怎麼不去開？」章清亭順勢問道。

「哪有這麼容易？」趙玉蓮道：「這馬場一般只要不是太差，都能經營得下去的。就算是不想做了，要轉讓，也是轉給親戚朋友，或是在他們那些熟人當中轉來轉去，很少能輪到外人來插手。」

田福生補充著：「妳瞧我們紮蘭堡這麼大的地方，馬場也就那麼兩三家，而且這些牧場都是人家早就劃定的，妳縱然再想做，哪有那麼大的地方讓妳放牧？像有些小馬場，只能養些扛貨拉車的劣馬，可就是那樣，也算是個小富戶了，可見裡頭有多好賺。」

章清亭聽得不住點頭，她一來北安國就知道這馬匹生意好做，可沒想到，竟然好做到這種程度。若是想要涉獵，上哪兒去找門路呢？

和田福生閒話一會兒，都沒什麼好主意，章清亭本說要去田家看看，可田福生死攔著不讓，「家裡實在埋汰得不像話，下不得腳，心意領了，但真不用去了。」

章清亭只得作罷，本要留幾兩銀子，料想田福生斷然是不肯收的，也就不提這碴了，和趙玉蓮自回家去了。一路上想著心事，全然沒有留意，前頭突然出來了一夥人。

「喲，這不是趙夫人嗎？帶這麼漂亮的小妹子要去哪裡呀？」薛紹安摺扇一搖，攔住了兩人的去路。

真是冤家路窄。

章清亭冷冷望著他，把趙玉蓮擋在身後，「我們要回家，請問可以嗎？」

「趙夫人怎麼說這樣的話來？這大路朝天，各走一邊，在下攔誰的道都可以，又豈能攔著趙夫人的道？」薛紹安搖著扇子皮笑肉不笑，一雙眼睛卻死死盯住趙玉蓮，「可是如此佳人，趙夫人還沒介紹呢？」

章清亭強壓下心頭的怒火，「男女有別，何必相識？若是您不擋道，麻煩讓開。」

「可我就想認識了。」薛紹安啪地摺扇一收，輕佻地去挑趙玉蓮的下巴，「小美人，要不，妳自己介紹一下？」

趙玉蓮嚇得臉都白了，拚命往大嫂身後躲。章清亭實在是忍無可忍，伸手一下打開薛紹安的摺扇，「姓薛的，請自重！難道你想在這光天化日之下，當街調戲良家婦女嗎？」

薛紹安卻邪邪笑道：「我哪敢啊？誰不知道趙夫人的相公可是威風凜凜的秀才郎。前些天就因為三言兩語，差點送了何嬤嬤進牢房，其實要說起來，那周權長得是還不錯，請問趙夫人，和龜公獨處的感覺如何呀？」

「你……」章清亭氣得渾身哆嗦著，卻說不出一個字來。

薛紹安更加肆無忌憚，「我有說什麼嗎？我可沒有汙妳清白吧？趙夫人，妳這麼激動幹什麼？莫非……」他不懷好意地上下打量著她，那種別有所指的目光一看就引人歧義，偏偏章清亭無法反駁，那件事確實是自己錯了，怨不得人說長道短。

這個教訓實在太深刻，章清亭想，她這輩子都會記得。

深深地吸一口氣，章清亭努力讓自己平靜下來，「我既沒做虧心事，當然不怕鬼敲門。只怕是有些人缺德事做多了，縱然是鬼不來敲門，人也會來敲門的，您可千萬保重。」

薛紹安眼神陰鬱，「承妳吉言，只是趙夫人您可也要好好保重，尤其是把自己家裡給看好，千萬別不小心再把那胡同也弄丟了！若是連胡同也沒了，我瞧妳還拿什麼來翻本！」

章清亭淡淡地道：「謝謝您的提醒。吃了一回虧，我想自己多少還是會長點記性的。對了，請您回去也向何夫人帶個好，免得夫人誤會，您又得受皮肉之苦。」

這回輪到薛紹安氣得說不出話來了。

章清亭微微冷笑，拉著趙玉蓮繞過他們那夥人揚長而去。

手下問薛紹安的意思，他刷的又把摺扇打開，低聲吩咐：「快去查查那小娘們兒到底是誰？這麼漂亮的小丫頭，老子非弄到手不可。」轉而又陰狠狠地自言自語：「殺豬的，我看妳能猖狂到幾時？」

這頭兩女急急往家趕，直等瞧見自家胡同了，才稍稍定下心來，不禁面面相覷，各自手心都攥著一把冷汗。
章清亭轉頭忿忿道：「該死的混蛋，老天怎麼不降個雷劈死他？」
趙玉蓮拍著心口，「大嫂，那是什麼人呀？看起來好壞的樣子。」
「豈止是壞？簡直是頭頂長瘡，腳底流膿，渾身上下都壞透了。他叫薛紹安，專做邪門歪道的生意，連官府都不敢惹。妳既遇上他，以後可千萬別一個人出門了，再要辦什麼事，讓金寶或阿禮陪妳去。等這鋪子開起來，妳還是和牛姨媽快點走吧，被那壞人盯上了，可不是好玩的。」
「有這麼恐怖？」趙玉蓮也嚇著了，「那我等姨媽來了就走。」
章清亭冷靜下來，安撫著她，「也沒這麼恐怖，妳只要不出咱們這條胡同就沒事，只怕那人暗地裡下絆子。回頭我把這事告訴妳哥，只是別告訴家裡人，省得嚇壞他們。」
趙玉蓮忙不迭點頭，章清亭理了理情緒，才牽著小姑進了胡同。
恰好遇見賀玉堂兩兄弟收拾新鋪子，見了她，很是客氣地打招呼：「趙夫人回來了。」
章清亭含笑打著招呼，這兄弟倆也注意到她身旁俊俏的趙玉蓮了。
賀玉堂自恃身分，賀玉峰卻是忍不住問：「趙夫人，請問這位小姐是？」
章清亭大方介紹了，跟他們見禮。
待她們走遠了，賀玉峰還捨不得收回目光，「哥，那姑娘真漂亮。」
賀玉堂一笑，「怎麼？你看上了？」
「有一點。」賀玉峰坦白承認了，「只不知許沒許人？」
賀玉堂一掌把弟弟拍醒，「你哥還沒媳婦呢，你倒急了？老實幹活吧！」
兄弟二人說笑著，自去忙了。
章清亭進了家門，才徹底安下心來，可到底還是受了驚嚇，連晏博文興沖沖來跟她說又租出去兩套房子，她都沒什麼心思聽。

晏博文乘興而來，敗興而歸，心下疑惑，這到底是怎麼了？

趙成材他們直忙到午時都過了才收拾妥當，趙王氏再回家做飯肯定太晚了，趙成材當然拉著全家一起過來吃飯。章清亭有想到這個，早就預備下了。

趙成材很高興，當著眾人的面稱讚：「還是娘子細心，什麼都想到了！」

趙王氏見章清亭如此給面子，心情頗為愉悅，說話也客氣許多。

晚上回了房，她才把白天路遇薛紹安的事情說了，趙成材聽了當即一拍桌子，氣得額上青筋直冒，「無恥，人渣！怎麼有這種恬不知恥的人？倒是得想個主意把他弄走才是。我就不信了，真沒有扳倒這種人的法子！」

「你先別生氣。」章清亭溫言勸著，卻又皺眉，「想讓他走，談何容易？倒是要想個法子，讓他別來打玉蓮的主意，騷擾咱們家才是真的。」

趙成材苦苦思索，「總不會一點法子都沒有吧？我老覺得他一日在紮蘭堡，我就不得安心，老怕妳又出點什麼事。」

章清亭聽得心頭一暖，「我自己會小心的，不過玉蓮容貌委實也太過出眾了些，不說姓薛的，就是賀家弟弟今兒瞧著她，也是目不轉睛。還有你們那李大院長，每回來一瞧見玉蓮就眉開眼笑的，我從沒見他對小蝶有那樣的好臉色。」

趙成材又是得意又是煩惱，「這匹夫無罪，懷璧其罪。玉蓮長這麼漂亮，日後縱是她自己甘心跟著旺兒過日子，家裡沒個能撐門面的男人，怎麼護得住她？還有姨媽家的生意，難道全讓她去拋頭露面？那可真是沒個清靜日子過了。」

說起這個，章清亭把趙玉蓮的想法也跟他說了，「你娘那麼潑辣，養兩個閨女倒是真招人疼，一個兩個都這麼有良心。」

趙成材立即道：「我也挺有良心啊！」

章清亭掩嘴一笑，「你有什麼好爭的？倒是想想玉蓮這事該怎麼辦吧。」

趙成材也愁，「我倒是想過能不能再幫旺兒好生治治，李鴻文說京城有個好大夫，也不知行不行？若行，再多銀子，我就去了。」

章清亭道：「那是遠水解不了近渴。其實我覺得旺兒不是那麼笨，你瞧他，會認人，也能識字，出去玩也知道好歹。說句不大好聽的話，我倒覺得是姨媽把他養傻了，什麼心都不讓他操，什麼都不教他，好人也會養廢了。」

趙成材點頭，「妳說的很是。咱們老把他看成是有問題的孩子，所以什麼都不要求他，也許他其實沒咱們想的那麼笨。反正他現在也在學堂裡，不如咱們試試，看能不能好好教教。」

章清亭讚許：「如此善哉。若是旺兒真能因此進步，倒是真的解決姨媽的心腹大患了。」

趙成材說幹就幹，當晚就擬定了一個牛得旺的學習計畫，準備開始嘗試，可還沒等他來得及實施，那小子先給他來了個狠的。

牛得旺一早起來就嚷嚷：「我不要姊姊跟我去上學！」

小孩子怕同學笑話，非要自己獨立，可沒趙玉蓮在身邊，他能管得好自己嗎？誰都不信。

只有章清亭支持，「就讓他自己去試試吧。讓銀寶和元寶跟他坐一桌，不許帶吃的喝的，上課時要是不老實，讓老師該打就打，不行就把他趕出學堂。反正你在學堂裡，咱們離得也近，怕什麼？讓他養成習慣，知道這世上並不是大夥兒都圍著他轉，只怕還好些。」

趙成材仍是有些擔心，「這藥會不會下得太猛了些？」

章清亭道：「治重病當然得下猛藥。也不用拖拖拉拉的了，就從現下開始，把他當成個好孩子來看，等他自己闖去。」

趙成材點頭，趙玉蓮卻仍是不放心，「我不跟進學堂，就在外頭瞧著行嗎？」

章清亭拉著趙玉蓮，「那學堂又不是龍潭虎穴，再說，咱們這麼多人都在家呢，出不了什麼大事。妳是想要他一輩子這麼嬌生慣養，不知世事呢？還是寧可讓他受點罪，學點規矩？」

趙玉蓮想了半天，終於同意了，只是再三交代牛得旺，一定要老實待著，千萬要聽老師的話，別和同學鬧彆扭。牛得旺滿口應下，高高興興背著小書包，和張銀寶、張元寶一起上學去了。

貳之章 佳人境苦多掛累

月初第一天開學，夫子們先不急著上課，而是讓學生們搬著小板凳到院子裡坐著開了一個會。除了總結上個月的教學成果，會議中最重要的事情，就是公布考試成績。

出乎所有人的預料，此次考試的前三甲當中，竟然有兩個是女孩子，只有第二名，被張元寶奪得，才為男生們爭了口氣。

前十名，不僅有大紅的獎狀，還有一套文具以資鼓勵。後頭那四十名，也各寫了一張獎狀，讓他們可以拿回家向父母報喜。而且前五十名的學生姓名還拿一張大紅紙寫了，就貼在書院外頭的滴水簷下，供所有父老鄉親參觀。

張發財這兩天心裡老惦記著這事，一見到學院終於放榜了，忙拉著張小蝶過去指給他看。首先就瞧見張元寶的大名，張小蝶驚喜連連，「爹，元寶考了第二名！」

「是嗎？」張發財縱然不識字，也是使勁瞅著那名字，樂得合不攏嘴，「那銀寶呢？」

「等我找找……」張小蝶再往後一瞧，「張銀寶，十七名，這小子可被弟弟比下去了。」

「都不錯！」張發財一拍大腿，喜孜孜往回走，「快告訴妳娘，今天給那兩個小子加菜！」

張小蝶本來也想回家，卻被附近一些圍上來看榜的家長圍住，「好姑娘，妳再幫著瞧瞧吧，看我家孩子在不在上面。」

張小蝶一時興起，「行啊，我來念一遍。第一名，王小翠。」

「什麼？」人群中有人驚叫起來，「那不是老王家的小閨女嗎？她考了第一名？」

張小蝶指那後頭，「第三名，衛金花，我記得好像是衛管事的閨女吧？」

這下人群裡像是炸開了鍋，一片譁然，「第一名和第三名都是小姑娘呢，你們瞧瞧多新鮮，把那些小子都給比下去了！姑娘，妳快往下念念！」

張小蝶現在也識了有幾百個字了，這些孩子們的名字都很普通，她大多認得，很是熱心地一一念了下去，偶有不認識的，便叫方明珠一起來辨認。

那些家長們每聽到一個名字，都會議論上好半天，那是誰家的閨女還是小子。若是有自家的孩子，可更不得了了，臉上頓覺光彩萬分，腰桿似都硬了許多，旁人也是羨慕不已。

同一個地方住得久了，大多都是沾親帶故的，很快便一傳十，十傳百，還沒等到學堂放學，來圍觀的家長們已把學堂門口圍了個水洩不通。而張小蝶和方明珠就成了義務解說員，站在那榜前念得口乾舌燥，章清亭在店裡瞧得好笑，倒了兩杯茶，「爹，趕緊送去給她們吧。」

張發財高高興興過去了，趙玉蓮瞧著外頭熱鬧，忽望著章清亭笑道：「恭喜大嫂，咱們家這店的生意肯定會好起來了。」

章清亭抿唇一笑，「生意好了，每人再加一個雞蛋。」

到了中午放學，學生們蹦蹦跳跳地出來了，各家家長都在呼喚自己家的兒女，可當中叫得最大聲，最讓人羨慕的，就是「王小翠」。

章清亭聽著那聲音耳熟，抬眼一瞧，居然是王江氏。

沒天理了，王屠戶家居然養出這樣一個聰明伶俐的小閨女來？章清亭跌破眼鏡。

感受到眾人羨慕的目光，王江氏得意至極，牽著女兒，高高仰著下巴，特意把她的獎狀和獎品拿在手上，招搖過市，不知羨煞多少人。

就連張發財都忍不住到學堂門口去喊了一嗓子：「張元寶！張銀寶！」

只可惜自家離學堂太近，沒辦法招搖，張發財只得拉著兩個孩子，在門口樂呵呵地站著，就等著有人問起，便滿臉驕傲地說：「我兒子，一個第二名，一個十七名！」

果如趙玉蓮所言，榜樣的力量是無窮的。當日就有不少家長帶著孩子進文房店加買筆墨，要督促孩子上進。上了榜的要保持，沒上榜的要努力。

但生意更好的，卻是方家的糕餅鋪子。

本就到飯點了，考得好的，要買幾塊糕點獎勵一下自己家的孩子，縱是沒考好的，也得買一塊加以鼓勵。直等所有的孩子都走乾淨了，才漸漸停歇下來。

趙成材領著牛得旺，最後也回來了。

趙玉蓮一瞧小胖子垂頭喪氣的模樣，嚇了一跳，「這是怎麼了？」

趙成材橫了牛得旺一眼，「妳問他吧。」

牛得旺的小胖嘴噘得都可以掛油壺了，卻低了頭半天不吭聲。

張銀寶小聲笑道：「旺兒上課唱歌，挨老師板子了，還被趕了出來。」

牛得旺不服氣，「你們只說上課不許說話，沒說不許唱歌的！」

全家人都笑了起來，趙玉蓮忍笑跟他講道理：「旺兒，不能說話，就是不能出聲的意思。連話都不能說，怎麼能唱歌呢？都跟你說了，上課要守規矩的，你不好好聽課，老是想著玩兒，那怎麼行？」

「可咱們以前在家裡上課也是這樣的啊？」

「那是在家，就你一個學生，當然沒人管你，可這裡是學堂，有那麼多孩子呢，你看別人有上課唱歌的嗎？大家都要守規矩。」

牛得旺似懂非懂地點了點頭，趙玉蓮又看他的胖手，老師打得並不重，沒留下什麼印記。自帶他去洗了手，準備吃飯不提。

章清亭正想著張金寶怎麼還沒回來，準備過去看看，卻見他興沖沖從後院進來，「大姊，那房子今兒上午一共談出去三套，阿禮讓我跟妳說一聲，回頭租金送來，就夠錢還債了，我還談成了一套呢！」

章清亭忙誇讚了他幾句，方對趙成材道：「那下午我就把錢提了，你拿到衙門去，請陳師爺、衛管事作個見證，把帳都結了吧。」

趙成材點頭，又問：「過節的東西準備好了沒？給我一路送過去。」

「都弄好了。」

飯後，章清亭過去找晏博文瞧了新簽的租約。有一間書畫古董鋪、一間雜貨鋪，還有一間小飯館，不覺稀奇，「咱們這兒開飯館，是不是門面小了些？」

晏博文笑道：「才不小呢。這是福興樓的生意，他們那蔣大掌櫃真是心思活絡，想租我們這兒開間雅室。前頭那小門面，不做生意，只招待。後頭這些房間才是吃飯的地方，全部一間間隔開，讓那些貴人談生意的。咱們這裡的廚房小了些，主要的食材還是在那邊準備著，再送咱們這兒來加工便妥當了。」

章清亭嘆氣，「真虧他想得出來，那他這兒的價錢肯定便宜不了吧？」

「那是當然，不過呀，我也給他們開了個最高價……」

晏博文話音未落，方明珠搶著道：「阿禮哥談出去每月二十兩呢，還幫他們起了個名兒，叫福雅居。」

章清亭笑望著晏博文，「阿禮辦事，自是牢靠的，只是你們家這後院租出去了嗎？」

「租出去了，就是那家古董店，圖個清靜。」

方德海笑著揶揄：「其實我倒想把那福雅居弄我後頭，沒事可以去找同行切磋切磋，可又怕油煙熏著某尊活佛。」

章清亭臉上微微一紅，這都是她不肯養雞，讓趙王氏那句話傳開了。

等到下午那三家送來租金，簽了契約，章清亭本想約方明珠一起去錢莊提錢還帳，可方明珠早和張小蝶約好了下午學識字和描繡花樣子，章清亭只好回家找趙成材一起去。

趙成材道：「那妳再進去收拾一下，陪我去衙門送禮。都是認識的，也謝謝人家。」

章清亭便重又梳了頭，趙成材把要送的禮品整理好，準備出門，弄得張小蝶打趣：「這麼打扮起來，倒應了那句話了，郎才女貌，珠聯璧合。」

章清亭嗔她一眼，「多事！」

趙成材卻嘻嘻笑著，和她一起出了門。

章清亭和趙成材先去錢莊，提了錢，趙成材無意中發現，她和方明珠的印章上都有細小的傷痕，不覺皺眉，「這好好的印章怎麼都弄壞了？」

章清亭莞爾一笑，「這樣就造不了假，這可跟你們平常用的不一樣，是故意弄上去的。」

趙成材這才明白，自嘲地一笑，「瞧我這樣的窮人，當然不懂你們富人的做派。」

章清亭白他一眼，沒拿現銀，而是全讓人一份一份換成了銀票，這才和趙成材去了衙門。

他們先去找陳師爺，卻聽說有人打官司正在扯皮，等了一盞茶的工夫，陳師爺才笑著迎了出來，「什麼風把你們倆吹來了？」

彼此見了禮，趙成材取出銀票和禮物，「今日前來，所為兩樁事情，一是還債，二是端午快到了，就自家做了些粽子糕點，帶給您嘗嘗。」

陳師爺也不推辭，含笑把自己那份禮收下，命人請來衛管事，一同作個見證，幫著銷帳。

那些生意大半都是衛管事幫忙拉來的，銀錢數目早跟章清亭核過了，現在對照無誤，便收下了，立即安排人去通知那些商戶來領銀子。

正事已畢，衛管事才又道謝：「中午回家瞧我們家那小花的獎狀，真是要謝謝你們費心了。該我們送禮給夫子，哪有你給我們送禮？」

「那可不一樣。」陳師爺湊趣道：「他送你是謝你幫他蓋房子，你謝他是謝師禮，兩個不衝突的。」

衛管事忙應了：「那是當然，改日一定上你們書院道謝。」

趙成材笑呵呵道：「那是你家閨女爭氣，我們書院都是一樣地教，可考出來卻有三六九等，足見還是她自己下了苦功的。」

章清亭在一旁笑著幫腔：「也是衛大人家教有方。兩百多個孩子考第三，可著實不易。這還是個姑娘家，要是個小子，日後還了得？」

衛管事嘆了口氣，「就是這話。也不是我自誇，我家花兒從小就聰明伶俐，幾個哥哥沒一個趕得上的。那孩子也真是愛讀書，自上了學堂，回了家沒事就是看書寫字，很是用功。偏生就個丫頭身子，要不，我還真指望她能替我爭口氣。」

陳師爺道：「姑娘又怎地？讓她好生學著，日後雖不能參加科舉，但學出本事來，到時擇個東床快婿，一樣替你爭氣。」

衛管事點頭，「希望如此了。不過我倒真是希望你們學堂容這些女孩子們多學幾年，要是能請到好師傅教她們琴棋書畫、針線女紅就更好了。縱然再加點學費，我也是願意的。要是我們自己請，就太艱難了些。」

趙成材聽得心中一動，對啊，女學生們若是識文斷字了，家長們肯定是想著日後能擇個貴婿，可讓一家負擔一個好老師的費用估計有些吃不消，但若是能多聯絡些家長，替她們請些才藝方面的老師，豈不是好？

「行，此事我記下了，回頭去書院裡再商量商量，打聽打聽哪裡有這樣好的老師。」

衛管事大喜過望，「那我可就指望你了！」

陳師爺笑道：「等事成了，你再好好謝謝他吧。到時咱們紮蘭堡多出些才女，縱是嫁了出去，也是替我們家鄉父老爭光。衛管事，你家閨女考這麼好，準備怎麼獎勵她啊？」

衛管事半是得意地一笑，「可別提了，那孩子心大，考了第三回來還不樂意，說輸誰也不能輸給王小翠，正在家裡發憤用功呢。她娘想拉她去做身新衣，她都不要。」

「這還真是要頭懸樑，錐刺股了。小丫頭愛讀書是好事，但也不能不顧惜著身體，你還是快帶她去做件新衣裳吧。」

陳師爺話裡明顯有送客之意了，衛管事知他素來和趙成材交好，心想他們可能有話要談，連忙告辭：「說的是。這德容言功，三分人才，還得七分打扮，我這就帶她去。」

等他走了，陳師爺才把趙成材夫婦請到內室，閂了門才笑道：「現有一樁好買賣，不知你們有沒有興趣？」

趙成材和章清亭對視一眼，「陳師爺，您跟我們還賣什麼關子，快說來聽聽。」

陳師爺從袖中抽出一份公文遞過去，「你且看了再說話。」

趙成材接過一瞧，半天嘴巴張得老大，臉色也變了，「這……這……」

章清亭是真著急，到底是什麼買賣值得秀才如此模樣？又不好湊過去看，只輕笑著：「相公你也注意著點，別讓陳師爺笑話了。」

「不是，娘子，妳自己看看。」趙成材忙將公文遞了給她，轉而問陳師爺：「這事，我們能做成嗎？」

陳師爺頷首，「只要你們能還得起這筆債，這馬場就歸你們了。」

章清亭看了那份公文，也是倒吸一口涼氣。天啊，真是老天掉下金娃娃了！

公文裡明明白白寫著，紮蘭堡的神駿馬場因債務糾紛，欠銀不少，而那東家因為家宅不寧，年前就憤而留書出走，不知跑到哪裡去出家了，家中亂成一鍋粥，欠的銀子也無力償還，待要寬限，可已經拖大半年了。

幾位債主實在等不得，又不好去欺負人家孤兒寡母，故此聯名來此，把他們家告上衙門，想以馬場抵債。他們要的不多，只是各家的欠銀，總計才一千多兩。

陳師爺道：「這可是塊大肥肉，若是按正常的流程走，衙門得等縣官來了，再將那馬場掛牌公售，價高者得，可現在不是群龍無首嗎？新縣官還不知什麼時候到，我方才接了這狀紙就想到你們了。早前成材你不是還說想弄個馬場來做做，這可是個千載難逢的好機會。」

趙成材有些遲疑，「這……不太好吧？會不會有點落井下石了？」

陳師爺重重嗤了一聲，「就說你太書生氣！這事情你要是不做，總會有人做的。一旦傳揚開來，你再搶都搶不到了。那馬場真正值錢的，其實也不全是馬匹，倒是那麼大塊牧場，哪怕你們自己不做，就是接了一倒手，絕對也有幾百兩銀子的利息。」

章清亭很困惑，「既然是開馬場的，家中定然有錢，怎麼連區區一千兩都拿不出來？」

陳師爺倒是笑了，「這個不怨妳疑惑。聽說，那東家在外頭置了個外室，可是家裡媳婦凶悍得很，死活不同意進門，那外室連身孕都有了，卻仍無名無分，也是成天哭鬧不休。東家被她倆逼得無法，只好離家出走了。現在這兩房都有錢，卻沒一個肯拿錢出來還帳，只把馬場的地契丟出來拖著，她們兩邊倒是吃香喝辣的，這才氣得債主來打官司。說起來，他們也怪可憐的，收不回帳，連年都沒好生過。這眼看就端午，心裡更是難受，這才鬧了起來。」

趙成材仍是覺得不踏實，「若是我們接了，那東家又回來了，再來個不認帳怎麼辦？」

「這個你放心。」陳師爺嘿嘿笑道：「反正現在山中無老虎，我就冒險替你們辦一次。你們把錢交上來，我就把那馬場判給你們。就算是東家再回來，也怪不到你們頭上。不過你們若是要辦，就得越快越好，誰都說不準新縣官什麼時候到。要是可以，我今晚就聯繫債主。」

趙成材想了半天，也不避諱，直接就問：「娘子，妳說，要嗎？」

「要！」章清亭以女性特有的直覺，當機立斷答應了，「不過，我們得先去馬場看一眼，到底是多大的牧場、多少馬匹都得有個數。最好再請衙門裡的官差，還有那些債主們一起去作個見證。若是可以，我現在就去提銀子。只不過，陳師爺，咱們明人不說暗話，這事若是成了，我們該怎麼謝您？要不，這麼大個忙，我們也不敢讓您擔著這麼大的風險來幫。」

陳師爺也不含糊，直接就道：「若是事成，我也不要旁的，就把你們那小院子送我一套，縱是我為此砸了這飯碗也是無妨的。」

一套院子換一個馬場，太值了！章清亭拍板，當即就分頭火速行事。

出了衙門，章清亭幾乎是一路小跑著和趙成材回了家，三言兩語跟方德海把這事一說，老頭子的眼睛也立即就亮了起來，「妳和明珠去錢莊提錢，阿禮趕緊去雇馬車，咱們馬上就走。」

章清亭又吩咐張金寶看著胡同，趙成材卻道：「讓金寶跟著一塊去，少不得有他幹活出力的地方。金寶，你快收拾筆墨紙硯，還有算盤什麼的都帶上。等阿禮車來了，就到錢莊來接我們。」

張發財道：「你們快去忙吧，家裡有我們呢，不用擔心。」

這邊趙成材就帶著章清亭和方明珠火急火燎地出門了，到錢莊一次把帳上剩下的幾百兩銀子全部提了出來，等了沒一會兒，晏博文帶著車也到了。他倒是細心，怕人多不夠，直接雇了兩輛大車過來。

一行人上了車，直奔衙門而去。

陳師爺那頭也沒閒著，待他們一走就打發了幾個差役把幾位還沒走遠的債主全又追了回來，聽說有人願意接手還錢，那些債主們自是喜出望外。兩相見面，也不多寒喧，便請他們也上了車，一起往神駿馬場而去。

章清亭畢竟是女流之輩，不好與陌生男子同車，趙成材便當了代表上了債主們的車，與他們相互認識。

這些債主多半不是本地人，為了討債已經來了好幾趟，就住在客棧裡。他們也巴不得早些把事情了了，早點回家過節去。聽說是蓋學堂的趙秀才，這些債主倒是都信得過，陳師爺又特意說起趙成材剛賣了幾套房子，便先還清了所有欠帳，那些債主更是滿意。

「做生意便該這樣才對，欠債還錢是天經地義。沒得說你賺了錢，自個兒大魚大肉，倒讓別人吃糠嚥菜的。」

「就是，這沈家也太不像話了。就是一家出個五百兩也能幫咱們把帳還了，卻偏偏不肯。哼，他們不仁就別怪咱們不義！」

看來這些債主沒少受沈家妻妾的窩囊氣，一個個義憤填膺。

趙成材心下暗道，這齊人之福可也不是好享的，一個弄不好就成了齊人之禍了。還是一夫一妻最省心，像他和他媳婦，多好！

行不多時，神駿馬場到了。

春日黃昏，夕陽西下，晚風吹著柔嫩的青草，一片欣欣向榮。章清亭下來一瞧，當真吃了一驚。陳師爺沒有說錯，這馬場要是買下來，光這塊牧場就能保住本錢了。

債主帶他們進來，熱心介紹著，「這沈家的神駿馬場是紮蘭堡僅次於賀家飛馬牧場的第二大馬場了，雖說地方小了點，但這塊牧場草豐水美，是整個紮蘭堡最好的一塊牧場。你們瞧，那二道溝剛好在山腳下拐了個彎，牧馬飲水都是極便利的。」

「還有這邊，這馬廄可不是草棚子，全是土坯牆，狼來了都不怕。還有那邊，搭的兩間磚房，是倉庫和夥計住的地方，全部是現成的。」

他們這一行人當中，只有晏博文是真正懂馬的。

他瞇眼瞧了瞧，地方是不錯，只不知馬匹如何，「去馬廄看看吧。」

高大寬敞的馬廄裡，本能容納上百匹馬的地方卻只稀稀拉拉養著幾十匹馬，俱是無精打采，瘦弱不堪。應是多日未曾清理了，馬糞馬溺堆積不少，在這春暖時節，聞之欲嘔。

章清亭剛到門口便掩鼻皺眉退了出去，債主瞧著也是面面相覷，大驚失色，「怎麼只剩下這麼些馬了？」

他們進來這麼半天，都沒有一個夥計過來招呼。趙成材眉頭一皺，轉頭叫張金寶：「你跟我進來，點點這些馬匹的數量，包括顏色都要一個一個記清楚。」

晏博文從袖中取出汗巾包住口鼻繫上，「我來吧。趙大哥，你來記，金寶去把旁邊的窗戶全部打開，透透氣。」他走上前就掰開一匹馬的嘴巴，「黑毛白額，三歲，中等。」

這一看就是行家了，趙成材不懂也不裝懂，依他那樣也拿了汗巾如法炮製，接過張金寶的筆墨，就開始運筆如飛，刷刷往下記。

他們在這兒清點，章清亭道：「那咱們就過去夥計那邊瞧瞧吧。」

偌大的工房裡靜悄悄的空無一人，裡頭的家什也搬得差不多了，除了幾樣笨重的家具，什麼也沒剩下，旁邊另一間房用鐵鍊著的便是倉庫。

「人呢？有沒有人？」

吵嚷間，外頭終於過來一人，「嘿，你們在這兒幹什麼呢？」

債主們終於揪著人了，「你是何人？」

「我是這兒管事的。」

「你管事？我且問你，這兒原來的馮管事呢？」

那人一驚，「你認識他？走了，早就回家過年了。我是他請了來，暫時幫著看馬的。你們要是找他，可得再等等，看端午過後會不會回來。」

「那這裡原來那麼多的馬呢？」

「賣了。沈家這大半年連個工錢也不給，讓大夥兒喝西北風啊？賣了被大夥兒分了。」

那夥債主可真氣壞了，跳著腳大罵：「這也太不負責了！連自家夥計都不管，那咱們還管什麼？趙夫人、方老爺，你們是不是要？若是確定要，咱們現在就賣。」

那人慌了，「啊？你們要賣馬場，這是沈家的東西，可不許亂動！」

「我們是這兒的債主，瞧見沒有，這是沈家給我們的契約。」

那人撓頭，「我不識字，我也不懂，你們愛怎麼辦就怎麼辦吧。那這兒是不是就不要我看了？那我可就走了。」

「站住！」章清亭覺得有點不對勁，「那馮管事給了你什麼好處？你在這兒替他看馬？你是不是也偷了馬匹出去賣？還是偷了糧食？」

「哪有？」那人的眼神明顯閃爍起來，轉身就想往外跑。

幸好陳師爺還帶了兩個官差同來，「攔著他！官府在此，你還想狡辯？快快從實招來，否則抓你上衙門大刑伺候！」

那人一聽惹上官府了，嚇得立即就招了：「是馮管事答應我的，他說沒錢給我，就把這兒的東西給我了。」

「那你快把庫房打開，讓我們瞧瞧。」

那人支支吾吾推脫著：「我……我沒鑰匙。」

「說謊！」章清亭一針見血，「你要是沒有鑰匙，哪來的草料餵馬？還不快去把門打開！」

那人一拍大腿就嚎開了：「馮管事答應正月就回來的，可現在都幾月了？也不見個人影！我幫他看這麼大的馬場，收點工錢又怎麼了？」

債主道：「你老老實實說真話，我們就不追究你，要是再推三阻四的，一定要抓你進衙門，快開倉庫！」

兩名官差架著那人直接就到了倉庫門前，他這才不情不願開了倉門。推開一瞧，倉庫裡已經快被搬空了。

「糧食本來剩下的就不多了，沈家也沒個人來照應。這麼多匹馬成天得吃得喝，我不過才賣了幾包而已。」

「那馬呢？」章清亭關心的還是最值錢的東西，「賣了幾匹？」

「馬走時是點了數的，我沒賣，就拉了兩匹回家幹活了。」

陳師爺不信，「真的是兩匹嗎？可不要讓官府查出來有多的。」

「四匹！」那人賭咒發誓：「再有隱瞞，抓我去坐大牢都可以！」

陳師爺當即下令：「那糧食的事就算了，你去把那四匹馬給送回來！」

那人想跑，陳師爺使個眼色，兩名官差跟著他去了。那人暗呼倒楣，卻不得不垂頭喪氣帶著人回家領馬。

那群債主一合計，反倒向章清亭他們賠禮，「趙夫人、方老爺，你們看這樣行不行，那尾數我們也不要了，只要你們能把前頭整數的銀子還給我們，這馬場就算你們的了。」

章清亭卻道：「各位大爺，你們在外做生意也不容易，這債該是多少就是多少。今兒我們手上的現銀短了點，一會兒也不知能不能全籌到。如果不行，可否先讓離家最遠的先把錢領回去，其他幾位，我們至多明後日就全部還上，讓你們也能安心回家過個好節，行嗎？」

債主們一聽，還有這等好事？個個歡欣不已。

章清亭一笑，「各位都是跟馬場有生意往來的，說不得日後咱們還得打交道，那時就請各位行個方便，大家發財也就是了。」

「好好好，趙夫人，您都這麼說了，我們也不能不仗義。日後妳只要有需要，儘管來找我們，絕對是給妳最低價。我們現就把這契約過戶，交給妳了。」

陳師爺帶的東西都是現成的，當下就把契約擬定，簽字畫押，收了起來。

「回頭蓋了官印再給你們。」

章清亭心知其意，也不多言。

等了一時，趙成材他們清點馬匹回來了，顧不得喘上幾口乾淨氣，先報結果：「共有四十七匹馬，卻只有十一匹是好的，其餘全都病了，得趕緊請獸醫回來。」

再一會兒，去提馬的官差也帶了四匹馬回來，光這就值回不少銀子了。

晏博文看見剛回的一匹棗紅馬時，眼神明顯動了一下，卻沒有吭聲，將那四匹馬一併牽了回去，「今晚我留下，等大夫來。還得立即打掃，要不，這些馬兒可太遭罪了。」

「我也留下。」張金寶在外頭大口大口呼哧呼哧吐著臭氣，「這麼大的地方，你一人也幹不完啊！」

這個弟弟，終於也懂得勤快了，章清亭很是欣慰，「那你倆留下，晚上把飯送來給你們。」

趙成材道：「我去請大夫，再把成棟也帶來。現在一個夥計都沒有，先讓他來頂上吧。」

章清亭卻驀地記起，「那你家明兒收割的事情怎麼辦？」

趙成材一笑，「妳傻了嗎？現在有這麼多馬匹，隨便牽一匹回去，能幫多大的忙？縱是再不夠人手，花錢找人就是，哪有這邊的事情要緊？別多說了，阿禮，你挑一匹好用的，我帶牠回去幹活。看還有什麼要帶的，我一會兒再帶過來。」

晏博文從剛剛收進來的幾匹馬裡牽出一匹白馬，「若是幹農活，這個就好，年紀雖大，但很是溫馴。只是，你會騎嗎？」

這話問得趙成材臉上有些掛不住，笑著反問了一句：「你見過咱們北安國的男子有不會騎的嗎？就是不太熟練，摔打幾次也就好了。」

於是章清亭很是訝異地看著趙秀才翻身上馬，還挺像模像樣的，心中不禁一動，那她是不是日後也可以學學騎馬？

方明珠已經一臉興奮地問出來了：「阿禮哥，我明兒來，你教我騎馬好不好？」

「這馬兒還瘦著呢，得養好了再說。」晏博文又對章清亭道：「老闆娘，得盡快買個馬車，往後可有不少東西要置辦，你們來來去去的，要是沒有馬車就太不方便了。」

章清亭點頭，趕緊先帶眾人回去。

當趙成材騎馬回去時，趙王氏嚇了一跳，「你上哪兒租了匹馬來？就是收割也太浪費了。」

趙成材臉上是掩藏不住的笑意，「什麼租來的？這是咱家的，那馬場裡還有好幾十匹。」

趙王氏以為自己聽錯了，「咱家哪有馬場？」

趙成材得意一笑，「剛買的。」

趙王氏瞠目結舌，剛買的？馬場？那得多少錢？

趙成材跟呆住的趙王氏交代：「這匹馬就留著先幫您幹活吧。成棟，你快收拾了鋪蓋衣裳，一會兒我就雇車來接你，送你去馬場。這回你可得給我好好地幹，再不許偷懶耍滑，聽到沒有？」

趙成棟瞠目結舌，「哥……你、你沒弄錯吧？你買馬場了？」

「是你嫂子和方老爺子一起買的。」趙成材轉身想走，趙王氏卻緊緊揪住兒子不放。這消息來得太突然太震驚，她必須得問個清楚，「你們那房子還沒租出去多少，哪來那麼多的錢買馬場？」

「娘，您就不用擔心了。」趙成材著急要走，「我還要去請獸醫，帶吃的過去。總之就是娘子剛剛買了個馬場，還是咱們紮蘭堡第二大的馬場。明兒收割的事情，您自個兒花錢雇人幹吧，詳細的我回頭再跟您說。」

他急匆匆走了，趙王氏站在那兒，半天還回不過神來。

我的天，章清亭那丫頭居然折騰出了一個馬場？趙王氏由震驚慢慢變成了狂喜。紮蘭堡的第二大馬場，這是真的嗎？是真的嗎？

她摸著怦怦亂跳的心口，定了定神，白馬就拴在院子裡的樹上，牠是活的，這事是真的。

趙王氏深吸了口氣，讓自己的腦子清醒起來，「成棟，你趕緊收拾衣裳和鋪蓋。孩子他爹，你也快去收拾，一會兒跟成棟去馬場幹活。」

趙老實不解，「成材又沒叫我。」

「你傻啊！」趙王氏真是恨鐵不成鋼，「他那是怕咱們收割沒人，你又是他爹，所以不好叫。那麼大個馬場，連個夥計都沒有，指不定得有多少活要幹。我是走不開，要不，我也去了。聽我的，快收拾東西。」

「那收割……」

「咳，你個老榆木疙瘩怎麼一點都不開竅呢？我明兒請兩個人回來收了不就完了？那兩畝地的麥子值多少錢？一匹馬值多少錢？這能一樣嗎？對了，咱們這兩塊地，下一季就不種麥子，改種豆子玉米和高粱，餵馬！」

趙王氏想著就覺得是個好主意，「你們快去收拾。我去烙幾張餅，再帶上鹹菜和大醬，你們拿去和大夥兒一塊兒分著吃。」

趙家三口慌慌張張忙開了。

那頭章清亭更不閒著，讓方德海回家做準備。章清亭中途就下了車，帶方明珠去敲開了錢莊鋪子，以胡同房子作抵押，順利借來了銀子。

方明珠很是不解，「大姊，咱們為什麼不緩一緩再還這錢？」

章清亭一路走，一路跟她解釋：「對於咱們來說，緩一緩不算什麼，妳反過來想想，若是別人欠了妳這麼多錢，又拖著不還，妳心裡是什麼滋味？」

方明珠又問：「那也不一定要來錢莊借啊？找租我們胡同的那些老闆們借，利息應該不用這麼高吧？」

章清亭悄聲道：「要是找別人借錢，一來，咱們得跟人家說清楚來龍去脈，到時未免有人會說我們落井下石，趁火打劫。二來，人家就算是什麼也不說地借錢，可咱們卻又得欠下一個人情。日後要還，不知要花多少錢，不如現在就多花點錢，也不費口舌，就把錢借來還上。將那些債主高高興興送回家去，日後說不定還能有來有往。」

方明珠恍然，「這就是一石三鳥之計了吧？」

章清亭狡黠一笑，「咱們得了便宜，可不能再賣乖，得多替人著想，買賣才能做下去。」

方明珠懂了，「大姊，妳可真是詭計多端。」

章清亭嗔她一眼，「什麼詭計多端？妳可以誇我足智多謀。」

方明珠捂嘴咯咯直笑，兩人到了衙門，債主還在這兒等著，當即便還清了所有欠款。

那些債主沒想到她辦事這麼爽快，感動不已，「到底是秀才娘子，做事清清白白，真有讀書人的俠義之風。」

章清亭也高興，上回秀才訓誡了她，她可是一直記在心裡。債主們歡天喜地收了銀子，都準備歇一晚，明兒就回家過節了。章清亭問清了他們住宿的客棧，次日一早，還特意一人送了份端午節的粽子和點心，雖是小小舉動，卻讓那些人對她的好感又多了幾分，日後做起生意來，自然是關照良多。

送走了人，章清亭立即又與陳師爺簽訂了一份小院子的轉讓胡同。陳師爺倒不貪心，隨便她們給哪套，章清亭便挑了那套已經租給福興樓的給他。

陳師爺卻堅決不要，「那套租得那麼好，給你們自家吧，給我那間租給雜貨鋪的就好，不過此事可別跟人說起，租金還是你們去收，悄悄給我就行。」

這個章清亭自是懂的。

陳師爺取了官印，在馬場契約上蓋了公章給她們，這就算正式生效了。章清亭直到白紙黑字的拿到那契約，心才真正放了下來。

和方明珠回了家，趙成材卻早就回來又走了。

他做事很細心，讓晏博文對那些馬匹初步診斷了一下，將病症全記下來了，再去獸醫那兒一說，便知道大致要如此處理，接著帶了個小徒弟和許多適用的藥材過去。只是，他回來時，家裡飯菜還沒熟，趙玉蘭只能臨時抓些糕餅讓他帶去。幸好趙王氏想得周全，烙了不少餅，連請的獸醫和夥計也夠吃了。

趙成材見老娘如此盡心，心裡也是感激。沒工夫多說，一輛大車趕緊拖著人殺到了馬場。

天色已黑，晏博文燒了柴禾在外面照著引路，他和張金寶已經幹了不少活了。眾人進來，先吃飽喝足，再開始幹活。

幸好馬匹都沒生什麼重病，獸醫瞧過之後，一一開了藥，囑咐他們分欄飼養，餵些精細草料，調養一兩個月，便能痊癒。

直忙到二更時分，才算完事。趙成材明天還要照管書院，便陪著獸醫一起回去了，這邊就交代給晏博文。晏博文便領著眾人，直幹到五更天，方把馬廄清理乾淨。到天將明時，四人全部累得倒在草垛上就睡著了。

一早章清亭帶著方明珠和張小蝶來送飯時，看得很是動容。也不吵他們，就在外頭灶間燒水泡茶，等著日上三竿，他們才悠悠醒轉。

洗漱之後，用了早飯，開始商量正事了。

晏博文眼睛閃閃發亮，「老闆娘，妳這回真是撿到寶了，光那一匹棗紅馬，就能幫妳把錢賺回來！」

章清亭也很歡喜，「是哪一匹？」

晏博文帶她去瞧，「就是牠，真是匹好馬，居然被拿去拖貨，這些人真是不識貨。妳放心，好好把牠養上幾個月，以後可以做種馬。」

章清亭聽著臉上微微一紅，雖知是正經話，可到底聽不習慣，便換了話題，「那你幫牠起個名字吧。」

晏博文生性愛馬，當真認真思索了一番，「瞧牠毛色紅亮，像是葡萄美酒一般，可是叫葡萄又太文氣，不如就叫烈焰吧。」

章清亭剛點頭，後頭方明珠過來，「我說還是叫葡萄好，多可愛。」

晏博文微一皺眉，章清亭卻笑道：「不過是個名字，叫什麼都無所謂。依我說，不如叫珊瑚或是瑪瑙，跟明珠更加般配呢。」

方明珠噘著小嘴，「大姊就會打趣人！」

章清亭道：「這些都是小事，阿禮，你倒是說說看，這馬場要怎麼經營，需要添置些什麼東西來才是要緊的。」

談到正事，晏博文也不開玩笑了，「首先是人，這麼大的馬場起碼得要七八個夥計來打理。現在又是春季，本來就該是馬兒發情繁育的季節，得快點治好了，讓母馬們懷上，要是錯過了，就得耽誤一年的工夫。」

章清亭紅著臉點頭，「我回去就招人來，那你瞧著其他東西要添置什麼？」

晏博文道：「最重要的就是草料，糧倉裡剩的草料已經不多了，幸好現在青草多，但也需要準備些青豆麥麩、玉米高粱，還有紅蘿蔔，馬兒也愛吃。現在馬兒病的多，要是可以，還得大量採購些雞蛋回來給牠們補補。再買些糖、麻油和鹽巴，這也是要的。」

方明珠聽得稀奇，「這馬兒還吃糖吃鹽？」

晏博文笑道：「馬兒不吃鹽，可是跟人一樣沒勁的。糖是零嘴，油是潤腸的。若是可以，牠們還愛吃果子呢。只是那些太貴且難得，真正想養出好馬來，可不是那麼簡單的事情。」

章清亭聽得不住點頭，她該學的東西著實不少。有一個人，看來得好好去請教一番了。

章清亭從馬場回了家，見牛姨媽也過來了，聽說她買了個馬場，很是為她高興，都不用她開口，直接就問：「要不要糧食？妳放心，姨媽進價多少都可以告訴妳，但是賣給妳，也是要稍微加一點利息的。妳現在手頭肯定短銀子吧？可以等妳那些房租收上來再還我。現在這春天，妳若是想在外頭收糧，恐怕也是收不到。等到了秋天，我在這兒的生意也做起來，倒可以一併幫妳收糧，少了我一道盤剝，妳還可以省好些。」

「那就有勞姨媽了。」章清亭極為感激，她現在最愁的就是手上現錢不夠，就算是牛姨媽那兒多加點利息，就衝她這麼仗義，也是願意做這筆生意的。

牛姨媽記下，「等我回去，馬上運糧食過來給妳。」

章清亭本想下午叫了趙成材一起去買東西，可張小蝶說：「姊夫早上去了學堂，那午飯還是我和玉蓮送去的，那裡也是好多人，忙得跳腳。」

真是人到用時方恨少，尤其是像趙成材這麼踏實肯幹的，少了他，章清亭可覺身上的擔子重了許多，奔波了一下午，好歹把東西買了個囫圇。

回家時，趙玉蘭和張羅氏已經燒好晚飯了。她們還做了許多饅頭包子準備往馬場送，並準備了一袋米，「既然那邊也有爐灶，就讓他們自己熬點米粥，吃起來也舒服些。」

章清亭跑了一天，累得腳軟，剛坐下喝口茶，真是不想動了，但這飯誰送？只得匆匆喘了口氣，又忙忙地跟著車走。才要出門，趙成材終於忙回來了，「妳歇著吧，我去送飯，一會兒回來咱們再商量正事。」

「那就辛苦你了。跟阿禮說，糧食的事情已經拜託姨媽了，過幾天必到，讓他先讓那些馬兒吃吧。車上有他說的胡蘿蔔和雞蛋，先湊合幾天，沒了再買。」

章清亭交代完畢，老實不客氣地又坐下偷懶了。

張小蝶端了杯茶過來，「大姊也真是的，沒見姊夫也辛苦嗎？連杯茶也不倒。」

章清亭有些赧顏，趙成材接了茶飲道謝，「小蝶別怪妳姊，咱們就是幫著出個力，她還操心呢，讓她歇一會兒吧。」

他抬腳正要走，牛姨媽剛好也回來了，「成材等等，我也跟去瞧瞧你們那馬場。」

趙成材一瞧桌上飯都擺出來了，便道：「姨媽還是先用飯吧，明兒再去也是一樣的。」

牛姨媽道：「這飯什麼時候不能吃？路上給我兩個包子就行了，明兒還有明兒的事來著。」

見她要去，牛得旺也鬧了起來，「我也要去看大馬！」

張銀寶和張元寶也跟著起鬨：「姊夫，帶我們去吧！」

張小蝶連忙道：「還有我！」

章清亭瞪她一眼，「這就一輛車，還拖著那麼多貨呢！妳多大啊？也湊熱鬧！」

張小蝶噘著嘴道：「我找姊夫去。」

趙成材笑了起來，問那車夫：「坐不坐得下？」

馬車夫笑了，「也拿兩個包子給我，就能坐得下了。」

眾人哈哈笑了起來，趙成材道：「那索性再多裝些吃的吧，我們過去吃也是一樣。」

幾女趕緊動手，把吃食又裝了一大份，放車上了。

章清亭還想起一事，「今兒一直忙著，也不知你娘忙完了沒，你繞過去瞧一眼。」

見她關心趙王氏，趙成材很是高興，笑著應了，領著這群人出門。

到底張小蝶還是被章清亭拽著，沒能擠上車，怏怏不樂地回來吃飯。

章清亭白她一眼，「以後還怕沒妳去的時候？我還有正經事讓妳辦呢！再想去，我把妳一人放那兒煮飯洗衣，熏死妳！」

吃了飯，章清亭還真要帶著張小蝶出門，卻見方明珠笑嘻嘻過來找她，「爺爺有請。」

章清亭一笑，端起了架子，「那就請他老人家再等一會兒，我到前頭說幾句話就回來。」

方明珠不依，在另一邊挽了她的手，「那我得跟著，萬一妳跑了怎麼辦？」她轉頭大聲朝屋裡喊：「爺爺，我跟大姊出去一會兒，馬上回來！」

「知道了，你們去吧。」

章清亭就這麼被兩個妹子一左一右夾著出門，弄得她又好氣又好笑，「我這是太后出巡，還是怎麼著？妳們倆掛我身上，我累不累？都放手，好好走路。」

兩個丫頭相互一擠眼，索性兩個腦袋都靠她肩上，「不累，一點都不累！」

章清亭只得拖著她們到了胡同口的賀家門前，兩人才終於放了手，站在她後面扮丫頭。

上前敲了門，小廝出來應門，陪笑道：「趙夫人，我們二位少爺都不在，請問有什麼事？」

章清亭和顏悅色地道：「我只是想麻煩你們等賀大爺來時說一聲，我有些事情想向他請教。這過了端午，不拘哪天下午有空，煩請你們過來遞個信，行嗎？」

小廝連忙應下，「明兒過節，興許大爺也會到集市來玩，到時一定轉告。」

章清亭道謝，和兩個妹子才又回去。

這個連張小蝶都猜著了，「大姊，妳是想問賀大爺怎麼養馬，對嗎？」

章清亭道：「咱們這剛開始，有許多不懂，若是人家肯教，咱們可以省好大的心呢！」

張小蝶促狹一笑，「那妳不用帶我們來，帶玉蓮來就好。就算賀家大爺不肯教，二爺必是肯的。」

章清亭臉一沉，「怎麼又說這種渾話？姨媽剛來，說話也不知道檢點！」

張小蝶不敢吭聲了，章清亭見四下無人，這才壓低了聲音問：「那賀二爺怎麼了？」

張小蝶悄聲道：「你們昨兒不是去忙嗎？我和玉蓮在後頭看院子，正好賀家二爺瞧見，特意買了些果子蜜餞送來，想給玉蓮，不過我們沒要。」

不是什麼大事，章清亭放下心來，不過下回見了賀玉堂還是得跟他說一聲才好，免得讓賀玉峰白獻殷勤，空歡喜一場。

她又想起薛紹安，心下有些不安，「那妳們這幾日可曾在附近瞧見什麼不明身分的人？」

張小蝶和方明珠都答不上來，「怎麼，有事？」

「沒事，只是問問。」章清亭把話題蓋了過去。

趙玉蓮行事很謹慎，也許薛紹安找不著機會就會罷手了吧？她心裡這麼希望著。

到了方家，方德海早泡了壺茶，「知道妳這丫頭講究，明珠，倒茶給妳大姊，把門關上。」

章清亭笑道：「您老人家快別這麼客氣了，您一客氣我心裡就害怕，像是我又做錯了什麼似的，還是隨意點好。」

方德海也笑了，等方明珠奉了茶才道：「妳還真是做錯了件事，是關於馬場的。」

章清亭納悶，錯在哪兒？

方德海收了幾分笑意，「這馬場的契約我瞧了，妳還是跟明珠聯名的，可這親兄弟也得明算帳，我們得約定個比例才好。」

章清亭不解，「咱們兩家一起出的錢，當然就是五五啊？」

方德海笑著搖頭，「五五可不行，至少得三七。別誤會，是我三，妳七。」

「這又是為何？」章清亭很是疑惑。

方明珠笑道：「這可是妳說的，做人做事，不能得了便宜還賣乖。」

方德海道：「正是這話。說起來蓋這胡同我們就沾妳不少光了，雖說本金是我們倆出的，但要是沒有妳家成材，這胡同到現在還是一塊爛地。」

「可是，成棟……」

方德海搖頭，打斷了她，「就算那個，用這胡同也該還清了。至於這馬場，我們可真不好意思再老著臉跟妳五五了。這馬場要說起來，還是妳家成材的功勞，要不是有他那層關係，陳師爺能想到咱們？咱們一共才花了多少錢，換那麼大一個馬場，我和明珠卻平白無故收這麼份大禮，說得好聽是我老糊塗，明珠年輕不懂事，說得不好聽，就是我們爺孫倆裝傻充愣，在占妳便宜呢！」

「可是……」章清亭剛想說什麼，方德海卻擺手制止了，接著道：「那馬場不說別的，光那塊牧場那些馬，至少也值三千兩銀子。我們呢，就算加上送出去的小院子，最多才出了一千兩都不到，要這馬場三成的股已經是很厚臉皮了。真要說起來，妳就是給我一成，或者撇開我們單幹，也是合情合理的，但我為什麼還是得老著臉要妳三成呢？這不是為了我自個兒，還是為了明珠。這孩子沒爹沒娘，我這個做爺爺的，以前也沒好生待見過她，就想多留點錢給她，日後等她出閣了，手裡頭有東西，婆家就不敢小瞧她，妳能懂我這老人家的心嗎？」

章清亭慎重地點了點頭。

方德海道：「這三成股我也不白要，明珠在幫我寫那些配方，到時成了書，妳一份，她一份，我絕不藏私。還有最重要的一樣，就是我那滷水燒烤的配方。老實跟妳說，上回趙成棟洩漏出去的確實也是真的，卻不是我最好的方子。」

章清亭聽得恍然，「我就說您怎麼這麼容易就原諒成棟了，敢情是藏了一手啊！」

方德海嘿嘿悶笑，「那時說起來也是不大信得過妳，那些調料我都是改換過了的，否則妳以為就憑妳十兩銀子一個月的價碼，能請得動我老人家？」

章清亭掩嘴笑了，「罷了罷了，那方子我也不要，您還是傳給明珠吧。」

方德海卻搖了搖頭，「不行，妳若是不收，就不是真心想照拂明珠了。我如今私下跟妳說，還有一層意思，是想讓妳自己也留點東西。」

章清亭微微一怔，忽地明白了，「您是說……」

方德海點了點頭，「妳那一家子沒什麼好擔心的，成材也是個大大的好人，可成棟那一家子，我老頭子就有些信不過。咱們不是以小人之心度君子之腹，但是有些事情不得不防啊！」

方德海重重嘆了口氣，「只當我老頭子多心，妳聽我一句，這馬場的分成，咱們這麼來辦，實際上按三七來，但是帳面上，咱們什麼都不寫。丫頭，妳對外說五五，瞞下的兩成可以回去跟成材商量商量，看是以誰的名義私存起來，就當給你們小夫妻攢家底。日後明珠嫁了人，也只能對婆家說只有兩成，多的一成妳幫她收著，別讓她傻乎乎的被人混了去。」

「至於那個祕方，我誰也不給，只讓妳們心裡有個數。等我老傢伙閉眼的那一天，才會真正傳給妳們，也算是給妳們一個防身的東西。」

章清亭聽得動容，「老爺子，您真是替我們想得太周到了。」

方德海嘆了口氣，「我也就只能盡這麼點心力了，要指望妳們日後都能平平順順的，寧可我做這個小人了。」

章清亭道：「老爺子，要這麼著，我們就四六開，否則我堅決不收您的祕方。您也聽我說兩句，雖說蓋胡同買馬場確實是夫君出了不少力，但是追根究底，我們最早賺到那買胡同的錢，卻全靠您的手藝。若非如此，其他的什麼都休要再提，況且您也說，明珠就她一人，我畢竟還有父母兄弟，這馬場生意還不知如何，她日後往婆家裡報上兩成，自己手上再留下兩成才更加從容。」

方明珠卻道：「不行，我就一人，花銷少，妳家人多，花銷大！我一人拿三成已經很多了，大姊要是不肯，我就不要了！」

方德海點頭笑道：「那我可沒辦法了。」

定了三七，方明珠重又寫了份契約，她們一式兩份，各自收好。

章清亭回了家，心裡卻在盤算著。現在自己占了七成，倒真是應該分給趙成材一半，可又怕一提錢的事情，他又逼自己做出選擇。

章大小姐真是為難，還一直為難到秀才回來。

趙成材上得樓來，章清亭倒好了熱茶給他，「盥洗室裡熱水已經燒好了，你先去洗洗，再過來說話吧。」

趙成材心裡一暖，收拾妥當，才過來說話，「娘那兒沒事，請了人幫忙，不用咱們操心了。倒是馬場離不了人，咱們索性全到馬場那兒去過節吧。」

章清亭點頭同意，先扯了句閒話，「你們學堂今兒忙什麼了？聽說人挺多的。」

「昨兒公布那榜後，一早就有許多家長要送女兒來讀書，原本一個班還編不滿，現在加一個班都編不下了。」

章清亭笑道：「這是好事。讓大家知道，女孩讀書也能跟男孩一樣，縱是不能走科舉仕途，能識文斷字也是個益處。」

「正是這話。還有昨兒衛管事提的那意見，我跟夫子們一商量，大家多是贊同的。女兒家識字要學，但針黹女紅更是本分。那些男孩子，也想請了人來教些農耕漁牧。琴棋書畫倒是都可以學，陶冶性情嘛。」

「那可否習武打拳，強身健體呢？」章清亭問道：「朝廷不僅有文狀元，還有武狀元。」

趙成材笑道：「這個我們也想過，但是一來場地著實不夠了，二來咱們這兒畢竟是個文學堂，再來習武，很怕男孩子們打起來，那就不得了，但是可以教弓馬騎射，這也是君子六藝。下回金寶要去永和鎮進文具時，讓他記著找些小孩子用的弓箭來，咱們先研究研究，若是可以，再去找老師。」

章清亭道：「金寶現在哪裡走得開？咱們得去招些人手才行。況且，除了阿禮，全是不懂馬的，我倒是想著去找賀玉堂，跟他們家先借幾個夥計來帶一下，看你什麼時候有空，一起見吧。」

這是她自恃身分，注意行止了，趙成材點頭，「我一定空出時間來。不行的話，他要是哪天晚上能來，我陪妳過去拜訪也是好的。對了，還有養馬的書，也得讓金寶記得買一些回來。」

他一面說，一面就提筆記了下來，「關於請夥計的事，我今天倒是也問了鴻文。若是從長遠來說，買的比雇來的好用，也踏實些。」

章清亭當然懂，「只是買來的必須從小教起，我是有這個想法，只怕你說我不仁慈，讓那麼小的孩子幹活。要是你不反對，我想先買幾個聰明伶俐的小孩教著，再雇些身強力壯的來幫工，等時間長了，再慢慢挑揀出好的來留下。」

趙成材笑道：「本來我心裡也有些疙瘩，可是鴻文跟我說：『你若是不買他們，他們指不定被賣到哪兒去做牛做馬。你既有這份仁心，把他們買回來，只怕日子還好些。縱是日後你要大發善心，捨了他們的契約也是好的。』我一想，竟真是這個理兒，便請他去找了相熟的牙婆說了這事，估計這一兩日就有回話，到時妳自個兒好生挑選幾個吧。錢的事情妳不用擔心，鴻文說那牙婆跟他家極熟，緩上幾個月付也是行的。」

章清亭聽了真是鬆了好大一口氣，「還是你想得周到，那我就卻之不恭了。」

趙成材一笑，「誰要妳客氣了？」

章清亭接著這話題：「我這還有件事，不知道要不要跟你客氣好？」

「說來聽聽。」

章清亭便把跟方德海約定的事情說了，不過假託了句謊言，「方老爺子說我這股該分你一半，要是沒有你，這馬場斷不能到咱們手上，可我又怕說了你生氣，你瞧這事到底該怎麼處置才好呢？」

趙成材反問一句：「妳是怎麼想的？」

章清亭臉紅了，轉頭不看他，「我覺得方老爺子說得有理。」

趙成材坐她身邊，握著她的手，「妳看著我的眼睛說。」

章清亭羞得抬不起頭來，心又開始怦怦亂跳了，低低嗔道：「別動手動腳的！」

趙成材忽地笑了，把她緊握成拳的手掰開，貼在自己的臉上，「如果妳同意了，我的妳的，有什麼區別？」

章清亭只覺臉一直紅到腳底了，想把手抽回來，卻怎麼也抽不動。

趙成材聲音低沉，卻跟她說起正事：「從前的鋪子我可以不跟妳爭，可這胡同還有馬場是那麼多人看著的，我要是再說全給妳，別人都會疑心我是想私吞家產了。」

這個章清亭絕對同意，就說是她的嫁妝，她也不敢拿。

趙成材又道：「咱倆的事先擱一邊，馬場的帳不能交給旁人，只能由妳自己或明珠經手，日後昧下來的這一塊，不管妳倆怎麼辦，我的意思是，多出來的全折了現銀，送到永和鎮，存進那些大錢莊裡頭去。或是再置什麼產業，都不能在本地了。」

有錢是件好事，但太有錢也容易遭人覬覦。趙成材覺得要藏拙守愚，不露鋒芒比較好。

章清亭聽得點頭，終於接了一句：「你不是時常去郡裡嗎？正好就讓你帶去存了。我瞧你那書箱就挺沉的，就是把裡頭換上銀子應該也是看不出來。啊，我還忘了件事！」

「什麼？」

「我還沒送東西去給福生呢，他家老奶奶也不知道怎麼樣了，還有咱們這既要開馬場了，倒是可以關照他的生意。」

趙成材道：「這事不急，明兒再說。」他突然把章清亭的手拉到唇邊吻了一下，「妳決定了嗎？」

章清亭臉騰地又紅了，連背心都在發燒，聲如蚊蚋：「不是說好了，等一個月嗎……」

她還未曾出口的話被堵住了。

可這回她也有了經驗，一被吻上，就想逃。

趙成材很快就大力摟住了她的腰，硬是把她從對面的椅子上拖過來，拖到了自己懷裡，橫坐在了他的大腿上。

唇舌交纏間，章清亭的腦子又漸漸暈眩起來，反抗也漸漸變得無力，然後陷在那片火熱的觸感裡，無法自拔……

「笨蛋，呼吸！」趙成材放開了她，說了這麼一句，可等到章清亭大力喘息了幾口氣，還沒來得及逃離，就再度吻住了她。

趙成材的手慢慢不老實地伸進了章清亭的衣裡，當他悄悄握住那團飽滿的豐盈時，章清亭似是觸電般彈了起來，拚命把他推開，逃也似的衝回房去。

趙成材一個不防，連人帶椅咕咚摔倒在地，等反應過來，卻是意猶未盡的滿懷欣喜。

李鴻文這個損友有時還挺靠譜的，果然這次的感覺比上回好多了。等到下回，應該會體驗更多更好的吧？

章清亭在床上，蒙著被子，感覺自己身上快著了火。

怎麼辦？怎麼辦？被那秀才親也親了，摸了摸了，以後她該怎麼辦？

第二日便是端午佳節，某隻鴕鳥再不甘願，也只得大清早的和那個呆頭鵝一起，拎了東西去到田家，可在門外就聽見隱隱傳來的啜泣聲，難道是田奶奶走了？

趙成材急忙過去叩門，田福生紅著眼睛迎出來。田奶奶還沒走，卻也就是這一二日的事了。

這是章清亭第一次來田家，果然是窮困潦倒。不用細說，只比之前的張家稍稍強上一點。

靠窗能照到日頭的暖和炕上，並排躺著田爺爺和田奶奶，都病得像蓬頭鬼似的。隔壁那房躺著的是田大娘，也是面黃肌瘦，骨瘦如柴。田大叔就在爹娘邊伺候著，滿屋子忙來忙去的除了田福生，就是上回見過的田水生和他的小姊姊田秀秀。

走進家門，就是一股陰濕霉爛的難聞氣息，兼之濃重的中藥味，聞之令人窒息。

寒喧幾句，田福生就把他們往外讓，「不是跟你們客氣，這屋裡實在沒法待人。」

趙成材放下節禮，拉了章清亭出來，將買下馬場之事跟他說了，又問他有什麼要幫忙的。

田福生搖頭，「該準備的都準備了，只可憐奶奶這一輩子沒享到什麼福就要走了。皮匠我倒是有兩個相熟的，都是一起混的窮哥們兒，但手藝不錯。你們要是信得過，過幾日我們合夥打一套馬具來給你們瞧瞧。要是覺得好，就用我們。」

趙成材道：「自是信得過才來找你。若是真做起來，人手必是缺的，我們準備挑幾個人過來幫你，你瞧著要多大歲數的？」

田福生想想，「至少得十四五歲，有把力氣。皮匠那邊，十來歲就可以了。」

章清亭道：「往後要是有什麼事，直接到家裡來說，縱是我們不在，找我爹或是隔壁方家都行。」

田福生點頭，才要送他們走，水生出來怯怯地道：「奶奶醒了，說……說想見見玉蘭姊。」

章清亭瞧著趙成材，他微一沉吟，「我一會兒陪玉蘭過來，就是鄰居家的長輩，也該來瞧瞧的，何況還有這麼多年的交情。」

田福生很是感激，趙成材也不多留，跟章清亭回了家。

趙王氏正好從家中過來，聽說此事，想想道：「你們不用過去了，我帶玉蘭過去。」

張銀寶和張元寶聽說要去馬場過節，很是遺憾，「今兒集市上可熱鬧呢，還有划龍船的。」

張發財板著臉敲他們一記，「你們哥還在馬場幹活，你們倒好，成天就惦記著玩兒！」

牛得旺瞧這情形，拉扯著他娘的衣裳不敢作聲了。

牛姨媽明白孩子的心思，笑道：「馬場那兒確實是辛苦，但幾個孩子又能幹得了什麼？不如在那兒吃了中飯，我下午帶他們回來吧。這大過節的，難道非得一起拘在馬場才算是盡心？」

章清亭也點頭稱是，張發財才不言語了。

東西很快備齊，倒是等趙成材去雇車耽誤了老半天。

章清亭正嫌他磨蹭，他卻道：「我跟車馬行的掌櫃談過，咱們既然有了馬，他願意先賒我們一輛車，日後若有他要用馬之時，咱們也行個方便就是。」

章清亭這才歡喜，卻又盤算著養車夫太貴，不如自己學了騎馬就便利了。

張小蝶和方明珠也忙來湊熱鬧，「到時我們三個一同騎著馬出去，那是多麼的威風凜凜！」

趙成材笑了，「妳們想當女強盜啊，還威風凜凜！」

章清亭白她倆一眼，「要威風妳倆乾脆騎著馬占山為王去，別拉扯我！」

眾人都笑了起來，才要出發，趙王氏母女回來了，臉上俱有淚痕。也不多問，讓她們進屋洗了個臉，鎖門關鋪，兩大家子齊上路。

張發財心裡有些不安，老是回頭張望，擔心有賊。

趙成材笑他多心，「咱們這兒民風淳樸，這大白天的怎麼可能招賊？家裡又沒多少錢……」

趙王氏忽道：「你們家現在可不能算沒錢了，你瞧那店裡的東西，還有一屋子家具，怎麼不是錢？沒個人守著，確實不放心。」

趙成材道：「正準備買幾個丫頭小子回來，到時就有人了。」

趙王氏聽得嚇一跳，趙成材也沒打算瞞人，如實道：「家裡現在成天這麼多事，沒個人可不行。像玉蘭現在還成天幫忙做飯，等她過幾月不方便了，家裡哪還抽得出人手照顧她？」

趙王氏覺得太浪費了，「玉蘭，跟我回家去。」

趙玉蘭不說話，只看著她哥。

趙成材道：「就算她跟您回去了，可我們這麼一大家子，光做飯岳母就忙不過來。再說，如今爹和弟弟都在馬場，您一人能把家裡照顧好就不錯了，哪裡還空得出手來照顧玉蘭？還不如讓她跟我們一塊兒。」

趙王氏聽得心裡有疙瘩，那憑什麼你們都有下人伺候，我還得自力更生？

趙成材一瞧她這臉色，便猜出她的意思了，可他們是忙不過來才招人，她要人來幹什麼？不是純粹攀比嗎？於是，一時間大家都沉默下來，卻聽後頭車裡唱起了歌兒，是張小蝶和方明珠的聲音：「春季裡來百花開……」

幾個小的在那兒拍手附和，章清亭、方德海都跟趙王氏不對盤，寧可跟著一幫年輕人擠在後頭車上。牛姨媽笑道：「瞧他們那邊，到底年輕，多熱鬧！」又順勢岔開話題：「成材，你回頭也引我見見那李老師，旺兒說你們每天還單獨讓他輔導來著。這些天我瞧旺兒可學得比從前懂事多了，你就算了，總得謝謝人家。」

趙成材應下又道：「其實旺兒不笨，只是學東西慢點，多花點時間能教好的。」

牛姨媽聽了這話又喜又愁，「只是，等我們回去了，哪裡還有得教？」

趙成材趁機建言：「姨媽，您何不反過來想想？咱們這兒既有學堂，為什麼不把生意放在這兒，還往那頭跑呢？」

趙王氏也想把小女兒留下，「妳瞧旺兒在這裡多開心，妳要是回去了，哪有這麼多人陪他玩？況且妳也忙，哪有個正經時間教他？現在有成材在書院裡，難道妳還不放心？」

牛姨媽聽得心動，「讓我好生想想。」

行不多時，到了馬場，這是張發財他們第一回來，很是新奇，瞧那麼大塊地方，難以置信，

「閨女，這真的都是咱們家的嗎？」

章清亭抿嘴一笑，「是我們家的，不過，是我們和方家共有的。」

張發財搖頭感嘆，「這麼大的地方，我從前就是做夢也不敢想啊！」

我也是！趙王氏心中默道，只瞧著這一眼望不到頭的青翠草地，樂得是合不攏嘴。

趙成材笑道：「瞧著高興，幹起活來可就辛苦了。」

「再苦我也樂意！」趙王氏拉扯著他，「走，快帶我去看馬！」

到了馬廄，卻是空空如也，除了幾匹病得不能動的馬，連人也沒一個。

「這人馬都上哪兒去了？」趙王氏慌了，「別是夜裡遭狼了吧？」

章清亭噗哧笑了，這想像力未免也太豐富了。

張發財道：「我倒是聽說，一般養馬的早上要放馬的，估計是去蹓躂了吧。」

才說著，就聽到隱隱約約有些像是打雷的聲音，連地上都微微顫動起來。

幾個小孩已經興奮得尖叫起來：「馬！馬回來了！」

眾人抬頭一瞧，就見遠遠的一大群馬如風馳電掣般向這頭奔來，襯得當前那位紅馬紫衣的青年越發俊逸不凡，尤其初升的太陽剛好落在他的身後，便如給他憑空添上了一件金燦燦的巨大斗篷，更宛如天神臨世。

幾個小弟弟，包括方明珠和張小蝶都興奮得大叫：「阿禮哥好帥！」

趙成材忽然覺得很不舒服，像吃了蒼蠅似的彆扭，而心中暗湧起來的，是自慚形穢的不適。

他微微轉過頭，找到章清亭的眼睛，那裡頭竟也是毫不掩飾的欣賞，讓趙成材心裡更加鬱悶了。他跟自己說不要介意，不過是個臭皮囊，但真能不介意嗎？

好吧，他很介意！

晏博文騎術甚佳，奔到他們面前並不停下，只是減緩了速度，提高了嗓門道：「我們還得再跑個來回才行，走！」

他一馬當先地走了，後面才瞧見張金寶和趙成棟也騎著馬跟在馬群兩邊，最後才是趙老實落了一段距離壓陣。他們騎術不佳，只能專心護著馬群跟著跑，只遠遠瞅了大家一眼。

但如此激動人心的畫面，已經讓張發財激動起來，「可惜沒馬，否則我都想騎來試試！」旁邊，那拉車的馬兒也不安分地打著響鼻，踏著前蹄，想加入自由自在奔馳的同伴們。

車夫們打趣：「您老可別去了，沒瞧見我們的馬兒都想跟您跑了？」

章清亭笑道：「看夠了，就回來收拾東西吧，一會兒還要吃飯呢！」

轉頭之間，卻不經意發現趙成材有些悶悶不樂，這是怎麼了？

午飯自然是熱鬧的，美酒佳餚擺了一大桌。大夥兒開懷暢飲，但還要幹活，都不敢過量。讓幾人好好休息了一番，女眷們幫著把屋子收拾乾淨，衣物也洗晾了，整個感覺清爽許多。

正說起以後要請個丫頭過來，趙王氏當即反對：「這些大老爺們兒，讓個姑娘來怎麼幹活？倒不如請個年紀大些的婦人。依我說，連婦人也不要請了，他們每天不過是洗碗刷鍋燒柴煮水，找個小夥計更方便。這邊衣裳要洗要換的，帶回來就是。」

這話說得有理，章清亭就聽了。

趙成材又說起想讓趙成棟學獸醫的打算，趙成棟本來還有點不樂意，嫌不夠體面，但趙王氏卻很是贊同，「這個活計好，聽你哥的，老老實實學吧，以後夠你受用的。」

趙成棟便不言語了。

又閒話了一時，張金寶和晏博文在外頭帶著幾個弟妹騎了會兒馬，玩了一時，才催著他們快走：「集市上熱鬧，留在這兒做什麼？」

幾個孩子一聽，就著急要回去，張發財也惦記著家裡沒人照看。趙王氏想著家裡的糧食，同樣不放心，章清亭卻有事情要和晏博文商議，便讓他們先走。

先送了趙王氏，趙玉蘭身子漸沉，和張發財夫婦看家，準備晚飯。牛姨媽和趙玉蓮，便帶著三個小的出去玩。

用過午飯，市集上的人越來越多，都往河邊湧去。河中已經整齊停放了好幾艘龍舟，皆裝飾得花團錦簇，龍船上裸著上身的精壯漢子們已經在起點處蓄勢待發了。而終點處搭了彩樓起來，擺放著闊人家打賞的彩頭。

小孩子貪熱鬧，一來就在河邊兩岸追打笑鬧起來。張銀寶和張元寶倒還沒事，牛姨媽只怕牛得旺走丟了，叮囑趙玉蓮一定要盯好弟弟。趙玉蓮自然知道好歹，寸步不離。

等到吉時，爆竹過後，鑼鼓喧天，幾艘龍船像離弦的箭一樣衝了出去。沿岸的人群沸騰了，拍著手大聲叫好，孩子們更是跟著那些船一路瘋跑。牛姨媽叫了這個，卻看不住那個，很快的，三個孩子都沒影了。

幸好趙玉蓮腿腳利索，追了上去。牛姨媽體胖跑不動，只得氣喘吁吁跟在後頭。前頭趙玉蓮好歹跟住了牛得旺，至於張銀寶和張元寶，不知跑哪兒去了。

牛得旺見她跟來，便也不怕，繼續拍著手看熱鬧，等到看人領完了獎賞，才肯跟著趙玉蓮往家走。可行至一間酒樓底下，忽地，有幾個彪形大漢攔住了他們的去路。有一人故意丟了塊汗巾，牛得旺一時不察，踩了一腳。

趙玉蓮覺得不對，趕緊拉住弟弟，拾起汗巾，雙手奉還，「對不住了，這位大爺，我弟弟一時沒瞧見，請多包涵。」

牛得旺不解，「姊姊，我不是故意的，是他自己突然扔下來的。」

「旺兒，別說了，快跟這位大爺說對不起！」

牛得旺不明其意，但還是嘟著嘴說了句：「對不起。」

那漢子眉毛一挑，陰陰笑道：「光一句對不起就完了嗎？」

趙玉蓮忙取出十幾文錢，「這位大爺，是我們錯了，這兒有點錢，就當賠您一條汗巾吧。」

那漢子把趙玉蓮的手一拉，邪邪笑道：「本來呢，這事不能就這麼算了的，但是瞧在妳這麼知情識趣的分上也就算了。走，陪哥幾個去喝一杯，這事就這麼算了。」

趙玉蓮臉漲得通紅，拚命想把手抽回來，「大爺，請您自重！」

「自重？」那漢子哈哈大笑，「哥哥還真不知自己到底有多重，要不，妹子妳幫哥秤秤？」

同夥在那兒打趣，「那要怎麼秤呢？」

那漢子笑得猥瑣，「讓哥壓一壓，不就知道哥有多重了？」

牛得旺抬手就打那人，「你快放開我姊姊！壞蛋，你是大壞蛋！」

「去你媽的！」那人狠狠一腳踹去，踢得牛得旺摔倒在地，大哭起來，「娘，娘啊！」

「旺兒！」趙玉蓮尖叫一聲，想要去扶他，奈何那人緊抓著她不放，「妹子，妳還是跟哥哥走吧！」

趙玉蓮顧不得了，急得大叫：「救命！救命啊！」

旁邊有人圍攏上來，那人同伴不少，橫眉怒目瞪著人家，「看什麼看？少管閒事！」

驚得人群四下繞開，趙玉蓮急得都快哭了，「姨媽！張銀寶！張元寶！」

那人獰笑，「妳現在就是叫天王老子也救不了妳！」

這一番吵嚷，早驚動了樓上某人。

小廝問：「爺，要下去管管嗎？」

那人搖了搖頭，「美人雖好，可爺這麼帥，我一管，她看上我怎麼辦？」

小廝暗自翻個白眼，「那讓我去，我又不帥。」

「你不帥還去什麼去？救了也是白救！瞧，不是有人要來英雄救美了嗎？看戲，看戲！」

小廝無語地遞了杯茶過去，還問：「要瓜子嗎？」

「可。」

趙玉蓮正在著急，忽地有一把摺扇刷地打開，擋在兩人中間，「天王老子來了救不了，若是我來，救不救得了？」

趙玉蓮覺得這把扇子似曾相識，待那扇面徐徐落下，露出的竟是薛紹安的臉。

「姑娘莫要驚慌，我來救妳！」他往後一使眼色，隨從便上前扶起牛得旺，還拍拍他身上的塵土，「小孩莫怕，我們薛大爺是好人。」

你要是好人，那天下烏鴉就是白的了！趙玉蓮完全不信，甚至懷疑這是個圈套。

薛紹安望著那人，裝出一臉正氣，「你快把趙姑娘放開！她到底哪裡得罪你了，要如此欺負這樣一個弱女子？」

那人冷哼一聲，「她把我的汗巾踩壞了！」

「不過是一條汗巾，她不是拿錢賠你了嗎？足夠你重新買一條了。」

「我這可不是一般的汗巾，這是我娘親手織的，還送到廟裡開過光的，我這要找誰賠去？」

薛紹安皺眉躊躇，「既是這姑娘踩髒了你的汗巾，不如讓她親手織一條，再送到同一家廟裡去開光賠給你，如此可好？你若不信，就讓我作個見證，隨這位姑娘一起到我家中，親眼瞧著她做完不就好了？」

果然！趙玉蓮的臉瞬間白了。大嫂說的沒錯，這完全就是個披著人皮的禽獸！

薛紹安居然還有臉對她笑道：「就請趙姑娘隨我走一趟吧，至於令弟，我會派人將他好好護送回家的。」

趙玉蓮拚命搖頭，哆嗦著道：「你……這是你設計的！」

樓上那人倚著欄杆，托腮微笑，「不蠢，能看上我，算她有眼光。」

旁邊的小廝哼哼，「她還沒見過您呢，怎麼看上？」

見趙玉蓮識破，薛紹安也不在乎，「趙姑娘，何出此言？大夥兒可都看到，是我出手救妳於危難之中，快隨我回家去吧。」

他忽地勾唇邪邪一笑，指著隨從悄無聲息抵在牛得旺腰後的匕首，輕聲道：「妳若再鬧，信不信我現在就讓人把這小傻瓜捅成爛西瓜？」

趙玉蓮打了個冷顫。

薛紹安就見她長長的眼睫毛抖動幾下，忽地鎮定下來，「你要帶我走，也得容我去跟旺兒說幾句話。」

他微一點頭，似是允了，趙玉蓮才往牛得旺面前走去，抹去他臉上未乾的淚痕，柔聲細語地說：「旺兒乖，這位搖扇子的薛大爺要請姊姊回去，打條汗巾賠給那位丟汗巾的大爺。你不要在這兒等了，先回家好嗎？把這話說給姨媽聽，讓她不要擔心。」

聽她話裡有妥協之意，薛紹安放鬆了幾分戒心，心想這樣說清楚也好，省得費事。

牛得旺不解，「你不跟我回去啊？」

趙玉蓮微微一笑，「姊姊不是不回去，是先不回去，打完汗巾就回去。這位大哥會送你回家的，對嗎？」

薛紹安頷首，趙玉蓮越發溫和起來，「那你能記住姊姊的話嗎？講一遍給姊姊聽。」

牛得旺想了半天，「妳要去打個汗巾，給那位大爺對吧？」

「對，但沒說全。」趙玉蓮耐心地教著他，「不是給這位搖扇子的薛大爺，打了汗巾是給那位丟汗巾的大爺。」

牛得旺被她左一個大爺，右一個大爺繞糊塗了，「妳到底要打汗巾給誰？」

「要我打汗巾的是這位大爺，但要賠的是那位大爺。」

牛得旺更不明白了，「那要賠給他，幹麼跟他走？」

樓上人咧開大大的嘴角，「你知道她故意拖延時間，是在等什麼嗎？」

小廝道：「等她家人來救啊！」

「錯，她在等我。」

小廝微怔，忽地哈地笑道：「爺，你不用去了，又有英雄來了。」

薛紹安才自覺得不妥，有人騎著馬快步跑來，很是驚喜，「趙姑娘，妳怎麼在這兒？」

趙玉蓮見了賀玉峰，心中安定了三分，「見過賀二爺。」

賀玉峰跳下馬來還禮，卻不認得薛紹安，「這是……」

趙玉蓮連忙道：「我弟弟不小心踩了這位大爺的汗巾，那位大爺就說要我去他家織一條新的賠給人家。」

賀玉峰一聽就覺出不對勁來，皺眉往她面前一擋，「不就是一條汗巾嗎？我替妳賠了，要多少銀子？」

薛紹安剛想答話，卻被趙玉蓮搶先道：「我也有賠錢的，可這位大爺說他這汗巾是他娘親手織的，還送廟裡開過光的。正好賀二爺您過來了，麻煩您把我家旺兒送回家去，跟我家人說一聲，我是被銀鉤賭坊的薛三爺帶走的。」

賀玉峰立即明白了，這不是分明找碴嗎？

薛紹安他不認得，可聽自家大哥說過，是個極不好相與的人物，偏生今兒過節，大哥在家招呼客人，他一人出來當代表，發放彩頭並瞧熱鬧，也不知姓薛的能不能賣賀家這個面子。

他想想，便上前施了一禮，「薛三爺，在下賀玉峰，是賀玉堂的二弟，時常聽家兄聽起過您的大名，久仰久仰。」

薛紹安眼神陰沉，也不還禮，「原來是賀老大的弟弟，既然聽說過我的名字，就該知道怎麼做了吧？」

賀玉峰心裡一驚，大哥可交代過，千萬不能得罪此人，可是轉眼一瞧趙玉蓮眼神殷切地望著他，咬了咬牙，「既然是家兄的朋友，那可否請三爺看在家兄的面子上，高抬貴手行個方便？趙姑娘也不是有意的，或者讓她回家織了送來也就是了。」

薛紹安嗤笑，「你算老幾？就算是你哥來，我也未必給他這個面子！」

賀玉峰被噎得臉紅脖子粗。

趙玉蓮聽著不妙，換了副楚楚可憐的腔調：「賀二爺，這事是我的不對，薛三爺並沒說別的，不過是織條汗巾，也算不得什麼。你可千萬別為了這點小事，傷了和氣。」

樓下那人往下一指，「覺不覺得她跟我很般配？」

小廝認真點頭，「確實，您跟那位薛什麼三爺的，可以拜把子了。」

賀玉峰見趙玉蓮一臉的柔弱委屈，少年郎的血性被激發了出來，「趙姑娘，妳別說了，跟我回去！」

一幫打手把他團團圍住，薛紹安拿扇子輕搖，「賀玉峰是吧？今兒看在你哥的面子上，我就不教訓你了。不過，你要是想出來爭女人，未免還太嫩了些，滾！」

樓上那人大怒，「敢搶爺的詞兒？欠揍！」

小廝還沒張嘴，衣領卻被他一拎，直接就從樓上扔了下去。

幸而那小廝身手好，雖一時不察，依舊凌空翻個跟頭，穩穩落了下來，大喝道：「住手！」

這一變故，讓眾人大吃一驚，以致於齊齊仰頭，看著後面那一位主子姿態瀟灑至極地從樓上跳了下去，翩然落在了趙玉蓮身邊。

「姊姊，妳好呀！」

趙玉蓮愣了一下，被高出自己一個頭多的男人叫姊姊，這感覺……好詭異。

小廝捂眼，不忍直視。

他們主僕倆小露的這一手，讓薛紹安有些吃驚。

就見此人不過弱冠之齡，一身團花粉彩的銀灰錦衣，髮髻上戴著藍田美玉，隱隱透著一股高貴氣息。兩道臥蠶眉，一雙清明目，生得端的是儀容不俗，不怒自威。連跟隨著的一名隨從亦是氣宇軒昂，非比尋常。

紫蘭堡這兒什麼時候來了這樣一位大人物？

薛紹安也不想招惹，上前抱拳，「兄台有禮，我們之間還有點事要解決，再會。」

他想拉著趙玉蓮走，可趙玉蓮多聰明，瞬間躲到「弟弟」身後，那貴公子主動把手一伸，被薛紹安抓著，「我們之間有什麼事要解決的？你要帶我上哪兒？」

看他被戲弄，趙玉蓮忍笑。雖是初識，卻覺此人足可信賴。

薛紹安臉色一變，瞬間放手，厲聲道：「這位兄台，你算哪根蔥，出來管的哪門子閒事？」

貴公子一本正經，「你瞧我這樣像根蔥嗎？你見過我這樣英俊不凡、帥氣睿智的蔥嗎？」

趙玉蓮忍不住，輕笑了起來。

貴公子回頭看看她，又道：「在這麼漂亮的姊姊面前，大家都是男人，當然都想獻點殷勤。說不定就博得美人以身相許了，那多划算？」

趙玉蓮見他又油嘴滑舌起來，不禁臉上一紅，低下頭來，默不作聲。

貴公子看著她百般嬌羞的模樣嘆氣，「當真是弱柳扶風，我見猶憐。別說是認得的，便是不認得，也願意為了這樣的女子豁出去打一架，是不是呀，小美人？」

趙玉蓮聽出話裡的深意，臉更紅了。

貴公子調侃完了她，又開始調侃那丟汗巾的漢子：「能否請閣下將你那不普通的汗巾拿出來給在下欣賞一二？好讓我等見識見識它究竟有什麼地方與眾不同。」

那人仍是那套話：「這是我娘織的，還送到廟裡開過光。」

貴公子點了點頭，「那可當真是與眾不同，獨一無二了，不過……」他話鋒忽地一轉，「如此飽含令堂深情厚意的汗巾，這位姑娘怎麼織得出來？她又不是你娘。」

趙玉蓮很想忍，但實在忍不住，又笑了出來。

那漢子氣得跳腳，作勢想衝過來打人。

小廝伸臂一擋，如青松一般，任那漢子使出吃奶般的力氣，也無法前進分毫。

貴公子又道：「任你再怎麼與眾不同的汗巾，總要洗的吧？你可別告訴我，你那汗巾自織成到現在一次都沒洗過。這汗巾唯有令堂織得出來，但清洗卻是人人做得。」他轉頭問趙玉蓮：「妳既踩髒了人家的汗巾，願不願意清乾淨了賠給人家啊？」

趙玉蓮連連點頭，貴公子嘻嘻一笑，「乖，怪不得這麼招人愛！」

趙玉蓮臉又紅了，捏著衣角又羞又惱，這到底是個什麼人？說他路見不平，卻滿口胡言亂語，讓人真不知如何是好。

薛紹安說話了：「請問兄台到底是何方神聖，為何要蹚這渾水？」

「蹚水？我沒蹚水啊？」貴公子一語雙關地道：「河在那裡，兄台您要是想蹚，不妨去試試。只這河水太深，就憑你這兩條腿，恐怕蹚不過去。」

薛紹安心中思忖半晌，此人來歷不明，光那一個侍衛搞不好就能放倒自己這邊的所有人，到底還是不敢輕舉妄動，「那便請兄台留下尊姓大名，日後相見也知道怎麼稱呼。」

貴公子一笑，「在下姓孟，名子瞻，相信不日便有和兄台重逢之日。」

薛紹安暗自記下，拱一拱手，帶著人撤了。

趙玉蓮忙深施一禮，「多謝孟公子出手相助。」

孟子瞻興致盎然地瞧著她，「那妳準備怎麼報答我呢？以身相許好不好？」

趙玉蓮臉紅到了耳根，不知該說什麼，「孟公子，您……您別開玩笑了。」

「我說的是真的。」孟子瞻故作正色，「妳瞧我，至今孑然一身，孤身飄零，晚上歸家，連個燒茶煮飯的人都沒有，實在是好不可憐呀！」

趙玉蓮聽出話裡的玩笑之意，又笑了起來。

「妳笑了三次了。」孟子瞻指著她，認真地道：「聽說過沒？三笑之後，必結姻緣。請問姑娘府上招小廝嗎？在下願意賣身葬……僕，姑娘就將我收進去可好？」

後面的小廝不高興了，「爺，我還沒死呢，不用您賣身來葬。」

孟子瞻恨鐵不成鋼，「你可以裝死嘛！」

趙玉蓮使勁憋著笑，「孟公子，我是本地趙成材趙秀才的小妹，家就住紮蘭書院旁的第一家。請問您家住何處？今日得您相助，改日必請家兄登門致謝。」

孟子瞻道：「那不如順路就帶我認認家門，萬一路上再有打劫的，我好再來個英雄救美？」

這一句話提醒趙玉蓮了，是哦，要是薛紹安再在路上埋伏怎麼辦，還是他想得周到，「多謝孟公子仗義。」轉頭又對賀玉峰行禮，「多謝賀二爺相助。」

賀玉峰美人沒救成，大感慚愧，灰溜溜地走了，心中卻恨透了薛紹安。

這邊孟子瞻大搖大擺送趙玉蓮回去，還打趣她：「妳真不能以身相許啊？我挺不錯的，品貌端正，家世清白，能文習武，又無不良嗜好。妳就是打著燈籠，也找不到這樣好的夫婿。」

趙玉蓮又好氣又好笑，「既是如此，您為何至今還孑然一身，孤身飄零呢？」

噗哧，後頭的小廝青松笑了。

孟子瞻橫他一眼，忿忿道：「怪不得聖人說，唯女子與小人難養也。救了人，還落一身不是。嗚呼，薄命至斯，夫復何言。」

牛得旺聽得糊裡糊塗，悄悄問趙玉蓮：「姊，這人說什麼呢？我怎麼一句話也聽不懂？」

趙玉蓮抿唇笑道：「不懂就對了。你是小人，我是女子，我們不用懂這位公子的話。」

她話音剛落，就聽見牛姨媽的大嗓門了：「旺兒！玉蓮！」

牛得旺當即應道：「娘，我們在這兒！」

「可把我嚇壞了。」牛姨媽滿頭大汗地趕上來，「你跑哪兒去了？一下子就沒了影兒。等銀寶他們回來，都說沒瞧見你們，我們往那邊找了一圈也沒見人。」

趙玉蓮忙問：「那他們呢？別又丟了。」

「他們沒事，我怕你們已經回去了，讓他倆先回家，我自個兒過來的。」

趙玉蓮這才介紹：「這位……」

再一轉頭，孟子瞻和青松已經沒了蹤跡，彷彿一陣青煙消逝在空氣裡。

「怎麼了？」牛姨媽瞧出兒子臉上的淚痕了，「誰欺負你們了嗎？」

趙玉蓮不好隱瞞，簡要提了幾句。牛姨媽老經世事，當即知道不對勁了，「那人是不是衝著妳來的？這麼大的事，怎麼不早跟我說？」

趙玉蓮一臉委屈，「真不知他那麼壞的，怕您聽了擔心生氣，故此才不敢提。」

牛姨媽氣得直咬牙，「不行，玉蓮，明兒你們倆都跟我回去，這地方不能待了！」

牛得旺捨不得走，「我還要上學呢！」

牛姨媽氣鼓鼓地道：「不上了，再上連人都沒了！」

牛得旺忽地想起一個重要問題，「娘，姊姊是我媳婦嗎？為什麼他們都說姊姊是我媳婦？」

牛姨媽瞅了趙玉蓮一眼，語氣裡頗有警示之意，「姊姊現在是你姊姊，等你長大了，她就是你媳婦。」

趙玉蓮臉色平靜，但牛得旺不依了，「姊姊就是姊姊，為什麼要她當我媳婦？我不要姊姊當我媳婦，她要是當了我媳婦，別人都會笑話我的！」

「這些胡話誰教你的？」牛姨媽瞪著兒子，眼角卻瞟向趙玉蓮。

趙玉蓮知道她有些誤會了，本有心辯解，又怕越描越黑，索性什麼都不說了，任牛得旺自己磕磕巴巴地解釋去。

等到趙成材他們回來，見到的就是牛姨媽母子倆橫眉怒目，各自生著悶氣。

「這是怎麼了？」

「成材，你回來得正好，你跟我說說，這到底是怎麼回事？」牛姨媽今日之怒非比尋常，「為什麼旺兒去上幾天學回來，就說不要玉蓮做媳婦了，這話到底是誰教的？」

「我就是不要姊姊做媳婦嘛！」牛得旺嘴巴快翹到天上去，「大表哥，我不要回去，我要上學，娘非讓我回去！」

趙成材上前解釋：「姨媽，您誤會了，是那天他們小孩子打架，別人家的小孩亂說話，旺兒就生了氣，惦記上這事了。」

牛姨媽卻有些多心，「那小孩子打架，說什麼不好，為什麼偏扯這個？欺負旺兒是個實心眼的孩子，撩撥得他不認這門親事，你們到底是什麼居心？我知道你們家現在闊氣，是不是打算還了之前的帳，就把玉蓮接回去？」

話都說到這個分上了，趙成材斷然承認：「姨媽，我不瞞您，我真是動過這個心思。」

見他這麼爽快地承認，牛姨媽急得眼圈都紅了，「成材，我知道你如今出息了，可你不能這麼忘恩負義！你摸著良心說說，當年是誰到求到我們家，要銀子要糧食，說把玉蓮許給旺兒，永不反悔來著？這麼些年，姨媽哪點對不起你們，對不起玉蓮？她在我那兒，我有吼過她一句，打過她一巴掌嗎？怎麼就捂不熱你們這些人心呢？」

她說著說著，自己委屈得抹起了眼淚。

趙成材等她說完才道：「姨媽，您說的都對，就因為我們不能做這些忘恩負義的事情，所以我們從來都不提這事兒，還想盡辦法地教旺兒。這是為什麼？就是想讓他多懂點事，將來玉蓮跟著他，日子能好過一點。」

「至於那天他們小孩子打架，我們是真的一點都不知道。姨媽，您要是不信，我們也沒什麼好說的，只好收拾了行李，讓玉蓮跟您回去。不過，姨媽，我只求您一句，好好請個先生教教旺兒，別太心疼他，讓他多學點東西，可以嗎？」

說完這話，趙成材緊攥著拳頭大步進了後院，看得出來也在極力隱忍著心痛。

章清亭不知該勸他什麼，想想，過來輕聲解釋：「姨媽，若是我們真的有心做什麼，何不早撩撥著旺兒？或是乾脆在您回去時，就找個由頭把玉蓮偷偷送出去？可是，我們沒有，不僅我們沒有，玉蓮更不會做這種對不起您的事。」

「說句您別見外的話，我私下裡問過玉蓮覺不覺得委屈、想不想走，可玉蓮想都沒想就跟我說，若是您老了，旺兒他將來沒個真心的人，你們該怎麼辦？」

牛姨媽聽得動容，眼淚下得更快了，章清亭遞塊帕子上去，「將心比心，相公會心疼妹子那是人之常情，但他真的從沒做過一丁點對不起您的事情。姨媽，您這些年一人拉扯旺兒，支撐一個家業有多辛苦，您心裡最清楚，而日後玉蓮要支撐的，是一輩子。別怪我說句不中聽的話，您管不了旺兒一生一世的，與其把希望寄託在別人好好照顧旺兒身上，為什麼不讓他好好學點東西，試著自己照顧自己？」

這麼一鬧，好好的端午節，硬是沒了氣氛。

悶悶地用過晚飯，牛姨媽當著眾人的面問兒子：「旺兒，明兒姊姊和娘回家去，你是跟我們回去，還是留下來讀書，你自個兒選一樣。」

牛得旺瞪大了眼睛，「姊姊……姊姊不能留下嗎？」

趙成材聽了卻心頭一鬆，知道姨媽還算是相信他們的。

牛姨媽道：「這兒有壞人想欺負姊姊，姊姊得回咱們家避避風頭，這三五個月都不能過來了。不過，娘還是會時常過來的，你一個人在這兒，怕不怕？」

這個……牛得旺當真要好好想一想。

張銀寶拍拍牛得旺，「旺兒，你別怕，晚上住我房間，咱們一起上學去。」

張元寶也湊了上來，「要不，我帶小白也跟你們住一間，這你總該不怕了吧？」

到底是小夥伴比較重要，牛得旺下定決心，「那我不走了。」

飯後，趙玉蓮主動找到大哥，把今兒怎麼遇到薛紹安，還有賀玉峰、孟子瞻的事情說了：「若是下次遇到那位孟公子，還請哥哥多多致謝。」

趙成材皺眉沉吟，「咱們這兒沒聽說過有姓孟的大戶人家啊？」

章清亭道：「會不會是路過，剛巧遇上了？」

趙成材搖頭，「咱們紮蘭堡一無風景名勝，二無經商口岸，就算是馬商，也不是購馬的時節，這樣的人物怎麼可能平白無故路過？」他猛地一驚，「不會是新任的縣太爺吧？」

那也太年輕了吧？趙玉蓮覺得更像富人家的大少爺。

不過，章清亭卻覺得趙成材說得有理，「那麼出挑的人物，很有可能是世家子弟，就算是來當個小縣令歷練幾年，也不算稀奇。只他若是縣太爺，為什麼來了卻還不上任呢？」

忽地，她和趙成材面面相覷，不約而同失聲驚叫：「他是在暗訪！」

「馬場！」章清亭騰地一下站了起來，「得趕緊去給陳師爺送個信兒！」

趙成材臉色凝重，「已經遲了。」

「那該怎麼辦？會不會把我們的馬場收回去？」章清亭可真著急了。

趙成材擺了擺手，來來回回踱了幾圈，臉色漸漸緩和了下來，「馬場沒事，咱們一應手續俱全，況且是那些債主同意了的。就是扯起來，也可以說是瞧那些債主討債艱辛，所以就提前關照了咱們，到時最多治陳師爺一個辦事不公，革了他的職也就是了。若那人真是縣太爺，他要是覺得咱們這事辦得不妥，早跳出來說話了，可他沒吭聲，就證明不是太要緊。」

見無大礙，趙玉蓮安下心來，回去收拾行李了。

章清亭瞧著她的背影嘆氣，「只可惜今兒這麼一鬧，咱們縱是有心做什麼，也做不成了。」

趙成材卻道：「我反而覺得是個好的開始。」

「此話怎講？」

趙成材微微一笑，「本來我也覺得玉蓮的事怕是無望了，可剛剛姨媽答應把旺兒留下來，我忽然明白了，對於父母來說，再沒有比子女更要緊的事情。若是旺兒能多明白些事理，姨媽就不用那麼擔心他的將來，對玉蓮的重視也會淡了。等著旺兒再大些，說不定還會去找自己中意的姑娘，就更不會要玉蓮做媳婦了。」

「你說的都有道理，卻忽略了最重要的一件事。」

章清亭沒出口，趙成材已經明白了，「我知道，是玉蓮的年紀。不過，這個確實無法，不行也只好耽誤幾年了，好在玉蓮容貌出眾，屆時未必就很難辦，再等等看吧。」

次日一早，送別了牛姨媽和趙玉蓮，趙成材去衙門跟陳師爺透了個風兒，才回學堂上課。

章清亭去車馬行挑車，談定了價錢，正準備打欠條，那個好說笑的掌櫃卻道：「不用妳了，我讓小夥計去找你們當家的來簽就行。」

這是信不過我嗎？章清亭悻悻作罷，把車拖走了。路上有人瞧見，就來打聽，「這誰家買這麼大的車？」

「趙秀才家！人家現在可是開馬場了，著實要闊氣起來了！」

嘩！或是羨慕，或是妒忌，這消息如長了翅膀一般，傳遍了紮蘭堡的大街小巷。

到馬場那邊放下大車，晏博文挑出一匹溫馴的老馬套上，「要是想快，還可以加上趙大哥騎回去的那匹白馬。」

章清亭很是歡喜，「那你快教金寶學會趕車，過兩天招了人來，就讓他駕著車兩頭跑。」

晏博文聞言卻微露尷尬，「這趕車，實非我所長。」

公子哥兒哪有幾個會趕車的，就是服刑時也只學了套車。

章清亭明白過來，不禁莞爾，「原來你也有不會的呀！」

晏博文聽得臉上一紅，脫口而出：「我可以為了妳學！」

章清亭一怔，可晏博文卻自悔失言地走開了。等她明白過來，臉上微紅。

他怎麼會有這種念頭？要是秀才知道，恐怕就不得了。

這一刻，章清亭才忽然發現，自己擔心趙成材知道會不高興，竟遠遠多過其他。

難道她真把他當相公了？

可想想那些讓人意亂情迷的熱吻，不是自己的相公，怎能允許旁的男子來做？

章清亭的臉，燒得越發厲害了。

方明珠瞧著納悶，「大姊，妳的臉怎麼這麼紅？阿禮哥呢？」

章清亭忙摸著臉，胡亂搪塞了一句：「他要做事，咱們弄完了也早些回去。」

方明珠捨不得走，依依不捨地道：「那我能在這兒多待會兒嗎？」

章清亭道：「除非妳能自個兒騎著馬回去。」

方明珠笑得有些天真和狡黠，「我讓阿禮哥送我，就騎那匹烈焰。」

章清亭輕戳她的額頭，「妳呀，也學著替人想些行嗎？阿禮白天忙一日了，他送了妳回去，晚上還得趕回來，這一來一去的，不累嗎？」

方明珠想想也是，不好意思地道：「那我去把他們的換洗衣裳收下來，帶回去洗。」

這還像句話。章清亭跟她一塊兒進了工房，收拾妥當便要走了。

只是章清亭瞧這麼大間屋，吃住混在一起甚是不便，心裡便琢磨著回頭要來改建一下，最好能去賀家馬場學習學習。

這邊出來，到家已是中午了。

方明珠皺眉，「真可惜那近道只能走人，走不了車馬，要不，我們該省多少時間？」

章清亭也有此意，「怎麼就沒人修個橋？」

張發財插了一句：「就是鋪了橋也走不得車馬。」

章清亭聽得詫異，「這是為何？」

張發財搖頭，「祖祖輩輩都是這樣的獨木橋，水要是沖走了，就再換一根。」

章清亭細心一想，好像在這紮蘭堡還真沒見著什麼橋。哪裡像南康，小橋流水人家，大橋橫跨南北，就是自家後花園裡，也多有九曲廊橋，千姿百態。回頭問問趙成材，看能不能讓官府組織修座橋起來，縱是要捐點資，也是功德一樁。

學堂鐘聲響起，下學了。

趙成材沒一會兒就回來了，進門就道：「車馬行的欠條我已經打了，鴻文幫咱們約了牙婆，下午就送人過來。」

張發財突然想起了一事，「早上那邊賀家來人說，他家大爺這兩日晚上會抽空過來，到時來請你們。」

章清亭正待跟趙成材說起修橋之事，忽聽街上吵吵嚷嚷，許多人往他們家門口湧來。領頭的是衙門裡的程隊長，帶著一眾差役，護衛在當中的竟然是趙玉蓮，後頭還拿繩索拖著一串人。趙成材忙迎了上去，「程隊長，這是出了什麼事？」

程隊長卻喜氣洋洋，很是得意，「趙秀才，咱們可是把你妹子平平安安送到家了，具體詳情讓你妹子跟你說吧。弟兄們，走！」走前他又低聲讚道：「你這妹子真標致，難怪知縣大人動心。」

這說的什麼話？趙成材還沒會過意，他又帶著人趾高氣揚地走了。

趙玉蓮見了兄嫂，面上有幾分尷尬。

原來她早和牛姨媽離了張家，本是一路無話，可剛出了紮蘭堡的地界，到了一個僻靜地段，一直尾隨在他們後頭的一夥人突然就衝上來打劫，目標就是趙玉蓮。

這可把牛姨媽和趙玉蓮給嚇了個半死，心想著這回在劫難逃了，卻不料突然殺出來一隊官差，就是程隊長他們，由那個青松領頭，把這群劫匪一網打盡。

青松給她們帶了句話：「我們爺說，最危險的地方就是最安全的地方。與其躲著藏著讓賊惦記著，不如大大方方亮在賊跟前，他反而不敢下手了。」

牛姨媽想想也是，那邊家裡只有自己一個婦道人家。若是自己離了家，留玉蓮一人在家，更不安全。故此，讓衙役們把趙玉蓮又護送了回來，青松則護送牛姨媽回家去。

章清亭擊掌讚嘆，「真好謀算！你說，這回能扳倒薛紹安嗎？」

趙成材搖了搖頭，「只能剪其羽翼，敲山震虎，倒是咱們疏忽了，應該送姨媽回去的。姓薛的恐怕一直安排眼線盯著咱家的動靜，要不是孟大人心思縝密，咱們可真是釀成大禍了。」

他忽地冷笑，「看來咱們這新任縣太爺，對他應該也有幾分不滿，否則不會這麼上心。這下抓住了他的小辮子，想來姓薛的也得難受一下了。」

章清亭道：「若他真是世家大族的公子，對這薛何二家也未必放在眼裡，要是能在他這任上，把薛家連根剷除，才是大快人心。你說，我們有什麼能做的嗎？」

「多行不義必自斃。不著急，咱們慢慢留心，總會有機會的。」趙成材想得很長遠，「只是，縱然趕走了這姓薛的，還有後來人。真要徹底絕了這些，除非教化萬民，恐怕才能真正的海晏河清。」

章清亭笑道：「那就要靠你們的書院了，教著孩子們都知道上進，民風定會越來越好。」

趙成材也笑了，「今兒鴻文還抱怨，自從當了老師，連他行事都規矩多了。從前他爹每月給的銀子總不夠花，如今是不知道能花到哪兒去。」

「那還不好？正好省錢了。」

章清亭掩嘴笑得嬌憨，恰好一縷陽光透過門楣淺淺落在她臉上，越發映得一雙明媚的大眼睛熠熠生輝。養得白皙的鵝蛋臉上泛著健康的嫣紅，緊緻的皮膚光滑細膩，像打著一層蠟，光彩奪目，宛如新鮮水靈的果子似的，讓人忍不住直想咬一口。

趙成材差點就行動了，只是不在自己的房間，只能乾咳兩聲，迅速顧左右而言他，轉移注意力，「玉蓮，既然回來就沒事了，快去把行李放下，洗個手來吃飯吧。」

見她又回來，最高興的莫過於牛得旺了。

那種發自內心的親近與依賴，看得人心裡暖暖的，別說這孩子傻一點，但待人是真心的，沒有任何算計。不止趙玉蓮，家裡上上下下混熟了，沒有人不喜歡他。

用了飯，章清亭回房把橋的事情說了，還簡單畫了幾個樣子。趙成材覺得挺好，說有機會就去說說這事。

才想咬果子，章清亭又提起一事，她嫌那馬車不夠快，想把給趙王氏的白馬要回來，「……我不是不給她了，只是如今能用的馬少，等回頭馬都養起來了，再給她一匹好的。」

這是正理，趙成材沒什麼好說的，卻故作不悅，「又讓我幹得罪人的事，那妳怎麼謝我？」

章清亭本想問他要什麼，可一看他那壞笑的模樣，臉騰地就紅了。

看起來越發可口，反正如今回了自己房間，趙成材也不客氣，好好地把自己心心念念惦記了半天的果子啃了一回。

好不容易掙脫了，章清亭羞得無法可想，「這大白天的，你怎麼就……」

趙成材臉皮越發厚了，「滋味不一樣嘛。快去洗個臉，別午睡了，趁空帶妳回去說了，省得下午一忙又沒時間。」

章清亭才想要罵上幾句厚臉皮，趙成材忽地伸手，在她臀上拍了一記，「妳不去是不是還想做點別的？」

章清亭像紅兔子一樣跑了，反倒逗得趙成材哈哈大笑。

等進了趙家，臉還紅紅的，幸好天熱，倒也掩飾了過去。

參之章

知縣犀利巧斷案

趙王氏正跟兩個鄰居大嬸閒話，見趙材和章清亭進來，倒是都笑了，「喲，這兒子、媳婦都回來了，想來是有事。咱們就這麼說定，先回去了。」

趙王氏含笑把人送走，回頭趙成材一說起要把馬帶走，趙王氏就不高興了，「馬我已經租出去了。難得現在春耕，正好派上用場。你們既然連馬車都買得起，給我匹馬使使又怎樣了，還惦記著這個？」

聽她語氣不善，趙成材就知道，娘的老毛病又犯了。

「娘，咱們買馬車也不是擺闊，是要做正經事的。」

趙王氏頓時道：「那我租這馬也是正經事啊！現在你爹和你弟弟都在馬場上幹活，家裡就我一個人，你們都要買丫頭小子來伺候了，給匹馬我怎麼了？再說，我錢都收了，話也放出去了，哪有再收回來的道理？」

章清亭瞅趙成材一眼，意思是算了吧。

趙成材不死心，「那您租馬能賺幾個錢，幫馬場幹活又能賺多少？我們也不是不給您，只是回頭再說，有什麼不行的？您要是真的要用，買頭驢給您行嗎？那馬您也不會騎呀！」

趙王氏眼睛一瞪，「成材，你怎麼回事，給你娘一匹馬怎麼就不行了？」

這就是不講道理了！藉口把章清亭支出去泡茶，趙成材問：「娘，您說，您到底有什麼不滿意的，您說了，我們改行不行？」

趙王氏臉拉得老長，「你娘不高興的多了！憑什麼張家兩個小子能上學，她爹娘守在店裡舒舒服服地看鋪子，你爹和你弟弟就得在馬場裡累死累活？你之前還說讓你弟弟好生念三個月的書，怎麼現在又不念了？哼，還要在外頭買人，那把她弟弟妹妹養著幹麼？你妹妹大著肚子還在幫他們做飯呢！」

眼見趙王氏扯些歪理，趙成材很是無語，「娘，銀寶和元寶才幾歲，能幹什麼？等他們到了成棟的年紀，自然也是要出來謀生的。至於成棟停了幾天學，那金寶不也一樣？這事我心裡都有數，等這兩日招了人，都得讓他們把功課補上。再說岳父和岳母，他們也不是光是看店，還得打掃做飯，現在還看著旺兒，能閒得到哪裡去？就是小蝶，我走時還在家洗那麼大一盆衣裳呢，不信您去看。」

趙王氏道：「那等你請了人了，不都閒下來了？」

章清亭在門外聽得好笑，且聽秀才怎麼回答。

「就請了人也是幫著馬場幹活的，您要是不高興，爹和成棟現在就能回來，這輩子都不用再去馬場，行嗎？」

趙王氏閉嘴了，但仍是不爽。章清亭想想，端了茶進來，「相公，要不，回頭多挑一個丫頭吧，不過多費上十來兩銀子，過來伺候公公和婆婆也好，幹上二三十年，本錢也就回來了。」

什麼，要二三十年才回本？這些年還得白吃白喝地養活她，趙王氏一聽，心疼了，「那你們也太浪費了。」

趙成材明白章清亭的意思了，便順著她的話道：「那也是沒辦法，這馬場的夥計要是不用自家人，誰敢用？萬一使壞，害了一匹馬，得虧多少錢？您要是攔著不讓，我們家裡就不請丫頭，不過那就得辛苦玉蘭和玉蓮了。」

親閨女還是心疼的，趙王氏同意請人了，「不過得讓人也來我這兒幹活，那錢不能白花。」

趙成材也不多爭辯了。

趙王氏才問：「那你們何時挑人去？」

「就今兒，恐怕已經到家了。」

趙王氏起身收了錢，拿鑰匙鎖門，「那我跟你們一起去相看。」這可是個稀奇事，她還沒經歷過呢。

趙成材覷著章清亭，見她輕輕一笑，不以為意，這才放下心來。

三人不多時回了胡同，就見門外停著輛大車，想來牙婆到了。

張發財瞧見他們，忙道：「人剛過來，在方家。」

這邊三人一起進去，張小蝶她們都在那兒圍著，好奇地上下打量院子裡的人。

牙婆姓金，過來見禮，是個很幹練的婦人。

趙成材回了禮，問她這些人的詳情。章清亭卻是見慣的，也不聽人囉嗦，自去相看。

來的一共有十三人，八個小廝、四個丫頭，唯有一個二十不到的年輕婦人混在當中，很是突兀。見她長得還算清秀，眉眼頗有幾分動人之處，身上卻戴著孝，懷裡抱著個不滿周歲的小娃娃。

除了她們母女二人，其餘皆是賣身的。

趙王氏有些不悅，「妳怎麼弄個寡婦來了？」

金牙婆忙陪笑解釋：「這柳嫂子說來怪可憐的，她男人本是個木匠，成親不到兩年，剛添了個小閨女，卻不料年前她男人出工時失足跌下山崖，一命嗚呼了。他家叔伯兄弟說她無子，把她和孩子都趕了出來，娘家又不管，這才來求我想尋戶好人家做事。她的要求不高，就管她和閨女三餐一宿就夠了。您要是願意留下，一個月隨便打賞個二三百的工錢就是，也算是積點功德了。」

趙王氏當即皺眉，「如此剋夫薄命之人，咱們家才不要！」

柳氏聽得這話，跪下哭求：「各位老爺太太，求你們行行好，就收留我和芽兒吧。我不要工錢，只求有個容身之所就行了！我什麼都能幹，劈柴挑水燒飯繡花，什麼都會的！要是無人收留，那我們母女只有死路一條了！」

聽她說得淒慘，趙成材瞧了章清亭一眼。

她面有難色，悄聲在他耳邊道：「寡婦門前是非多，何況如此年輕，又有幾分姿色，若是不安於室，倒是容易生出禍端。」

趙成材點頭，拿了吊錢出來給金婆子，「這兒有些錢，給這位大嫂應急用吧。不是我們不收她，實在是我家做的是馬場生意，要幹的是力氣活，她不合適。」

「慢著！」趙王氏突然插言問那柳氏：「妳真的不要工錢？」

章清亭當即翻個白眼，心知她又想占小便宜了。

柳氏此刻只為混口飯吃，連連點頭，「不要工錢，只要能養活我和芽兒就行了。」

趙王氏很滿意，回頭跟趙成材道：「那咱們就白紙黑字寫清楚，把她留下吧。一個婦道人家和個奶娃兒能吃多少東西？還能白幹活呢！」

趙成材皺眉，「這恐怕不妥吧，未免有些趁人之危了。再說，她還要帶孩子呢，能幹得了多少家事？」

趙王氏臉拉得老長，「什麼危不危的？我這是做善事呢。你要不要？不要就把她給我使，有個人在家打雜看院子也好啊！」

柳氏人倒乖覺，聽得這話，連忙就朝趙王氏磕頭，「多謝老太太，您大慈大悲，真是活菩薩轉世，一定能長命百歲，大福大壽的！」

趙王氏聽她這番奉承，心下高興，當真擺出老太太的款兒，「嗯，妳起來吧，以後就在我們家好好幹活。」

柳氏千恩萬謝地起來，抱回孩子退在一旁，臉上露出幾分喜氣。

趙成材和章清亭對視一眼，那就這樣吧，反正這人是趙王氏要留下的，那就給她使去。好不好，也是她的事了。

這邊章清亭挑了三個小廝、兩個丫頭出來，指著一個小丫頭對方德海道：「你們家先把這個丫頭留下吧，要是有什麼力氣活，讓我們這邊幫著一起做了就是。」

方德海見她選的那丫頭面相老實，粗手大腳，很是中意。

章清亭又跟金婆子約好，讓她明日再帶幾個身強力壯的男人，最好是養過馬的人來。那牙婆滿口應下，帶著剩下的人走了。

趙成材才問：「妳怎麼沒揀那幾個伶俐的，倒是挑了些粗粗笨笨的？」

章清亭笑道：「咱們又不是大戶人家挑近身侍婢，要那麼伶俐幹什麼？這做粗活，就是要這樣老實本分，能吃苦耐勞的。」

趙成材笑著反問：「好像妳使過多少下人似的。」

章清亭橫他一眼，也不解釋，只將那些新買的丫頭小子叫來敲打了一番，然後安頓下來。幾個小廝是要去馬場的，小丫頭就交給了張羅氏，「以後她在家就歸您使喚了，讓她跟著您出去提籃買菜，洗衣燒飯。」

張羅氏高興得手舞足蹈，沒想到她這輩子居然也能有個丫頭使喚了。又問那丫頭名字，竟然也叫張小蝶。

眾人聽了哈哈大笑，張發財打趣：「原來小蝶就是個丫頭命。」

張小蝶一聽就不幹了，「那我要換名兒！」

「那倒不用，要換也是她換。」章清亭想想，因那丫頭本家姓俞，便改叫小玉了。回頭還特意跟趙成材解釋了兩句：「別怪我不把人給玉蘭使。玉蘭太好心了，又是個天生的勤快人，留個丫頭在她身邊，遲早被她養懶。倒是我娘，慣會偷懶，她使喚這丫頭多了，玉蘭也就輕省了。」

趙成材聽這道理有趣，「要妳這麼說，做懶人倒也有懶人的好處了？」

話音未落，趙王氏找過來了，「你們是不是確定不回去住了？那我就把那東廂倒出來給成棟住，這西廂安排她們母女了。」

趙成材沒有意見，又提醒了她娘幾句男女大防。

趙王氏滿不在乎道：「你爹都一把年紀了，成棟也是在馬場裡幹活，回來的時候少，能出什麼岔子？你放心，你娘還不老，一雙眼睛亮著呢。我們那邊要是忙完了，也叫她過來幫你們幹活。」

趙成材連連擺手，「她能伺候好您就行了，我們這邊會自己照顧自己的。」

趙王氏嘴一撇，「傻子，有現成的便宜都不會撿！」不過她既得了人，心情也好上許多，想想，還是決定把白馬還給兒子了，只是要幹完約定好的幾天活才行。

這個沒問題，趙成材也答應了買頭驢給她，趙王氏於是喜孜孜地帶著柳氏回家去了。

柳氏原本以為趙家應該和胡同差不多，沒想到竟然是這樣幾間樸素的屋子，心裡覺得失望，但她現在孤苦無依，又是初來乍到，也不敢挑揀。這趙王氏人雖嚴厲，但並不苛刻，她便暫且安心在此住下。

回頭趙成材找章清亭商量起買驢之事，方德海聽見忙道：「我這兒不是有一輛嗎？拿去給她。我們如今住得方便，養個驢實在用處不大。你娘那人雖然有些胡攪蠻纏，但也上了年紀，要個驢幫著幹活不算過分，快拿去吧。」

趙成材才要送去，誰知又有衙役來傳，說明兒要為趙玉蓮及孫俊良之事過堂，請趙成材去作個見證。那衙役還道：「知道學堂上午要上課，大老爺便把那兩樁案子都放在下午了，讓你用了午飯再去。」

趙成材道了謝，心中卻預料到，既然如此之快地結趙玉蓮那綁架的案子，想來不干薛紹安的事了。想到壞人還逍遙法外，不禁有些抑鬱。

忙忙碌碌一下午，等用過晚飯，賀家的人來請。

趙成材和章清亭收拾了過去，賀玉堂一見他們就道喜，恭賀他們得了馬場。

趙成材也道謝：「上回我家小妹，多虧二公子出手相助。」

賀玉堂連連擺手，「休要再提。真是汗顏，又沒能幫上忙，實在是慚愧。」

「快別這麼說了，若不是他仗義相助，恐怕小妹真是要遭奸人毒手。只可恨那薛紹安，仰仗家中權勢，如此橫行無忌，實在是令人恨之入骨。」

賀玉堂深有同感，趙成材就是要慢慢激起所有人對薛家的同仇敵愾，但知道再說下去也是空談，便將話題轉到馬場上，提出求教之意。

賀玉堂笑道：「你太客氣了，說到賜教不敢當，你們且說說如今那馬場情形如何？」

章清亭說後，賀玉堂聽得嘆息，「偌大個馬場，那沈家也經營了二十年光景，竟一朝敗落至斯。你們那地方可是風水寶地，只是現在得找幾個得力的人來經營才是。」

章清亭正為此事犯愁，「除了一個夥計還能摸著點門道，其餘一個能用的人也無。少不得請您指點一二，或是借我們幾個夥計教教才好。」

賀玉堂大方地應了：「除了我們的種馬不能借妳，別的都好商量。不過，現在正是馬兒繁育的季節，我們那兒也忙得不可開交，你們不如派夥計過來學學，反倒便利。」

章清亭正有此意，「如此多謝。你看哪日有空，我們好帶著人過去？要是能請你也到我們馬場上去走一遭，提提意見就更好了。」

賀玉堂沉吟一會兒，道：「那我明早先去你們的馬場吧。」

商議已定，章清亭回了家中，還很興奮，「沒想到賀玉堂這麼好說話，我都沒提，他就主動提出來了。」

趙成材斜睨她一眼，「冷靜，保持冷靜。人家為什麼讓妳去瞧？那是知道妳瞧也瞧不走什麼東西。他話都說得很清楚了，種馬是不會借的，那妳至多只能學個皮毛。若是沒有好的馬來配，就靠咱們馬場那幾匹馬，能有多少作為？」

章清亭嗔他一眼，「人家剛在興頭上，你就不能說點好聽的？」

趙成材嗤笑，「我用得著跟妳說好聽的嗎？那不是愛妳，而是害了妳。明兒人家去了，別眼睛老盯在帥哥臉上，好生學點真本事要緊。」

什麼愛不愛的？章清亭耳根一紅，「我哪有看什麼帥哥？」

不過，想想晏博文，確實很帥。且又想到他早上那話，臉更紅了些。

趙成材卻沒想那麼多，只有些悶悶不樂地嘟囔著：「好看又不能當飯吃！」

聽出他話裡的醋意，章清亭心中卻是一甜，斜睨著他拌起嘴來，「誰說好看不能當飯吃？且不說女子，就是男子，因為生得好看而被賞識的可大有人在。像那個鍾馗，哪怕是狀元之才，可就是生得難看，才被取消了功名，逼進了地府。可見生得好，還是有用的。」

趙成材醋意更濃，「依妳這麼說，只有生得好的才招人待見，生得不好的便活該受委屈？」

章清亭故意氣他，「本來就是啊，現成的例子便是。你看玉蓮，到哪兒不都有人待見？」

趙成材不想說了，氣鼓鼓地進盥洗室梳洗，「不跟妳這頭髮長見識短的女人計較！妳喜歡就去看妳的帥哥吧，哼，除了那張臉，有什麼好的？」

章清亭掩著嘴笑，「好多帥哥，除了臉，別的也挺好的呀！」

趙成材剛打了盆水，氣得又重重放下，激得水花四濺，濕了半邊衣襟，「膚淺！就算是文武雙全，有用嗎？跟妳有什麼關係？妳自己不也說竹門得對竹門嗎？真有那樣的人，能跟咱們說到一塊兒去？」

吼了半天，也不見回嘴，趙成材忽地有點心虛。那丫頭不會又生氣了吧？悄悄伸長了脖子往外瞧，卻見章清亭已經回了裡間。望著那道嚴絲合縫的房門，趙成材不服氣地低喃：「我家既能生出我妹子，證明我也不是很差嘛！」

他想想實在不甘心，對著菱花鏡左照右照，不確定地問：「難道我不帥嗎？」

緊閉的房門後門，傳來壓抑不住的低低笑聲。

趙成材又羞又惱，一甩袖子，提高嗓門道：「有什麼好笑的？我生得很醜嗎？以貌取人，勢利淺薄！」

章清亭在裡間笑得軟倒在床，肚子都疼了，可她也暗暗告誡自己，趙成材的話雖有些酸，但不無道理，確實應該保持冷靜的頭腦來看待問題。

第二日請了賀玉堂到馬場時，章清亭的心態果然平和許多，不再為那些表面的奉承所打動，而是留神賀玉堂的真實意思。反正自己什麼也不會，也沒什麼可隱瞞的，她甚至把自己想要改造房子的小事也說給賀玉堂聽，誠懇地請他指點。

這些外在東西，賀玉堂倒是不客氣地當場就給出了好些意見，可對於馬場的經營，他卻絕口不提，只說幾人把馬兒都照顧得很好。

章清亭心知有異，見他不想說，也不亂打聽，約好明天下午去賀家馬場拜訪，這邊賀玉堂自去忙他的事了。

待安置妥當，見人手暫夠，她正說讓趙老實跟她一起回家得了，卻聽馬場外頭吵吵嚷嚷，來了一大群人。

神駿馬場的原馬場主沈老闆又殺回來了。

其實他根本就沒去出家，只是被正室和外室鬧得心煩意亂，索性假借出家躲了出去。他心裡原打算著，只要自己失蹤個幾日，家中妻妾肯定就會驚慌失措，然後一人退一步，就能化干戈為玉帛，從此雨過天晴，他也可以坐享齊人之福。

卻沒想到，這妻妾二人，竟是越鬧越凶，把家中的馬場拿去抵了債。

當家中下人傳來消息，可給沈老爺氣個半死，迅速趕了回來，把家裡兩個女人臭罵一頓，然後就火急火燎地趕回馬場，要討要自己的東西。

命管家將箱子打開，沈老爺指著一千多兩白花花的銀子道：「趙夫人，這錢算是賠妳之前代我還的債，還有多的五百兩，算是謝謝妳這幾天幫我照顧馬場的花銷。要是不夠，妳儘管開個價，我馬上還妳。」

章清亭可不是什麼正人君子，否則當初也不會要這馬場了，當下一笑，「沈老爺，您的意思我明白，可這馬場我已經買下來了，日後還指著它好生經營，養活一大家子呢。您想讓我還回來，那當初又為何弄得拿來抵債？」

沈老爺這幾天本就心情不好，眼看章清亭不同意，頓時理智全失，氣得暴跳如雷，「可這馬場明明就是我的，賣這馬場我也沒同意！」

章清亭對他倒有幾分同情，語氣越加和緩，「沈老爺，您的心情我明白。若說我趁您不在，鼓動著您夫人買了馬場，那是我不該，可這馬場是您家拖欠債款，逼得債主轉賣到我這兒來的。字據齊全，還有官府大印……」

章清亭越溫和，沈老爺越暴躁，想著自己治家無方，只問一句：「妳說，究竟要多少錢才肯把馬場還給我？」

章清亭搖了搖頭，賠了個禮，「對不起了，沈老爺，這馬場我不會賣的。」

沈老爺一聽要回馬場無望，那就是斷了他家的財路，氣得舉拳上前，「妳這婦人怎麼如此蠻不講理？這明明就是我家的東西，憑什麼不還給我？」

章清亭退了一步，臉也沉了下來，「沈老爺，我體諒您驟逢家變才如此失態，但您可不要得寸進尺。這馬場已經改了姓，可再跟您沒有任何關係。」

「我要去官府告妳！」沈老爺怒不可遏，額上青筋都爆了起來，「別以為我不知道你們幹的那點好事。若是正經抵債，少不得得貼出告示，讓四里八鄉的人都知道，怎麼就靜悄悄地賣給妳了？這裡頭肯定有見不得人的東西。不過是個小小的秀才娘子，少來我面前猖狂！」

「你說話客氣點！」晏博文不悅地擋上前道：「秀才娘子是沒什麼好猖狂的，可您又憑什麼在別人家的地盤上撒野？」

沈老爺氣得直跳腳，管家拉開他，「老爺，別跟他們爭這些閒氣，咱們上官府告他們去。」

沈老爺指著章清亭的鼻子，「妳既然問心無愧，敢不敢現在就隨我去見官？」

「請！」章清亭冷冷一笑，「正好當著縣太爺的面把此事說清楚，你也死了這條心！」

晏博文見她們只有幾個女眷，本要跟著一起過堂，章清亭卻道：「家裡有相公在呢，你就在此處照看好馬場便是，當心他們來搗亂。」

晏博文眼中有幾分失落，章清亭佯裝不知，帶了兩個妹子，又請趙老實跟她一同回去。

可趙老實瞧著沈老爺這架勢，搖了搖頭，「媳婦，我還是先留幾日。」

這頭一行人回了市集，到了衙門跟前下車，沈老爺咚咚擊起了鳴冤鼓。章清亭和方明珠留下，讓車夫再送張小蝶回去，趕緊把趙成材請來。

沈老爺可以不吃飯，可衙門裡才剛吃到一半。衙役匆匆擦了把嘴，很不高興地出來質問，也太沒眼力勁兒了。

「我要告她，強占我家馬場！」沈老爺一指章清亭。

那衙役一看認識，「秀才娘子，這怎麼回事？你們家的官司還沒開始呢。」

章清亭也頗感無奈，「這又是一宗。打擾之處，請多見諒。」

衙役小聲嘀咕：「你們家也真該去拜拜神，看今年是不是犯小人，怎麼淨遇上這些事？」

章清亭心想，也許真該去拜一拜。

沈老爺瞧見她和官差相熟，更是不爽，那眼光冷得像兩把刀子。

章清亭不好多說，衙役進去通報，很快出來傳話：「大人在用飯，你們過一個時辰再來。」

沈老爺一聽就急了，「可我這事真的急，他是本縣的父母官，怎麼能不受理呢？」

衙役厲聲斥責：「再胡說，先打你二十大板！大人有說不受理嗎？不過是讓你過一個時辰再來。這衙門裡可有規定，午時歇息，未時才開始辦公，你這不分時辰就胡亂進來滋擾生事，大人還沒治你的罪，你倒先鬧了起來，真是十足刁民！」

旁邊管家勸自家老爺：「算了，不急於這一時。再說，咱們要打官司，還得寫個狀子來的。不如先去吃個飯，一會兒再過來。」

沈老爺一聽也是，卻望著章清亭二人道：「那妳倆得跟我走。」

他一怕她倆跑了找不到人，二怕她們去衙門裡串供。

章清亭一笑，「恭敬不如從命。這兒前面就有一家酒樓，咱們就去那兒等候可好？」

這個沈老爺倒是不挑，章清亭又跟那衙役囑咐了一句，去了酒樓。

她還真有些餓了，點了兩個小菜，和方明珠正要開吃，卻見趙成材匆匆跑來，「娘子！」

「在這兒呢！」章清亭答應一聲，趙成材過來，本欲跟沈老爺見個禮，他卻從鼻孔裡哼了一聲，別過頭去。

章清亭拉趙成材坐下，低聲道：「算了，他正在氣頭上，咱們再說什麼也是無益。你吃飯了嗎？」見他一頭大汗，便把自己的帕子遞了去。

趙成材接了擦汗，「在家剛吃兩口，就見小蝶回來說起這事，我就跑來了。你們不是去衙門了嗎，怎麼又來了這裡？」

章清亭輕笑，「縣太爺要用飯，讓我們未時再去。」

她又加了兩個菜，和趙成材三人吃飯不提。

看他們胃口不錯，那邊沈老爺胃口更好，不僅雞鴨魚肉吃得歡，還喝了兩杯小酒。

章清亭暗笑，就這樣的人還能出家？怪不得他家兩個老婆都不著急。

等時辰將至，各自結了自家飯錢，一行人又到了衙門。

衙役將他們領了進去，又是一通擊鼓升堂，才見到新任縣太爺。

孟子瞻一臉的神清氣爽，大搖大擺從後堂出來。

章清亭和趙成材瞧了，心中嘆服，果然是人中龍鳳，這氣度儀態，定非尋常人家子弟。

沈老爺乍見來了這麼個年輕的縣太爺，心中未免疑惑，但仍是跪下行禮，陳述原由，遞上狀紙，要求要回馬場。

這一邊，趙成材坦然應對，陳師爺取出官府存底的字據，一一核查。

孟子瞻道：「沈員外，你瞧，這兒白紙黑字寫得明明白白，是你家中無力償付，方才把馬場拿出來抵債的，這債主們再把馬場賣給趙方二家，並無錯漏呀？」

沈老爺一聽慌了神，「大人，您可得替小的作主啊！這馬場原是我不在家，才被妻子拿出拖延時日，並非無力償付，您瞧，我這銀子都帶來了，怎麼會無力還債呢？」

孟子瞻道：「既然你家中有錢，為何欠債遲遲不還？你為一己私欲，拋家捨業，棄多年經營於不顧，這又豈是一個誠信商人該幹的事？」

沈老爺拚磕頭，狠下心道：「小的知錯，願以雙倍金額償還欠款，只求大人將馬場發還！」

聽沈老爺說完，孟子瞻搖頭惋惜，「早知今日，何必當初？不過是兩個老婆，你都擺不平，委實也太過丟人！」

方明珠聽了忍不住噗哧笑了起來，章清亭趕緊掐她一把，她才忍住，小臉卻憋得通紅。

孟子瞻朝她們這邊瞪了一眼，然後又慢悠悠地開了口：「趙秀才，你倒是說說，究竟是怎麼得到這馬場的？怎麼就這麼消息靈通，先下手為強啊？」

趙成材聽得心裡一緊，這縣太爺好生厲害，也未必是站在他們這邊的。

他還未答話，陳師爺卻主動站了出來，「回大人，此事皆是小人的干係。那日因債主登門苦訴求情，小人心中不忍，而趙秀才平日與小人交好，也曾提起過想買馬場之事。小人便將此事私告於他，約了那些債主前來。因趙秀才付錢爽快，那些債主們也不願再等著過堂，小人便擅自作主，替他們作了見證，將這馬場轉讓。事後，趙秀才曾送了小人紋銀一百兩以作謝禮。事實便是如此，再無半點欺瞞之處。」

「大膽！」孟子瞻啪地一拍驚堂木，面沉如水，「這公堂之事，豈容你如此胡作妄為，獨斷專行？」

沈老爺聽著有門兒，趕緊出聲：「大人，您聽聽，這分明就是相互勾結，巧取豪奪，您可得替小人作主啊！」

方明珠頓時白了小臉，章清亭心中也是一驚，不過再瞧趙成材，卻見他的神色絲毫不見慌亂，她的心也安定下來。反正天塌下來，有他頂著，自己怕什麼？

陳師爺毫無懼色，跪下回話：「請大人明查。那些債主追討款項，直從去年年底捱到今年端午，期間往返數次皆不得結果。而沈家正如沈員外所說，並非無錢，而是家宅不寧，不願還錢。眼見他那兩房妻妾每日衣食豐足，而幾位苦主卻是在外餐風露宿，耽誤時間不說，更兼在沈家兩房門上多受冷遇，平白不知錯過多少生意，個中辛苦，委實是一言難盡。」

他轉過頭道：「沈員外，你現在說你願意雙倍償還債主的欠款，但你如何償還那些債主受的氣惱辛苦？再有，你現在是因為馬場轉讓才出來告狀，若是這馬場依舊歸你家所有，你還會站出來嗎？這些債又得拖到哪年哪月？你們家的日子自是不愁，但有沒有替那些債主們想過？這大半年來，該收的錢一文錢也討不到，過年過節都過不好，這份憋屈又該向誰去討？」

沈員外被駁了半晌才道：「那也是我們的事。」

陳師爺冷冷瞅了他一眼，「確實是你們的事，那麼，沈員外你真要打這場官司，是否應該去告那些被你欠了錢，又追債無果的債主們？告他們不該拿了你家抵債的東西換錢？」

沈員外噎得說不出話來，確實，真要追究起來，責任還是他家的。

章清亭暗自鬆了口氣，這陳師爺多年歷練，可不是白給的，只是他也確有徇私舞弊的嫌疑，不知這孟大人會怎麼判罰。

只聽陳師爺又道：「大人，小人並非有意徇私，實在是因為聽了那些債主的可憐之處，一時動了惻隱之心，又不知大人何時才能上任，才想快些幫他們把事情了結。就說轉讓馬場不公示，也是那些債主們同意的了，小人這兒怕說不清，也留了一份大家簽名的字據。至於說單把這消息給了趙秀才，實在是小人與他相交甚深，知其為人，慣肯扶貧助困，所以才想幫他建些家業，日後廣濟鄉鄰，也算是假他之手，積些功德了。」

趙成材一聽就明白了，這是要找他打秋風了，不過這個錢必須出。孟子瞻恐怕是知道實情的，現在他要替陳師爺保住老臉，也要替官府保住顏面。

他上前躬身行禮，「大人，陳師爺辦此事當真是沒有半點私心，在下確實曾送了他一百兩銀子，可這銀子也不算是酬謝之資，一半是給他醫治腿疾，另一半是聽說他家二公子將要娶妻而送的賀禮。可陳師爺再三不受，是在下硬給扔下的。他當時就說，那他就捐到學堂裡以作助學之資。在下便和他立了個口頭協定，只要馬場一日在我家，這一百兩銀子就由我家來出，每年捐助給學堂，陳師爺這才作罷。」

孟子瞻一本正經地點了點頭，「雖然這行事確實有讓人詬病之處，但也是情有可原。沈員外，雖說你這馬場賣得冤枉，但畢竟是你家行止有虧，才惹出這場禍事。若是要怪，還得怪你自己。現在馬場已經交割完畢，若是再要追回，確也說不過去。」

沈員外一聽這話，心裡涼了大半截，猶自不死心地祈求：「可是，大人……」

孟子瞻擺了擺手，打斷他的話繼續道：「若說就這麼白白便宜他們，我想你定也不甘心。」

章清亭心中咯噔一下，最關鍵的判決要來了，他到底會怎麼判？

孟子瞻似笑非笑地瞧著幾人，「那馬場估計至少也值三千兩銀子吧？」

「豈止！」沈員外以為是要賠錢給他了，那得宰個厲害的，「光我那一二百匹馬就不止兩千兩了！還有糧食器具，起碼也值五六千兩銀子，再加上地，兩三萬都是要的！」

趙成材一聽這可不行，要找他們追索這麼多錢，他們可賠不起，「回大人，我們家接手的時候，那些糧食器具統統不見，一共只有五十匹馬，還全是老弱病殘，其餘的全被夥計賣光了。大人若是不信，可以派人去現場查看，所有債主也可作證。」

章清亭早有準備，把那些馬匹資料遞給了他。

趙成材呈上，孟子瞻接過瞧了，「這五十匹病馬，市價能值幾何？」

後頭青松回話：「這樣的馬，至多十兩銀子一匹。」

孟子瞻點頭，「那就判趙方兩家各賠付五百兩紋銀了結此案。」

沈員外真是心疼，「可是，大人，還有馬場那麼大塊地呢！」

孟子瞻又點頭，「你這說得也有道理。好吧，那就判他兩家再多賠五百兩，湊個兩千。」

沈員外可真是虧大了！

「那我現在就要銀子，給不出就得把馬場還我。」

他已經打聽過了，趙家可不是什麼有根基的人家，恐怕很難付得出這錢。

章清亭焦急地瞧著趙成材，趙成材朝她微微頷首，示意莫要慌張。

孟子瞻卻很是稀奇地瞧著沈員外，「他們為什麼要給你銀子？不給我給誰？沈員外就納悶了，一頭霧水。

孟子瞻挑眉一笑，「趙秀才，你既說賺了錢願意做善事，那這兩千兩銀子就由你們兩家以沈家的名義賠付給紮蘭書院吧，十年之內必須償清。師爺，在此立下字據，由官府作證。」

這個主意好。趙成材連聲道謝，章清亭也自歡喜，算起來一年才二百兩，實在不算多。

沈員外辛苦了半天，一文錢沒撈著，「那大人，我……」

孟子瞻兩手一攤，「這有什麼辦法？這白紙黑字寫的東西，就算是大人我再同情你，也不能隨意篡改。你們家拿馬場抵了債，他們家買的是抵債的馬場，都沒有錯。至於說價格不夠公允，那現在本大人也幫你討回了公道，還要他們出錢，以你的名義捐給學堂。行啦，沈員外，這財去人安樂，就不要再斤斤計較了。塞翁失馬，焉知非福？你倒是趕緊回家，把你兩個老婆擺平要緊，否則，你賺再多，也禁不起她們這麼敗啊！」

沈員外又羞又氣，灰頭土臉地走了，臨去前忿忿詛咒：「得了馬場的人，必定家宅不寧，夫妻反目！」

章清亭氣得不輕，趙成材也非常惱火，卻攔著她接了一句：「那是從前。只要我們夫妻同心，縱是再多風雨，定能攜手度過。」

「那就走著瞧！」沈員外悻悻地帶著人走了。

趙成材這才向孟子瞻道謝：「多謝大人明查秋毫，秉公執法。」

「分內之事，何須道謝？」孟子瞻上下打量了他幾眼，又瞧了瞧章清亭，微微一笑，「既然你們夫妻這麼有心做善事，以後當多多造福這一方百姓，才是正理。」

趙成材聽出畫外之音，躬身應下，背上卻驚出一身冷汗。

這個縣太爺，眼睛裡可揉不得一粒沙子。此事雖有維護之意，但仍是幫理不幫親，恐怕以後在他的統領之下，行事得更加小心。

了結了馬場之事，孟子瞻順著往下捋，「現就把你家幾樁官司給了結了吧。」

孫家的事沒什麼好說的，在大牢裡折騰了幾個月，又賠進去不少金銀，母子都瘦成了皮包骨，哪還有半分銳氣？

孫夫人縱狗行凶雖然大惡，但憐她年紀大了，又是婦道人家，再說並未釀成大禍，便罰銀五百兩，以贖其罪孽。至於孫俊良，本應判他兩年流徙，但孫家二老苦苦求情，他們夫妻膝下又唯有這個獨子，便法外開恩，只罰了一年苦役。

以上俱是依法辦事，趙成材沒有意見。

趙玉蓮遇劫之事，跟趙成材想的差不多，被抓之人中領頭的，就是當日丟帕子惹事的。他一口咬定是自己心懷不滿，見色起意，並未供出薛紹安。於是該打則打，該罰則罰，一干人等各有判罰。

末了，孟子瞻問了趙成材一句：「你瞧著如何？」

趙成材道：「大人處置得當，在下並無二話。」

只說處置得當，並不吹捧其公正嚴明，便是含蓄點出還有薛紹安並未受罰之事，但告訴他自己並無二話，也是知道此事目前也只能如此處置，所以暫且息事寧人，不再追究。

孟子瞻見他頗知進退，腦子清楚，不覺點了點頭，怪不得婁大人臨走留下書信，對此人諸多推崇，倒也頗有幾分可取之處。

這邊既然處置完了，他又故意當著趙成材的面開了口：「陳師爺，你既有腿疾，也不便過於操勞。這樣吧，我指個人給你做助手可好？」

這是給他一個臺階下，陳師爺早有準備，「回大人，小的年紀已大，早就有心辭了公差，只是怕大人初來乍到，許多情形還不熟悉，才腆顏留到如今。請大人恩准小人將事務交接妥當後回家養老，便是開恩了。」

孟子瞻假意挽留，陳師爺笑呵呵地道：「小人家中世代就在這棨蘭堡，若是有什麼事情，大人一傳便到，定不會誤了正事。」

孟子瞻這才滿意地點頭允了。

直等進了家門，趙成材才長長舒了口氣，「這個孟大人，好厲害！」

章清亭同意，「這些世家子弟，權謀心術實非常人可比，幸好你不在那衙門裡當差了，否則在他手底下，日子可不好過。」

趙成材卻搖了搖頭，「那是妳有所求。若是無所求，依著法理坦然行事便是，怕他何來？」

章清亭細細一想，好像還真是。

說起來，也不知那個張蜻蜓在南康國能不能適應。她應該早嫁給潘雲豹了吧？可那也是深宅大戶，恐怕沒幾個好相與的人。她那麼潑辣，明面上別人應該占不到她什麼便宜，只怕是暗地裡讓人算計了去，倒讓人擔心。

趙成材大張五指在她面前晃，「想什麼呢，這麼出神？」

想你媳婦！章清亭回過神來，微微一笑，口中卻道：「在想那個沈員外，這麼大個馬場說沒就沒了，也真是夠心疼的。不過，要說起來，全是他自己的錯，若不是他有外心，至於鬧成這樣嗎？」

這個趙成材也同意，還趁機表白：「這兩根筷子吃飯正好，非多出一根來，怎麼使得？像我，有一個娘子足矣。」

章清亭耳根一熱，不接這話，卻顧左右而言他：「金婆子怎麼還不來？」

趙成材暗暗咬牙，心說回頭再跟妳算帳。

下午金婆子又帶了一車人來，章清亭選了四個力氣大且養過馬的談定工錢留下，當即讓趙成材送到馬場去。要給皮鐵匠鋪子的，日後再說。

趙成材送人過去，聽說和沈家的紛爭已然解決，趙老實這才放心地隨他回來。

那柳氏倒是嘴甜，很熱情地朝趙老實叫老爺，管趙成材叫大少爺，倒把這父子倆窘得臉一紅，忙道不必客氣，尋常稱呼就好。只是趙王氏卻很喜歡擺這個譜，不過柳氏也看出來了，這個家還是趙成材兩口子說了算。有錢的也是那邊，往後倒要找機會多巴結巴結那邊才是。

趙成材忙活完，便回去了，趙王氏不大高興，私下抱怨：「留下吃個飯就不行嗎？成天跟張家人混一塊，不知道的還以為我這兒子是他們家的上門女婿呢！」

柳氏聽了這話，忙小心打聽起來。趙王氏年紀漸大，難免嘴碎。雖然之前有趙成材的嚴厲警告，不大敢說章清亭的壞話，但私底下的意思還是明白的。

柳氏知趙王氏對章清亭不滿，只陪笑聽著，心下卻留了意。

這趙王氏人雖不惡，卻是省儉慣了，連炒菜多放了一滴油也會嘮叨半天。而柳氏前頭嫁的那木匠，雖不富裕，倒也從容，又極疼媳婦，她平常大錢沒有，小錢卻沒斷過，也是花用慣了的。且這年輕人跟老年人在一塊，畢竟也有許多不慣。柳氏年紀輕輕，也無守一輩子的道理，也想奔著高枝，再嫁一個好夫婿才是。

既然這趙王氏不喜歡大媳婦，那她能不能利用這個，從中為自己謀些好處？

用過晚飯，因天氣漸熱，在外奔波一天，身上甚多塵土汗膩。現在家中盥洗方便，眾人皆早早洗沐更衣，方出來閒話。

趙成材正溫著書，章清亭洗完也換了家常小衣，出來約趙成材明日下午陪她去賀家馬場。

趙成材不敢肯定，「若是學堂無事，就陪妳去。上回說起要請些琴棋書畫及女紅繡娘之事，大半家長都願意的。只是人選難找，鴻文還說要一起去打聽打聽。」

章清亭說笑了句：「你讓他找？當心他把你拐哪個堂子胡同裡去。」

趙成材嗔她一眼，才想說她不要以老眼光來看人，忽地發現她今日身上是身新衣。

上面是件寬鬆的月白色過膝春衫，下面並未著裙，只一條桃紅色的撒花長褲，很是鮮亮。如墨般的長髮微濕，披於身後，更添韻致。

現在他家院子後頭就是綢緞鋪，章清亭跟那老闆一說，便拿租金換了全家衣裳。年輕女子哪有不愛打扮的？趙成材也不多說，由著她高興去了。

今日章清亭為了舒適，腰間未束上腰帶，鬆鬆的長衫隨著走動輕擺，越發顯出別樣的風情，讓人想探一探其中究竟。

趙成材仔細地看了看，才發覺章清亭裡面穿的是一件嫩青色的中衣，從那白衣裡透出來，裹著豐滿的胸，頗具誘惑。

他心中一熱，又聞到她身上的處子香氣，忽地就伸手將章清亭抱了個滿懷，在她耳邊低語：「娘子，妳想好了沒？」

章清亭沒想到他有此一舉，臉上緋紅，捶打著他，「你快放開！」

趙成材此時要是放開，那就是傻子了。見她輕嗔薄怒的小模樣，只覺更加口乾舌燥，話也不說，乾脆就吻了上去。

這種事，一回生兩回熟，他是越做越熟練，章清亭想抵抗，可很快就被吸引得漸漸淪陷。

忽覺胸前一痛，竟是可惡的秀才將手伸進了她的衣裡，揉搓起那對從未有人觸碰過的禁地。

章清亭低低驚呼一聲，乍然回過神來，用同樣乾渴的喉嚨擠出變了調的拒絕：「不……」

可回答她的是更加用力的揉搓，唇也被人堵上了。

趙成材渾身熱得像是生起一盆火，他妄想已久的那兩團柔軟比他想像中的更加銷魂，那滑膩如羊脂的緊緻肌膚，更是手感好得驚人。而且，很大，幾乎無法一手掌握，讓他歡喜莫名。

章清亭快被逼瘋了，她從不知道自己的胸前會如此敏感，被趙成材揉搓了沒兩下，就不知羞恥地鼓脹起來，似是誘惑一般，引得人越發大力蹂躪。尤其頂端那兩顆嫣紅粉嫩的櫻桃，被他略帶薄繭的手指撫過時，帶來的是一陣陣直通全身的戰慄和讓人滅頂的無力。

她感覺得到，自己的下腹已經羞恥地湧出一陣陣熱流，彷彿在渴求著什麼。

忽地，她只覺得身子一輕，竟被人打橫抱起。

還來不及反應，趙成材已經把她壓在了床上，是個男人該有的反應全起來了，他目光熱切地看著她，聲音乾啞：「娘子，做我娘子好吧？妳其實是願意的，好吧？」

他身上顯著的男子氣息充盈在章清亭的鼻端，和空氣一起團團把她困住。章清亭一顆芳心跳得像小鹿亂撞似的，半天才找著自己的聲音：「我……我還沒想好……」

趙成材不說話了，又重重吻了下去。一雙火熱的手，順著她的頸項，扯開她已經凌亂的衣襟，以一種強硬的、徹底占有的姿態，伸了進去。

章清亭腦子裡只覺轟的一下，心都快要爆掉了，除了緊緊抓著他的衣襟，什麼也做不了，什麼也想不了。

就在此時，樓下張元寶高聲喊道：「大姊、姊夫，有好新鮮的桃子，你們快下來吃吧！」

兩人都嚇了一跳，趙成材還想繼續，章清亭卻用力將他推開，紅著臉跑進洗漱間裡，「肯定是有事，快下去吧！」

秀才老兄鬱悶至極。

桃子，該死的桃子！他這輩子都恨上桃子了！

章清亭收整了衣裳，匆匆下得樓來，到底臉上紅暈未褪，趙玉蓮瞧著關心道：「大嫂，妳臉怎麼這麼紅？別是發燒了吧？」

「我方才洗澡水有點熱了，所以汗還沒發下去呢！」章清亭抬起手背貼著滾燙的面頰，勉強找了個藉口，心中暗把秀才罵了個千遍萬遍，也沒顧得上瞧廳中情形，便問：「誰買的桃子？」

「不是買的，是我家種的。今年新掛的果，總沒捨得吃，瞧著熟了，才摘了些下來，送給親戚們嘗嘗。」一人應了，陪笑著站了起來。居然是久未晤面的王江氏，還牽著自家的小閨女，那個名滿紮蘭堡的小狀元王小翠。

「你們是來找相公的吧？」章清亭不做絕味齋了，她一個賣豬肉的還來獻什麼殷勤？

王江氏卻道：「是啊，謝謝成材大兄弟這麼認真教我們小翠，也來瞧瞧妳。」

章清亭聽著話裡有話，不過伸手不打笑臉人，她也微微笑著，請她坐下，「客氣什麼？孩子既進了學堂，他們做老師的自然就得好好教導。你們家小翠頭一回就考了個第一，可真替你們長臉。」

王江氏把女兒往前一推，「家裡怎麼教妳來著，快向嬸子問好。」

「嬸子好。」小姑娘很是赧顏，羞答答地叫著章清亭。

「別局促了，元寶，這是你們同學呢。別光顧著自己吃，把點心拿出來招呼客人啊！」

王江氏道了謝，又請她吃桃子。

章清亭便拿了一個洗乾淨的，放在嘴邊小口小口啃著。這王江氏是個無利不起早的人，巴巴地送這麼一大籃鮮桃來，究竟是所為何事？

王江氏似是有話想說，卻又左顧右盼。

既然不好開口，那就不要開口。章清亭佯作不知，慢慢啃著清甜的小桃子，扯著閒話：「這桃子真甜，水分也足，沒想到妳家還有這好手藝。一共栽了幾棵桃樹，一年能結多少果？」

「樹就一棵，一年也只結這麼六七十個果子。」

「那這不是送來一半了？」章清亭佯嗔道：「這也太破費了。外頭賣多少錢？我們給。」

王江氏連連擺手，「不過是花些工夫料理，談什麼破不破費？又不是個稀罕物，就是吃個新鮮罷了。其實……」

她剛想開口，卻又被人打斷了。

「喲，是大嫂子來了啊？」趙成材在樓上好不容易平復了氣息，這才神色如常地進來了，「怎麼還帶東西，這麼客氣？」

章清亭聽見他的聲音，臉上又紅了一紅，趕緊藉著吃桃子掩飾。

王江氏見了他，先是拉著小閨女謝了師恩，方才又道：「本來早就想著來謝謝你們的，只是這家中也忙……」

「你誰啊，蹲這幹麼？」王江氏再一次被打斷了，張小蝶剛去方家也送了幾顆鮮桃，回來瞥見自家門口蹲著一團黑影，把她嚇了一跳，差點摔了手上的空籃子。

張發財趕緊出來瞧看，「你這人怎麼回事？在我家門口幹麼？」

王江氏跑了出來，「誤會，誤會！這是我兒子，老大！」

章清亭和秀才對視一眼，她這是要幹麼？

趙成材略一思忖，猜到了幾分。

既然暴露了，王江氏就把兒子拉到小夫妻面前，「這是我家老大，今年十六了，瞧這體格，可是幹活的好手。」

章清亭也明白了，只含笑道：「既是一同來的，怎不進來坐坐？快坐下吧。」

王江氏拍了兒子的後腦杓一記，「快叫叔嬸啊！」

那大男孩飛快瞟了他二人一眼，彆彆扭扭喚了聲：「叔，嬸。」

章清亭覺得有點承受不起，要說那王小翠不過六七歲年紀，叫她一聲嬸還情有可原，可這孩子都這麼大了，站起來比她還高半個頭，管自己叫嬸，把人都叫老了。

王江氏陪著笑臉道：「這孩子老實，一錐子都扎不出一聲來，你們別見怪。」

趙成材笑道：「老實一點好，不惹事，守本分。」

王江氏順著他的話就往下說：「我們家大勇可是出了名的好孩子，一點毛病都沒有。」

章清亭聽她繼續往下說。

「今兒來，不為別的，就是有一事相求。」王江氏終於開了口，「聽說你們家弄了個馬場，真是好大的手筆。我就說，像你們夫妻這麼能幹，就算是倒了鋪子，也能做起更大的來。」

章清亭心裡翻了個白眼，那妳還去牛姨媽那兒幸災樂禍地說三道四？

趙成材客氣了兩句：「空有馬場，沒幾匹馬，還都病著。」

「那也是不得了的大買賣。」王江氏眼神裡是毫不掩飾的羨慕，「這只要有馬場，三五年的工夫，不就是個大馬場了？到時一欄一欄的出馬，可比我們殺十年豬都管用。」

「那您今兒來……」趙成材不想再聽她這些奉承話，提點了一下。

王江氏訕訕地瞧了他們二人一眼，「這不就是想讓你們倆拉拔下自家侄兒嗎？給他也在馬場裡尋個正經差事……」

不行。章清亭直覺反對，她那馬場自己現在還拎不清，怎麼可能招一堆人回來白養著？

卻見趙成材面有難色，已然回話了：「這個您可就說晚了，我們馬場已經招滿了。」

王江氏一下怔了，「這麼快？」

趙成材一笑，「本來就不是什麼大馬場，統共那幾匹馬，要得幾個人？而且那馬場全是粗活累活，說起來還不如殺豬。」

王江氏開始訴苦：「大兄弟，你是不知道，我們家光靠殺豬那點生意，日子著實過得艱難。以前是有你們關照著，才強上那麼一點，可現在幾個孩子漸大，光那每日嚼用都不夠瞧。也是實在無法了，才想讓你大侄兒出來找個營生，可要是送到外頭去，我們做爹娘的也不能放心。這不是一聽說你們家開馬場了，便想讓著你大侄兒先過來試試，你瞧著是不是能拉拔著點？」

章清亭被她左一個你侄兒，右一個你侄兒說得雞皮疙瘩掉一地，心想若是收了妳家孩子，是不是後頭還有人跟著來？那我家馬場不成給你們養孩子的地方了？

所以她開口拒絕了：「實在抱歉。我們這馬場也是借錢才盤下來的，若說要拉拔誰，實在是沒有這個餘力，況且這馬場現在真不需要人了，要用也得用懂馬之人。大嫂子，真是不好意思，恐怕妳是白走這一趟了。」

王江氏是領教過她的厲害的，一時不知該說什麼。

趙成材把話圓了回去：「這樣吧，若是日後我們這馬場還有要招人的地方，一定通知你們好不好？說句不好聽的話，如今縱是來了，我們連工錢都發不出來。」

就你會做好人！章清亭暗暗白他一眼，卻叫小玉：「把那新鮮做的點心包上一大包，給大嫂子裝籃裡帶回去。」

這一家人對小玉頗好，雖指使她幹活，但生活起居卻沒有剋扣分毫，連飯都讓她同桌吃，是以小丫頭很是忠心為他們做事，一聽章清亭吩咐，立即放下啃了一半的桃子，快手快腳去裝點心了。

趙玉蘭卻知道自家點心不夠，要帶她去方家拿，張小蝶讓她坐著，自己過去要了，裝了滿滿一提籃，算是回了這份情。

王江氏也不好再說什麼，拎著點心，帶著一兒一女垂頭喪氣地走了。

張發財門了門才皺眉道：「女婿，你家親戚多不多？」

趙成材會意，「都好多年不走動了，應該不會找來吧？」

「那可說不好。」張發財開始扳著指頭算，「我家那頭還有兩個兄弟、三個姊妹。閨女她姥姥那邊還有三個舅舅、一個大姨。這就快十家人了，但願他們都別知道消息才好。」

「知道了又如何？」章清亭不解，「就算他們來了，咱們還這樣打發出去不就行了？」

以前在那個家裡，也有族中親友想來打秋風，章清亭見過嫡母處理。就把他們隨便安置在下人房裡，瞧心情打賞個幾兩銀子也就完了。若是心情不好，連面都不照，光賞頓飯就把人打發回去也是有的，所以不以為意。

張發財搖頭，「哪那麼容易？才來這家不過是個虛親，沒好意思硬留下來，若是正經親戚，恐怕就不好辦了。」

趙成材琢磨了一下，「我們那邊若是有人來，你們就推說不認得，直接讓他們都到老宅找我娘去。你們這邊岳父大人您看著處理吧，給錢是不行的，送兩盒糕點也就成了。」

張發財點頭，卻又發愁，「要是打發不走，可就麻煩了。不過這事兒以後你們都別插手，交給我和你娘。你們的名聲要緊，可不能讓人說閒話，把我們老臉豁出去倒沒什麼。」

只能如此了，否則光那些扯不清的關係，不知要費多少精神去。

晚上回了房，章清亭立即把兩邊房門牢牢閂上，再不給秀才可乘之機。

趙成材鬱悶之餘，心中卻也暗爽，都已經是掉鍋裡的鴨子了，還飛得了嗎？

翌日，快到晌午，牛姨媽帶著夥計押運著糧食過來了。不僅安頓了自家店面，送了章清亭要的糧食，也順便把衣物帶來，搬到自家院子裡去住。

「這也不是我心裡存了什麼芥蒂，只你們家也是人多事雜，既要長期住著，再擠一處實在不便。況且我們家也有鋪子要人照看，橫豎還在一條胡同裡，可千萬別多心。」

章清亭知她是個爽快人，毫不見怪，還讓家裡幫著那姊弟倆就把家給搬了。恰好遇到賀玉堂兄弟過來，便跟新鄰居見了禮。

賀玉堂倒還罷了，賀玉峰見是趙玉蓮搬到隔壁了，有些驚喜。

章清亭想著，下午得找個機會把趙玉蓮的事情透露給賀玉堂才行，省得賀玉峰惦記。

方德海上午又租出去一套房子，收了銀子趕緊給了章清亭，她立即湊了二百兩交給趙成材，還了學堂一年的捐助。

趙成材道：「本說陪妳去馬場，但鴻文說約了幾個琴師和繡娘要去拜訪，就陪不了妳了。」

因昨晚那事，章清亭還不願跟他靠太近，只趙成材又嘮叨幾句：「別老盯著人家的馬，主要看人家怎麼行事。」他猶豫了一下才道：「阿禮是懂得養馬的人，但未必懂得怎麼經營馬場，妳自己多留心。」

章清亭點頭，不敢瞟他一下，趙成材暗自搖頭，這媳婦臉皮太薄了，不知當年怎麼殺豬的。

下午去到飛馬牧場，大門就在接待處，裡面往馬廄一路過去，還散布著交配處、繁育處、傷病處、馴化處，各司其職，毫不混淆。

晏博文一進了交配處，瞧見那幾匹矯健驃悍的種馬頓時眼睛就亮了，在那兒向人問長問短。

趙成材沒說錯，他確實不適合經營馬場。他愛馬，卻只愛好馬。章清亭大致掃了一眼，就拽著方明珠出來，繼續參觀。只見這裡管理有條理又細緻，所有的馬匹都有木牌標記姓名等級，夥計們也都獎罰分明。

章清亭一圈逛下來，獲益匪淺。

方明珠畢竟小孩心性，看完了就想去騎馬，讓晏博文帶她走了，章清亭才很誠懇地跟賀玉堂說起自己的打算：「賀大爺，等您這兒忙完了，可以向您借個管事嗎？或者讓我或是誰來你們馬場學學？我打算這一年也不想別的了，就好好把手上這五十匹馬養好了再說。」

賀玉堂點頭微笑，「妳有這樣的心，就算入了養馬這一行了。說真的，我還寧願養些不太好的三等馬，可以少操好多心。這些事，妳將來慢慢體會吧。」

章清亭一笑，「我懂，馬是活物，養久了就會有感情，越是好馬越是愛惜。以我現在的水準，說真的，還只能做這樣的小馬場。就算把你家的馬場送我，我都做不來。」

賀玉堂讚許地笑笑，想了一想，「回頭我跟玉峰說一聲，妳若有事，不妨去找他。他年紀雖小，但馬場裡的事情倒還清楚。」

章清亭連忙道謝，順著這話提到：「令弟倒是熱心腸，肯來我家幫忙。」

賀玉堂聽著微有不妥，忙道：「他畢竟年輕，時常魯莽，還請不要見怪。」

「沒有的事。」章清亭含笑道：「連旺兒那孩子都知道念他的好，現在小姑和姨媽又跟你們做了左鄰右舍，以後更是要相互照應了。」

她無緣無故提起這碴，賀玉堂便接了一句：「我瞧著妳家小姑好像和姨媽很親近。」

「可不是？小姑從小就送到姨媽家養著了。」章清亭微微嘆了口氣，說出重點：「你們也看到了，旺兒小時生過一場大病，所以姨媽是把小姑當親生女兒一樣看待。」

賀玉堂懂了，回頭得趕緊跟那傻小子說去。

章清亭看完了馬，又去看賀家下轄的皮鐵鋪細瞧作坊裡的行事，心中默默做著盤算。

在這馬場，直盤桓到日頭偏西方才依依不捨告辭回去，章清亭還覺得好多東西沒學到。

本要請賀玉堂一起去集市上吃個飯，賀玉堂卻婉言謝絕：「今兒好多事還沒處理，也幫我帶個話回胡同，就說我今晚住馬場了，明兒再過去。我這兒還有兩本書，妳先拿去瞧瞧吧。」

章清亭接過一瞧，兩本書用書匣裝得整整齊齊，一本上面用正楷工工整整題著《伯樂治馬雜病經》，另一本是《元亨療馬牛駝經全集》。打開來看，不是刻印，卻是手抄本，紙頁都明顯舊了，卻不粗糙，顯然主人十分愛惜。

「這書還是從我太爺爺那輩傳下來的，妳看的這套是我自己小時候抄的，字不好，妳就將就著看吧。」

章清亭道了謝，心下暗忖，怪不得上回自己說要印書被趙成材駁斥，這印書還當真不是件容易的事情。要不，以賀家的家業，何至於還讓子孫抄書？

她知道這經書極是珍貴，便道：「還有個不情之請，可否將這經書借我也抄錄一份？我一定盡快歸還。」

賀玉堂爽快應下，送他們出去。

出了飛馬牧場，晏博文熱心地道：「老闆娘，妳把這經書給我，我幫妳抄。」

章清亭搖了搖頭，「你白日幹活就夠辛苦的，哪裡有閒暇抄書？家裡有人幫我呢！」

她想著自己既要幹這行，可得藉著抄書好好研究，晏博文卻想到「家裡有人」，心下黯然。

回頭方明珠悄悄問她，能不能賣幾匹馬，換一匹好的小馬駒，「阿禮哥說，就那一匹養好了，也是很值錢的。」

「可那一匹得養多少年？咱們這幾年難道就喝西北風？」

看方明珠備受打擊的樣子，章清亭又有些不忍心，「暫時咱們可沒這能力，日後再說吧。」

小姑娘這才鼓起幹勁，要跟她一起好好地把馬養起來。

去賀家帶了話，章清亭回家先沒急著抄書，而是把在賀家馬場看到的一一記錄下來，想著哪些能用在自家馬場上，又或者能做出什麼改進。

晚上，過了吃飯的點也沒見著趙成材，便不等他了。

章清亭吃過叫上張小蝶，拎著《元亨療馬牛駝經全集》便去了方家，進門就嚴肅地道：「我今兒可是來談正事的。明珠，這本書限妳三個月之內抄完，然後跟我交換，書裡的內容我可會抽題考妳的。」

方明珠有些吃驚，方德海卻正色道：「好生聽妳大姊吩咐。」

兩個小丫頭都收斂了笑意，肅容坐在了一旁。

章清亭指著手上的帳本，「我剛算了筆帳，那馬場到明年秋天才能開始賺錢，若是添了新馬駒，開銷又得加上不少。所以，這一兩年，大家少不得要緊著手過日子，還得抓緊時間，把胡同剩下的幾套房子租出去才成。」

方德海點頭，他們買馬場的錢是從錢莊借的，那個利息極高，能早日還款不知能省多少事。

「這個妳交給我，就這兩個月，我一定把剩下的全租出去。」

章清亭這才又道：「現在咱們一家手上都有一個鋪子，日常嚼用是夠的。我家有我爹娘，這邊有老爺子，所以明珠和小蝶妳倆也不能閒著。」

方明珠忙表決心：「大姊，妳就是讓我們去餵馬也行。」

張小蝶也跟著點頭，「就算我們幹不了重活，打掃漿洗總是行的。」

章清亭道：「妳們有吃苦的決心就好，可我讓妳們幹的比餵馬辛苦多了，妳們敢不敢接？」

二女面面相覷，都等著她吩咐。

章清亭道：「這個馬場，當仁不讓，我是總管，那妳們倆，就得給我做好左膀右臂。」

方明珠猶豫了一下，「那阿禮哥……」

章清亭一擺手，示意她先聽下去，「今天到賀家馬場去瞧，是個什麼情形妳也瞧得很清楚了。咱們馬場雖沒人家一半大，但該有的規矩也得建起來。以後阿禮只負責馬場裡最好的馬匹，以及放牧馴化事宜。小蝶，妳得負責起其餘馬匹的照料。我會分幾個夥計給妳們，再怎麼做，小蝶妳自己先琢磨琢磨。」

張小蝶聽得目瞪口呆，一下還反應不過來。

「那我呢？」方明珠著急了。

章清亭微微一笑，「明珠，妳的責任更重。咱們這所有的馬，從明日起，妳都必須建立起詳細卷宗來。精確到每一匹如何餵養配料、馬場夥計的生活安排，全歸妳管。咱們現在人少，妳手下可是沒人的，全得靠妳自己下功夫。我會讓金寶負責對外聯絡，成棟負責馬的醫治和看護。日後再建一個小皮鐵鋪，這個我已經跟田福生談好了，可咱們這一年不出馬，也不要他們白耗著，需要什麼東西了，去找他訂做就成了。」

張小蝶有些緊張，「大姊，我、我不是不願意幹活，是怕幹不好……」

章清亭故意激她，「小蝶，我還管這麼大個馬場呢，難道妳作為我的妹子，連這麼點小事也管不好？虧妳還說什麼日後要跟我一樣開店，難道這就退縮了？」

張小蝶被她說得又熱血沸騰起來，「既然大姊信我，我就好好幹！」

方明珠很擔心，「萬一我要是算錯什麼，漏了什麼，怎麼辦？」

方德海嚴肅道：「那就從妳那該分的錢裡扣，讓妳也長點記性。」

章清亭沒有笑，「確實如此。不光會扣明珠的，就是小蝶做錯了，或是阿禮做錯了，一樣要扣。等到馬場明年開始賺錢了，將視賺錢的多少，抽出幾成來分給眾人。我保證你們只要下功夫了，個個都有錢賺。」

「那我來出出主意，有沒有錢賺？」門外忽地傳來趙成材的笑聲，他也是剛剛回來，略聽了個大概，便打趣了句。進來認真看過章清亭寫的計畫，又提了兩個小小的建議。

一是讓她把那些新來的小工，包括雇工們的考核和獎賞也加上去，而不是拿個死工錢，讓大家都有動力好好幹。

第二是可以借鑒他們學堂新出的規程，把大家平日幹活的好壞採取記分制，像考試一樣，按月評分打分，到年底一匯總，各人的優劣就出來了，要獎要罰都讓人心服口服。

章清亭覺得大好，忙添上去。

最後，趙成材又道：「雖說這頭一年肯定得委屈大家，卻也不能太過。像是學堂，考完試後不過發個筆發個本子，但孩子們都很珍視這個榮譽。妳看是不是逢年過節也給大夥兒做身衣裳，發雙鞋子。適當花些小錢，也好激勵著大夥兒更加賣力。」

方德海深以為然，「小恩小惠雖不算什麼，卻最能籠絡人心。我盡量把後面幾套房子租得貴點，能多收點銀子，平時好讓大夥改善改善。」

事情議定，趙成材和兩個妹妹各自去籌謀休息，方德海卻把章清亭留下，單獨行了個禮。

章清亭慌忙把他扶著，「老爺子，您這是幹什麼？」

方德海嘆道：「別人不知，我卻懂妳的用心。這個禮，是我替明珠那傻孩子謝妳的。」

方明珠對晏博文的心思，簡單透明，人盡皆知。小姑娘情竇初開，又不好說得太重，怕傷了她的心。章清亭交了這樣的重任給她，雖一方面是想讓她學著做人管事，另一方面未嘗也不是想讓她有份正經心操，不至於成天瞎琢磨，做些傻事，惹人非議。

這份良苦用心，別人不明白，方德海豈能不知？

章清亭道：「您既明白，咱們就都別說了。我只有一句，在我心裡，是拿她當小蝶一樣看待的。若是回頭看明珠吃苦受罪，您別怨我。」

方德海微笑，「求之不得。」

章清亭回了家，張小蝶正拉著趙成材在那兒求教。

張發財聽說大閨女居然安排這麼重要的差使給小閨女，也很是緊張，「她哪兒行？要是人手不夠，我去馬場幫妳。」

章清亭佯怒，「我們可都是您的女兒，為什麼我出門殺豬可以，讓她養馬就不行？您也是太偏心了！」

張發財急得臉都紅了，「我……我怎麼會存那心思？不是怕她幹得不好，給妳添亂嗎？」

趙成材笑道：「岳父，您別理她，她逗您呢！讓小蝶歷練歷練沒壞處的，不能總跟在娘子後頭，像個小尾巴似的，也得學著自己長大才是。」

張發財馬上甩了女兒，跟女婿道：「那也得讓你家成棟去吧？我不是怕小蝶吃苦，乾脆說句實話，這不是怕你娘又多心嗎？」

章清亭才要解釋，趙成材卻道：「娘子的意思我明白，眼下咱們馬少，大頭有阿禮，小蝶管的這攤其實不算什麼。讓成棟先去學了獸醫，明年配種繁育，他那兒就受累了。我也不怕說句實話，小蝶過幾年總是要嫁人的，讓她學點管人管事，可比讓她去學醫馬來得強。」

章清亭撇嘴喝茶，有條肚子裡的蛔蟲在，沒她什麼事了。

張發財這才定下心來，「那你幫著多出出主意，別讓小蝶把事情做砸了。」

趙成材呵呵應下，章清亭終於找機會開了口：「沒事我上去了。」

「別走啊！」趙成材瞧出媳婦那點小不滿，故意當眾把她叫住：「我剛才幫妳出了主意，妳也幫我出出主意。我和鴻文跑了半日，已經談定了一個繡娘，畫師也基本允了，只那琴師，著實有些難辦。」

你也有用到我的時候？章清亭略帶小得意地坐下，「說。」

趙成材半真半假地犯著難，「尋到一個琴技不錯的女先生，偏偏出身戲班，又曾在風月場中廝混過。雖已從良，到底名聲不好，可後面相了幾個正經的，卻都有些不入眼。」

章清亭輕哼，「我說你們也別太狹隘了，只有女先生能教女學生嗎？像許多千金小姐的琴棋書畫都是男先生教的呢。只要隔著道簾子，有人作陪就是。更何況，咱們這種小地方，你上哪兒找這麼合適的女先生去。」

趙成材道：「妳說的這個我們不是沒想過，可要找個合適的男先生也不容易。」

章清亭忽地一笑，「你們這可是守著金山叫沒飯吃。」

全家人都替趙成材著急，幫他催道：「妳有話就痛快說，幹麼這麼吊人胃口？」

章清亭不忿地道：「你們怎麼這麼幫他？我偏不說了！」

張小蝶偷偷推了張銀寶一把，他連忙道：「大姊，妳就說吧，我們想學。」

章清亭正尷尬著，趙成材忽地道：「行了，我已經知道是誰了。你們也不用問，回頭要是請得動，你們自然見得到，否則說了也是白說。好了，你們自己忙，我們也回房了。」

他倒慣會發號施令了，章清亭悻悻地翻著白眼，回房抄書。

趙成材過來瞧瞧，回自己桌上也捧起書本，「妳說，咱倆這叫不叫比翼齊飛？」

飛你個頭！章大小姐把門閂上，可不一時又覺得熱，對面秀才也在那裡嚷：「不通風啊！」

章清亭只好又去把門打開，等她抄了將近一個時辰準備睡下時，他還在看書。章清亭睏得不行，也忘了閂門，就這麼睡了。

等趙成材看完自己規定的內容，悄沒聲息地過去撩開帳子，媳婦早已睡熟了，小臉說不出的恬靜宜人。溫柔地落下一個輕輕的吻，怕驚醒了她，轉身回去睡了。只是自枕著胳膊時，忽地露出三分狡黠笑了笑。

好事將近，好事將近！

第二天章清亭起來時，才發現自己晚上忘了閂門，暗怨自己糊塗，萬一那秀才動起什麼歪腦筋可怎麼辦？可心裡雖是記得下回再不能忘了這事，但天氣漸熱，關門實在是難受，到底漸漸忘記了。

所幸最近她忙，趙成材也忙，兩人回家還得抄書溫書，根本沒空想別的，倒也相安無事。期間趙成材還專門抽了個空，把章清亭安排的用心良苦跟趙王氏說了。

趙王氏有些不樂意，「為什麼不提拔你弟當二管事，幹明珠那差使？」

趙成材氣樂了，「行啊，您再出一份錢，把方家的股份買下來。別說二管事，我讓娘子退位，他當大管事都行！」

趙王氏沒話說了，回頭又去跟趙成棟一說，他倒沒二話，他早幹煩了馬場的事，反正以後有他管事的時候，他現在寧可快活一些。

只是趙玉蘭看張小蝶和方明珠都忙了起來，成天商量這個應該怎麼弄，那個要怎麼做，風風火火煞有氣勢，不禁又是羡慕又是自卑，撫著漸漸隆起的肚子，覺得自己越發沒用。

到底方德海老眼雪亮，瞧出端倪，便藉故明珠太忙，把方家糕餅鋪的帳本交給她管，讓她也有事可忙。章清亭也抽空勸慰幾句，鼓起趙玉蘭的幹勁來。

眼看這頭忙得紅紅火火，趙王氏眼熱，可她又不好插手，便打了個主意想讓柳氏過去。

這日，趁著趙成材回家，便提了起來：「……現在你爹回來了，地裡的玉米黃豆高粱都種下去了，家裡也沒什麼事。芳姐兒一早上幫幫我就行了，讓她下午過去搭把手，給洗洗縫縫什麼的也好，就算你們用不上，幫幫玉蘭和玉蓮也行啊，省得她閒著也是閒著了。」

趙成材想想也是，玉蘭身子漸沉，家裡的活大半壓在小玉身上，可把個小丫頭忙得腳不沾地，連方德海都看不過眼，時常讓他家丫頭青兒過來幫忙，要是能有個人來分擔倒是好的。

於是說定，趙成材又問他娘手上錢夠不夠用。

趙王氏被兒子問得舒服，忙說夠了，「如今張家那邊的菜地也種起來了，往後你們那邊要吃的，我們也是能供應。就買些魚肉就行，要是你媳婦不嫌棄，我也替她辦了算了，買得多還能省點錢，橫豎有你每月縣學裡的補助，足夠了。」

趙成材心說還是算了吧，老娘那個小氣勁他是知道的，還是岳母好，只要給錢，可著勁兒買好東西。

「那錢還是給你們吧，我們那邊忙得亂七八糟，要吃什麼也不一定，還是讓玉蘭她們弄去。我可不是嫌棄您，這不是怕眾口難調，您花了錢又不落得好嗎？」

趙王氏想想也是，趙成材又道：「你們也別太省了，爹愛吃的幾口紅燒肉，您愛吃的豬蹄，三五不時就買一些，別捨不得。還有上回送來的小雞，等下蛋了，你們也每天記著吃兩個。對了，還有柳嫂子。她還有個小閨女呢，也該吃點好的。娘，您也別真的一文錢不給人家，一月多少給個三五十文，人家也總得有些花用的。」

柳氏恰好在窗外聽見，沒料到他突然提到了自己，還頗有關切之意，不由心中一暖，心想，這個秀才人既斯文，心眼也真好。

趙王氏前面聽得點頭，後頭卻拉長了臉，「那是她自己說不要錢的。」

趙成材不跟她爭，「那這錢我給了行嗎？就當她去我那兒幫忙的酬勞了。行了，我學堂還有事，先走了。」

趙王氏想想，拉著他低聲道：「那可別給多了。天天吃住在咱們家，能花得了什麼？一個月頂多三十文。」

趙成材搖頭走了。

柳氏心裡窩火，心說請個老媽子也要三百文，她幹兩家活才給三十，拿她當什麼了？

不過，她還是神色如常地出現在趙王氏面前，第二天下午，就背著孩子去張家幫忙了。

因趙成材打了招呼，所以張羅氏也不客氣，分了一大堆要洗的衣裳給她。柳氏搓了一下午，累得是腰酸背痛。想找人搭話，來來去去只有張發財兩口子和小玉、青兒。

章清亭幾人如今中午都在馬場，不回來吃飯。趙成材更忙，吃過飯就不見人影。

倒是趙玉蘭午睡起來，見她帶著女兒來了，頗為歡喜。

柳氏看她人善，開始慢慢留心跟她套交情。

趙玉蘭是實心眼的人，因她也是婚姻不順，不禁有些兔死狐悲。對柳氏既同情，又憐惜。根本不加留心，倒把她當個知心姊妹。

當柳氏聽說了他家的發家史，驚羨之餘，還有些怦然心動。

趙家或許現在還不算闊氣，可有這麼大個胡同，這麼大個馬場在手，日後必是會發達的。若是能真正進了這家的門，豈不比嫁個尋常人家強上百倍？

柳氏摸摸自己還算年輕俏麗的臉，心裡隱隱浮現出一個人來。

肆之章

舊恨新仇幾催頹

數日梳理下來，馬場的事情漸漸上了軌道。

這麼被章清亭逼著，趕鴨子上架，累雖累點，但大家的進步可謂神速。因有賀玉峰的幫助，他們馬場的幾匹母馬也都順利配了種。只是張小蝶累得不輕，一個小姑娘成天跟著粗大漢子滾在馬糞堆裡，硬是咬牙堅持下來了，讓章清亭都有些刮目相看。

這個妹妹骨子裡跟自己還是有幾分像的，就是愛抱怨，得讓人不時又敲又捧地哄哄才行。

正盤算著已經忙得告一段落了，可以抽出趙成棟去賀家的飛馬牧場學習了，方明珠突然期期艾艾過來問起一事：「大姊，咱們該進雞蛋了吧？」

章清亭挑了挑眉，「我說了這些事交給妳的，妳自己看著辦。」

方明珠有些洩氣地嘟囔著：「按理說，阿禮哥管的那些好馬都沒什麼大礙了，雞蛋不應該再發。幾個雞蛋也不算太貴，可要是天天這麼吃，還是要錢的。」

她糾結了半天，章清亭也只笑而不答。

最後方明珠只得狠了狠心，「那我去跟阿禮哥說，以後他們的雞蛋沒有了。」

章清亭終於輕輕嗯了一聲，方明珠見此，知道徹底沒戲，垂頭喪氣地出去了。

章清亭合上帳本，心中微嘆，成長的滋味不好受，但每個人都必須學會面對。再喜歡一個人，都不能無條件遷就。當現實和理想不斷碰撞的疼痛襲來，人才會真正明白自己需要的是什麼。

今天忙完，也該早點收工回去歇歇了。這些天，可真是累。

捶打著酸痛的後腰，章清亭記起一事，心裡默算了算日子。

回頭叫來張小蝶，讓她挑一匹性格溫馴的馬，撥給趙成棟代步，讓他早點回去休息，從明天起就去賀家馬場學習。又拿了些錢給他，囑咐他在那兒一定要虛心勤快，不要麻煩人。就是無馬可治，也要幫著多幹些活。

趙成棟連忙應下，騎著高頭大馬，高高興興地回家去了。一路上遇到熟人打招呼，甚覺臉上有光。及至進了家門，就見前院靜悄悄的，他拴好了馬，習慣性地往西廂走。

一推開門，卻瞧見一個年輕貌美的小婦人正袒露著雪白豐滿的胸脯，在給孩子餵奶。

兩人同時驚呼出聲，柳氏匆忙拉扯著衣襟，又羞又惱，「你是什麼人？」

趙成棟也窘得臉通紅，可想想不對，這分明是他家，「妳又是什麼人？」

聽得前院動靜，趙王氏從後院趕出來，看到許久不見的小兒子，很是高興，「成棟，你回來啦！」又簡單介紹了柳氏，才問他怎麼回來了。

趙成棟一說，趙王氏覺得有理，「你嫂子說的對，沒得拜師還吃人家師傅家裡的，娘去幫你準備一下，往後那吃的喝的都得咱們自己帶去才行，到時也分給師傅們嘗嘗，可不許小氣。」

柳氏知道趙成棟的身分了，也忙出來說：「那我晚上再去胡同那邊拿些玉蘭做的糕點來，帶給師傅們也像個樣子。」

趙王氏連忙點頭，又聞著兒子一身的馬臭，讓柳氏去燒了洗澡水就趕緊過去。

因想著兒子才回，恐怕得加幾個好菜，可要掏錢，又怕柳氏私自昧下，轉念便道：「不如你再提個籃子帶個大碗去，看他們那邊有什麼好菜打一點過來，也讓成棟嘗嘗他姊現在的手藝。」

這也太小氣了吧？柳氏暗自腹誹，應了出去。

瞧著她妖嬈的水蛇腰，趙成棟多看了幾眼。

趙王氏順著他那視線，不悅地拍了兒子一記，「一個嫁過人的嫂子有什麼好看的？沒出息。你呀，好好在馬場幹，到時娘幫你討個媳婦，包管比這個漂亮百倍。」

趙成棟嘿嘿笑著，「能有這樣就不錯了，您可別給我也整回個殺豬女。」

趙王氏忍不住笑罵起來，「臭小子，消遣你娘呢！」

那邊母子二人正在說笑，這邊趙成材和李鴻文終於也在縣衙露出笑容，「如此，就多謝大人成全了。」

那日章清亭提點了一下，趙成材就想到請孟子瞻當琴師，這種世家子弟，沒有不精於此道的。果然私下找他那小廝一打聽，青松就把主子給賣了。吹得天上有地下無的，今日趙李二位院長就是正式前來請賢。

孟子瞻雖年輕，卻是一任父母官，有他在，別說家長們肯定能接受，也是學院裡的榮光。想來青松也跟主子交過底，所以孟子瞻也不意外，並不客套地應承下來，正想說笑幾句打趣一下這二位，忽地衙役匆匆來報：「大人，有人報官，請您去現場斷案。」

他又看一眼趙成材，頗為同情地道：「趙院長，這回出事的，又是你家。」

趙成材心說，我們家這是怎麼了，一場官司接著一場官司，這又是誰出事了？

胡同外頭，來拿東西的柳氏剛好看了個大概。

簡單一句話，牛得旺殺人了。

當然人沒殺死，可胳膊上卻被劃了一道長長的血口子，而刀在牛得旺的手上。

柳氏心中暗自咋舌，要她說，牛得旺這種傻孩子就該關在家裡不許放出來。眼下傷了人，只怕牛家要倒楣了，只希望別牽連到趙秀才才好。

眼看圍觀的人越來越多，趙玉蓮急得百口莫辯，去問牛得旺，這孩子嚇得只會哭，什麼也說不清楚。而那個受傷的漢子越發鬧騰起來，也不要錢，滿口直嚷嚷著要報官，請縣太爺來主持公道。偏牛姨媽不在，只能由張發財和方德海在這兒勉強鎮著場面。

可旺兒癡傻是事實，就算他們怎麼解釋這孩子從不傷人，也沒人肯信。

正焦頭爛額間，幸好章清亭她們回來了，問清事實之後，章清亭也沒轍，只一句話：「你們被人陷害了。」

趙玉蓮也早明白過來了，要不，為什麼就在出事的之前，牛家糧行突然來了撥生意？十幾個人陸陸續續過來買米買麵，弄得幾個夥計包括她都不得不出去招呼，以致於疏忽了這位惹事大爺的出現。

他故意帶著一把裝飾得極其漂亮的刀，在那兒晃來晃去，吸引了牛得旺和張銀寶、張元寶的注意。又藉口要糕點要茶水，把張銀寶和張元寶支開，然後把刀給了牛得旺，慘案於是發生。眼下要說理，可怎麼說得清？

趙玉蓮已經想盡辦法，說盡好話，要帶那人去看大夫，那人也不肯，讓他開條件，那人也不要錢，總之是一個勁兒地鬧。

至於目的，很簡單，逼得旺兒離開此地，最好趙玉蓮也走，而誰會是幕後主使？

章清亭心裡清楚，所以她見此情形，根本不去費那些唇舌，只把嚇傻了的牛得旺拉到跟前安撫著，讓他平靜下來，等一會兒縣官來了，好作應答。

她一招不變應萬變，倒是讓那漢子有些無法了。

像之前趙玉蓮那麼哭啊求啊，他還有辦法，可如今那家人全都閉了嘴，像是一個巴掌拍不響，他還鬧騰什麼？才想著要怎麼火上澆油，趙家當家的趙成材滿頭大汗地趕來了。

他也不廢話，先到那漢子面前施了一禮，「真是對不住，是我們家管教無方，以致於讓弟弟傷了您。縣太爺馬上就要到了，一定還您一個公道。」

章清亭聽了一愣，這秀才是傻了嗎？怎麼說這樣的話？

趙成材又深吸一口氣，平復情緒，才望著圍觀百姓，指著牛得旺高聲道：「我這表弟，雖然年幼，但在大街上公然持刀行凶，這可不是一般的罪名。我，作為他的大表哥，又是讀書人，還是紮蘭學堂的院長，絕不會姑息這種行徑。該怎麼打怎麼罰，全由縣太爺說了算，還請各位鄉親留下，作個見證。」

這下連趙玉蓮都嚇著了，「哥，旺兒還是個孩子呀，他不懂事！」

趙成材卻是臉一沉，「一句不懂事，難道就能殺人放火嗎？這苗不正樹歪，教孩子就得趁著他還小，從嚴要求。這不是妳一個女孩子說話的地方，回去！」

章清亭聽得不對勁了，秀才怎麼無緣無故把事情鬧得這麼大？

才要把小姑勸進去，後頭柳氏忽地嫋嫋婷婷地走了出來，一臉關切地拉著趙玉蓮，「玉蓮姑娘，妳快聽妳大哥的話，回去吧。這些男人家的事情，可由不得我們女人作主。」

不管這是誰的事，關妳什麼事？章清亭不高興了，示意趙玉蘭和張小蝶帶趙玉蓮進去，她淡淡地掃了柳氏一眼，低低問：「妳來幹什麼？」

那眼神之中的警告之意，看得柳氏身上一寒，「老、老太太讓我來拿糕點和菜……」

「那妳應該去那頭，站這裡做什麼？這熱鬧，很好看嗎？」

柳氏被刺得如坐針氈，趕緊提著籃子走了。

說話的工夫，孟子瞻已經帶著大批衙役，大搖大擺地過來了。

「就是你要打官司嗎？」孟子瞻瞇眼瞧了瞧那漢子，也不等他答話，先自左顧右盼，「本官現在要在此升堂，勞煩哪位搬張桌椅過來。」

「我來！」賀玉峰熱情地讓小廝們抬了廳裡的桌椅出來。

孟子瞻滿意地拱手道了聲謝，大馬金刀地坐下，掏出隨身攜帶的驚堂木，啪地用力一拍，「下跪何人？所為何事？速速報來！」

百姓們還沒見過縣太爺這麼審案子的，都覺得稀奇，靜悄悄圍了個水洩不通。

那漢子答話了：「小人名叫褚五，今日路過這牛氏米糧行，本欲進來買些米麵，卻遇到這小傻子。」他一指牛得旺，「他要玩小人的刀，小人好心借了他，他卻拿了刀就發瘋砍人。大人請瞧，這麼長的傷口，可作不得假的。」說罷伸出了胳膊作證。

孟子瞻瞧那傷勢，嘖嘖皺眉，「程捕快，你上去驗驗他的傷勢，看看是真是假。」

程隊長應了，威風八面地上前，從牛得旺手上接了刀，將那漢子半截衣袖全扯了下來，整個傷口暴露於眾人面前，果然是又長又深。

比對過刀痕之後，程隊長回話：「回大人，這確屬刀傷。傷口齊整，長約三寸，深約一寸。凶器在此，請大人過目。」

孟子瞻微笑著點頭讚賞，「程捕快做事很是麻利啊！」

程捕快下巴挺得更高了，卻聽孟子瞻又厲聲對牛得旺道：「你這孩子，好不知禮，究竟是因何致人重傷？」

牛得旺又嚇得哭開了，「不是，不是我……」

趙玉蓮就在牛家門邊站著，正焦急地想開口，卻被章清亭用眼神制止了。

趙成材黑著臉訓斥道：「小畜生，快跪下，縣太爺問你話，怎麼不好好答？刀在你手上，明明就是你傷了人，對不對？難道人家還會無緣無故冤枉你？」

牛得旺嚇得腿軟，一屁股坐在地下，拉著趙成材的衣袍哭得只會說：「大表哥，不是我，真的不是我……」

孟子瞻皺眉，「這可如何是好？別人都說是你，你又不承認。孩子，你再不說實話，我可得讓人拿大棍子打你屁股喔！」

牛得旺哭得鼻涕眼淚擦了趙成材一袍子，拚命搖頭，「我沒騙人，不是……」

百姓瞧了納悶，這個縣太爺幹麼非要一個傻孩子來認罪？這事情證據俱在，直接定案不就得了？可孟子瞻看起來甚是苦惱，修長的手指在那桌上點來點去，自言自語：「這人證物證俱在，可這孩子為什麼偏偏不肯承認呢？難道真的要打他屁股？那本官也不忍心呀，怎麼辦呢？」

聽他在那兒繞來繞去，章清亭心裡忽地有靈感閃過，才剛摸到點邊，就見趙成材忿忿上前建議：「那就請大人再查驗一次傷口，讓這小畜生心服口服！」

忽地，章清亭猶如醍醐灌頂，心裡那層窗紙一下子就給捅開了。她再也不說什麼，只姿態從容地等著看好戲。

孟子瞻大聲讚道：「這法子好！」

百姓莫名其妙，秀才說什麼了？他讚的哪門子好？

孟子瞻又一皺眉，「可總也不能因此就要就讓這孩子再砍他一刀吧？」

「大人英明。」褚五忙不迭地拍馬屁。

孟子瞻環顧四周，「那有誰願意被他砍一刀的？」

目光所及之處，百姓紛紛後退，心中卻在暗笑，這個縣太爺實在兒戲，哪有這樣審案的？

青松有點忍無可忍了，「大人，可以選一塊帶皮生豬肉來，讓那孩子砍上一刀，便知真假。」

「好主意！」孟子瞻笑咪咪地又望著四周，「那誰家有多餘的豬肉？這個砍了不要緊，一樣能吃的。」

東西依舊是賀家提供的，還尋了根粗竹，模仿人的手臂，送過去給牛得旺砍。

小胖子暈乎乎搞不清楚狀況，怎麼也不敢接那刀，還是趙成材吼他一嗓子，不砍回去就罰他抄書，他才委委屈屈拿起刀，閉著眼睛砍上一刀，還立即把刀給扔了，癟了嘴哽咽道：「血呀……」

趙成材不失時機地又罵一句：「你還知道怕血？還以為你天不怕地不怕呢！」

孟子瞻下巴一點，程捕快又上前校驗傷口，「長二寸，深不及半分。手勁綿軟無力，與之前的大不相同。」

「那是他故意的！」褚五立即反駁：「他砍我時可下了狠勁兒呢！」

趙成材惡狠狠地問牛得旺：「你是怎麼砍人家的？是不是就這麼用力砍的？」

小胖子頭搖得像波浪鼓似的，抓著趙成材的手比劃著，「是這樣的。」

雖然只是一個極其簡單的動作，但足以讓人明白了。這褚五是按著牛得旺的手，自己把自己劃傷的。

「你胡說！」褚五高聲叫嚷了起來：「我有病啊？自己砍自己幹麼？好玩嗎？」

孟子瞻正色道：「有理。程捕快，你再上前仔細校驗，這傷到底是自己劃上去的，還是被人砍上去的？」

程捕快腦門上當即冒出冷汗，自己怎麼疏忽了這麼重要的細節？若是用力自殘和被人所傷，那力度、輕重、刀口深淺可都是不一樣的，難怪孟子瞻讚他麻利，想來是早就看穿真相了吧？

他這回不敢大意了，要重新檢驗傷痕，那褚五臉色一變，「大人，我這傷口著實疼得緊。」

孟子瞻笑道：「有人包賠藥費，你怕什麼？」

程捕快毫不客氣，扒開他的傷口仔細觀察後，臉色大變，「回大人，此人的傷平平壓下，略向左斜。入口淺，出口深，這個……這個實在不像是別人砍傷的。」

圍觀百姓一片譁然，鬧了這麼半天，原來竟是個惡作劇嗎？那個太缺德了！

褚五急了，拚命找藉口：「這、這是爭奪之中他砍傷我的，有差別是正常的！」

「鬼扯！」眼見天色已暗，腹中飢餓，青松受不了這麼磨唧，自拿起彎刀，開始比劃，「若是常人，手勁大的，執右手砍的傷應是這樣，左手應是這樣。」他刷刷演示了兩刀，刀刀見竹，深可及骨。

「可若是要造成你這樣的傷，除非這樣……」他橫手執刀，平平推出，再繞著竹子往下一壓，果然出現一條類似的作痕。

褚五連忙大叫：「就是這樣！」

青松嗤笑，「你是傻子嗎？讓個孩子這麼砍了還往裡壓下去？他要這麼砍，刀柄就頂著你的胸了，還是說你其實沒胸？」

百姓聽得哈哈大笑，孟子瞻卻望著那塊被砍得七零八落的豬肉惋惜，「方不成方，條不成條，這要怎麼吃？只好亂燉了。」

眾人正覺得好笑之際，他忽地又一拍驚堂木，面沉似水，「褚五，你到底是因何來此，自殘身體，誣陷一個無辜小孩？快快從實招來，否則本官定然大刑伺候，絕不饒你！」

他這官威一發，當真凌厲至極。四周百姓無不失色，暗自心驚。

趙成材這才牽著牛得旺走上前來，激憤陳詞：「大人，我家表弟自幼喪父，全賴寡母養育至今，家門唯此一點血脈，又因小時身染重病，素來癡愚。但他心地善良，在我們書院數月，安分老實，斷無半點瘋癲之症。大人若是不信，可以與全院老師及學生們對質。」

李鴻文出來作證：「回大人，趙秀才所說句句屬實。牛得旺同學雖然功課不好，愛玩愛鬧，但那都是小孩天性，從不惹事。」

趙成材緩了口氣道：「而今，就是這樣一個純然無知的懵懂幼童，竟無端遭人如此陷害，要絕他一生的活路，實在是令人齒冷心寒。望大人替我表弟伸冤作主，還他一個公道！」

旁邊百姓聽得動容，人家爹死了，就夠可憐的了，還是個憨憨的小傻子，怎麼就被那人說成瘋子？還砍傷自己來鬧事，這也太壞了！

章大小姐眼珠子轉了轉，忽地搶上前來，暗暗掐出一臉的淚，指著褚五痛斥：「你這混帳，我們家與你往日無冤，近日無仇，為何要來平白汙衊我家表弟？」

趙成材瞪她一眼，「有大人在此，哪裡有妳一個婦道人家說話的餘地？快快回去！」

沒有動手，這是讓她接著說。

章清亭膽氣越壯，繼續痛罵：「你也是爹生娘養的，說不定還有兒有女，為何要如此對個孩子趕盡殺絕？究竟是受何人指使，這樣歹毒，你就不怕報應嗎？你要是不說個四五六來，我回頭就打到你家去！咱們白刀子進，紅刀子出，有什麼我給你償命！」

褚五有些慌張了，殺豬女的剽悍誰人不知？她要真的鬧上門來，那可如何是好？

趙成材見她罵完，才出手將她往後推去，「成何體統？回去！」

孟子瞻似笑非笑瞥了這兩口子一眼，又拿起那刀，仔細端詳，「真是好刀鞘，光這寶石就嵌了一、二……七顆，這每一顆總得值幾兩銀子吧？青柏，你說呢？」

後頭那位長相清秀，惜字如金的年輕新師爺終於抬了抬眼皮，掃了那刀一眼，勉為其難開了尊口：「七十兩。」

孟子瞻拿刀指著褚五，「搜，看他身上一共有多少銀子。」

很快，程捕快回報：「一共三十五文。」

孟子瞻微微一笑，「一個身上只帶著三十五文錢的人，卻拿著一把價值七十兩的刀，特意到這家米糧行來招搖撞騙，自殘身體後企圖栽贓嫁禍。大夥兒說說，這合理嗎？」

眾人瞪大眼睛，聽他分析。孟子瞻看向四周，「有沒有人能告訴我，他到底是哪兒的人？紮蘭堡的父老鄉親們有認得他的嗎？大家不要怕，相互商量一下嘛。」

人群中頓時嚶嚶嗡嗡響了起來，不過還真沒有人認得他。

孟子瞻看向褚五，「沒人認得，來歷不明，卻又貿然生事，意圖敲詐，恐怕這刀也是偷來的吧？依我北安國律例，凡偷盜上銀一兩以上者，斷指一根。你這都有七十兩了，恐怕加上腳指頭也不夠砍的。若是沒了腳趾，無非就是走路不穩當罷了，可這手指頭要是砍光了，光禿禿一個肉掌還能幹什麼？拍巴掌？」

「不是的，大人，這刀不是我偷的！」褚五終於知道怕了。

「那這刀你是打哪來的？」孟子瞻根本不怕他不答，「你要是不想說也可以，本官生平最不喜歡勉強人了。只若是被本官查了出來，恐怕連你這舌頭也保不住了。」

褚五的臉全白了，在這五月天裡，硬是全身起了雞皮疙瘩，連牙齒都格格打架。

「我……這個，小人……」他磕磕巴巴，硬是說不出一句完整的話來。

孟子瞻也不著急，就那麼一下一下拿刀鞘輕敲著桌子，頻率不快，聲音不大，但在這連根針掉在地上都能聽見的當口，便如同重錘一記記重重敲在人的心上。

褚五受了不了，哆嗦開了口：「這是……是薛……」

章清亭一顆心就快要提到嗓子眼了，說呀，快說呀！

「這刀是薛家失竊的！」一個管家模樣的人分開人群，站了出來，也不知他在人群中站了多久，後頭還跟著些什麼人。

孟子瞻頗為玩味地看著他，「哪個薛家？」

管家不卑不亢地道：「回大人，是薛三爺的家，全鄉的人都知道。」

孟子瞻看向眾人，「你們知道嗎？」

百姓都低了頭，只有趙成材，一字一句地道：「回大人，我知道。就是開銀鉤賭坊的薛三爺，就是用十兩銀子就騙了我家滷料配方的薛紹安！」

薛管家臉一沉，卻無法反駁，趙成材一字未帶侮辱，說的全是真話。百姓心裡都是明白的，可是這趙秀才家得罪誰不好，怎麼偏偏得罪了薛家？那薛家是好惹的嗎？如今這趙秀才當眾說出實情，薛家豈能善罷甘休？這縣太爺他敢惹薛家嗎？他能討回公道嗎？

有些膽小的悄悄溜回家去了，可更多的人留下了，還有些人剛剛聽聞，趕了過來。在這蒼茫的暮色裡，沉默地等待著結果。

孟子瞻低頭不知在想些什麼，嘴角竟噙上了極淺極淺的一分笑意，片刻才抬起頭來，問那管家：「你說這刀是你家失竊的，有何憑證？」

薛管家道：「這刀原本是放在我家客廳做擺設用的，見過的人不少。這個褚五，和我家門上一個小廝有些沾親帶故。昨日前來，轉了一圈走後便發現短了這刀，我們才一路追蹤至此。」

「撒謊！」章清亭忍不住道破真相：「他若是從你家偷來的刀，會大搖大擺掛在身上炫耀，還特意拿到我們家來鬧事？天底下有這樣笨的賊嗎？」

薛管家卻甚是無賴，接著她的話：「這天底下無奇不有，有這樣心存僥倖的笨賊，我有什麼辦法？要不然，妳自己問他。褚五，你說，這刀是不是你從我們家偷走的？」

「我……」褚五嚥著唾沫，不太敢答。

薛管家冷著臉道：「不過是斷手斷腳，你既然敢做，為什麼不敢當？只有敢做敢當的好漢，才值得我們三爺敬仰。你懂了嗎？」

這一刻，任誰也瞧出真相了。

肯定是薛家人派了褚五來鬧事，現在出了事，就把黑鍋往他頭上一扣，擺脫自己的嫌疑，可這褚五敢不敢應承呢？

圍觀百姓都在等著，看這個叫褚五的潑皮到底敢不敢把薛紹安拉下馬。

孟子瞻瞧著薛府管家肆無忌憚地公然恐嚇，帶了一抹嘲諷的笑，「大管家，你吩咐好了沒？有決斷了嗎？」

薛管家嘴角抽搐幾下，趕緊跪下磕頭，「小人知錯！方才只是一時情急，才擅自出言，還望大人有大量，饒恕小人的無心之過！」

「無心之過？我瞧你用心得很嘛！」孟子瞻眼神忽地一凜，「一個兩個還真的都不把本官放在眼裡嗎？各自拖下去，先打上二十大板再來問話！」

「大人饒命！」薛管家大驚失色，連連叩頭求饒。板子打在身上，痛的可是自己。

兩邊衙役愣了下神，猶猶豫豫都不敢上前。

孟子瞻寒著臉，冷冷盯著程隊長，「怎麼？難道本官方才的話說得不清楚嗎？要不要本官再說一次？」

「卑職不敢。」程隊長背上已經汗濕了一片。

只要打了，就得罪了薛家，可要是不打，立即就得罪縣太爺。自己還是公門中人，若被他治罪，該如何消受？片刻之間，程隊長就狠下心來作出決斷。

「打！」

衙役們見頭兒發了話，再不敢遲疑，立即上前，分作兩撥行刑。若是平時，當然要不了這麼多人，可事關重大，大家都存了個小心謹慎。你扯我，我拉你，就是不讓一人脫逃。而既然要打，怎麼個打法呢？

大夥兒的眼睛都盯著程隊長的腳。若是腳尖向外，便是虛張聲勢，放人一馬。若是腳尖向內，便是毫不留情，取人性命。可程隊長腳尖平直，大家懂了。下狠手打，但要留口氣。

劈里啪啦的板子聲次第響起，孟子瞻的眼神卻越發陰鬱了。

不過打一個小小的管家，都讓衙役們這樣瞻前顧後，可知薛家在本地之勢。他若是連這樣一個人也收拾不了，日後回到京城，要怎麼跟那幫老狐狸鬥？

二十板子過後，褚五和薛管家全都皮開肉綻，大腿上血透衣襟，連叫都叫不出聲來。

孟子瞻這才發話：「褚五，你說，這把刀到底是從哪裡來的？本官要聽實話。你若是想受什麼人敬仰，受那早晚三炷香，就盡情地撒謊。」

褚五半是疼半是嚇得白了臉，抖得像篩糠似的。這真相已經昭然若揭，若是不說，瞧這情形，必是個死。他可以做替罪羊，卻不願做替死鬼。

「大人，那刀……」

「褚五！」薛管家忽地在旁邊喊了一嗓子。

褚五反而豁出去了，「那刀是薛三爺賞我的。他說，讓小人上趙家鬧事，只要能逼著趙家那美貌的小娘子離了此地，還要賞我五十兩銀子。」

孟子瞻追問：「他就說了這話？讓你自殘身體來陷害牛得旺？」

「他、他不是這麼說的……」

「那他是怎麼說的？」

「他說……說讓我最好想法子逼死那小傻子，再說那小娘子是妖孽，把她趕出此地，他就可以趁機把人抓回去也沒人管了。」

人群中發出一片抽氣之聲，這也太狠毒了，簡直就是喪心病狂，喪盡天良！

趙成材氣得額上青筋爆起了，章清亭眼淚在眼眶裡直打轉，咬著嘴唇，死死忍著。

孟子瞻一指後頭的趙玉蓮，「你說的美貌小娘子可是她？」

褚五點頭道：「正是。可小人覺得那計策太過毒辣，怕弄不好吃上人命官司，便只行了下午之事。小人和趙家無冤無仇，怎麼會無端來此生事呢？大人饒命啊！」

孟子瞻對旁邊使個眼色，青柏把一張已經寫好的傳票遞上。

孟子瞻拿著這張傳票，「程捕快，你能去把薛紹安提來嗎？」

程隊長感覺上刀山下油鍋也不過如此了，咬著牙上前接了傳票，「小的這就去。」

青松低聲詢問：「爺，要不要我也跟去？」

孟子瞻搖頭，「本官就要看看，這一紙衙門裡的傳票，能不能拘來大名鼎鼎的薛三爺。」

程隊長硬著頭皮帶著人去了，孟子瞻這才轉頭笑問賀玉峰：「本官這一事就不煩二主了，能否討口茶喝？」

賀玉峰這才回過神來，趕緊吩咐下人倒茶。

暮色沉重，早過了晚飯的點了，卻沒有一人走開，都餓著肚子繼續觀瞧。

見縣官喝起了茶水，張小蝶也回家提了壺熱茶來，飯大家都氣得吃不下，但水還是能喝得進去的。尤其是趙成材，跑了一下午，焦渴難耐，他又遞給李鴻文一杯茶，小聲耳語：「今兒這事情恐怕要鬧大，你也是家大業大，就別攪和進來了，快些回去吧。」

李鴻文拍拍他的肩，「說這話客氣什麼？你都敢跟他叫板了，難道我連旁聽的勇氣也沒有？那也未免太小看我李某人了。」

章清亭喝了口茶，頭腦冷靜了些，上前請賀玉峰幫忙，讓他們家出面在旁邊另設一桌，擺上茶水，供圍觀百姓任意取用。自家因為涉案，只能避嫌。

賀玉峰滿口應承，因見天色昏暗，還讓人抱來一筐柴禾，燃作火把插在四周。

等了一晌，程隊長滿頭大汗帶著人馬回來，臉色甚是不大好看，「回大人……」

孟子瞻眉毛微微一挑，毫不意外地瞧著他身後的空蕩蕩，「本官要你提的人犯呢？」

程隊長都沒臉回來見大人了，「人……薛家……」

「說！」孟子瞻用簡短有力的一個字，厲聲止住了他的結巴。

「人犯薛紹安說，他現在身體抱恙，沒空過來。請大人寬限一日，明日定到公堂投案。」

程隊長閉著眼睛說完這話，窘得恨不得鑽進地縫裡去。什麼抱恙？那廝明明就是在家喝酒吃肉，不肯來給縣太爺面子。

孟子瞻冷笑，「既然明日病就能好，想來也不是什麼大病。程捕快，麻煩你就再跑一趟，抬副門板去接接他吧。」

旁邊青柏已經面無表情地寫好了第二張傳票。

程隊長接了新傳票，轉頭就走。

圍觀百姓無不駭然，這也太目無法紀了吧？

第二張傳票依然沒能拘來薛紹安。

「人犯說，他是腰上的老毛病，躺不得門板。」

孟子瞻不怒反笑，「那是本官考慮不周了，那就辛苦你們抬頂軟兜過去吧。」

百姓搖頭，都在肚裡暗罵。

第三張傳票過後，程隊長簡直都快哭了，「他說，軟兜無力，他也坐不得。」

孟子瞻想了想，摘下頂上烏紗，「那你捧著這個，抬本官的官轎去接。」

百姓們憤怒了，這實在是太不像話了！天子犯法，與庶民同罪，你不過是個開賭場的，憑什麼這麼氣焰囂張，無法無天？

第四張傳票發出過後，又等了大半個時辰，才終於見到程隊長帶著人犯姍姍來遲。

薛紹安既不坐轎，也不走路，是由府上家丁背來的。瞧他滿面油光，唇色紅豔，還帶著酒氣，分明是剛剛吃飽喝足的樣子，哪有半分病態？隨行還帶著大批的家丁護衛，也各自手執棍棒，橫眉怒目，人多勢眾。

他瞧見孟子瞻，就趴在家丁背上滿臉陪笑地抱拳行禮，「大人恕罪，小人身有惡疾，實在是無法行走坐轎，讓您久等了。」

孟子瞻瞧著他，笑得越發和藹可親，「這膝蓋能彎就好，跪下回話吧。」

薛紹安臉上的笑僵住，「這膝蓋雖能彎曲，但受不得力，只好如此回話，請大人見諒。」

孟子瞻道：「薛紹安，你既無功名，又不是年高德劭之人，不過一介草民，憑什麼見了本官不下跪？你要是自己跪不下來，本官找個人幫幫你。」

那幫豪奴立即架起棍棒，作警戒之勢。

孟子瞻淡淡地掃了一眼，「是不是不服氣，想毆打朝廷命官？這個依律可以按謀逆之罪，滿門抄斬的吧？」

青柏沉聲答話：「若是大人您有個閃失，還可以誅他父、母、妻三族！」

孟子瞻點頭，「那一會兒你們都躲到我後頭去，我既是父母官，能領著頭兒加官進爵，也得領著頭兒挨打受罰不是嗎？」

「大人說笑了。」薛紹安頗有些訕訕地喝退了家奴：「他們都是粗人，不懂規矩。您大人有大量，請勿一般見識。」

他終於跪下，心下不覺生出三分懼意，可一想起家中擬定的對策，又是胸有成竹。

照慣例問答一番，青柏拿來口供，念清事件，薛紹安當即喊冤：「大人，我根本不認識這褚五，怎麼會無故唆使他行凶？明明是他偷了我家東西，還意圖誣陷於我，請大人明查！」

褚五也急了，「三爺，我哪一句說了假話？這刀明明是你賞我的，你家那麼多人，若不是你找我來，我如何進得了你家門？何況還從你家帶這麼把刀出來？」
薛紹安毫不畏懼，往旁邊吩咐：「把人帶上來。」
家丁從後邊推出一個小廝，小廝跪地拚命磕頭，「是小的私放褚五進來的，沒料想這賊子竟敢偷了家主的東西還誣陷家主，此事與家主無關，請大人重重罰他！」
褚五為證清白，趕緊對質，「興兒，你說話可不能不憑良心，明明是你帶我進了三爺的書房，還倒了茶給我的。」
「哪有此事？你只說想進來開開眼界，我便放你進來坐坐，可一轉眼的工夫，你就偷了刀去，三爺什麼時候見了你？」
褚五氣得快吐血了，「你……你怎麼能這樣？我明明去了書房的！」
「誰能證明？」
褚五氣得不輕，吼出一句：「我有證據！」
孟子瞻正在苦惱沒有憑證，忽聽他說出這麼一句，眼睛一亮，「你有何證據？」
褚五抬眼瞧著趙玉蓮，嘟著嘴道：「三爺的書房裡藏著一張她的畫……」
「等等！」孟子瞻察言觀色，覺得可能不是好事，命青柏上去附耳聽了，回來只傳給他、趙成材和薛紹安三人。
章清亭不知究竟是何事，卻見趙成材的臉都青了，「姓薛的，我跟你勢不兩立！」
薛紹安卻滿不在乎地邪邪一笑，「這愛美之心，人皆有之。我縱是畫了，那又如何？」
褚五道：「三爺，您既承認了，該是我沒說謊，去了你的書房吧？」
「你縱是去了我的書房又如何？」薛紹安一臉無賴，「你既然能偷走我家的刀，再溜進書房也不是沒有可能。」

「可你那畫藏在牆後的暗格裡，都是有機關的，若不是你拿出來給我認趙家姑娘的容顏，我如何得知？」

「那也許你是誤打誤撞碰上了呢？一幅畫又能說明什麼？」

「我根本就不認識趙家人，幹麼要來為難他們？」

「誰知道？也許你是想訛財，也許你是看上人家小姑娘生得貌美，想占她便宜？」

這簡直就是一派胡言，可光憑褚五的一面之辭，也無法定薛紹安的罪。就算證明他跟薛紹安見過面又如何？薛紹安一樣可以推得乾乾淨淨，沒有落到實處，一切全是白扯。

孟子瞻一拍驚堂木，結案了。

褚五在薛家偷盜在先，到牛家鬧事在後，雖舉證是受人指使，可沒有確實證據，暫且收監，聽候發落。

薛紹安雖未能有證據表明其是幕後主謀，但管教下人不嚴，衝撞縣官，又星夜帶著大批家奴手執棒棍前來受審，一是不敬縣官，二是違反了宵禁例，再有，私拿良家女子入不雅之畫，雖於法無依，但修德不嚴，與世不容。

數罪並罰，納糧數石、銀數兩，收繳家奴所有棍棒，並責以官役若干。

這一場轟轟烈烈的審案，弄到最後竟是這樣一個雷聲大雨點小的結果，不說趙家人不服，連百姓都不服。

媽的！什麼玩意兒？

不就仗著有錢有勢欺負良民嗎？若是這樣下去，以後誰敢招惹薛家？那他還不得橫著走？

這邊發落完畢，趁著人群還未散去，趙成材驀地衝到薛紹安跟前，大聲叫嚷：「姓薛的，把我家的畫還來！」

這一下，重又把眾人的注意力吸引過來。

薛紹安跪了半天，這下是真的雙膝無力了，趴在家奴背上，趁孟子瞻上了轎，挑釁地奸笑，「行啊，你想要幾幅？三爺家裡要多少有多少，今兒還了你，我明兒還接著畫。到時做成春宮畫冊，還能在坊間流傳。」

「你……簡直就是恬不知恥！」趙成材衝動地舉拳要打。

章清亭心下詫異，秀才這是怎麼了？怎麼當著這麼多人的面要行凶？這也太不理智了吧？說時遲，那時快，趙成材衝到薛紹安面前。薛紹安本能地伸手一擋，趙成材身子一個搖晃，往後摔了個四腳朝天，很是狼狽。

章清亭當真嚇了一大跳，奔了上去，「相公，你怎麼了？」

趙成材捶地痛呼：「枉我生為堂堂七尺男兒，居然連自家妹子也保護不了，讓她無端受奸人所辱，大丈夫活在這世上還有何顏面？」

他一面作痛心疾首狀，手卻使勁在章清亭胳膊上掐了一把。

明白了。旁人就見秀才娘子哭哭啼啼，「相公，你別這樣，咱們鬥不過人家，就算了吧！」

「妳這婦道人家懂得什麼？做人當俯仰無愧於天地，豈可如此卑躬屈膝，苟延殘喘？罷罷罷，今兒我就捨了這條性命，賠與他就是，妳快走開！」

趙成材痛斥之餘，就勢踹了章清亭一腳。章清亭卻扯著他的衣袖，說什麼也不肯放，「相公，你若是去了，留下我們這一大家子怎麼辦？豈不是更叫人欺負了去？你若是要去，就先拿繩子勒死我，我便再不管了！天啊，你到底開不開眼，講不講公理，這還讓人怎麼活呀？」

圍觀百姓看得極為同情，瞧瞧這一家子都被欺負成什麼樣兒了。

青松瞧見，稟報孟子瞻：「要不要管管？」

孟子瞻搖頭，「咱們走了，他們才好唱戲，快走快走！」

青松不解，詢問青柏，他手一伸，「一兩銀子。」

青松一噎，卻又不願打這謎團，不甘不願地掏出錢來。

孟子瞻伸出五指搖了搖，「我只收五錢，回去告訴你。」

可青柏動作更快地從青松手上搶過銀子，「我現在就說。」

主僕三人玩著小動作，帶著官差，速速離去。

薛紹安瞧了，還以為是孟子瞻吃了癟，不好意思逗留，更加囂張起來，盡情奚落趙成材：「別以為讀了幾天書，有個功名就了不起。看看三爺現在，你又能奈我何？若是知趣，就趕緊把你妹子打扮齊整送來我家。若是伺候得好，三爺興許還賞你們點甜頭，否則，她遲早會落到我手裡。不就是賠幾個臭錢嗎？三爺我多的是！」

他掏出錢袋，一面拋撒著銀錢，一面猖狂著大笑離去。

薛紹安小人得意便忘了形，全然沒留意到周圍的人用什麼樣的眼光盯著他。

外人只見趙成材一家淒淒慘慘回了家，卻不知他們一家回去關了門之後就開起了慶功宴。

道理很簡單，章清亭道：「水能載舟，亦能覆舟。這薛家就是水面上的舟，咱們老百姓就是下面的水。表面上看，一直是他欺負我們，可若是整個紮蘭堡的水都鬧騰起來，你們說，他這舟還能行得穩嗎？」

李鴻文幫忙做了個總結：「所以，這場官司，表面上看來是你們家輸了，但能讓百姓們全都恨上這姓薛的，其實是你們家贏了。」

趙成材搖頭，「不是我們家贏了，而是我們贏了。」

李鴻文笑道：「對，就是我們贏了！」

一大家子聽懂了，也都振作了起來，開懷暢飲。

不過，到底撕破了臉，也怕薛紹安暗下毒手。眼見李鴻文喝得頗為盡興，步履也有些踉蹌，趙成材便吩咐張金寶把馬車套上，送他一程。又怕妻弟一人夜歸不安全，自己還要跟去。

李鴻文滿不在乎地道：「哪用如此小心？又不算太遠，我出門雇頂竹轎便是。」

可趙成材經過上回趙玉蓮之事，格外小心，「這酒後經風，非同小可，鬧不好就會生場病，學堂明兒還有課呢，橫豎家中有現成的馬車，送一程也不礙事。」

張發財沒喝兩杯，眼見趙成材也有些醉意，便道：「女婿，你在家歇著，我和金寶去。李公子，咱們走吧。」

他扶著李鴻文便出去了。

趙成材和章清亭去送趙玉蓮和牛得旺，又特意叫張小蝶去跟趙玉蓮作伴，囑咐下人們謹守門戶，夜裡一定要輪流值夜，當心人來報復。

回頭自家也緊守門戶，準備歇下，只是小玉忽地想起一事，拿了雙鞋墊給她，「這是柳嫂子做的，說是給秀才大哥的。」

章清亭輕輕笑了笑，什麼也沒說的拿著鞋墊上樓了。

再說柳氏，過來拿了糕點和菜，卻又跑過去直到看完熱鬧才離開。等回了趙家，趙王氏飯都吃完了。見她天都黑了才回來，頗有幾分不悅，「妳這路上是遭劫了還是腿扭了，怎麼一去半天光景？」

柳氏忙把胡同那邊發生的事情說了，趙王氏急了，「妳怎麼不早回來說？我得去看看！」

柳氏怕自己露了馬腳，忙道：「那邊才開始吃飯呢，還有客人在。」

趙成棟會意地攔著他娘，「既然已經沒事，您就是去了也說不上話，倒不如讓他好生吃個飯，明兒再去。柳嫂子，妳還沒吃吧？廚房裡有留飯，妳快去熱熱吃了。」

柳氏暗暗感激地走開了，心想這趙家兄弟倒都會心疼人。

趙家老二雖只是個莊稼漢子，比不上他大哥的斯文有禮，但面上常帶三分笑，言語和氣，可比他哥更好親近。她有心巴結，便把從趙家帶回來的菜熱了一些，給他添去。

年輕男子總是能吃的，趙成棟道了謝，又分她一些，兩人倒是挺熱乎地漸漸聊上了。

而那邊，章清亭還沒拿出鞋墊，趙成材便交代了句：「那個柳氏，以後莫讓她再上門。」

章清亭倒奇了，「她哪兒惹你了？」

趙成材瞥她一眼，「別以為我沒瞧見妳幹的好事，不過那女人有點心術不正，我今兒一到胡同就瞧見她了，躲在人群後頭，直到那時才出來，可見是個牆頭草。咱們是好心，可不能白餵了狗。過些時日，我讓娘打發掉吧。」

章清亭抿唇一笑，「那這個鞋墊你肯定也是不要的吧？」

「幹麼不要？」趁章清亭錯愕，趙成材笑著捏起她的下巴，「隨便拿給馬場的誰就是了，我身上只用妳的東西，滿意了吧？」

章清亭臉一紅，想躲開，趙成材卻抱著她一面親著，一面往裡屋走。

「你、你這是幹麼呀？」

章清亭有些慌了，趙成材依然是有一下沒一下親著她，「我要幹什麼，妳不知道嗎？」

他胸腔裡低低的悶笑聲，就算隔著衣服也震得章清亭一陣陣的心慌，她鼻尖已經沁出了汗，「你是喝多了吧？你……」突然，身下碰到一個硬物，章清亭坐下才知已經被人拱到床邊來了，然後就被壓在了大床上。

「不要……」她真的慌了，手足無措推擋著，聲音裡帶著乾澀的企求：「我還沒想好……」

「妳一輩子都想不好的。」趙成材鬆開腰帶，脫掉外衣，甩開鞋子，壓在了她身上。

「別、別這樣……」章清亭快哭了，聲音怯懦地顫抖著，像極了可憐兮兮的小貓，無比惹人憐愛，又更讓人想吞吃入腹。

趙成材抓著她揪著衣襟的手，把她攥得發白的手指一根根掰開，然後，扯開了她的腰帶。

「不！」章清亭驚呼著，徒勞地想去抓住點什麼，可散開腰帶的衣襟很快就被人一層層拉開來，男人就像是個執拗地想要吃糖的小孩，把手伸進了那層青綠色的胸衣裡，握住了那團豐盈。

幾乎是同時，章清亭和身上的男人同時倒吸了口氣，只那感覺是完全不一樣的。

男人明顯興奮起來了，有什麼硬邦邦的東西抵在柔軟的下腹裡，章清亭不敢去想，只拚命去推那隻火熱得似要把她融化的手。可男人另一隻手也很快伸進來了。一邊一個，握住了她。

章清亭生生被逼出幾分淚意來，「走開，走開……」

「傻丫頭，這種事情遲早都要來的。」趙成材俯下身子，揉搓起她敏感的胸，低聲調笑，「很喜歡的對不對？我發現一碰妳這裡，妳就受不了了。」

章清亭只覺羞憤欲死，急促地喘著氣，根本無法回答。雲鬢已經散亂開來，半是酒醉半是迷亂的眼睛像盈盈含著兩汪春水，彷彿輕輕一掐就會溢出來。

滿室裡躁動著曖昧的氣氛，像是火堆邊放著陳年老酒，散發聞之欲醉的媚惑與靡靡之氣。

熾熱的吻落了下來，唇緊密地絞纏在一起。

無數道細密的電流直擊到心，讓人無法思考，完全陷入神祕而未知的泥濘。

可是，在趙成材的手往她腰下滑去的時候，她隱隱感覺到一絲不對勁。濕滑黏膩的水意從最私密處淺淺湧了出來，滑進股間，帶著微微的酸意。

章清亭忽地一下子清醒過來，整個人像是被盆冰水兜頭潑醒，「你……你快起來！」

男人正是箭在弦上，不得不發的時候，哪裡肯聽？

感覺著他的手仍是繼續往自己臀部摸去，章清亭顧不得害臊，急得直嚷：「不行！我、我好像月事來了……」

晚了，趙成材已經摸到了，房中燈光未熄，可以清楚看到他手指上沾染的鮮紅血跡。

章清亭窘得恨不得有個地縫能鑽進去，怎麼早不來晚不來，偏偏趕這時候來了？

她一把將人推開，翻身爬起，以最快的速度取了需用之物衝進盥洗室裡。

真是太丟人了！好不容易收拾好了，她鼓足勇氣推門出來，趙成材黑著臉，拿著自己的衣物進去洗沐。不過，在章清亭想要鬥門時，他惡狠狠地回頭說了一句：「妳敢鬥上試試？」

章清亭心虛了，「我、我也不是故意的……」

直到趙成材洗沐乾淨，抱了被子枕頭過來霸占大床外面那一半，章清亭還深陷在自責裡。

頭昏腦脹地睡了一覺，次日天光，一向精明能幹的章大小姐才發現自己上當了。

待要把人趕出去，那人淡定地問：「還有意義嗎？」

他、他恬不知恥！痛失陣地的章大小姐悲憤下樓，卻見張發財在翻看著牆上的老黃曆。

「您看什麼呢？」

「哦，我看這是不是馬上要進六月了。」

章清亭上前一瞧，「是啊，爹，您現在很好啊，幾個數都認得挺熟了。」

張發財也揶揄了句：「我這不是天天近著墨水，肚子也黑了嗎？」

眾人大笑，趙成材跟下來問道：「岳父，你們昨晚回來可還安好？」

章清亭白他一眼，去飯桌前坐下。

張發財道：「挺好的，不過大夥兒這些時日出門還是要加些小心，晚上別在外頭晃蕩，無事早回來。我記得這六月好像是誰生日吧？是大閨女嗎？」

「可不是？初六生的，滿十七了。」到底是當娘的，張羅氏還記得清楚。

章清亭愣了，那個張蜻蜓的生日也在六月初六？未免太巧合了吧？

大夥兒一聽就來勁了，「那咱們幫大姊過個生日吧。咱家這麼多年也沒人過生日，我連自己哪天生的都快忘了。」

章清亭衝弟妹們橫過去一眼，「既要幫我過生日，便要給我拜壽送禮，還要過嗎？」

「過！」趙成材拍板，「不用妳出一文錢，大家或是做一道菜，或是繡個手絹，我再出錢置辦一桌酒席，咱們一家人熱鬧熱鬧如何？」

全家都歡呼贊成，章清亭故意板著臉，「原來竟不是幫我過生日，是想找個由頭取樂呢！那行，我既要收你們的禮，不添上幾兩銀子堵住你們的嘴還了得？集市上哪家的壽桃壽麵做得最好？我請！」

眾人更樂，熱議了一番，各自去忙。

上車前，張發財抱了長大些的小白狗過來，「帶牠去牧場轉轉，免得成天在家裡淘氣。」

不會呀，小白很乖的，只見了生人才叫。

章清亭有點納悶，趙成材卻忽地想起一事，「說來馬場真得養幾條狗，萬一那個姓薛的來投毒什麼的，狗總比人警醒些。」

章清亭點頭稱是，帶著弟妹走了。路上方明珠聽說章清亭要過生日，也說要來湊熱鬧，又問章清亭要什麼禮物。

章清亭一笑，「妳若能將馬場撐上一日，放我一日假就最好了。」

方明珠和張小蝶商量了半天，應承下來，「那大姊妳就歇一日吧，馬場有我們那麼多人呢，想來撐一日是沒關係的。」

章清亭本是說笑，如今卻真的動了心思。她這些時日天天忙，確實也覺得疲倦，若是能給她一日閒暇，清清靜靜過上一日，倒是極好的禮物。

等到了馬場，方明珠嘴快，把她要過生日之事告訴了晏博文。他的心裡也留了個心，琢磨著要送章清亭什麼樣的禮物。

因怕鬧得人心惶惶，薛家鬧事之事章清亭一字不提。料理完正事，倒是問起養狗之事。

晏博文道：「這個跟馬是一樣的道理，須得種好，馴出來的才能頂事。西域有一種獒犬，毛色純黑，體大如小牛，極是忠心又凶悍，連狼都怕。只可惜咱們這兒沒有，京城裡大戶人家才有。」

一個雇工聽了忽地想起，「你們說的那種狗，咱們這兒也有，就在我們村那頭的廟裡，有個遊方的喇嘛帶過來一隻。那喇嘛來了沒多久就出天花死了，那狗真是忠心，守著主人的墳墓，都三年了，還不肯離開半步。」

晏博文一聽，眼睛就亮了，「那你快帶我去！咱們接了來，再幫牠配個對，生一窩小狗，雖比不上純的，卻比普通的獵犬強太多了。」

章清亭等他們去了，這才私下盤問張金寶：「你們昨晚送李秀才回去，是不是遇到什麼事兒了？可不許瞞我。」

張發財雖說無事，可她還是看出些端倪來了。

張金寶見四下無人才告訴她：「是爹不許說的，怕嚇著你們。昨晚出去沒多久，就覺得有人跟著咱們，幸好咱們是大馬車，跑得快，才沒被人追上。等回來時，都大半夜了，胡同外頭還有人影晃動。爹讓我這些天都小心跟著妳，車上還藏了木棒，總能嚇唬嚇唬人。」

果然還是下手了！章清亭眉頭深鎖，甚是憂心。她出事還算好，不過是一家子，就怕姓薛的喪心病狂，對書院下手，那就麻煩了。

今兒趙成材來了書院，照往常一樣，迎來學生，可奇怪的是，除了李鴻文，學堂裡該上課的幾位夫子全都不見蹤影，打發人去接的轎夫們回來，無一例外地回稟：「夫子病了，要告假數日。」

這一人病了情有可原，這麼多人同時病了就不對勁了。

「鴻文，你說這是出了什麼事？」趙成材首先想到自己，「是不是我家的事連累大家了？」

李鴻文面有難色，「只怕都遭遇我家一樣的情形了。」

什麼情形？

李鴻文道：「今兒一早，我家門口不知何故被人丟過來一隻死貓，開膛破肚，狀甚淒慘。」

趙成材氣得拳頭在袖子裡捏得格格作響，「這學堂是全鄉人的心血和希望，不能因為我一家子的私怨就被毀了。這兒勞你多費些心，我這就去衙門請辭。」

他轉身拿了婁大人當時發的印信便直奔縣衙。

孟子瞻見他來了，倒是興致頗高，「趙大院長來得正好，本官正想去尋你。你既請了我，怎不把課表給我？要不，就從今日開始吧。」

趙成材一怔，「大人莫非已經知道了？」

孟子瞻很是不屑，「不過是幾隻死貓，算得了什麼？這書院成立不久，還需要你們多多效力，可別為了這些小小的打擊就灰心喪氣。我已經讓官差去請幾位夫子了，正好今兒本官有空，就親自去學堂瞧瞧孩子們上課，這也是體察民情嘛。走走走，有什麼顧慮的，儘管提，本官盡力辦了就是。」

「多謝大人！」趙成材躬身施禮，心中重又充滿了信心。

姓薛的，咱們走著瞧！

當日，本任縣官親自坐鎮紮蘭書院，指導教學。末了，還幫女孩子上了第一節琴課。那悠揚的琴聲從學堂傳出去，惹得百姓們又是好一陣議論紛紛。

有幸上課的，若干年後說起來，無不驕傲萬分。

等章清亭回家時，風波已經抹去。那隻公獒犬已經被晏博文接回來了，只是要尋一隻好母狗來配，便讓眾人留心。

趙成材道：「這事交給娘最容易，明兒就能抱一隻給妳。正好她早上來了我也不在，這會兒我就回去看看了。」

章清亭點頭，只囑咐張金寶跟著，可不敢讓人落了單。

瞧著二人背影，忽地覺得趙成材身邊沒個小廝，確實有些不像樣。像李鴻文，每天出門，不算車夫那些，至少兩個小廝跟著。回頭趙成材還得去郡裡求學，路上若是沒個書僮照應，誰能放心？

她主意已定，便想著再約那牙婆帶幾個伶俐的小廝過來一趟。

小青來請她過去說話，原來方德海也正有此意。

「現在阿禮不在，就我們三個老弱殘兵，我打算還是再買個小廝，也送妳家一個，就當妳的壽禮了，妳瞧著如何？」

章清亭道了謝，見方明珠還在燈下抄書不輟，又誇讚了一回。

方德海笑道：「那是妳教得好。」

兩人說笑一回，方才散了。

趙成材回了家，見趙王氏正打點了行李要去趙玉蓮那兒作伴，他忙攔了下來，跟她進屋說話。那邊張金寶跟趙家二老問了好，便去東廂和趙成棟聊天。

柳氏放下女兒，萬分殷勤地端茶倒水。

她今日又去趙家，卻頗為鬱悶地被請回來了，心知可能是得罪了章清亭，所以越發想在趙成材面前賣好，可趙成材淡淡客氣了一句，便打發她走了。柳氏微覺失落，再去趙成棟那邊，他卻很是熱情，這才多少讓柳氏提起點精神，嫣然一笑，扭腰退了回去。

趙成棟直瞧著她不見人影，才悄悄地問：「標致嗎？」

張金寶只顧喝茶，半晌反應過來，倒是鄙夷了句：「又不是黃花大閨女，一個生了娃娃的嫂子，虧你有興趣！」

趙成材被說得有些不好意思了，訕訕地換了話題。

趙成材跟爹娘又把昨日之事說了一遍，讓他們也緊守門戶，出入小心。遇到不對勁的事情也別驚慌，趕緊過來報信，寧可吃點虧，也莫要與生人爭執。

趙老實連連點頭，「孩子他娘，聽見沒？妳那脾氣可著實得收斂著點。」

趙王氏卻很是不忿，「那姓薛的王八羔子，老娘是沒見著他，要是見著他，就帶把刀去跟他拚了！就算我賠他一命，我也多賺了好幾十年哩！」

趙成材反問：「您怎麼賺了？像那種人的命，要咱們拿命去換值得嗎？咱們一家人日子過得不知有多好，幹麼為了他弄得愁雲慘霧，家破人亡？這事交給我了，遲早有個公斷的。」

他換個話題，說起章清亭要條好母狗的事情，趙王氏撇嘴，「你媳婦不是最有本事嗎？怎麼連這等小事還搞不定？」

趙成材知道他娘就是想得幾句好話，若是從前的他肯定不屑為之，可是現在也學得中庸許多，不偏不倚地道：「娘子是有本事啊，但一個人再有本事也不可能面面俱到，那要是什麼都會，不成千手觀音了？」

趙王氏被逗樂了，趙成材這才勸道：「那麼大個馬場，雖說成棟他們都在幫襯著，可總也有些她顧不上的地方。娘，您小時候還常教我們，一家人本該同舟共濟。這樁小事對她不易，對您那不是手到擒來？若是您不出手，難道要我們滿大街去問？沒得倒掃了您自個兒的名聲。人家還得問，你們家娘呢？」

趙王氏實覺面上有光，當下應了：「行了，明兒就幫你們辦得妥妥當當的。咱們也不多說了，這就去你妹子那兒吧。」

趙成材不動，「娘，您急什麼，我話還沒說完。玉蓮那兒的夥計夠多的了，讓小蝶陪著她就挺好的，您就別再去折騰了。」

「為啥？」趙王氏不解，「那丫頭不是也在馬場幹活嗎？我去了還替她省點力呢！」

趙成材往門外虛指，「那家裡怎麼辦？」

「有你爹和弟弟呀？他們兩個大男人難道還看不住一個家？」趙王氏沒明白過來。

趙成材只好把話說開：「還有一個人呢。您也不想想，您走了，留他們倆在家，守著那麼一個年輕小嫂子，鄰居們該怎麼說？」

趙王氏嘴一撇，「那不是一個寡婦嗎？難道你連你親爹和弟弟都信不過？」

趙老實老臉一紅，「成材是怕外人瞧著不好，其實我也覺得家裡多這麼個人，怪彆扭的。」

趙成材順著道：「您若在家還好，您若是不在家，讓人怎麼想？她又不是咱家什麼人，親不親，僕不僕的，時間長了，總有些避不了嫌的時候。若是被有心人瞧見一絲半點，不知在外頭怎麼嚼舌根。依我說，還是把她打發走算了。」

趙王氏心裡卻有點捨不得這免費的勞力，「那柳嫂子做事倒還可以，燒菜洗衣什麼的都還能幹，抽空還能繡幾個鞋墊，著實幫了我不少忙呢。」

趙成材道：「您要實在要人伺候，明年給您添幾個丫頭小廝都行，何必非得爭這一時？」

好吧，趙王氏勉強應了。

趙成材又告訴她一個好消息：「那邊胡同房子快租完了，娘子本說給您二百兩銀子把這邊扒了重蓋，可她那邊正是用錢的時候，咱們家也不算太破，我便作主只拿了五十兩，跟衛管事說好了，讓他派幾個工匠，過幾天來把房子修修。你們先把家裡收拾收拾，那些破桌子爛椅子全扔了，再給你們建個我們那樣新式的盥洗室，又乾淨又方便。」

趙王氏聽得心花怒放，嘴上卻道：「沒錢還修什麼修？不如省著吧。」

趙成材睨著她笑道：「再苦不能苦了您啊，我又答應過的，自然會為你們做到。」

趙王氏很滿意，卻又道：「若是如此，我倒想在旁邊再搭間小屋出來，現在不是有驢嗎？以後自家弄個大磨盤，碾麥子磨豆子都是可以的，到時還能做點豆腐，燒點豆汁兒喝。」

趙成材聽著湊趣，「那小蔥炒豆渣也是好吃的，說得口水都下來了。只是弄那個也辛苦，要不，弄個小小的就好。」

趙王氏笑道：「放心，咱們又不是靠做那個營生，累不著。」

正說得高興，趙成材卻道：「晚上學堂還有課，正好讓金寶和成棟跟我一路過去，別耽擱了。對了，六日是娘子的生日，咱們要在家熱鬧熱鬧，你們下午沒事早些過來。」

那鬼丫頭過什麼生日？趙王氏道：「那咱們要帶點什麼去嗎？」

趙成材一笑，「不用。您是長輩，過來湊個熱鬧就好，倒是叫成棟準備個東西來，不用太好，哪怕寫個字呢，是個心意就行了。」

趙王氏想了想，還是決定要表示一下。既然媳婦都出錢讓她翻修房子了，她怎麼著也得意思意思。至於柳氏，等到房子修好，就打發她出門算了，省得兒子不待見。

趙王氏嘴上雖愛嘮叨，但辦事不錯。翌日一早和趙老實去收拾了地裡的莊稼，就滿鄉里打聽去了。回頭牽著隻年輕健康的母犬回來，就去胡同那邊了。

先去瞧趙玉蓮，因午後炎熱，鋪子裡沒什麼人來，靜悄悄的。夥計們都坐在長凳上打盹，趙玉蓮坐在那兒繡帕子。

「人家都繡蝴蝶戲牡丹，妳怎麼繡個蜻蜓戲荷花？」

趙玉蓮嚇了一跳，抬起頭來才瞧見是娘來了，「這不是給大嫂做個壽禮嗎？因她的名兒才繡這個的，娘，您看好看嗎？」

「好看，我家玉蓮從小就心靈手巧，做什麼都好看。」趙王氏慈愛地摸摸小閨女的頭，「旺兒呢？」

趙玉蓮朝樓上一揚小下巴，「還沒醒呢，過一會兒再叫他。」

「他最近好些了嗎？」

「好多了，又多識了好些字，二十以內的加減基本也會了，就是乘除還弄不清楚，慢慢來吧。您今兒來有事嗎？」

「妳那嫂子不是要弄條狗嗎？我就弄了來了。」趙王氏怕人聽見，附在閨女耳邊悄悄問：「你們都準備了東西，妳說娘準備個什麼好？」

趙玉蓮噗哧笑了，「哪用您準備？大哥是讓我們鬧著玩的，娘，您不是弄了條狗嗎？這送她就行了。」

趙王氏嘴一撇，「哪有送狗的？說出去讓人笑話。我本來想扯身衣料給她，可怕花了錢她還不滿意。妳這丫頭最是體貼人，幫娘好生參謀參謀。不過呢，也不能太貴，娘手上最多也就能備得起一兩吊錢的東西。」想想，又覺得自己似乎太小氣了些，「最多二兩。」

趙玉蓮知她娘的性情，肯拿出二兩銀子已經非常大方了，「這禮也不算太輕了，可嫂子想要什麼，還真不好說。」

「那妳說說，你們都送什麼？」

趙玉蓮逐一道來：「明珠是要幫大嫂幹一天活，元寶和銀寶準備合夥寫副對子，我讓旺兒也寫個壽字。姊說她就做幾個大嫂愛吃的小菜和點心，小蝶打算做雙鞋子，金寶說還沒想好。」她想了想，「要不，這樣，買一對避蚊蟲的香包送她吧。這份禮費不了十幾文，讓二哥送就行了，還可以給大哥一個。」

她這一提到跟藥有關的東西，趙王氏忽地想起一件事來，「我知道送妳嫂子什麼了。」

趙玉蓮剛想打聽，趙王氏卻賣起了關子：「到時有你們知道的時候。」

她牽著狗去張家了，又和眾人閒話一回。趙玉蘭現在肚腹高高隆起，孩子都會動了。孕育了這麼久，她對那孫俊良的仇恨之心漸漸淡去，倒是對自己親生的孩兒更多了一分疼惜。

趙成材早有籌謀，若是玉蘭想留下這個孩子也不是不可能。一是孫家上回破了不少財，現在孫俊良也服刑去了，孫家二老在家養病，根本再無餘力照顧孩子。

二是可以藉口孩子年幼須哺乳，離不得娘親，且混上個三五年再說。就是這孩子必須知會他家一家，姓孫也是不能改的。

趙玉蘭倒不介意，「那孫大聖還姓孫呢，姓孫的也不全都是壞人。我就盼著是個丫頭，他們家說不定就不要了。」

這也是大家的心願，都盼著是個千金，相對來說，留下來的機會就更多了。

趙王氏細心叮囑了她一番，讓她好生保重，見天色不早，便準備回去了。

趙玉蘭忽地問起：「柳嫂子今兒怎麼沒來？」

趙王氏在這兒說話便沒了那麼多顧忌，「你大哥打算打發她走，不讓她過來走動了。」

那又為何？趙玉蘭很是詫異。

趙王氏道：「她一個寡婦人家，又那麼年輕，留在咱家總有些不大方便的。」

趙玉蘭有些物傷其類，「就不能留下她嗎？」

趙王氏嘆道：「這就是做女人的苦楚了，若是娘家人好還好說，若是不好，像這樣流落在外的，就不易謀生了。不過咱家也沒虧待她，你哥說她走時，還要打發她錢呢。這話妳可別在她跟前說，免得她生起別的心思。」

趙玉蘭雖不忍，但也老實記下了。

此去無話，只是柳氏漸漸察覺出不對勁來，又不敢問得太急，只好耐下性子，靜觀其變。

書院那兒，除了那天弄了個死貓事件，這接下來的幾天就平靜多了，連章清亭的馬場也沒發現什麼可疑事件。

趙成材因想著過幾日要離開家，便想著要去找孟子瞻拜託一下家裡的事情，又顧慮這位新大人心思頗重，怕一個不好，還惹他疑心。

章清亭想了想，「你縱是去了應該也沒多大關係，咱們家的事在紮蘭堡是人盡皆知的，你去了也是人之常情。」

趙成材聽了甚覺有理，「那我就等明兒下午正大光明去走一趟，也不帶禮物了，就這麼清清白白說幾句話，可能還好些。」

章清亭忽地一笑，「你這回去郡裡，我又有一樣禮物送你。」

「什麼禮物？」趙成材腆著臉調笑，「妳不如把妳自己送我得了，身上乾淨了嗎？」

章清亭臉上一紅，「沒呢！」

想走卻被人按在懷裡，直揉搓得她面紅耳赤吐了個準話，才放她走了。

趙成材這日下午估摸著孟大人午睡醒了，才去了衙門。

衙役見了他打趣：「趙秀才，今兒又來打哪樁官司？」

趙成材呵呵笑回：「嘴皮子官司！孟大人在嗎？」

「在呢，跟衛管事他們在商量治旱的事情，你先坐會兒吧。」

「咱們這兒哪有旱啊？只是雨水比往年少了些。」

「你們住在集市，哪裡知道外頭的光景？像咱們這兒地勢低一點還好，附近幾個鄉里高一些的地方，好多農田都旱著，還要雇車來我們這的下游馱水回去，可辛苦著呢。」

趙成材面色也凝重了起來，「這要是旱長了可不得了。前些年鬧那回大旱不就是這樣？只要旱了必鬧蝗蟲，管你多少莊稼，那蝗蟲一過，就顆粒無收了，最苦的還是咱們老百姓。」

「誰說不是呢？若是再不下雨，我家裡都準備再囤些糧食了，你們家還有那麼大的馬場，更得早做打算才是。」

這一層趙成材也想到了。那這趟來，是不是不大趕巧呢？

趙成材皺眉躊躇，等了一時，見衛管事他們散會出來，打了招呼，衛管事便說起現在正忙，已經派人去丈量了他家房屋，也畫了圖形，不過現下著實沒空弄，得等忙過了這陣再說。

趙成材很是理解，讓他自忙去，自個兒進去拜見孟子瞻。

就見縣官大人臉色雖有些疲憊，但精神還是不錯的。

趙成材安了心，重又施了一禮，「我家之事，全鄉盡知，大人公道，處事嚴謹，我們心裡感激涕零。只是，大人在官，我們在民，不敢太過逾矩，只好記在心裡。因不日即將赴郡裡求學，有大人在此，在下雖心知是出不了差池，只是我等凡夫俗子，卻仍少不得來置喙一句，萬望大人勿怪。」

孟子瞻聽得笑了，「這也是人之常情，有什麼好見怪的？放心，本官既身為父母官，自要維護這一地百姓安寧，放心去吧。」

趙成材道過謝，卻又不走，「大人臉色不大好，可是為了治旱之事憂心？方才來得早，聽得官差說起兩句，也不知我們有沒有什麼能效力的地方？」

孟子瞻聽這話有點意思，抬眼笑道：「你若是想到什麼好主意，但說無妨。」

趙成材淺笑，「也不是什麼好主意，不過個笨法子而已。我家現在不是有個馬場嗎？那兒就臨著河，用水極是方便。現下配種完畢，馬兒每天養著，也是要牠們跑來跑去活動筋骨，不如讓牠們送一趟水到附近。雖說咱們馬少，盡不了多大的力，但眾人拾柴火焰高，多少也能替那些受災的百姓盡一份心。」

孟子瞻點頭讚賞，「果然是好主意！青柏。」

他微一示意，青柏就遞上一份榜文給他，墨跡仍濕，應是剛剛寫就，裡面內容便是號召全鄉百姓將有餘力的牛馬借出，為那些周邊旱地馱水去。

趙成材瞧完奉承了句：「還是大人先行一步，想得更為周全。」

孟子瞻一笑，「不必客套，咱們這也算是英雄所見略同了。」

趙成材道：「這一方有難，八方支援，我們馬場就全憑大人調度了。」

孟子瞻很是滿意，「把趙秀才家列在一位，隨榜文一起發出去，再讓衙役宣講，看能徵多少牛馬，各自劃定最便捷的路徑，先往幾個重點地方送去。」

青柏應下，自去處理正事，趙成材告辭回去。

進了家門，卻發現家中多了一個小廝，看著生得甚是老實，很乖順地朝他行禮。

張發財樂呵呵地介紹：「這就是我們當家的秀才公了。成材啊，這是大閨女剛挑的個小廝，叫保柱，以後就歸你使喚了。」

趙成材還真的驚喜了一下，「娘子人呢？」

「在方家說話，他家也添了一個小子叫吉祥，咱家這個，方老爺子說是送你媳婦的壽禮，真是太客氣了。」

趙成材忙過去道謝，卻見金牙婆也在，跟他見了禮本說要走，趙成材卻趁機跟她說起，想讓她把柳氏帶回去之意。

金牙婆緊張起來，「可是她行差踏錯了什麼？」

趙成材道：「沒有的事。您也知道，她還這麼年輕，咱們這小門小戶，本來就人多手雜，把她擱在中間，也著實讓她受委屈了。」

金牙婆知他怕有瓜田李下之嫌，嘆了口氣，「我當初也勸過她，與其出來幫工，不如重尋個好人家嫁了，省得年紀輕輕就拋頭露面，總是不雅，可她那時身上還是熱孝，怎麼行得了事？不過現在該當無妨了。也虧你們收留了她這麼久，我這就去替她尋戶人家，過幾天就來接人。」

趙成材和章清亭都放下心中大石，「在我們家住了一場，到時也送她幾樣嫁妝吧。」

金牙婆笑了，「真難得見你們這樣仁義的東家，怪不得我方才問那倆丫頭，都誇你們好。那我也做一回好事，定給她尋個實誠人家，讓你們也能放心。」

送走金牙婆，趙成材方把衙門之事說了。

方德海點頭，「這忙確實該幫的，若是大夥兒種不出莊稼，別說馬場了，連咱們人都沒活路了，那還談什麼？」

眾人皆無異議，趙成材回家當著眾人的面謝過章清亭，兩人關了門卻說起了反話：「是不是怕我在外頭拈花惹草，所以特意找個人看著我？」

章清亭又羞又惱，「我是讓他帶你出去，把你賣了！」

趙成材厚著臉皮打趣：「妳真捨得？只聽說謀殺親夫，還真沒聽說謀賣親夫的？妳打算賣多少錢啊？」

章清亭氣不過，狠狠踩了他一腳，「不要錢，我還倒貼一文！」

趙成材疼得直齜牙，「我雖一文不值，妳也不至於下這樣的狠手啊！」

章清亭恨恨地磨著牙，「別忘了本姑娘以前幹什麼營生的！」

趙成材揉著腳一臉鄙夷，「妳要是敢在我面前殺頭活豬，我從此跟豬姓！」

章清亭無計可施，翻個大大的白眼走了。

初六一早，柳氏就見趙王氏反覆叮囑趙成棟要他下午早些回來，而那堂屋桌上，還擺著對新香包，弄塊紅綢子包著個不知什麼物件，神神祕祕的，誰也不許動。

柳氏照例準備飯菜，卻發現今日這數量足足比平常短了一倍，趙王氏道：「我們晚上到胡同那邊吃飯，妳就在家看家吧。」

柳氏應下了，心裡越發猜疑，他們家這是有什麼事嗎？不行，一定得去問問。

送走了趙成棟，趙王氏老兩口也趕著驢去地裡頭幹活了，柳氏便掩了門，假託孩子不舒服，請鄰居幫忙照看一會兒。出門前想了想，手裡還拿了兩副鞋墊，若是問起來，也有個說頭。

先不敢進趙家門，卻在方家後門探頭探腦地瞧著。因怕有人來租房子，小青倒是時常來後頭看著的，今兒怎麼換了個陌生小斯？

她等了一會兒，終於見著小玉出來打掃，忙喚了一聲。

小玉見了她，愣了一下，走近說話，「妳怎麼過來了？」

柳氏扯謊，「芽兒早起有點咳嗽，我帶她去瞧了大夫，可喜沒什麼大事，就過來走走，最近家裡好嗎？」

「挺好的。」小玉應了一聲，有些欲言又止。

柳氏見她神色，立即把懷裡的鞋墊給她，「我剛做了兩雙，給妳和小青一人一對，咱們說起來也是同一日來的，總該相互照應些才是。」

小玉到底單純，收了她的東西，心下有些不忍，「柳嫂子，妳真是個好人，可惜，就讓這身分帶累了。」

這話是什麼意思？柳氏當然要問個明白。

小玉便把那日聽到趙王氏和趙玉蘭的話學給她聽了，「昨兒還聽小青說，秀才他們託金婆婆再幫妳找戶好人家，還願意送妳陪嫁。」

柳氏聽完，卻如同半空中無端端炸響一個焦雷，整個人都懵了。

趙家要打發她走？

那麼溫和斯文，總是以禮相待的秀才要打發她走？

他為什麼要打發自己走？自己又能走到哪兒去？

要她嫁人，再嫁個什麼人？

柳氏腦子裡一片嗡嗡作響，在炕沿上也不知坐了多久，直到聽見女兒尿濕後的大哭，方才驚醒過來，手忙腳亂地幫孩子換了尿布。她略定了定神，才慢慢回復了些神智。

正想好生琢磨琢磨，卻見院門聲響，是趙王氏他們回來了。

柳氏趕緊迎出來，趙王氏見她臉色不好，有些疑心，「妳這是怎麼了？」

柳氏勉強陪笑，「方才不小心讓芽兒尿了炕，正收拾著。」

趙王氏沒再追問，柳氏比平時越發小心謹慎地生火做飯，可到底還是走了神，炒菜時多抓了把鹽，洗碗時又摔了個盤子。

趙王氏甚是不悅，「妳今兒是怎麼回事？難道是作賊去了不成？」

若是平時，柳氏也沒往心裡去，可今兒不同，頓時紫脹了面皮，窘得一頭汗。

「算了。」趙老實勸了句，她在自家也待不了幾天，得過且過吧。趙王氏想想也就罷了。

收拾了碗筷，柳氏抱著芽兒回房午睡，可她哪裡睡得著？一面輕輕拍著孩子，一面認真思忖未來的出路。

跟金牙婆都知會過了，看來趙成材是真心要打發她走了，虧她起先還動了那個心思，真真是臊死人了。可自問並沒有在他面前行差踏錯啊，他為什麼就是容不下自己，要攆自己走呢？只有那個殺豬女了。

定是她妒忌自己生得美貌，怕秀才看上自己，才挑撥離間的吧？

柳氏越想越有可能，把滿腔忿恨盡數記在了章清亭頭上，咬牙切齒暗罵個不休，可更加發愁的是，往後可怎麼辦？

自己這再嫁之身，又拖著個小閨女，哪裡有好人家肯要她？就是要她，也無非是做個窮莊稼漢子的黃臉婆，一輩子累死累活也沒個出頭之日。

若是沒有遇到趙成材之前，柳氏對這樣的際遇還是能夠接受的，甚至還會覺得慶幸，可是一旦有了比較，就會生出許許多多的不甘心。憑什麼她一個殺豬女都能做秀才娘子，還得那麼大條胡同和馬場，自己哪點兒不如她，憑什麼就得過得一個天上一個地下？

你要趕我走，我偏不走！

可真要留下，這沒名沒分的，怎麼留得下呢？柳氏前思後想，忽地有了一個主意。

下午趙成棟依著娘的吩咐，回來得早些。趙王氏讓他去洗了個澡，一家三口都換了乾淨衣服，收拾齊整，這才捧著禮物去給章清亭過生日。

出門前囑咐柳氏：「看守好門戶，別睡死了，留盞燈。」

趙成棟倒笑著客氣，「妳家芽兒喜歡吃什麼？我去哥那兒帶些給妳。今兒是嫂子過生日，肯定做了不少好東西。」

原來是給那個殺豬女過生日啊？柳氏心中冷哼，也不怕折了妳自己的壽！

她對著趙成棟一笑，搖頭說不用，安安靜靜回了屋子。

趙王氏見她忽地這麼老實，倒有些不習慣，「這女人怎麼了？莫不是病了吧？」

趙成棟笑道：「人家說話您嫌人家鬧騰，不說話了您又嫌人家有病，這可真是難做人了。」

趙王氏白他一眼，「就會替那小蹄子說話。不過，也說不了幾天了。」

「怎麼？」趙成棟還不知詳情。

趙王氏便把要打發她走之事說了，趙成棟心中覺得可惜，只是大哥那兒，他也不敢得罪，只得在他娘跟前撩撥，「真不留了？柳嫂子其實人挺好的，幹活又不要錢。」

趙王氏自己養大的兒子如何不知脾性？瞥了他一眼，「那有什麼法子？你哥說的也對，這樣的女人早點打發走了也好，回頭他會給咱們再弄好的來。這回修了新房子，娘再幫你置辦一套成親的好家具。」

趙成棟聽得歡喜，頓時把柳氏拋開了。

到了新胡同，張發財早收了鋪子，只留一個小門供人進出，裡頭大客廳先擺了一桌茶點，一家人除去在馬場辦事的幾人還沒回來，其他的都在，正看著張銀寶、張元寶和牛得旺三人寫的壽字和對聯評點。

壽星今兒穿了件淡粉綢作底，淺綠鑲襟的夏衫，配條石榴紅裙，十分的清新淡雅，又帶了幾分喜氣。眾人皆說好看，只趙王氏一照面就挑剔：「也太素淡了些，怎麼不弄件大紅的衣裳穿上？」

章清亭挑了挑眉，不置可否。

趙成材早上前接過娘手上的禮盒，「這什麼好東西？娘，您還包這麼嚴實。」

趙王氏卻不許他接，只喚章清亭：「媳婦，去把妳那屋裡收拾個乾淨的香案出來，妳親自洗了手來擺上去。」

章清亭納悶，難道幫她請了尊財神回來？

眾人都好奇地圍觀，章清亭在趙王氏嚴密注視下，把這個紅綢包的物件請到香案上拆開，頓時臉漲了個通紅。

神像是不假，卻不是財神，而一尊白瓷的觀音大士，懷中抱著一個小娃娃，笑容可掬。

趙王氏很是得意，「這送子觀音可是我特意請來，還送到廟前開過光的。媳婦兒，妳好生供著，早晚三炷香，定能保佑妳早日為我們趙家開枝散葉，傳宗接代。」

眾人忍不住都呵呵悶笑，尤其是趙成材，簡直是笑到了耳根。章清亭忿忿地瞪著他，眼睛都快冒出火來，卻不知該說什麼。

正尷尬著，忽聽樓下丫頭小玉在喊：「秀才大哥，姨太太來了！」

眾人迎出來一瞧，果然是牛姨媽風塵僕僕地趕回來了，可巧就碰上過生日了。

牛姨媽當下就摘了手上一對金釧子，送了她當壽禮，「你們年輕人不一定喜歡這樣式，既送了妳，自己拿去改了都是使得的，千萬別不好意思。」

章清亭十分感激，和趙成材一起又道了半天的謝。

牛得旺見了親娘自是歡喜，嘰嘰喳喳說著學堂裡的事，倒是趙玉蓮懂事，道：「旺兒聽話，姨媽跑了這大半日，肯定乏了，先讓她回去歇歇，洗個臉換件衣裳再來說話吧。」

牛得旺最近聽了二十四孝的故事，便主動提出：「那我幫娘打水去。」

聽得牛姨媽歡喜不已，先牽著他回去收拾了。

這邊趙成棟奉上香包一對，向嫂子拜了壽，大夥兒就等著馬場那邊的人回來再一同開席，卻不料孟子瞻忽地坐著官轎到訪，趙成材忙迎了出去。

孟子瞻瞧他們家光景，「你們這是要辦喜事？」

趙成材這才說道：「拙荊生辰，小小慶賀一番。」

孟子瞻一笑，「那本官來得倒巧了。」一面命人送上面銅鏡，原來這是官府給願意出牛馬資助拉水的大戶人家的獎勵，背面鐫「仁善積德」四字，算是個小小的褒獎。

趙成材雙手畢恭畢敬接過，當即擺在大堂正中央。

孟子瞻笑道：「既然尊夫人做壽，本官也不能空手來賀，請借筆墨一用。」

章清亭忙吩咐弟弟們捧出筆墨和宣紙，孟子瞻擇了一張大小適中的，揮毫潑墨。因是夏日，便畫了一幅並蒂荷花鯉魚圖，又添上一隻小小的蜻蜓展翅其間。

看著眾人皆笑而不語，孟子瞻怔了，「此畫不妥？」

「此畫沒有不妥，只是……」趙成材從章清亭手中接過了絲帕展開，「這是小妹所繡的壽禮，與大人這畫倒有異曲同工之妙。」

孟子瞻也忍俊不禁，「那是本官拾人牙慧了。」

他畫完後，蓋上私印，便告辭去別處送銅鏡了。

趙成材送出門來，抬眼卻見張金寶趕著馬車，載著方明珠和張小蝶回來了，「阿禮還在後頭，說要去取件禮物，讓我們先來。」

他要送什麼？趙成材迎著弟妹們進了屋，心下猜疑。

晏博文早就傾其所有，為章清亭訂做了一份厚禮，正興沖沖往她家而來，迎頭卻撞上了新任知縣一行人。

孟子瞻端坐轎中，放了轎簾自是不知，卻猛然聽到一貫沉靜的青柏驚呼，「晏二公子！」

他心一沉，立即掀開轎簾，目光與晏博文撞個正著，一時間，兩個人的臉都變了顏色。

一個青，一個白。

青的是孟子瞻，白的是晏博文。

「落轎。」青松替主子喊了一句。

孟子瞻擺手，定定地盯著晏博文，吩咐：「找個清靜地方。」

青松立即引著衙役往河邊林地而去，孟子瞻官轎在前，晏博文失魂落魄，如行屍走肉一般隨他而去。

在河邊尋了一塊清靜之地，青松帶著衙役遠遠警戒著，青柏跟在三五步遠伺候。

晏博文甫一開口，聲音卻是苦不堪言：「子瞻……對、對不起。」

孟子瞻收起平日玩笑之色，臉色極冷，「若是可以，我寧願今兒是我站在這裡，跟你那個好大哥說聲對不起！」

千言萬語梗在喉間，卻是那般無力。

晏博文目光沉痛，如祈求脫困的小獸，「我、我已失去所有……」

「可你至少還有性命！」孟子瞻完全失去了平常的冷靜和自制，原本英挺的臉上滿是傷痛，隱有淚光浮現，「可我弟弟呢？子畦呢？你把他還給我！」

「對不起！」晏博文紅著眼自責得心都扭曲了，凝結的傷疤再一次裂開，傷得鮮血淋漓。

「十六，他才十六啊！」孟子瞻憤怒地咆哮著，「你不過是失去了三年自由，逐出家門，失去了榮華富貴，可你還活著，你度過了十八歲、十九歲……將來還可以長長久久活下去！」

「你家縱然不知道你的消息，起碼還可以為你擔心，為你祈福，因為他們知道你是活著的，可子畦呢？他就永遠留在十六歲了。我們家只能向天一神祈求，祈求他早日投胎轉世，平順一生。」

「整整三年了，每逢年節還有他的生辰忌日，我們家再沒有一次是能聽到歡聲笑語的。祖母那麼大的年紀了，到了那時就會哭，就會念叨她最疼愛的小孫子，就會因為傷心過度大病一場。這份痛苦和煎熬，你能想像嗎？你們家有過嗎？」

晏博文痛苦地捂著臉，「子瞻，我真的……真的不是故意的！」

孟子瞻笑得淒厲，「你不是故意的，可你那天為什麼會突然酒後亂性，要了他的命？你們是最好的朋友啊，還是結義的兄弟！這個問題我問過自己無數次，始終得不出結論。你能不能告訴我，那天到底是怎麼回事？」

晏博文別過臉去，不忍聆聽，「我真的不知道。那天我們就喝了一罈酒而已，不知道怎麼喝著喝著就打了起來……」

孟子瞻搖頭，「我不要聽這句話，你們兩個都不是量淺的人，怎麼可能喝了一罈酒就打得完全不知道分寸？」

「可那天就是這樣。」晏博文滿面悲愴，內疚萬分，「那罈酒是我們一起從樹下挖出來，啟開泥封的，我也不知道為什麼會有問題。以前每年都是這樣，子畦生辰，我都會挖一罈老酒請他來飲，就是不知為什麼那年的酒性就特別烈。」

孟子瞻仰天嘆息，「這就是命嗎？可為什麼死的不是你，偏偏是我家的子畦？」

「子瞻，你殺了我吧！」晏博文心痛至極，「能死在你手裡，我也有臉去見子畦了。」

孟子瞻苦笑，「殺了你又有什麼用？若是殺了你能讓子畦復活，我一定毫不猶豫殺了你！你要活著，帶著痛苦活著，活著向子畦懺悔一輩子！」

承受著他無情的詛咒，晏博文沒有任何反駁。

確實，自己是個罪人，這輩子註定都得帶著痛苦活下去。

孟子瞻收拾了情緒，轉而問他：「你現在在何處營生？」

晏博文實話說了，孟子瞻冷笑，「真不知是不是冥冥中自有天意，我今日會來此處，還全拜你那個好大哥所賜。要是讓他知道把我這大仇人放到自個兒最寵愛的弟弟身邊，你說，你那個大哥會不會寢食難安呢？」

孟子瞻怎麼說自己沒關係，可是說起最疼愛他的大哥，卻是晏博文無法接受的，「子瞻，我的錯全由我來背，不關大哥的事。」

孟子瞻嗤笑，「你真以為不關你大哥的事？三年了，我記得這仇，你大哥一樣記得。恨我們家當時不肯饒過你，害得你被逐出家門，這幾年可著實沒讓我們好過。不過我們孟家何曾怕過你們晏家？他要鬥，我們就陪他鬥下去，鹿死誰手還很難說。」

「可是，子瞻……」

晏博文剛想出言相勸，卻被孟子瞻出手制止了，「你離開的這幾年，發生了很多事，許多事情已經不是你我兩家的私怨了。」

晏博文心裡一沉。

孟子瞻冷冷瞧著他，「既然晏家都不承認你了，你就做好自己的馬夫吧，可千萬別在我的手上犯事，否則我定不會輕饒了你！」

晏博文默默低頭，黯然無語。

自己現在什麼身分？不過是一個刑滿釋放的囚徒，終身都將打著賤民的印記，生死榮辱全捏在別人手裡，又何談其他？

孟子瞻轉身欲走，忽地想起一事，冷冷地又在他的傷口上撒了一把鹽，「還記得永昌侯寧家的三小姐嗎？」

當然記得，那也是從小的玩伴。北安國風氣豪放，貴族青年男女之間多有往來，彼此都是相熟的。晏博文覺得奇怪，他為什麼會突然有此一問。

「那日你們在後院飲酒，寧三小姐更衣路過，後來出了這麼大的事，眾人皆是議論紛紛，滿城的流言蜚語，生生把個才十四歲的小姑娘逼進了庵堂，帶髮修行。」孟子瞻的目光似是兩把刀子，直剜到他心裡頭去，「晏博文，你造的孽，可不止害了子眭一人！」

孟子瞻走了很久，晏博文還呆呆地站在那兒。

望著滾滾東逝的河水，心裡像是有個雷鳴般的聲音在喊：「你是個罪人，你是個罪人！」

也不知過了多久，一陣晚風吹過，他才渾身打了個激靈，僵直著身體往烈焰走去。馬鞍邊，還掛著一個包袱，裡頭裝的是一套嶄新的騎馬服，送給章清亭的壽禮。

胭脂紅的錦緞，配銀白色的邊，光看樣式，就明豔照人，若是穿上它，一定更加的神采飛揚。訂製時他非常耐心地跟裁縫師傅一點一點講解每個細節，認真比劃過大小尺寸。

他曾經想像過無數次，章清亭若是穿上這套衣裳，會有多麼的乾淨俐落，英姿颯爽。可是，現在他捧著這套新衣服，如同捧著自己對愛情的全部渴望與熱情，無比虔誠，無比小心，最後卻毅然決然地拋進滔滔河裡，讓浪花輕易捲去。

他是個罪人，他害死了自己的同齡好友，又害得一位無辜女子不得不青燈古佛長伴，孤苦一生。那麼他，還有什麼資格奢望愛人與被愛的權利？

連偷偷的都不可以。

晏博文大醉了一場，不是因為喝酒，卻比喝酒醉得更加厲害。

他策馬漫無邊際地馳騁在無邊無際的草場上，直到累得精疲力盡，倒地不起，才在夜色中闔上眼，沉沉睡去。

夜幕遮掩了他面上的表情，卻遮掩不住那如受傷的狼嚎。他那淒厲的隱忍，低沉地穿透了濃重的墨色，聞之令人心碎。

伍之章 遲來洞房鴛鴦配

張家等了半天，見晏博文遲遲不來，這才開了席。

席上自是熱鬧的，各人將禮物送上，唯有張金寶紅著臉撓了半天頭，不好意思取出來。

張小蝶隔得遠，便叫：「姊夫，你快把他那禮物拿出來給大夥兒瞧瞧啊！」

趙成材已然在桌下瞧見禮物了，指著他呵呵直笑，「虧你想得出來！」

他這麼一說，眾人更加好奇。

牛得旺徑直走過去，一瞧那禮物，當即搖頭，「我再不玩刀了。」他上回吃了個大虧，也學了個乖。

張金寶見被說破了，這才把刀取出，「大姊，妳還認得嗎？」

章清亭拿著左瞧右瞧，「你不會是要告訴我，這還是我之前那把殺豬刀吧？」

正是如此，張金寶很不好意思，「想來想去也不知送大姊什麼，後來就想起這把刀了。去那當鋪找老掌櫃一問，居然還沒賣出去，便又買了回來。大姊，妳瞧瞧，還是妳之前那把嗎？」

章清亭抿嘴一笑，這東西又不是她的，她怎麼認得出來？

「當然是真的，這麼多年鄉親，難道人家還好意思誆我們不成？虧你有心了。」

張發財要過刀，翻來覆去看著，感慨萬分，「要說起來，張金寶這禮物送得好啊。咱們家就靠著這把刀熬過了那麼些年，如今雖不用了，也該留下來。只是那些年，苦了你大姊了……」

他鼻頭一酸，語帶哽咽，竟落下淚來。這一哭，弄得張家人全跟著哭了。

張羅氏也道：「那時大閨女才這麼點高，就像那些男人似的衝出去殺豬，咱們雖躲在後頭瞧著，但著實心裡頭難受呢！」

「虧我那時還是那麼大的個子，比大姊小不了多少，竟然就眼睜睜躲在後頭，還怕醜！」張金寶扇著自己耳光，很是自責，「吃飯時怎就不見你怕醜了？」

張小蝶嗚咽著，「大姊，我那時也不好，老偷懶，惹妳生氣！」

「還有我們。」張銀寶和張元寶也哭著，「只會搗亂，不知道幹活。大姊，我們一定好好讀書，給咱家爭氣。」

章清亭被眾人說得眼睛都紅了，若是張蜻蜓聽見，該有多欣慰？

這是她第一次感覺到占了張蜻蜓的便宜，不禁良心發現，「其實我也沒那麼好，老想著變著法兒打發你們，自己謀個好去處。」

「那也是應該的，攤上這樣一家子，是個男人都扛不住，何況妳個大閨女？」張發財擦擦老淚，端起酒杯，「閨女，爹今兒在這裡算是跟妳賠個不是。這些年，是爹犯渾，是爹不爭氣，白帶累了妳。這往後啊，妳放心，爹不說幫妳多大的忙，但堅決再不扯妳後腿。妳安心在外頭做妳的事情，爹一定把家裡的事情料理好了，不讓妳操心。」他一仰脖子，把酒乾了。

「還有我！」張家眾人紛紛也都端起了酒杯，自罰一杯。

旁邊幾家人都陪著傷感，甚是唏噓。

趙成材把已經哭得妝花了的章清亭拉著站起來，從張發財老兩口開始，一一敬酒，「岳父，您從前是有過幾年荒唐日子，但娘子小時候還不是靠您一把屎一把尿地拉扯大？她縱是養活你們也是應當的。這酒算是我們敬您和岳母的養育之恩，再一杯算是我敬二老沒有嫌棄我們家窮，把娘子許配給了我。」

章清亭哭得什麼都喝不下，趙成材左一杯右一杯地幫她乾了，又和弟妹們碰杯，「你們幾個當年還小，不懂事，不怪你們。不過現在長大了，都明白事理了。金寶和小蝶你倆幹了些什麼，姊夫可一直看在眼裡。還有銀寶和元寶，你倆方才說得很對，一定要好好讀書，為你們家也為你們自己爭口氣。就是考不取功名也沒關係，做人最要緊的就是腳踏實地，將來無論做什麼都堂堂正正的，讓人瞧得起。」

這話說得很是在理，趙王氏頻頻點頭，心中為兒子感到驕傲，也隱隱有一種比張家過得好的優越之意。人在聽到別人的困頓之後，都容易變得大度起來，她附和道：「親家，那些過去的陳芝麻爛穀子的事情，咱們就不要再提了，誰家沒個遇到溝溝坎坎的時候呢？以前是媳婦幫你們扛了，這往後還有我們一家呢。這也不是我說，若是你們家都能像現在這麼勤快，這日子肯定錯不了，定是芝麻開花節節高的。」

「這話說得好。」張發財站著和趙王氏碰了杯，「託您吉言。」

趙玉蓮湊趣地提議：「那咱們就一起祝張大叔家日子一年比一年強，芝麻開花節節高。」

「好！」家宴終於又進入歡樂祥和的氣氛。

今兒的壽星章清亭重新淨了面出來，大夥兒都拉著她輪番敬酒。

這北安國飲酒風氣豪爽，且巾幗不讓鬚眉，又不像南康國只用小杯小盞，全是大盅。章清亭之前想著一家子飲用，少不得都得喝上兩口，便沒買太辣的酒，只選了兩罈老米酒。這酒初入喉甘甜芳香，不覺得怎地，可過後卻容易上頭。

四五盅灌下去，章清亭便有些頭重腳輕，心知不妙，不肯再喝，但一眾弟妹哪裡依她？

方明珠領著頭兒鬧，「大姊，妳明兒還要我們幹活嗎？若是要，今兒就陪咱們喝個痛快，否則明兒大夥兒都請假，你們說是不是？」

連趙玉蘭都端著杯子上來了，「大嫂，妳知我這人嘴笨，客氣好聽的話我也說不上來，反正我這心意都在這酒裡了，我先喝，妳喝不喝就瞧妳自己的了。」

她端著杯欲飲，章清亭卻不放心，攔了下來，「妳是有身子的人，可如何使得？」

「沒事。」趙王氏笑著擺手，「這是米酒，就喝上一碗也沒事。不過玉蘭身子弱，敬妳嫂子一杯就成了。」

得，那還有什麼話？喝！章清亭咬牙豁出去了，來者不拒。

趙成材見一家子不過圖個熱鬧，不好再相幫相勸，只好殷勤侍奉著幾位長輩飲酒吃菜。

牛姨媽打趣：「成材，你不去敬你媳婦一杯？」

趙成材一笑，「姨媽，您就饒了我們吧。來，咱們吃菜，一會兒要不要熬點醒酒湯備著？」

小玉忙答話：「秀才大哥放心，已經熬好一大鍋綠豆湯了，都燉得爛爛的，在院裡用井水泡著呢。才又去換了道水，放晚些時喝，清涼又解暑。」

趙成材端著杯敬了她一下，「小玉，這些時日也辛苦妳了。妳放心，在咱們家好好待著，日後給妳配個好夫婿，也讓妳成家立業，終身有靠。」

這話把小丫頭說得羞紅了臉，頭都不敢抬。

偏巧牛得旺聽到這話，嘿嘿傻笑著，「大表哥，那我也好好待著，你以後是不是也給我配個好媳婦？」

趙王氏聽得臉上笑容一僵，趙成材卻不以為意，開著玩笑：「旺兒能分清媳婦和夫婿了，可真是又進步了，只是你有沒有瞧上眼的小丫頭啊？」

牛得旺撓了撓頭，認真想了半天，「能像衛金花那樣的嗎？」

牛姨媽見趙成材語氣自然，放下心來，卻聽得那陌生的名字很是詫異，「誰是衛金花？」

「衛金花是我們書院這回考試第一名的。」張銀寶搶著答了一句：「好啊，旺兒，你喜歡衛金花，回頭我去告訴她！」

雖然男女書院分開，但上下學還是能有機會說上兩句話的，畢竟眾人年紀也不大，雖有男女大防，但也不像大人那般涇渭分明。

牛得旺知道臊了，撲上來追打張銀寶，「不許說，不許說！」

牛姨媽拉著兒子，「你為什麼喜歡那小閨女？」

「因為她功課好。」牛得旺小眼睛裡滿是崇拜，「考第一。」

趙成材笑問：「那為什麼不是王小翠？她可是上個月的第一。」

牛得旺自有他小孩兒的道理，「衛金花紮兩個小辮子，比王小翠笑起來好看。」

張金寶揉揉小胖子的頭，「你這小子行啊，上學上出門道來了，還注意哪家閨女好看了！」

牛姨媽笑過之後，想想又覺得有些不妥，抬眼去看趙玉蓮，卻見她笑得一臉春光燦爛，絲毫不以為忤，那神情完全就是個寵愛弟弟的姊姊，不摻雜任何東西。

她心中忽地閃過一絲猶豫，讓旺兒娶玉蓮，會不會真有些不合適？

若論年紀來說，旺兒當然是找個自己同齡的女孩會更加般配，但是，跟他同齡的女孩兒，又有誰會願意嫁給他呢？旺兒現在是比從前懂事多了，但他真的能學得和常人無異，贏得正常女孩子的芳心嗎？牛姨媽還不敢肯定。

章清亭那邊方德海又過去湊了會兒趣，他是被大夫嚴令禁酒的，自己不敢喝，便鬧著他們年輕人多喝了幾杯，眼下又過來做好人，「成材，你快瞧瞧去吧，你娘子真是要醉了，路都走不穩了。」

趙成材忙轉過頭去，但見章清亭吃得兩頰緋紅，眼若秋水，神色裡平添了許多風韻，果然是步履踉蹌，身形不穩了。

他忙過去扶她，訓斥一干弟妹：「行了行了，你們也鬧夠了，難道真打算多放她一天假，你們繼續頂班？」

「沒……事兒！」方明珠鬧著章清亭喝，自己也喝多了，早就開始東倒西歪的，語無倫次，

「明兒我……再接著頂！」

方德海看得哈哈大笑，「妳還頂，明天恐怕妳自己都爬不起來了。」

小青過去扶了自家小姐一把，方明珠不讓，「我沒醉！金寶，你說，我今兒幹得好不好？」

「好！」張金寶舌頭也大了，「妳，還有妳！」他指完方明珠，又指張小蝶，「都幹得很好！來，我再敬妳們一杯！」

趙成材搖頭，先把章清亭扶回去坐下，又去拉扯他們幾個，「別敬了，酒都沒了。」

「那就再買！」章清亭驀地在後頭啪地一拍桌子，很是豪氣，「我有銀子！」

清醒著的幾人笑得越發厲害，張發財道：「這可真都醉了，快把酒席撤了，上些茶點來。」

章清亭不依，一轉臉先對張發財嚷：「爹，其實我有件事辦得真是不孝。那日……我是故意讓人砍了您的手指頭的。您呀，那時太好賭了，若是不給您個厲害教訓，我怕您好了傷疤就忘了痛，可那日您還記得嗎？就咱們在絕味齋那兒，那回說了會兒話，我就真覺得自己錯了。我怎麼能讓人砍您手指頭呢？要砍也得讓張蜻蜓來才是。」

哎喲，這都喝糊塗了。妳不是張蜻蜓，那誰是？

眾人都笑，趙成材卻聽得蹊蹺，趕緊把她後頭的話攔下，「行了，娘子，妳坐一旁，我幫妳端綠豆湯來，妳喝了就回房去。小玉、保柱，你們快去把他們幾個拉開。」

「我不回去，我還沒說完呢！」章清亭扭身掙扎著，眼睛就盯上趙王氏了。

趙成材怕她酒醉後說出不雅的話來，若是自己親生爹娘倒是沒事，若是婆婆，那可不又是一場無妄之災？便忙忙擋住她的視線，把她往牛姨媽身邊帶，「妳跟姨媽說會兒話吧。」

眾人都忙著，他自去後頭端綠豆湯了。

章清亭閉了會兒眼，再睜開時，就瞧見牛姨媽一身花花綠綠的打扮，她又有話要說。

就見她拉著牛姨媽的手，很是嚴肅，「姨媽，您是個好人，表面上好像很俗，什麼都不懂，其實您心裡比誰都明白。人既仗義，也公道，可我今兒不得不跟您說句實話，您瞧您這穿的是什麼呀？走遍南北兩國，我也從沒見過您這麼打扮的。您就是再不濟，讓那裁縫做身現成的，也不至於弄成這樣啊，這也太難看了！」

她話音未落，牛姨媽已經笑得眼淚都出來了。

趙成材端著綠豆湯進來，聽到就急了，「妳還有完沒完了？」

「你別叫，我說的是真的！」章清亭也急，「我這真是為了姨媽好！」

牛姨媽拚命點頭，「是，我知道妳是好孩子，哈哈哈！」

趙王氏也忍俊不禁，「成材，快把你媳婦帶進去吧，瞧她灌兩杯黃湯成什麼樣子了？一會兒把全家都挑一遍理兒，全得罪光了，那才好呢！」

趙成材對牛姨媽作揖賠禮，「姨媽，您大人有大量，娘子她是酒後失德，胡言亂語呢！」

牛姨媽笑得肚子都疼了，「我知道，你快帶她上去吧，這話兒我明兒再跟她理論。」

趙成材趕緊架起章清亭，把她往外拖，章清亭還不解，「有什麼話，姨媽您現在就說嘛！」

趙成材半抱著她快步如飛，「得了吧，妳連人都不認得了，還說！」

章清亭不服氣，「誰說我不認得人？我知道你是趙成材！」

「那趙成材是妳什麼人？」

「我相公！」

趙成材正聽得心頭一喜，卻聽章清亭又咬牙切齒來了句：「壞蛋！」

橫豎已經進了房，趙成材不怕她胡言亂語了，把她扔床上，問起最重要的一件事：「身上乾淨了嗎？」

沒想到章清亭憋半天，來了一句：「不告訴你！」

趙成材咬了她一口，滿意地在她頸上留下淺淺的牙印，咬著牙道：「一會兒來收拾妳！」

轉頭下去端綠豆湯時，方德海正好呵呵笑著告辭：「壽星走了，咱們也沒什麼戲瞧了，再看下去，就該我家明珠出醜了。大夥兒喝點綠豆湯，都散了吧。」

都是至親好友，也不用虛禮，眾人笑著散了，只囑咐趙成材好生照顧媳婦。

趙成材上了樓門了門，才開了箱子，取出一對龍鳳花燭點上，又拿了一件大紅新衫想幫章清亭換上，可章清亭醉意上來，身上又熱又睏，脫倒願意，讓她穿衣裳卻不願意了。

趙成材無奈，虧他還辛辛苦苦準備那麼多東西。算了，省了禮儀，直奔主題吧。

連送子觀音都請回來了，耽誤了大半年的洞房花燭，也終於應該上演了。

章清亭覺得自己像是掉進了一個火熱的夢裡，又像是沉進了一個令人窒息的沸騰的海裡。

她好熱，好想逃，卻怎麼也逃不掉，也醒不過來。

直到下身那無法避免的疼痛襲來，她的意識似乎清醒了一下子，本能地絞緊雙腿，低泣著：「疼……」

身上的男人溫柔地親吻著她，勸哄著：「一會兒就好了……好娘子，相公疼妳……乖乖的，讓相公好好疼妳……」

那異樣低啞而熟悉的聲音，莫名讓人安心，章清亭委屈地抽泣著，卻是聽話地摟著他，「那你不許騙我……」

「放心，相公什麼時候騙過妳……」

可還是疼，不過在不斷的親吻撫摸裡，那疼痛很快漸漸散去，取而代之的是另一種全新的、奇異的，從未體驗過的銷魂，讓章清亭忘乎所以，動情迎合。

她不知道，在被酒精麻醉掉理智後的自己有多麼的天真誘人，毫不虛偽和做作，逼得身上的男人都快瘋了。

一遍遍地帶著她體驗那種水乳交融，生死纏綿的快感，直恨不得把她吞進肚子裡，好把那說不出口的滿腔愛意融進骨血裡……

春夢沉酣，再醒來時已是日上三竿。

章清亭睜開眼睛便覺一陣刺痛，抬手去撫，卻只覺得渾身酸軟無力，尤其是身下某個隱祕之處。伸手去摸，全身不著寸縷，發生了什麼，不言而喻。

什麼都不記得嗎？

那是在騙自己。

除了最開始確實有些意識不清，可後面章清亭都是知道的，就算是不知道，這一身的酸痛，還有吻痕，也已經明明白白告訴了她，昨晚發生的不是一場夢。

難過嗎？

倒也不至於。

其實她早知道的，在跟秀才同床共枕，或者說從最初的那個親吻時，她就知道會有這麼一天。只是有一些複雜難言的惆悵，夾雜著小小的失落和遺憾。感覺都還沒準備好，就便宜那個秀才了。

是昨晚，也好。起碼自己喝多了，將來有個藉口全賴他。

章清亭想著又有些微微的小得意，像隻狡黠的貓。可不一時，她又微惱起來，那個幹了壞事的人呢？怎麼敢不留在這裡被她臭罵一頓？

馬場裡的某人打了個大大的噴嚏。

章清亭這才發現枕蓆邊有一封短箋，拿起來看過，心裡的惱怒消失了。

又在被窩裡賴了一會兒，章大小姐到底耐不住餓地爬起來了。

然後，就看見了房間裡早已燃盡的龍鳳花燭，還有掛在床邊的大紅新衣。床頭還擱著一個錦盒，打開來看，裡面是凝結著暗紅血跡的元帕。

章清亭臉又紅了，去到洗漱間裡，看見已經準備好的洗沐之物。略帶滿意地把自己收拾了乾淨，才施施然下了樓。

一下了樓，在廚房門口剝著豆子的小玉就問她：「大姊，好點沒？頭還暈嗎？」

「不暈了。」章清亭簡直是神采奕奕，眼睛裡似含著兩汪秋水，倒比平常顯得更見風韻。

小玉把早飯端來給章清亭，「這紅棗小米粥是秀才大哥特意讓熬的，還有妳喜歡的小籠包，玉蘭姊姊今兒沒做這個，也是他讓保柱特意去外頭買來的。」

黃鼠狼給雞拜年！章清亭心裡嗔著，嘴角卻帶了三分笑意。

她一邊吃著，張發財過來跟她說笑，「你們昨晚可鬧騰得厲害，金寶、小蝶和隔壁的明珠全都沒能起來，妳還算是早的。成材不是明兒要去郡裡嗎？今兒便去學堂告了個假，帶著寶柱和方家的吉祥去馬場了。他說讓你們都安心在家歇一日，那裡有他就行了。」

趙成材留了條，章清亭已經知道了，不過還是含笑應了。喝了粥，吃了早飯，感覺胃裡好過多了，便要起身去牛姨媽家。

張發財笑道：「很該去賠個不是，還知道昨天說了什麼嗎？」

章清亭臉一紅，「我這還沒跟您賠罪呢！」

張發財完全沒放在心上，「咱們父女倆還有什麼好說的？說這些反倒見外了，快去吧。」

章清亭一笑，心裡頭也放下了。

在牛家門口遇到賀玉堂，他卻似有話要說：「近日剛從京城得了罐好茶葉，想請夫人過去品評二。」

章清亭會意，「那就叨擾了。」

這天色大光，人來人往，縱是進去喝杯茶也無妨。

賀玉堂把她請進客廳，奉上香茗，「趙夫人，實不相瞞，今兒請您來，是有一事相求。」

「請說。」

賀玉堂躊躇一會兒，方才道出實情：「我家妹子已然及笄，正值談婚論嫁之時。現在家父看中一人，卻怕高攀不起，可若是錯過，又著實可惜，便想請個冰人暗中探探口風，縱是不成，亦不傷顏面。」

章清亭點頭，已然猜到了六七分，「可是要我家相公跑這一趟？」

賀玉堂頷首微笑，「趙夫人果然是聰明人。家父確實相中了新任的知縣孟大人，妳不會笑話我們癡心妄想吧？」

章清亭抿唇一笑，「這姻緣一事，本就是上天註定。謀事在人，成事在天，不過是詢問一聲，有什麼好笑話的？今兒相公去了馬場，等他晚上回來，便讓他去衙門裡走一趟吧。不管成與不成，此事我們夫妻定當守口如瓶。」

賀玉堂大喜，深作一揖，「那就多謝賢伉儷玉成之美意，今晚我就在此靜候佳音了。」

「你太客氣了。」章清亭不便久留，從賀家出來，心下卻知，這事兒成不了。

孟子瞻的身家背景在那兒擺著，他要沒點分量，敢跟薛紹安叫板？賀玉華固然再好，根基尚淺，送給人家做小妾還差不多，若是正妻，恐怕沒戲。

不過也許這個孟子瞻願意特立獨行呢？總歸只是讓那秀才跑個腿，與人方便，自己方便。

牛姨媽早瞧見她了，「方才那賀大爺找妳有事？」

「說些馬場的事。」章清亭含糊帶過，深深行了個禮，「姨媽，我今兒是來負荊請罪的。」

牛姨媽掩嘴笑了，「進來說話。玉蓮，妳要是好奇，也可以來聽聽。」

趙玉蓮便也跟了進來，關了門，牛姨媽才拍著章清亭的手，很是感慨地道：「這麼些年，也就是妳敢跟我說句實話，姨媽心裡其實是很高興的。」

章清亭愕然。

牛姨媽先問趙玉蓮：「妳是小時候就來家裡的，妳還記不記得，姨媽是從什麼時候開始弄成這樣打扮的？」

趙玉蓮蹙眉想了想，「好像是姨父走了之後。」

章清亭頓時了悟，「是我誤會了，姨媽這是在避禍。」

「就知道妳是個聰明孩子。」牛姨媽重重嘆了口氣，「當年妳姨父走了，就留下我和旺兒，還有那麼間鋪子。說是不起眼，但想打主意的人可也著實不少。不僅有外人，還有他們牛家的叔伯兄弟們，個個都虎視眈眈盯著姨媽，生怕我再嫁，把錢財帶走。」

她說得有些憤恨起來，「妳姨父屍骨未寒，他們居然就讓我再嫁給族裡一個兄弟。再不然，就要給旺兒過繼個兄弟。妳姨媽一個婦道人家，明裡頭爭不過人家，只好裝瘋賣傻，讓人瞧得起不了二心，這才替旺兒守住這點家業。」

牛姨媽說得不過三言兩語，章清亭卻聽得感嘆：「您當年肯定受了不少委屈。」

「豈止當年？」牛姨媽恨恨地咬牙，「玉蓮妳是知道的，每年年關那陣子，族裡可沒少來咱家盤剝，可平時有什麼事時，又有誰對我們伸個援手？」

章清亭微驚，「他們竟然如此厚臉皮？」

牛姨媽冷哼，「不過是巧立名目，今兒要我捐這個款，明兒要我出那個錢，妳姨媽要是不夠硬氣，這些年賺的都不夠填他們的牙縫。今兒姨媽也在這裡提醒妳一句，你們這馬場開起來了，可萬事都得低調一點。趙氏宗族不算大，但有錢人沒幾個，萬一大夥兒紅了眼，齊了心來盤剝你們，那才叫屈呢！」

章清亭暗自心驚，看來方德海說的沒錯，「那就沒辦法了嗎？」

「能有什麼辦法？」牛姨媽兩手一攤，「像成材現在有功名就好一點，外人不敢隨便欺負。再者，妳還得小心一樁事。」她瞟了一眼趙玉蓮，「這話可不許傳到妳娘耳朵裡去。」

趙玉蓮點頭，為了避嫌退了出去，牛姨媽才跟章清亭道：「小心分家。成材、成棟都是我外甥，對於他倆，我誰也不偏，誰也不向，我只認一個理字。現在成棟沒成家，還跟著你們過活，妳可得留點心眼。」

章清亭懂了，又坐了一會兒，去看了一回方明珠。再回家時，張金寶和張小蝶已經陸續起來了。沒去馬場幹活，兩人都很不好意思。章清亭讓他們各自歇息著，自己回房抄著書，卻是思忖著牛姨媽的話。

婆婆偏愛小叔子是人盡皆知之事，可他們老兩口將來又得跟著自己過活。趙成材就算不讓她跟趙王氏住一屋，處處替她擋風遮雨，但畢竟是一家人，不可能不牽牽絆絆的，若是不把這些問題處理好，以後的日子也過得糟心。

趙成材之前讓她在帳本上打埋伏，可若依著章清亭所想，真要把損失降到最小，就得在明年年底，馬場出效益前和趙成棟分家。

這個真不是章清亭小氣，如果趙成棟好好在她的馬場裡幹活，她絕不會虧待他，可她很不喜歡趙王氏奉行的那套，哥哥有了什麼好東西必須分給弟弟一半的態度。

說起來，趙成棟又不是趙成材的兒子，這份家業也不是你趙家爹娘掙回來的，憑什麼要拿我們的東西白分你一半？章清亭不服。

再往直白裡說，既然要哥哥分一半家產給弟弟，那弟弟是不是也要承擔和哥哥一樣的責任？挑擔子的總是哥哥，揀便宜的總是弟弟，哪有這樣的道理？

章清亭心裡頭暗暗打定了主意，該給的她不會小氣，可誰也不能拿他們夫妻當冤大頭！

趙成材今兒到馬場幫忙，還帶了不少昨天做壽的果點酒菜，應承幹完活就有得吃，大小工們無不歡喜。只是晏博文帶著幾分孤清和落寞，隨便應付一下，抓了把糖果就悄然出了門。

趙成材因去如廁，就見馬廄裡，晏博文輕撫著烈焰修長的脖頸，攤開的手掌裡托著糖果餵牠，跳動的燈光下笑容淺淡而溫柔，彷彿面對的是唯一的知己好友，

趙成材有些不忍，故意放重了腳步，上前笑道：「好哇，原來你躲在這裡，連一顆糖也偏心你的馬。昨兒本說要來的，怎麼忽又沒來？」

晏博文微微一笑，「真是不好意思，昨兒臨時有點事。」他略一躊躇，道出實情：「我遇到新任的縣太爺。」

「怎麼，是你的故人？」

晏博文輕聲道：「我犯事就是誤殺了他弟弟。」

既然趙家人收留了自己，他也必須把這樣重大的情況告知對方，萬一有個什麼事，讓人家心裡也有數。趙成材在他最窮途末路、窮困潦倒的時候收留了他，他對章清亭之前起了心思是一回事，但是事關重大之時，他還是懂得輕重的。

趙成材明白了，「孟大人有說什麼嗎？」

晏博文搖頭，「只讓我安分守己地好好過活，他不是個不分青紅皂白的人，但是，這事，我必須告訴你。」

趙成材一笑，「我信得過你。你是君子，即使做小人也是真小人，而不是偽君子。」

晏博文聽得心中微微刺痛，隨即釋然。自己都已經決定放棄了，那還有什麼好爭的？

見他神色，趙成材已猜出八九分了，反正媳婦已經吃到嘴了，他也越發寬容起來，「說起來，你也是老大不小的人了，有沒有想過成個親，好好在這裡把日子安定下來？」

晏博文遲疑了一下，沒有像往常那樣堅定乾脆地拒絕，而是認真考慮，是否要如趙成材所言，娶個平凡的妻子，讓自己徹底斷了念想，也省得旁人閒言碎語？可那樣，豈不是太便宜自己了？

子眭死了，寧三小姐還在清修，既使是平常人的生活，也不是他配擁有的。

他想來想去，還是搖了搖頭，「過一兩年再說吧，現在馬場也忙，離不開人。」

等到馬場不忙了，自己攢下一點銀子，他想回京城一趟。不為別的，就為了寧三小姐，也應該去的。總得想想辦法，解脫那個無辜的女子，若是真的再害得她這一世青燈古佛，那才真正是又添一層罪孽了。

趙成材知他定有不便明言的心事，也不囉嗦，「那你自己做決斷吧，只是若有什麼為難之處，一定要來跟我們說。咱們在一起經歷這許多風風雨雨，這緣分著實難得。其實我們心裡早就把你當成一家人了。」

晏博文點頭，心下感激。

等這邊忙完，趙成材又陪了幾杯酒便回去了。

家裡還在等他吃飯，章清亭初見趙成材，還有些訕訕的不好意思，一時聞見他身上的酒氣，猛然想起，「應該請夥計們也吃個飯的，幸好你想得周到。」

趙成材呵呵一笑，雖不吃飯，但也倒了杯茶坐那兒陪著大家，「其實我也是見小玉收拾東西才想起來的，才忙著趕緊又備了一桌。」

張發財道：「咱們以後這想法得改改，像是過年過節，不能光想著咱們自己了。這些夥計們也算是咱們家裡的人，有什麼好處的時候，也得想著他們。特別是那幾個小廝，要不，人家心裡該怎麼想呢？」

趙成材笑道：「岳父真的越來越像當家大老爺了，索性以後這些事就拜託您多操點心吧。」張發財果真記在了心裡，從此以後，家裡這些大事小情打點起來，也學得有模有樣，幫章清亭省了許多的心。

飯畢進了房，趙成材見自己的行李已經打點好了。

「那一包是衣裳鞋襪，這一包是散碎銀子。」章清亭指著那書箱道：「筆墨紙硯也裝上了，就這書不知你要帶什麼便沒拿。寶柱跟著你出門，總得像個樣子，我給他也添置了兩身行頭，交給他自己了。爹幫他準備了個擔子，像斗笠雨傘什麼的也捆紮妥當了。現在天熱，乾糧不好隔夜，娘說明早起來做一些給你們，夠路上吃的就行了。還有這一包，裝了幾味解暑清熱的藥材，萬一有個什麼，路上用得著。」

趙成材見她處處想得周到，色色備得齊全，心裡暖暖的，伸手摟住她的腰，「娘子這麼辛苦，要我怎麼謝妳？」

章清亭臉一紅，「熱死了，放開我就謝謝你了。」

趙成材嘻嘻笑著，親著她問：「身上好些了嗎？」

章清亭臉更燙了，「誰要你說這個？」

「那就是不疼了是不是？娘子對我真好，昨晚那麼乖……」

「你別說了！」章清亭惱羞成怒，想轉頭想罵，卻被人堵住了唇舌。

良久之後，趙成材才低低道：「我本來想等到回來再說的，可昨晚實在沒忍住，對不起，我應該多陪陪妳的。」

章清亭酡紅著臉，心中卻泛起了淡淡的酸意，「你……你別負我……」

趙成材握著她的手，十指交合，「死生契闊，唯妳而已。」

章清亭微微一震，回過身來摟著他的脖子，抵著他的胸口，「你須記得你說過的話。」

「要不要我對天發誓？」

「討厭！」章清亭終於破涕為笑，「快收拾東西吧，省得耽誤了。」

趙成材鬆開手，心裡卻滿滿的都是幸福，「妳怎麼不穿我買的裙子，嫌不好看嗎？」

章清亭嗔他一眼，「你娘昨兒就說我沒穿大紅，我今兒就穿一個這樣的，讓人看了豈不笑話？放著我回頭穿。」

「那明兒穿了送我出門好不好？」

「不好。」章清亭略頓了頓，「你回來時我再穿。」所以你要記得，早點回來。

趙成材笑著，也不點破，只是收拾著書本，卻覺得收拾出了一份甜蜜的心事。

章清亭忽地想到賀家之事，趙成材倒不推脫，重又洗了個臉，換了件乾淨衣裳，讓寶柱提了燈籠，兩人自去衙門了。

時候不長，很快就回來了，果然如章清亭料想的那樣。

趙成材回家前已經去賀家回了話，賀玉堂有些失望，但也是意料之中。

章清亭道：「賀家真想找個書生女婿？」

「是啊，還託我去郡上看看呢！」

章清亭挑眉一笑，「何必那麼遠？遠在天邊，近在眼前就有一個啊。」

趙成材想想，猛地一拍腦袋，「我怎地把他給忘了？鴻文不錯！雖然以前有些花花腸子，可現在當真全改過了。他們兩家家世也相當，就不知相互有沒有那個意思。只是鴻文不太有心進學，可賀家卻似要一個肯進學能中舉的。算了，此事等我回來，再跟他們好好聊聊。」

章清亭抿唇一笑，「若是成了，倒也是一樁美事。」

忽聽外頭敲響二更梆子，兩人不再多說，收拾完了各自歇下。

因趙成材明日要走，起碼半個月不得見，雖身上酸痛難忍，章清亭少不得也拚盡一回，盡君今日歡了。

小夫妻初試雲雨，自然恩愛非常，只恨春宵苦短。

而那一邊的縣衙裡，年輕縣太爺的心，卻被微微擾亂了一池春水。

還以為趙成材來，是想把妹子介紹給自己，沒想到是別家閨秀，虧他還糾結了半天要不要拒絕。結果是想來的沒來，不想來的來了。

孟子瞻托腮望月，頗覺惆悵。

「爺，月亮不懂您的心。懂也沒用，睡吧。」

「青柏，我給你一兩銀子，你能讓青松閉嘴嗎？」

翌日一早，趙成材幾乎是只睡了半個時辰就起來了，頂著兩隻熊貓眼，看起來憔悴萬分。

至於章清亭，醒了，可實在是爬不起來。被趙成材再三哄著重又睡下，也懶得去送了。

幸好也不是第一次出遠門，趙成材只說她昨晚打點行李累著了，還吹了點風，有些頭疼，不叫她送，眾人倒也能夠體諒。就讓張發財和張金寶把他們送到碼頭，看他主僕上了船，才自回來。

章清亭睡到日上三竿，才臉紅紅地去了馬場。

旁人不懂，可張發財卻看出點形跡來。不過想著小夫妻別離，難免不捨，也是常事。怕女兒面皮薄，他就假裝無視了。

馬場忙碌，紛紛擾擾，自有許多瑣碎之事。

這日，張發財把鋪子裡的東西一歸整，發覺有不少貨都快賣空了，還有些被人問得多的需要添補之物，便跟張金寶說，讓他去趟永和鎮。

章清亭還想著上回趙成材提過的小孩子的弓箭，也吩咐他去進幾套回來，再讓他去看看馬鞍器具，回來好說給田福生聽。

上回田福生約了皮匠，倒是打了套馬具過來，手工是沒話說，只那樣子實在不好看，全因見識不夠的緣故。

張金寶道：「不如讓田大哥跟我走一趟，恐怕還好些。」

章清亭想著雖是這個道理，可他家那麼大一攤子，怎麼走得開？

張發財替她出了個主意：「那讓我去找他爹說說。這做父母的總是為子女著想，只要他爹允了，非讓他去，那福生那兒還能有什麼話說？就算咱們要幫忙，他也好接受了。」

張羅氏在一旁嗑著瓜子插話：「若怕給錢他們不收，便把妳婆婆前些天送來的新麵粉送幾袋去，縱是不幹活，都有飯吃了。上回他們家水生來這兒通知說馬具好了，眼巴巴地在學堂外頭站了好一會兒，怪可憐的。」

旁人尚可，趙玉蘭當即紅了眼圈，扶著後腰轉身離開。

章清亭覺得爹娘的主意不錯，跟張發財道：「那您去說時，讓福生把那皮匠也叫上，這費用也歸我們出。有人作伴，只怕面子上能好看些。再跟他們說，我也不白給這份錢，將來這些錢都得從他們的活裡扣。」

張發財點頭，當即讓張金寶去庫房裡搬出幾大袋麵粉，又去買了兩大塊豬油，帶了夏天常用的綠豆冰糖紅棗等物，牽了匹馬馱著，一起去了田家。

章清亭回房裡瞧趙玉蘭，勸解著：「不過是一兩年的光景，熬熬也就過去了。」

趙玉蘭含淚道：「可他們……實在太苦了些。嫂子，要不，妳讓誰再去帶個話吧，別讓他等了。好生找個姑娘成個家，別委屈了老人，又耽誤了弟妹。」

章清亭在她身邊坐下，「妳以為隨隨便便找個姑娘就不耽誤他家弟妹了？萬一人家嫁進來不願意心疼他弟妹呢？縱是願意心疼的，那福生怎麼辦？玉蘭，妳也替自己想想吧。若是錯過了他，將來妳上哪兒再找這麼個人去？」

趙玉蘭道：「大嫂，我知道妳是為了我好，只是，一想到他家那樣，我什麼也幫不上，心裡頭就難受。」

章清亭抿唇笑道：「誰說妳什麼都幫不上？妳人雖不能過去，但活可以幫他們幹啊。等哪天有空，讓他家那個妹子，是叫秀秀吧，來跟妳學學針線，也是可以的。」

趙玉蘭懂章清亭的意思了，有個小妹子來來去去通消息，自己也能替他們家分擔些家計了。不由收了淚，低頭羞澀地道：「謝謝大嫂。」

章清亭嗔她一眼，「跟我還客氣什麼？這下子不愁了吧？」

趙玉蘭赧然一笑，心情的確好了許多，章清亭又問她小孩兒準備的東西。

「沒什麼太多東西，娘說小孩子長得快，一季有個兩三套衣服換洗，再拆些家裡的舊被裡裁做尿布就夠了。嫂子，我生時還是家去吧，小孩兒不知白天黑夜，哭起來也挺鬧心的，免得折騰得你們都休息不好。」

章清亭皺眉，「這叫什麼話？難道妳回去了，孩子就不哭了？那邊只有妳爹娘二人，他們馬上還要翻修房子，妳回去了怎麼弄？咱們這兒好歹還有這麼多人，像娘、小玉、隔壁的小青，空閒時都能夠過來搭把手，妳就安心住下吧。」

「可是娘說……」趙玉蘭猶豫一下，吞吞吐吐地道：「這生孩子有血光之災，這兒畢竟是妳和哥的家，我又是嫁出去的女兒，怕有煞氣衝撞了你們。」

章清亭噗哧笑了，不過婆婆這一點還是挺為他們著想的，「妳娘不是會跳大神嗎？若是怕那個，讓她來作個法不就好了？」

趙玉蘭也忍俊不禁笑了起來，卻是很誠懇地道：「嫂子，謝謝妳。」

章清亭伸手撫上她的肚子，「妳別謝我，我等著這隻小孫猴子出來報答我呢！對了，他名兒想好了沒？真叫孫小聖啊？」

趙玉蘭呵呵笑了，「那不過是大夥兒開玩笑的，嫂子，妳幫忙想想吧。我也沒別的想法，就想這孩子做個善良本分的人，可別像孫家人那麼混帳。」

章清亭想了想，「那就叫孫善慈可好？」

趙玉蘭口中默念幾遍，「我覺得倒好，小名就叫阿慈，又好念又好聽。」

「那就出去說給大夥兒聽聽吧。」章清亭挽著她又出來納涼，跟眾人一說，都覺不錯。

張小蝶打趣：「大姊，妳什麼時候也生一個出來給我們玩玩？」

「沒出嫁的大姑娘，成天瘋瘋癲癲的胡說什麼？」章清亭瞪她一眼，耳根卻紅了。

張小蝶笑指樓上，「妳那早晚三炷香供了沒？」

章清亭惱羞成怒，「死丫頭，我今年一定把妳嫁出去！」

正說笑著，張發財父子回來了，「都應允了。按閨女妳那麼一說，當時就把皮匠小郭也叫了來，連福生都沒二話，東西也讓他們各家收下了。明兒各自收拾收拾，後日一早走。」

章清亭一笑，「這是爹娘出的主意好。」

張羅氏難得受人誇獎一回，很是高興。

次日，趙玉蘭在家等到了一位小客人。

田秀秀紅著小臉，捧著個包袱，「玉蘭姊，哥明兒要出門，沒件像樣的衣裳。這都是我補的，娘說實在沒法見人，讓我送來，請妳幫忙再弄弄。」

趙玉蘭趕緊打開，見這衣裳著實髒得不像話，領口袖口多有沒洗乾淨之處，便讓小玉幫忙重新漿洗了晾上，又囑咐秀秀：「妳再回去，把家裡所有的舊衣裳都拿來。妳以後在家，就只管把飯做好，把爺爺和娘伺候好就行，知道嗎？誰要是客氣，就都別來見我了。」

田秀秀遲疑著點了點頭，轉頭就要跑，趙玉蘭又把她叫住，從廚房裡撥了兩碗葷菜，拿籃子讓她提了，「路上慢些走，等吃了中飯再來。」

田秀秀對她笑得燦爛，飛快地跑了。

過了晌午，田秀秀果然又來了，帶了一堆髒衣裳，很不好意思，「哥說，那就辛苦妳了。」

趙玉蘭一笑，端了碗涼涼的酸梅湯給她，「這些衣服得補一會兒工夫，早上晾的衣裳差不多了，咱們說說閒話，等一會兒乾透了妳先拿回去，明兒再來拿這些。」

田秀秀猶豫了一下，接了酸梅湯並不喝，擺在桌上，「這個我放著，我還得回去煎藥幹活呢。等煎好了藥，再來拿衣裳行嗎？」

趙玉蘭聽得心酸，摸摸她瘦弱的肩膀，「快去吧。」

田秀秀又匆匆忙忙跑了，直到日頭偏西，才又滿頭大汗趕了過來，端起酸梅湯一飲而盡，「這會兒可以說說話了。中午饅頭都蒸好了，菜也弄了，現在天熱，晚上縱是涼的，也能吃的。」

趙玉蘭早把田福生的衣裳收拾好了，打了個包袱，裡頭又暗塞了雙新買的布鞋和一百文錢，卻不慌著給她，而是指著自己的臉盆道：「瞧妳跑得一頭汗，去洗把臉，過來姊給妳梳個頭。」

田秀秀摸摸自己滿頭的汗和亂蓬蓬的頭髮，很是羞赧，洗了手臉過來，趙玉蘭已經準備好梳子和新頭繩，細心地幫她整整齊齊綁了一對羊角辮，紮上紅頭繩，收拾整齊，對著鏡子一笑，「多好看的小姑娘，就是沒時間打扮。」

田秀紅著臉低下頭，也不多留，拿著包袱走了。

正好下學時間，出門遇到牛姨媽來接牛得旺，現在書院裡上午學經史算術，下午增設了一堂課，輪番教琴棋書畫。近來又因收了幾筆捐助，算算錢也夠了，便不再加收學生費用，免費開放，所以只要家裡活不忙，大半孩子都是願意來學的。

領著牛得旺他們三個小子進屋，乍見個陌生清秀的小姑娘從家裡離開，都很好奇。等她走了，牛姨媽才問：「那是誰呀？」

「田家的小丫頭，秀秀。」張發財指著小丫頭背影教訓幾個孩子，「你們瞧瞧人家，這麼點年紀，成天在家做飯洗衣，照顧一大家子。再想想你們，成天好吃好喝有人伺候著，要是再不好生念書，想想對得起誰？」

牛得旺嚇得一躲，卻又瞧著田秀秀的背影好奇，「她怎麼長得跟竹竿一樣？」

牛姨媽嗔著兒子：「那是幹活累的。又沒得好生吃飯，才長成那樣。」

牛得旺摸摸自己身上圓滾滾的肉，「不吃飯，會餓。她要是沒飯吃，讓她來我們家吃吧。」

張發財道：「旺兒能有這心，當真很不錯。」

張元寶道：「老師有說，老吾老以及人之老，幼吾幼以及人之幼。把別人家的老人和孩子當成自己家的親人看待，這個天下就好了。」

牛姨媽點頭，「那得大家都這麼想才行。我明兒得回去了，讓成材媳婦晚上來找我一趟。」

章清亭晚上歸家，先細細囑咐了張金寶一番，也叮嚀家裡人：「姊夫走了，我這也出了門，家裡沒個年輕男人，你們可得小心。元寶，你別捨不得，讓小白睡前門去，好歹有事也能叫兩聲。還有，晚上關門閉戶，爐火燈火都別忘了熄，姊夫走時再三交代的。」

「有妳爹在，放心吧。」張發財又拍拍兒子的肩膀，「你大姊這是給你機會呢，可別給她添堵，好生把差辦了回來。」

張小蝶咯咯笑道：「要是辦不好就不許回來。」

「那也不能這麼說。」章清亭道：「若是遇上什麼打劫行凶的，寧可錢全賠光了，也別傷了自己性命，平平安安回來最是要緊。」

張小蝶當即道：「要是這麼說，大姊，妳也給我筆錢，讓我出門練練。」

章清亭挑眉一笑，「若是金寶辦砸了回來，我就讓妳去。不過，金寶，你要是真賠了，這筆錢可得從你日後分紅裡扣出來。」

張金寶點頭應承：「大姊放心，不說辦得多好，但至少不砸鍋。小蝶，妳想去，等下輩子投個男胎再說吧。」

他們兄妹倆又鬥嘴去了，章清亭搖頭笑道：「有這工夫，不如去把行李打點好，早些休息，怎麼一個兩個都不知道累？趕明兒再多分點事你們做去。」

說著話，章清亭帶上小玉，去了牛家。

牛姨媽說起一事：「今年收成不好，一直旱到現在，有些大的米糧行都已經開始囤貨了，想來下半年的糧食定是會漲的。妳若是能收回些銀子，先存點糧食好，我這次回去也要進貨了，妳若是想要，我便幫妳也收一些上來。」

章清亭點頭，「那就有勞姨媽費心了，我也想著這事，正想跟您說呢。這兒是各種數量，麻煩您幫我置辦了，這二百兩是定銀，回頭收了銀子再還這帳。」

牛姨媽收下，又說起天熱得不正常，章清亭道：「要是痛痛快快下場大雨就好了。」

牛姨媽笑道：「妳這孩子從小殺豬，沒種過莊稼吧？這麼大夏天，雖說旱了點，但有水的地方，苗穀都還能長，總有六七成的收益，要是這時突然來場大雨一淹，這一季都白搭了。到那時，天也冷了，除了冬小麥，什麼都種不了，糧食立刻就得暴漲。」

章清亭汗顏，還真是不懂。

從牛姨媽家出來，隨口問起小玉家中幹活辛苦與否，小玉吞吞吐吐，有話想說卻不敢說。再追問幾句，小玉才抱怨道：「家裡的事本來就多，可玉蘭姊現在又接了一宗來，我今兒就洗了一下午衣裳呢，連頭都沒抬過。我也不是不願幹活，只那又不是咱們家的，幹麼還得要咱們幹？」

章清亭明白了，拉著小玉語重心長地道：「小玉，咱們家人多事雜，確實是辛苦妳了。玉蘭這人怎樣，妳來了這麼長的時間，應該不用我說也清楚。現在她是實在彎不下腰沒法幹活，所以才讓妳幫忙，若是等到她能動了，絕不會叫妳動一根指頭的。人啊，都會有遇到困難的時候，這時最需要別人出手相幫了。若是都撒手不管，那大夥兒相處一場又有什麼意思？這樣吧，我們的衣服分給各人自己洗，妳就幫著她先幹上一段時間好嗎？」

小玉聽她這麼說，早就羞紅了臉，連連擺手，「不用了，不用了！大姊，是我一時糊塗想岔了！其實我下午原也沒多少事，少歇會兒午覺，也能幹完的！」

章清亭這才滿意，「若是實在累得慌，也別客氣。怕人知道了不好，就私下找我說說，讓大夥兒分擔一些，大家也是能理解的。」

小玉聽了這話，真是暖到了心窩裡，當下再無怨言。

章清亭心中好笑之餘，卻也在想，等到玉蘭生產那兩個月，還是再請個大嬸回來搭把手吧。全扔給這個小丫頭，她也確實吃不消。這個先就不告訴她了，到時再說，小丫頭肯定又會感動一陣子。

次日，福生準時帶著皮匠小郭來了，那是個極風趣的年輕人，雖然窮兮兮的，但性格爽朗，章清亭初次見面，印象就很不錯。

而田福生的衣裳雖是舊的，但補得妥貼，便顯得順眼了許多，腳上還穿了雙新布鞋。

趙玉蘭遠遠地在院子裡瞧了一眼，便心滿意足了。回頭田秀秀來的時候，她特意帶著她回了趟趙家，收拾了幾身自己從前稍好的舊衣裳給她，又讓娘抓了幾隻下蛋的母雞，雇個人幫忙送了過去。

趙王氏本覺好笑，可想想閨女卻又心疼。聽說章清亭那邊送了幾袋麵粉，怕他們不夠吃，又收拾一些出來，讓趙老實送去。

送走了張金寶一行人，章清亭去了馬場。

官府指定送水的通知已經下來了，晏博文早帶隊跑了好幾趟。章清亭看今日馬場無事，便也想跟著去看看。她想親眼見識一下乾旱到了什麼程度，得做怎樣的準備才合適。

「那兒走不得馬車。」晏博文有些猶豫，「騎馬可有些辛苦。」

「沒事。」章清亭這些天也慢慢練出來了，只要不跑快，她還是能駕馭的。

馬場交給了方明珠和張小蝶，這邊大部隊浩浩蕩蕩地出發了。

整個隊伍裡最活躍的就是那隻獒犬黑虎了，不知疲倦地在馬隊前後來回，偶有想低頭吃草或是走岔隊的馬兒，便吠叫幾聲趕牠們歸隊，沉著臉的模樣像個黑臉包公，章清亭不覺莞爾。

一路上，可以看到有不少運水的牛馬。水桶都是衙門發的，上書大大的「官」字，成群結隊，蔚為壯觀。

起初還瞧不出來，等走了小半個時辰，章清亭便感覺出來不同了，馬蹄踩的不再是青草，而是裸露的黃土。一蹄子下去，便有浮塵揚起，越往高處走，那旱得就越厲害。頭先不過是手指頭粗細的裂縫，再後頭，裂縫越來越大，越來越多，看得章清亭暗自驚心。

這天災人禍可是最難預料的，也不知明年的糧食能不能供應得上，可別自己剛接手個馬場，就得面對斷炊的境況。

神駿馬場分去送水的地方叫做杜鵑坪。顧名思義，那兒漫山遍野都是杜鵑，若是春暖花開之際，景色極其宜人，但現下卻毫無詩情畫意可言。高地向陽處一片乾涸與荒蕪，只有窪地背陰處還長著稀稀落落的莊稼。

每一個送水馬隊到時，都有一群排著長龍打水的百姓在歡呼。因怕搶水打架，各處供水點都由官府組織了差役在此維持秩序。

晏博文拿了官府發放的文牒，上前找官差驗過蓋章，核准數量，按次序一桶桶發放給百姓，然後仍把空桶交給他們帶回。

孟子瞻這一點想得非常周到，所有來幫忙送水的人家，都可以憑藉這文牒適當減免一些賦稅。故此許多百姓不管是否真心做善事，只要家有餘力的都願意走上這一趟。這一擔兩桶看起來少，但聚沙成塔，還是有效地緩解了燃眉之急。

水發放下去之後，各家各戶都捨不得喝，而是送到田間地頭，用碗小心地盛了，一株株灌溉承載希望的禾苗，才舔舔帶著濕意的碗，潤一潤龜裂的喉舌。

章清亭看得心裡沉重，「這麼多百姓，咱們才送這麼點水，哪裡夠分？能多跑兩趟嗎？」

晏博文搖頭，「這麼大熱的天，馬兒一來一回就得半天的工夫，體力消耗著實不小。再有那些懷孕的母馬，再跑一趟可實在折騰不起了。」

章清亭不忍再看，撥轉馬頭離開了。

回去的路上不用負重，馬兒輕快了許多，但人們的心情卻無法輕鬆。抬頭瞧著萬里無雲的蔚藍晴空，章清亭第一次覺得這陽光燦爛得過於刺眼。

歸途之中，遇見一支小小的隊伍，俱是本地的鄉民，莊重肅穆地捧著三牲果品，抬一頂花花綠綠的法轎，裡頭端坐著位法師，往山頂作法求雨而去。

路上行人紛紛避讓，很是恭敬，章清亭也下了馬，默然垂首肅立，管他是真材實料還是欺世盜名，都真心期盼他能成功。

再上了馬，往前行了一程，晏博文提醒眾人：「前方路窄難行，大家可得分外留神。」

這條路除了章清亭，大家都走過。本就崎嶇，又因天旱，路上碎石沙土鬆動，他們來時是上坡路，還好著力，現在是下坡，馬蹄就容易打滑。雖然這路兩邊的山谷不是太深，但很是陡峭，一旦馬兒失陷，極易損傷。

領頭的老吳吆喝著夥計們下了馬，牽馬步行。章清亭見狀便也要下馬，晏博文攔著她道：「這路很硌腳，妳沒走慣，應付不來的。就坐在上頭跟著大夥兒慢慢地走，妳人輕應該沒事。福慶，妳過來幫老闆娘牽馬，我到後頭招呼著。」

小廝福慶忙應了，趕上前來挽著章清亭的馬轠繩牽著走，晏博文自去了後頭壓陣。

章清亭瞧瞧自己腳上薄底的繡花鞋，再看看那路，確實沒法走，注意了一下眾人的鞋子，倒也有一大半是薄底的，好些人都磨損得不像樣了，想來定是難受。

她有些自責：「是我們疏忽了，回去就幫你們換厚底的鞋來。」

福慶聽了笑道：「縱是厚底擱這路上，也不經磨的，沒得白費了雙鞋。縱是發了，我們也捨不得穿。」

章清亭嗔怪：「可這腳磨了，人不是更難受？難道鞋還比腳值錢？」

「我們都習慣了，沒事。腳上都起老繭的，不會再打泡了。」福慶滿不在乎地擺著手。

前頭長工老韓聽了插言：「老闆娘，您給我們發雙鞋子也行啊，再備兩雙草鞋，那個又透氣又涼快，磨壞了也不心疼，就穿出來走這山路，好鞋子留著我們在馬場裡穿。趕著年下，要是能給我們弄雙馬靴就更美了，大夥兒說是不是呀？」

他這麼一起鬨，眾人皆是笑了，像那些家裡買的小廝皆不作聲，只那幾個年長的長工亂七八糟地應和著。

這就是家裡和雇來的差別了。家裡的小廝年紀既小，日後還全仗著家主娶妻置業，只要善待他們，都是願意把馬場當家來看的，可雇來的就不一樣，幹了今年還不知明年在哪裡，當然是想著盡量為自己多謀些好處。

她一時觸動心事，琢磨著等馬場日後做大了，這些長短工之間還是得有所區別對待才是。還有在家的兩個丫頭和小廝，雖然沒有直接來馬場出力，但承擔了家計，也是間接分擔了馬場的事務，等到馬場分利時，可不能忘了他們。

章清亭想了想，笑道：「既然如此，那回去了就先買幾雙草鞋回來。這大熱的天，大家好穿，至於那布鞋馬靴，也不是什麼大事，只要大家好好幹，哪裡還怕掙不來？」

她這話裡便留有餘地，既不算完全應承，也不算沒有應承。至於發不發，幾時發，那就要看眾人的表現了。

有東西總比沒東西強，大家得了她這話，倒是都很開心，說說笑笑地往前走。不期然，前頭迎面也來了支送水的隊伍。

一照面，章清亭當即咬牙切齒。真是冤家路窄，領頭的正是銀鉤賭坊的于掌櫃。

薛家本來是鐵公雞一毛不拔，從來不屑於做這些善事，可上回和孟子瞻正面衝突之後，他也有些擔心，畢竟是父母官，就怕他打擊報復什麼的，便想找個機會和孟子瞻緩和緩和。

但孟子瞻油鹽不進，送上金帛美女全都被退了回來，薛紹安正苦於沒有門路討好，聽說官府徵水之事，還有賦稅可以減免。反正他家馬廄裡光給打手護院就養著幾十匹快馬，閒著也是閒著，便也出來到衙門領了份文牒，做這趟差。

于掌櫃見了章清亭，皮笑肉不笑，「趙夫人，別來無恙啊！」

「承蒙惦念，一切安好。」章清亭淡淡地應了，繼續你走你的陽關道，我過我的獨木橋。

可是，路只有窄窄的一條，若是兩騎，必須很小心地避讓才行。自己不可能退回去，薛家人更不可能給他們讓路。

章清亭知道這家子都非善類，不想多生事端，況且他們也是去送水的，不管動機如何，總是有利於一方百姓，便高聲吩咐：「原地歇息，先讓送水的隊伍上去。」

「承讓承讓。」于掌櫃拱手抱拳，心中卻暗自生出一條毒計。若是能成，那回去可得在薛紹安面前大大領一份功勞了。

跟後頭人使個眼色，他驅著馬自往前行，起初倒好，可及至兩條隊伍交錯，正要和章清亭擦身而過時，他假裝打噴嚏，從袖子裡掏帕子時就把火摺子帶了出來，用力晃開往章清亭那馬頭上一擲。

牲畜怕火乃是天性，馬兒乍然受驚，一聲長嘶，就往旁邊退卻，一蹄踏空，頓時帶著章清亭往山坡下滑落。福慶嚇得臉都白了，他一個十幾歲的少年怎麼可能拉得住一匹馬？人僵在那裡都忘了鬆手，就被一起拖得滑了下去。

「小心！」晏博文在後頭看著情況不妙，一個縱身從馬上飛躍起來，衝下去救人了。

于掌櫃也假裝受驚，哎呀呀誇張大聲叫著，身子後仰，遮掩著身後家丁把那馬背後的水桶一撩，嘩啦啦潑了出去。

這一下，兩頭隊伍都亂了起來，更顯擁擠。一個要上，一個想下，爭先恐後，不得安生。

在于掌櫃帶頭示意之下，薛家家丁故意加重了這混亂的局面，提點著自家馬匹去擠踏章家的馬匹。馬場夥計畢竟老實，比不得這些成天為非作歹的惡奴，只想著約束好自家的馬匹，根本就不知反擊，於是更顯劣勢，很快又有幾匹馬被擠了下去。

于掌櫃心中大是得意，這一下，既能讓章家馬匹受損，又能把受驚失水的罪過賴在章家頭上，越發停在那裡不走，惡毒地想要把章家所有的馬匹全擠下去。

「汪汪！」忽然有兩聲如獅吼的狗吠，黑虎如道閃電般從前頭衝了回來。

這段道路狹窄，黑虎走得不耐煩，先跑到了前頭一個高處看著，意欲等著隊伍都過去了牠再走。卻不料橫生變故，黑虎眼見自家馬匹被欺負，頓時大怒，從上頭衝了下來，三爪兩撓就把薛家的馬匹撥開，還趕下對面山坡好幾匹，為自家的馬匹留出道來，驅趕著自家已經嚇傻的頭馬通過。

這一下立即驚醒了領頭的老吳，趕緊指揮著馬兒離開。有人帶了頭，後頭的馬匹就穩當多了，都知道要跟著頭馬快步離去。

于掌櫃一看不幹了，假借自家馬匹受損就下了令，指著黑虎號令家奴：「你們死了嗎？給我打死這隻瘋狗！」

上回孟子瞻收了薛家的棍棒，這些家丁出來，又是光天化日之下，不敢再帶凶器，但懷裡的匕首小刀、馬背上的皮靴繩索還是有的，仗著人高馬大，當下一起向黑虎身上招呼。

黑虎毫不畏懼，張著尖利的剪刀牙，脖子上那一圈黑色的鬃毛都豎了起來，猶如發怒的小獅子一般，衝上去應戰。

獒犬好戰是天性，尋常三五隻野狼都不是牠的對手，何況是一群家養的馬匹？牠仗著身小靈活，在馬腹下穿來穿去，沒幾個回合，把圍攻牠的幾匹馬全都擠兌得掉了下去。

有那惡奴高舉馬鞭抽牠，牠縱身就飛撲了上去，把那人重重撕咬了一口，直接給撲得滾下了山坡。自己卻又飛身回來，護著自家馬匹。

就算偶爾被人的鞭子抽到，但牠那皮粗毛厚，根本無所畏懼，反而越見血，越打疼了牠，牠越興奮起來，眼睛開始染上一層血紅，瞧得人膽戰心寒。

章家剩下的馬匹已經全部安然通過，老吳命人看著，又帶人回來營救掉下去的人和馬，就見自家的黑虎如發了瘋一般與薛家人馬撕打著。

他們聽晏博文說過，發了怒的獒犬就連主人的話也不會聽，只有打鬥結束才會停止戰鬥。故此都不敢上前喝令，只顧著救人拉馬。

晏博文已經救起了章清亭和福慶，因為乾旱，山坡上浮土甚厚，他倆滾下去倒沒什麼大礙，只是弄得灰頭土臉，膝蓋手肘磨破了，受了些皮外傷，損了衣裳。

老吳放下繩索，眾人七手八腳先把他倆拉了上來。

章清亭本來一肚子火，待見到黑虎把薛家人打得七零八落的狼狽模樣，冷笑起來，「這幫畜生，也就配我家的畜生來收拾！」

可轉頭清點自家的馬匹，她笑不出來了。這一下子，傷了五匹馬，還有四匹是懷孕的母馬，這麼一番連驚帶嚇的，還不知道回去保不保得住胎。

薛家財大氣粗不在乎這點折騰，可她在乎。自家的每一匹馬都是多麼金貴，這人渣怎麼就這麼跟自己過不去？

她不由惡向膽邊生，巴不得黑虎把薛家所有的馬都趕下坡去。其實也不用她吩咐，黑虎已經鬥得興起，管他是人是馬，一律都要咬傷趕走才罷。

于掌櫃節節敗退，心中著實怕了，這回真是偷雞不著蝕把米，想害章家沒害成，反倒把自己家這麼多人馬賠了出去。這要是回去了，別說領賞，以薛何兩夫妻的吝嗇性子，非把自己剝皮拆骨不成。

眼見黑虎步步緊逼，他只好高聲討饒：「趙夫人，快拉住妳家的狗！」

章清亭心裡腹誹，但不失冷靜，此時任何過激的言行都會授人以柄，趙成材當日那麼生氣都沒對薛紹安口出一句惡言，她當然也做得到。反正只是順水人情，便假模假樣地喚了兩聲：「黑虎，回來，快回來！」

黑虎當然不聽，牠雖是畜生卻極知好歹，認準了于掌櫃就是指使人打牠的首領，不打倒他誓不甘休。

于掌櫃眼見這大黑狗就是不肯放過他，嚇得面如土色，都快哭了，「趙夫人，求求妳，快叫住妳家的狗吧！」

章清亭愛莫能助，倒是晏博文看不下去，提醒了一句：「不想死的，自己往山坡下滾。」

于掌櫃想來也只有這條路可走了，把牙一咬，心一橫，自己從馬上跳下來，當真就往山坡滾了下去。黑虎卻還不依，又追下來，到底親手把于掌櫃又抓了幾道方才作罷。

晏博文轉頭解釋：「老闆娘，不是我心慈手軟，黑虎要是認準了首領，那是至死方休的，咱們沒必要弄出人命。」

章清亭點頭，「只是可惜了我們家的馬，真是惱火。」

她話音未落，卻聽旁邊傳來一陣馬鳴聲，又有幾隻馬跑了過來。與尋常家馬不同，這些馬無鞍無轡，鬃髮飄揚，身形靈活至極。

想是天旱，不知從哪個高處跑下來的幾匹野馬。大眼睛瞧著薛家那些馬匹遺留下來的水桶裡的水，歡呼一聲，奔下來飲水。

晏博文當即眼睛就亮了，立即作個噤口的手勢，低聲對左右使個眼色，指了指當中那匹黑色的馬兒。章清亭就見旁邊老吳和老韓他們也是摩拳擦掌，將繩索作了套子，相互指指點點，很是激動的模樣。

難道誰套到了就歸誰？她心中縱有疑問也不敢相詢，靜悄悄站在一旁等候。

卻見晏博文忽地甩出一個強套，正好圈在一匹黑馬的脖子上，而其他幾人也紛紛甩繩，拉住了心目中的馬匹。

野馬當然不依，轉頭就跑，晏博文快步追了上去，縱身跳上馬背，緊緊勒著牠的脖頸，任那馬匹如何踢打就是不肯下來。這馬兒乖覺，立即躺倒，想要打滾甩脫背上之人。晏博文用腳踢打著牠的小腹，不讓牠有機會打滾。

那邊老韓和老高沒他這身工夫，很是狼狽，被馬兒拖得在地上打滾，卻也堅決不鬆手。

那邊有兩個小廝也合力套到了一匹馬，奈何人小力薄拉不住。

福慶本在看馬，瞧著著急，「老闆娘，妳看著馬，我去幫他們！」

下頭黑虎忽聽上頭異動，蹭的又竄了上來，一見野馬，又興奮了。

先去把拖著老高和老韓要跑的那兩匹馬給往回逼，可老韓運氣不好，黑虎剛過來，那繩索磨爛了，那馬倏地一下跑了個沒影，老高那匹倒是趕了回來。黑虎便又幫著小廝和晏博文攔馬，說也奇怪，那馬兒原本桀驁難馴，可見了黑虎，全都老實了下來，雖仍是不服，但都有了幾分懼意，不敢與之爭鬥。

三匹馬彆彆扭扭被拉了回來，晏博文才喜形於色，「恭喜老闆娘，咱們馬場可要興旺了！」

「這馬誰抓到就算是誰的嗎？」章清亭實在有些難以置信。

旁邊老韓點頭，「就是如此。可這些野馬著實難馴，今兒要不是有黑虎，恐怕就難了。」他自己失了馬，有些眼紅得了馬的老高，便把話往這裡頭引。

老高忙忙地道：「那也是我套住的好不好？」

眼見他二人要爭執，章清亭不懂這其中的竅門，晏博文卻是知道，臉一沉道：「這些馬留不留得住，能招來多少都還不知道，趕緊先帶了回去。若是馬場有了什麼好處，自然少不得大家的。別等著又跑了，那才是竹籃打水一場空，在這裡急赤白眼的做什麼？」

眾人想著有理，皆不作聲，把這些馬匹趕了回去。

路上，晏博文才悄聲跟章清亭解釋：「野馬多是群居，咱們帶走了這三匹，恐怕今晚就會有大隊過來營救。這天氣乾旱，咱們那兒水草豐美，若是能留下幾匹好的，將來對咱們馬場的繁育可是極為有利。只是人手實在不足，這好機會要是錯過了著實可惜。」

章清亭略一思忖，「回去之後，你即刻去賀家馬場，請賀大爺帶著人手過來。」

晏博文躊躇不決，他們兵強馬壯的，把好的挑走怎麼辦？

章清亭微微一笑，「在咱們的地方，縱是有好的，他們也未必好意思一網打盡。反正咱們也沒有人手抓，何不與人方便，自己方便？」

這也是絕味齋的教訓，別老想著自己發財，讓身邊的朋友也跟著一起發財，這朋友做起來恐怕還更牢靠些。

晏博文點頭讚賞，「還是老闆娘想得周全。」

眾人轉頭要回去，章清亭想想，把那個惹禍的火摺子撿起帶走。

回了馬場，見來了新馬，大家都是高興。待聽說薛家之事，又是氣憤難平。

「不過，這也算是塞翁失馬，焉知非福了。」方明珠很是解氣，「那姓薛的淨想跟咱們作對，可這回卻好巧不巧給咱們幫了個忙。要不是他家鬧事，故意潑了水，如何引來野馬？不過到底也是姊夫好心，提出要去送水這樁善事，咱們才遇得到。」

張小蝶嘻嘻笑著接著誇：「我就說我家姊夫最厲害了。瞧他不在家，都能給咱們弄個這麼好的事出來。」

章清亭橫她一眼，「難道我們就不好心了？可別把他吹得太過，又不是活神仙，哪裡就未卜先知了？」心裡卻也暗暗歡喜。

晏博文即刻就去賀家請人，章清亭連家都不回了，只讓吉祥回去報個信，所有的人整裝待命，再怎麼不便也得熬過今晚。

黃昏時分，賀玉堂帶著兄弟和大批精壯人手趕到了，見面就先表明立場：「趙夫人，蒙妳盛情，今晚抓到的馬，我們五五分。由妳先挑，剩下的再歸我們，妳看可好？」

章清亭一笑，「賀大爺太客氣了，我這兒能有幾個人，抓得住幾匹馬？今晚還全得仰仗你們出力呢！橫豎是意外之喜，你可千萬別跟我客氣。若是覺得提前說清楚好些，那就不如這樣，你挑一匹，我挑一匹，大家都別謙虛。到時這野馬怎麼伺候，我還得向你多多請教呢。」

賀玉堂見她大方，自己若再推辭，反倒顯得小家子氣了，便欣然允諾。

也不多言，先去看新捕獲的三匹野馬，因要牠們招群引伴，便沒放馬廄，都在外頭的馬棚裡栓著，旁邊黑虎盡職盡責地看守著。

來的都是行家，一瞧這幾匹馬的成色，心裡都有了底，眼中喜氣更加明顯。

賀玉堂讚嘆：「趙夫人真是好運，這兒有一匹是懷了小馬駒的，想來同伴必是要來救的。」

賀玉峰惋惜，「若是能早些在配種那時遇到，咱們明年的小馬駒可就更好了。」

「貪心不足。」賀玉堂嗔道：「若是咱們兩家都能留下個三五匹，那就已經非常如意了。」

看了一回馬，眾人又議起黑虎的勇猛，聽說剛給牠配了個種，過上一個多月就要下崽了。

賀玉峰道：「這定要送我們兩隻，等明年把我們家的好牧羊犬送來再配一窩還你們就是。」

眾人皆笑，忽見吉祥趕著車又回來了，還帶來了小玉和小青倆丫頭，以及章清亭的一套衣物，順便拿了些傷藥和食物。

原來張發財和方德海聽說今天之事，又知道馬場今晚辛苦，便商量著準備了，讓兩個小丫頭跟過來幫忙燒茶做飯。

賀玉堂等大夥兒興奮勁過了，開始安排正經事：「晚上是場大戰，一點也大意不得。這會兒都別瞎折騰了，全睡覺去，養足了精神晚上好幹活。」

章清亭忙道：「那就全憑賀大爺作主，我們家這些夥計你看著該怎麼安排就怎麼安排，先齊心協力把事情辦好要緊。」

賀玉堂也不客氣，逐一分派，「最要緊的就是抓住這群馬的頭馬，整個馬群才會暫時停留下來，給我們馴養的時間。」

「我去！」賀玉峰年輕氣盛，毛遂自薦。

「你還沒這個本事。」賀玉堂笑著搖頭，看著晏博文，「到時讓阿禮帶著你吧。」

晏博文淡然一笑，心中自有定數。

除了去打探放哨之人，其他人都在剛收拾出來的大通鋪上歇息。幸好是夏天，諸事方便。

章清亭惦記著又跟方明珠交代了一聲，現在是衛管事他們太忙，等到有空幫趙王氏翻修房子那時節，記得留出銀子，按著賀家馬場那樣式，給自家馬場再改造一下。

方明珠笑指耳朵，「都快磨出繭子來了。」

章清亭一笑，又激動又興奮，怎麼也睡不著，索性出來逛逛。

章清亭悄聲問：「是馬來了嗎？」

福慶聽出她的聲音，拉她到一旁耳語：「是的，老闆娘。賀大爺帶他們那些個好手牽了馬出去埋伏了，我們留在這裡頭照應。」

「那要我們做些什麼？」

「不用了。等一會兒抓完了馬，幫大夥兒做點早飯就行了。」

章清亭讓他也回自個兒的位置上去，進裡屋推醒了幾個丫頭，低聲吩咐大家都躲在屋裡瞧著，若有什麼要幫忙的再出來。

沒一會兒，就聽馬蹄聲大作，如烏雲壓頂一般越來越近了。

章清亭雖不知到底有多少馬，但聽這動靜，可比自家的馬匹每天晨跑時的速度要大多了。

驀地，煙火在天空中炸響，瞬間照亮了黎明前最黑暗的天空。就這一剎那的光芒，已足以讓所有人目瞪口呆。

黑壓壓的馬群鋪天蓋地，章清亭粗略一看，這絕對有自己馬場二至三倍的數量。幾百匹野馬風馳電掣般跑了起來，那場面不是讓人驚喜，而是……恐懼。對於野性的、剽悍的、無所畏懼的，性如烈火又快捷如風的龐大種群的恐懼。

這一刻，任何個人的力量在牠們面前都顯得那麼渺小，帶著摧枯拉朽般氣勢的牠們才像是草原上真正的王者。

方明珠眼睛瞪得大大的，驚得合不攏嘴，「不是說夏季馬群會少一些，至多十幾二十匹馬嗎？怎麼會來這麼多？」

這是書上學來的，張小蝶還請教過賀玉峰，「是啊，只有冬季馬群才會有這麼多馬吧？」

章清亭瞪她倆一眼，「現在當務之急是來了這麼多馬，會不會把我們的馬場踏平！」

有這可能嗎？真有這可能。

章清亭奮不顧身衝了出去，幫著夥計們把馬廄四周的柴禾堆又壘高了一些，燃起了一道安全的火線，阻止野馬靠近。幾個丫頭也趕緊出來幫忙，然後是庫房和工房。

眼見馬匹近了，夥計們把她們幾個往屋裡趕，「千萬不要出來。」這種時候，只要是個男人，都有保護女子的本能。

章清亭知道現在不是逞強的時候，但她也不願意坐等旁人的照顧，便迅速分派任務：「小玉和我在這裡照管馬廄的火，明珠、小蝶和小青去管工房。福慶你們去幫他們的忙，各自拿上火把，寧可一匹馬也抓不著，也小心別傷了自己。」

夥計們聽得心中一暖，見她們這兒無非是添加柴禾，沒有難處，便各自小心去幫忙了。

賀玉堂他們騎著馬，在兩邊追逐著馬群進來。突然來了這麼多馬，他們也是措手不及。

賀玉峰半天辨認不出，急得大叫：「這到底哪隻是頭馬？」

晏博文仍不失冷靜，「這一共有好幾個族群，得先把牠們驅散，看出究竟，才知道該抓哪一隻頭馬。來兩個騎術好的，跟我往裡衝。」

「一起去。」賀玉堂沉著應對，「大家不要驚慌，順著牠們跑，跟在中間甩響鞭就行。」

他和晏博文一左一右，身先士卒衝進了野馬群裡，啪啪的鞭子在空中甩得極響，馬群受驚，很自然地區分開來。有了他二人作示範，其他人也趕緊跟了上去，都是馴馬的老手，不用多說，都知道該怎麼做了。

這麼多馬，自家的馬欄肯定裝不了，晏博文指個方向，「往東北角上帶，那兒是水源，天黑，牠們不敢下河，必須得停下來。」

這是個好主意，大夥兒依他的方向驅趕著馬匹。

其實也不用如何驅使，這些乾渴已久的馬兒早就嗅到了水氣，歡呼雀躍地往水源處奔去。到了水源邊上，賀玉堂喝令不再逼近，眾人只遠遠形成合圍之勢。馬兒見無人打擾，安心喝起水來。

天色漸漸破曉，一群群看得分明。

賀玉堂果斷下令：「阿禮，把那三匹先抓到的馬放了。」

老高當即叫了起來：「這裡可有我千辛萬苦才抓的馬！」

晏博文放了繩索，「老闆娘有令，一切聽賀大爺吩咐。再說，這馬憑你自己能抓得到嗎？」

賀玉堂解釋道：「咱們得先安下牠們的心，再看看哪個種群好，才知道該留那些馬，不該留哪些馬。性格太烈的，誰也降不住，留著也是無益。」

老高癟著嘴勉強應了。

三匹馬乍得自由，歡天喜地回到族群當中。賀玉堂和晏博文都留神看那匹最好的黑馬，就見牠進了一個小族群，領頭的公馬親熱地跟牠打了招呼，卻又把牠往外排擠。

賀玉峰看懂了，「這應該是那頭馬的兒子，現在大了，該是獨立出來的時候了。」

賀玉堂點頭，「瞧牠，進了那個公馬群。都是些年輕的小馬，現在還不能跟那些老馬爭頭領，想來還得等一兩年呢。」

「依我說，最好就套那幾隻小馬駒，或是懷孕的母馬。」有人興致勃勃地建議。

賀玉堂搖頭，「那公馬會跟你拚命。大家不要急，等著再看看，留神看兩三歲左右的年輕公馬和母馬，牠們都到了離家的時候，族群排擠牠，外頭又是無處收容，反是最容易留下。」

命人用柵欄隔著火堆，把這些馬匹遠遠隔離了起來，不讓牠們離開。

這兒水草豐美，馬兒見他們沒有傷害之意，便也不走，暫且在此休養生息。

賀玉堂沒有著急出手，而是讓人回去把自家馬場裡最好的公馬和母馬全都帶來，自己揶揄著：

「我們這也算是個美人計吧。」逗得大夥兒哈哈大笑。

馬兒安全地通過了他們的駐地，章清亭那邊警報暫時解除，但仍是圍了柵欄，就怕野馬突然過來搗亂，別到時野馬沒套到，反倒把自家的馬匹拐了出去。

做了早飯送過來，賀玉堂他們在這兒眼睛都不敢眨一下，輪換著下馬吃了飯，還得盯著這些馬，「趙夫人，我們這可能是一上午的工夫，也有可能是三五天的時間，你們沒必要在這兒耗著，可以回去歇歇再來。」

這大熱的天，章清亭一天沒洗澡著實覺得渾身不自在，便說回去換套衣裳再來。她還沒出馬場，卻見來了兩位衙門裡的官差，一見面就苦笑，「秀才娘子，知道為了什麼事嗎？」

章清亭當然知道，薛紹安肯定把她給告了唄。罪名她自己都想好了，無非是說她縱狗行凶，傷了他家的人馬，誤了送水的差事，一要她名聲受損，二要她賠錢。

「我正要去跟縣太爺稟報呢。昨兒沒回去，可巧你們今日就來了，正好一路回去。福慶，你牽著黑虎，跟我一起作個見證。還有我們受傷的那幾匹馬，也請二位官差大哥查驗一下傷情，做個記錄，免得你們又跑一趟。」

那官差跟她也熟，通融了一下，允她先回去沐浴更衣，收拾妥當，章清亭這才神清氣爽地過去打官司。張發財他們想陪她去，李鴻文離得近，聽說了此事也過來問詢。

章清亭一個不讓跟著，「你們都歇著，到處忙得亂七八糟，哪有閒工夫再為那些爛事瞎耽誤？有福興和吉祥陪我過去就行了。」

她大大方方帶著小廝，牽著狗上了公堂。

才到衙門口，就見于掌櫃傷也不包，帶著十幾個傷患傷馬在外頭一溜排開叫冤叫痛，見著行人路過就指著自己的傷口，「這都是趙秀才家的狗咬的，連送水救災的人馬都咬啊！」

旁邊行人想看又不敢看，想問又不敢問，不知到底是怎麼回事。

這倒會爭取同情了！章清亭冷笑，「于掌櫃，別來無恙。黑虎，跟大夥兒打個招呼。」

黑虎可記仇得很，從喉嚨深處低吼著，凜冽的目光注視著這群人。

于掌櫃他們當下就哆嗦，紛紛往後退讓，啥話也不敢說了。

章清亭進了衙門，轉身對著眾人道：「眾位父老鄉親，他們確實是我家的狗咬的。我們家的狗不僅咬了薛家的人，傷了薛家的馬，還撞翻了他家馬背上的水桶，至於為什麼有這段奇聞，我現在就上公堂說個明白。各位鄉親若是有空，不妨來聽聽，也評評這個理。」

這話說得大夥兒都好奇了，議論紛紛地往衙門裡頭張望。

官差進去傳話，不多時出來大開朱門，「孟大人有令，各位百姓若是想聽，儘管進院裡來聽，只是公堂問話時，大家不許插言，不許多話，知道嗎？」

「知道。」百姓們應了，一窩蜂湧進來，就在明鏡高懸的公堂之外睜大眼睛瞧著。

左邊，站著苦主薛紹安，一身青衣，狀甚悲切。

右邊，立著凶手黑虎，還有主人章清亭。

孟子瞻啪地一拍驚堂木，貌甚威嚴，「趙張氏，妳方才在門外所言，本官俱已知曉，現在就來聽聽妳這緣由。若是說不出個一二三來，定要治妳擾亂公務、縱狗行凶的罪名。」

章清亭毫無懼色，行禮解釋：「回大人，小婦人應官府徵召，昨日為杜鵑坪的百姓送水。歸來途中，與薛家送水人馬狹路相逢，為了避讓，當時曾讓我們的隊伍停下，讓他們先行。可于掌櫃在經過我身邊時，突然扔出一個火摺子，將我、我家小廝福慶與馬兒一起驚落山坡，這是物證。」

她從懷中取出火摺子呈上，「混亂之中，也不知他們是有心還是無意，總之我家共有五匹馬被擠落山坡。今早官差大哥上門查驗過傷情，這一處請他們來說。」

官差將驗傷報告遞上，「神駿馬場確有五匹馬受了新傷，三匹扭了腳，兩匹母馬流產。餘者驚嚇擦損，輕重各有不等。」

薛紹安當即爭辯：「大人，我家三十二匹馬和人無一倖免，全都受了傷，可比他們家損失慘重多了。」

孟子瞻眼中閃過一絲笑意，臉上卻很是嚴肅地繼續問話：「趙張氏，那妳就是因此縱容妳家的狗行凶的嗎？」

章清亭搖頭，「我家的狗性急，本來早就獨自過了那段路，是看見我們掉落山坡，隊伍大亂，才衝出來分開馬群。黑虎雖然勇猛，但從不輕易傷人，若是傷人，除非是別人先傷了牠。我從山坡下被家丁救上來時，就見黑虎孤身在與薛家人打鬥，當時于掌櫃向我求援，讓我喝止黑虎，我也喊了，可是這狗牠有時不聽人話，我有什麼辦法？」

薛紹安氣得臉都白了，「難道妳自己養的狗，都不聽妳的話？」

「那當然。」章清亭反唇相譏，「我說的是人話，牠聽的是狗話，難道你就能跟你家的狗對話嗎？」

後頭百姓哄堂大笑，狗當然聽不懂人話，不過這黑狗看起來不顯眼，居然打敗了一群人馬，當真是剽悍。

章清亭又解釋：「黑虎發起脾氣來六親不認，大人若不信，可以召那養過獒犬之人詢問。」

孟子瞻饒有興趣地打量著黑虎，問旁邊的青松：「這和咱家的神武將軍是一樣的種嗎？」

「是。」青松毫不猶豫地答道：「獒犬性格勇猛善戰，能牧牛羊馬匹，若是有人激怒了牠，或是傷了自家的牲口，必與之纏鬥，不分出勝負輸贏，不死不休。」

福慶忍不住也插了句話：「大人可以過來瞧，我家黑虎身上還有鞭痕未消，若不是有人打了牠，牠也不至於傷了人。」

「可妳家一隻狗傷了我家這麼多人馬，該怎麼算？」薛紹安狠狠地瞪著章清亭，「就算雙方爭執起來是個意外，可這藥費診金妳總該賠吧？」

章清亭挑眉冷笑，「那依你說，該怎麼賠？」

薛紹安下巴一揚，「也別說我漫天要價，妳賠我三十二匹好馬和三十二個完好無損的家丁便是。」就這醫藥費，也得賠死章清亭！

章清亭不慌不忙地道：「薛大爺，你這未免也太獅子大開口了吧？既然都說了是意外，大夥兒又不是三歲兩歲的無知幼童，是你們先驚嚇了我家的人馬，又不依不饒在那兒打起了狗。這狗牠不懂事，您打了牠，牠當然要自保，何錯之有？說句不好聽的話，你們家三十二位大人和大馬，居然打不過我家一隻狗，如此受的傷，也好意思賴到我家頭上？」

百姓聽得無不莞爾，確實，也是薛家人太沒本事了些。

章清亭接著分辯：「你們家的人馬受了傷，可畢竟都回來了，醫治醫治也就無事了，可我們呢？兩匹母馬流產，這過失讓誰來補？」

「難道妳這兩匹還未成形的馬胎，比得過我家這麼多人馬嗎？」薛紹安好不容易抓住一個話柄，當即發難。

章清亭等的就是這句話，「是啊，兩匹未成形的馬胎當然比不過這麼多人馬值錢，可是，薛大爺，也請你好好算一算。我家馬兒這要是生下兩隻小馬來，能出多少利息？這兩隻小馬長大了，過不上三五年，再生下小馬來，又該值多少錢？牠們這年年生，養下來的小馬過幾年又能再生小馬，我這損失找誰賠去？」

她越說大夥兒越覺得有理，薛家的馬大夥兒在外頭全都看過了，用作騎乘拉貨的全是騸馬，再生不出小馬來，可人家馬場損失的這兩匹馬卻是都能生育的。這樣算一算，卻是章清亭吃的虧更大了。

眼見圍觀百姓們不住點頭，章清亭知道大夥兒站在她這一邊了，又擺正立場道：「現在旱災當頭，不管我們家和薛家之前有些什麼恩怨，大夥兒都是去給受災的百姓送水時才出了這樣一個事故，所以我們家縱然受了些損失，也不怪罪於誰，自己回去收拾了，也就罷了。卻不知薛大爺你為什麼一定要不依不饒地鬧上公堂來？耽誤了兩家的事情不說，最可憐的還是旱地的百姓們。我不知你家是怎麼安排的，我們家今兒仍是送水出去了，只是明兒起，又得少了幾擔。」

百姓聽得無不讚服，到底是秀才家的娘子，多識大體，瞧都委屈成這樣了，不僅不計較個人的得失，反而還惦念著受災的百姓。瞧瞧人家這份胸襟，再看看薛家這小肚雞腸，真是一個天上，一個地下。

薛紹安被說得臉上一陣青一陣紅的，今兒為了來打官司，他連自家的人馬都沒有收拾，當然更不會再組織人去送水了。這個可惡的殺豬女，居然利用這一點，又花言巧語地把民心扯到她家去了。

見風向徹底轉過來了，章清亭慢悠悠使出最後一招殺手鐧，「這冤有頭，債有主。追根溯源，可是你家的人先驚了我家的馬，才引發後面的事情，若是一定要計較出個是是非非，恐怕該是我們該尋你的不是吧？還請縣太爺明斷。」

孟子瞻淡然一笑，張口就落下判詞：「兩家送水，都是善舉。狹路相逢，本該禮讓。無心失火，驚嚇落馬。不去救人，反把狗打。牲畜非人，豈知退讓？你要她賠，她要你讓。既非有意，何須輸贏？息事寧人，皆回去吧。」

「好！」這判詞詼諧幽默，淺顯易懂，百姓們聽得分明，都覺縣太爺斷得有理，鼓掌支持。

薛紹安氣得不輕，卻苦於無理可據，若是再鬧下去，反倒顯得他們家故意生事似的，只得悻悻領著于掌櫃和一眾傷兵敗馬回去。

薛紹安出門就打了于掌櫃一個大耳光，「這就是你出的好主意？所有人馬的醫治費用通通由你來出，少一個子兒，我也不依！」

于掌櫃忠心耿耿跟隨著薛家，十幾年來助紂為虐，不知替薛紹安明裡暗裡出了多少壞主意，幹了多少缺德之事。這辦砸了一件事，就被薛紹安如此對待，當著闔府的面弄了個沒臉，賠錢不說，還弄得顏面無光，丟臉丟到姥姥家去了。

自此他也灰了心，沒多久尋了個由頭，告老回家。薛紹安正嫌他年齡漸大，也不挽留，倒是自剪羽翼，失了個臂膀。

章清亭料理完了衙門裡的事情，這才回了家。想著馬場缺的東西，又添補了回去。

張發財見她臉色憔悴，累得不輕，讓她在家休息，要替她過去坐陣，章清亭卻不讓，「您若是也走了，家裡就剩一屋子婦孺了，可怎麼放心？倒是我去那邊更便利些，橫豎不算太遠，明兒再回來就是。」

賀家那邊也派了人手過來幫忙，苦候了兩日，賀家的駿馬在圍欄外頭遊來蕩去，倒是真的勾搭了些年輕野馬過來廝混。哪些可以留下，哪些不用留下，彼此心中都有了個數。

到了第三日清晨，忽然有個馬群的公馬迎著朝陽長嘶一聲，立起了前蹄，姿態甚是雄壯。所有人的精神都高度緊張起來，賀玉堂果斷下令：「套馬！」

就見那公馬撒開四蹄，一馬當先就往外衝去。後頭的馬似是得了號令，並駕齊驅，勢如破竹地全都奔跑起來。

人群紛紛避讓，只是藉著柵欄的阻擋，套著早已相中的馬匹。這些野馬可比家馬神勇得多，家馬越不過的柵欄，牠們不太費勁的就越了過去。越不過去的直接撞開了柵欄，如開了閘的洪水一般往外湧去。

這如何套馬，賀玉堂事先都經過了詳細了安排。隨著牠們這大部隊套著馬直跑了半日的工夫，真真累得是人仰馬翻，再把那些上了套的馬帶了回來。

一點數量，共有二十一匹，賀玉堂帶走了十匹，又留了賀玉峰和兩個馴馬師幫章清亭伺弄野馬，這才驅趕著馬匹回去了。

章清亭早就專門收拾了一處馬廄專門容納這些馬兒，累了好幾天，好不容易暫時消停下來了，她給眾人輪班放了個假，讓大夥兒都歇息歇息。

張小蝶捶打著酸痛的脖頸，「我的天，總算是可以回家安心睡個覺了！」

這些天確實是辛苦大家了，幾個小丫頭尤其累得夠嗆。章清亭心裡頭也惦記著，等閒下來，給她們一人做身新衣裳，再添兩件簪環。

收拾了東西回去，卻見張金寶已然回來了，正焦急地在胡同口張望，見到她們，趕緊迎上去，「我回來一聽說馬場忙成那樣，想要過去，又沒車沒馬，待要雇個車來，又尋思著就這一晚上的工夫了，免得費那個錢還給你們添事。」

章清亭笑道：「你有這份心就好了。正好你現在回來，明天起就去馬場頂著吧，把阿禮和成棟他們都換回來歇歇。特別是阿禮，自開了馬場，就沒一日休息過。這事明珠也記著，不管他怎麼說，明天也得把人給拉回來。」

回頭張金寶向她細述去永和鎮的情形，東西已經置辦回來了，還是上回那家店，仍是找的那個夥計。這次再去，對方就更加客氣了，價格公道，東西也沒坑他們。

張金寶還發現了些專給孩子們玩的小玩意兒，也讓人推薦了幾種，一併進了回來。他中午到家的，張發財下午剛擺出去，就賣了好幾個。

這個章清亭之前倒是沒有想到，算是意外收穫。想想，他們這紮蘭堡還真沒有一家認認真真經營小孩子玩意兒的地方，都是貨郎挑著擔子走街串巷，碰到了就買，沒碰上就沒辦法了。若是自己可以穩定地做，想來也是筆小小的財路。

正讚賞張金寶這個心思想得很好，張金寶卻道：「我這算不得什麼，不過是走現成的路子，採辦些東西回來罷了，福生他們收穫才大哩。這幾日，他和小郭把整個鎮子的馬具坊都逛遍了，一家一戶地看，回來整宿整宿地商量，我不催都不睡覺。那稿紙畫了有那麼厚一疊，就是吃了不識字的虧，有些東西心裡明白就是寫不出來。他倆倒是都說，這下回那識字班再開，再怎麼忙都要來學認字，讓姊夫幫他們先把名都報上。」

章清亭點頭稱善，趙玉蘭卻想著問起：「還有水生和秀秀，若是白日實在無空，晚上也能跟他一起來學學嗎？好歹三個月，能學一些先學一些。」

這倒是。有些孩子家務纏身，白日走不開，若晚上有大人陪同，一起來上課也未嘗不可。

「這事等妳大哥回來，讓他去書院裡商量商量，應該還是可以通融的。」

提起趙成材，大家不禁又掛念一回，也不知他在郡裡求學狀況如何，算算日子，還有五六日才能回來。

張小蝶一臉興奮，「到時等姊夫回來給他瞧瞧，咱們這馬場可又大變樣了。」

章清亭也想報喜，嘴上卻硬，「他瞧了又能怎樣？又不能發賞銀給咱們。」

「大姊，妳也就是嘴上說說，心裡肯定更惦記吧？」

「我惦記他幹什麼？」

章清亭不肯承認，岔開話題，一家子說說笑笑吃晚飯了。

因有張金寶，晏博文便回來休息了。章清亭見趙成棟晚上也沒多少事，便也放了他的假。趙成棟喜不自勝，從裡到外透著一股喜慶勁兒。

老高他們打趣：「又不是回家見媳婦，你怎樂呵成這樣？」

「胡說什麼呢？」趙成棟臉上一紅，「再樂呵也沒你們能分到小馬駒樂呵呀！」

套了野馬來，老高和老韓他們又鬧騰著要章清亭分他們馬，但那是絕對不可能的。

雖然他們倆有出力捕馬，但若不是黑虎，哪裡弄得回來？章清亭是好說話，但可不是糯米團子，任人捏扁搓圓，可現在還要指望他們幹活，不可能一點也不照顧到他們的情緒，便想了個折衷的主意。等到明年開春下小馬駒的時候，給他們倆總共一匹小馬駒，就當是一年的獎勵了。他們倆怎麼分，就是他們自己的事了。

對於他們這樣的雇工來說，可沒那心思等往後的分紅，有這小馬駒，兩人幹上一年，總可以分上幾兩銀子，已經是非常滿意的了。

章清亭又私下叮囑過自家的幾個小廝，只要他們好好幹，往後別說是馬了，就是蓋房子娶妻都是一手包辦的。幾個小廝放下心來，勁頭更足了。

再過上一兩年，幾個小廝學出來了，就把雇工換掉，只要短工，這樣既好管理，又沒老人的脾氣。日後，縱是家大業大，也是井然有序，條理得當的。

接下來幾日，雖是忙碌，但各人輪番著休息過後，精神頭也漸漸緩過來了。可天熱得越來越不像話，稍稍一動便是滿身大汗，連牲口的胃口都差了些，除了早晚涼爽之時能進些食，其他時候都是懶懶的不想動。每天去杜鵑坪送水的人回來，眉間愁色總是又重了一分。

章清亭天天換著花樣，讓人熬著各色清粥配包子饅頭，想盡辦法讓大家多吃一點，好有力氣幹活。此時趙王氏做的醬菜泡菜是格外受歡迎，沒幾天就吃掉一罈。趙王氏聽說能幫得上忙，倒是很賣力氣地醃了一大缸，讓他們儘管來拿。

章清亭每天回去，送趙成棟到家，順便也就到趙家走一趟，問問有些什麼事。趙王氏倒沒什麼別的念想，一個房子翻修，二個那早晚三炷香，天天提醒著媳婦別忘了。

章清亭只覺壓力甚大，倒有些盼著快些有身孕，可才兩日，能有嗎？

章清亭想想就臉紅了，不過那個金牙婆也不知在忙什麼，都好些天了，也沒來接柳氏。而柳氏倒也奇怪，竟變得胸有成竹起來，既不討好，也不巴結誰了，很是淡定。

這讓章清亭起了幾分疑心，打算等趙成材回來，不管金牙婆來不來，都把這女人打發掉。

這晚歸家，天越發顯得熱了，屋子裡悶得像蒸籠似的，不動都是一層一層地出汗。

張發財他們耐不得熱，早就把竹床全都搬到二樓門口走廊裡睡，好歹比下頭要涼快一些。

章清亭自恃身分，又怕蚊子咬，仍是睡在屋裡。這一晚，她翻來覆去，直到四更天才迷迷糊糊感覺到一絲涼意，全身的毛孔似一下透開了，睡意頓時湧了上來。

這一覺，當真睡得香甜，醒來時，天仍是黑的，只聽得外頭劈里啪啦雨聲大作。

這賊老天，終於開眼了！

章清亭很是高興，不光為自己，更為了那些旱區的百姓們。

下得樓來，大家都起得晚了。

張發財長舒了一口氣，「這難得下場雨涼快涼快，總算是睡了個安穩覺，只盼著從此涼快下來才好。」

陸之章

生死交關夜泣陪

這場突如其來的大雨，似是知道人們的心意，竟嘩啦啦下個不停。連日來的乾旱與酷暑一下就被沖淡了，只是馬兒們卻有些反常，還有黑虎，跑來跑去的，不知在忙什麼，遲遲不肯停。那幾匹新收回來的野馬，不停地打著響鼻刨著地，也很是不安的樣子。

晏博文不解其意，「莫非是天氣反常，忽熱忽冷的，有些難受？」

這個誰都不知道，忽然，窗外白光一閃，然後便是一陣巨響，天空中打下個驚雷來，嚇得馬廄裡的馬兒紛紛長鳴，而雨下得越發凶猛了。

屋裡瞬間暗淡無光，章清亭站在窗邊一瞧，本就陰沉的天空迅速被墨一般的烏雲籠罩，那天似被捅了個窟窿似的，竟是往下倒雨。烏雲間翻滾著電閃雷鳴，令人望而生畏。

起初被大雨帶來的涼爽此時也煙消雲散了，大家心頭都不禁生出一個擔憂，這樣的雨，到底要下到什麼時候？

因這麼大的雨，既不能遛馬，也不用送水，打掃乾淨了馬廄，又餵完早上的飼料，大夥兒都閒在工房裡，不時抬頭看看天，低頭皺著眉小聲議論幾句。

黑虎忽然衝到工房門前，對著大夥兒一通亂叫，然後往東北角跑幾步，見大夥兒不跟來，急得又跑回來叫，再往前跑。

牠這是在幹什麼？

章清亭忽地明白過來，眼睛瞪得大大的，「天啊，河水漲了！」

話音未落，晏博文已經奔進雨裡，牽了烈焰，冒著瓢潑大雨就往河邊衝。

黑虎一路緊緊跟隨著，待到了河邊，晏博文瞧著洶湧翻騰的二道溝倒吸了一口冷氣。

那河水拍著浪花，正迅速漫上河岸。要是這雨再不停，很快就要湧出來了。到時，他們神駿馬場這個原本的風水寶地，就會變成一片澤國。

晏博文又衝了回來，「所有人都出來，在馬廄外頭建起堤壩，洪水馬上就要湧過來了。」

章清亭是在南康國長大的，每年夏季水患頻發，自是知道這其中的厲害。

她冷靜了一下頭腦，當即道：「若是河水當真漫過來，咱們這些人又能搭起多大的堤壩？決計攔不住的。馬廄和工房已經是馬場地勢最高的地方了，要是連這兒也淹了，咱們又能有什麼辦法？」

「那妳說怎麼辦？」晏博文已經淋得濕透，在雨裡急得大吼：「總不能帶著馬兒往雨裡去，這一淋，恐怕好不容易養好的病又全白費了！」

章清亭暗自握緊了拳頭，告訴自己一定不能慌。她跑出去再次查看馬廄和工房，方明珠見她傘沒拿，便撐了跟著出來。

神駿馬場的馬廄雖是砌的牆，卻是用泥坯壘成，裡面用圓木搭的架子支撐，頂篷斜斜鋪著厚厚的稻草，這種房子平時還好，真要是遇到大雨，鐵定被沖垮。而工房卻是厚厚的牆磚，上頭那屋頂為了要曬稻草糧食，全是用條石鋪就，結實而又穩固。

章清亭提著裙子，踩著工房旁邊的梯子上去查看之後，就在那上頭下了令：「馬上在這兒搭個草棚子起來，把馬全部牽到屋頂上來。」

她是瘋了嗎？所有人都吃驚地望著她，讓馬兒上房？整個北安國從沒聽說過這種奇聞。

趙成棟猶豫著道：「大嫂，這雨說不定一會兒就停了，用不著這麼費事吧？」

章清亭指著陰沉沉無邊無際的烏雲，「這樣的天氣，這雨下上一日一夜都是有可能的。咱們這地方地勢矮，現在還有時間準備，若是真等到水來了，那才是哭都來不及了。寧可現在費點事，把馬料理妥當了，總比洪水來將所有東西沖走，最後一無所有的強。」

幾個老雇工也不大相信，勸道：「要不，再等等？」

「不能再等了！」章清亭心急如焚，她雖沒親身經歷過水患，但在南康國，每年都聽說不少這樣的事情，所以對於洪水她有著根深蒂固的高度防範意識。況且今年天氣大家都說熱得這麼反常，現在連牲畜都這麼不安，這一切的一切，都讓她生出一種強烈的直覺，這場洪水恐怕來勢凶猛。

她顧不得形象，站在房頂大聲吼道：「你們相信我，等那水漲起來，就是再生十條腿也不夠跑的！我是這兒的馬場主人，現在全部必須聽我的，我說把馬兒牽上來，你們照做就是！」

方明珠深吸了口氣，按住怦怦跳的心臟，堅定地站在她的身邊，「聽大姊的話，現在就把草棚搭起來。大夥兒既是來這兒幹事的，若是白費了工夫，也是我們馬場出錢。你們就算是淋病了，也有我們馬場負責料理。」

「那就幹吧！」幾個小廝質樸單純，沒什麼想法，服從性最強，率先動起手來。其他人猶豫了一下，將信將疑地動手了。

拆了馬場柵欄上的圓木一根根扛了上來，就依著整個房頂的大小，固定著搭起架子。章清亭身先士卒，跟著大夥兒一塊在傾盆大雨裡幹著。方明珠早就把傘甩了，她們女孩子幹不了太重的活，就幫忙捆紮固定。

這邊剛剛搭起了一半的立柱，忽然，張金寶驚叫起來：「你們快看，水真的漲上來了！」

抹一把臉上的雨水，大夥兒齊齊在屋頂上向東北方向瞧去，只見一道白線鋪天蓋地往他們這邊慢慢湧來，洪水真的要來了。

所有人的表情都凝重了，自發地加快速度，可他們畢竟人少，就見那水很快逼近了，馬場下的低窪之處，已經積起了淺淺的水灘。

正在著急，忽見遠處奔來一隊人馬，「趙夫人，你們這裡怎麼樣？」

來的是賀玉峰，帶來了大批的草蓆和十來個夥計，「今兒這雨下得太猛了，大哥怕你們這裡地勢低撐不住，特意讓我們過來幫忙。實在不行，把蓆子給馬兒披上，轉移到我們馬場裡去吧。」

走，已經是來不及了。這麼大的風雨，縱是有草蓆，也頂不上多少事，還不知路上淹了沒，要是困在半道上，那可真是叫天不應，叫地不靈了。

「你們來得正好。」這時沒工夫客氣，章清亭直接下令：「快來幫著把這棚子搭起來。」

賀玉峰他們也吃了一驚，讓馬上房？這主意真新鮮！

可待他們爬上了房頂，瞧見越逼越近的洪水時，不覺得章清亭異想天開了，就目前這形勢來說，章清亭這主意是最簡便可行的方法。

多了這麼些人手，工程速度一下子加快了許多。可棚子搭起來了，哪來的草鋪？總不能現在去拆馬廄的屋頂吧？那也太慢了。

章清亭依著過去在南康國見到的經驗，果斷再次下令：「把咱們這兒現有的所有草蓆竹蓆被子褥單全取來墊底，上面拿庫房裡的乾糧草壓上，再把賀家送的草蓆全部鋪上，用大石頭綁著繩子一壓就平穩了。」

張金寶很心疼，「大姊，那全是錢啊！」

「糊塗！」章清亭急得直跳腳，「這些東西能值幾個錢？傷了馬，咱們才是什麼希望都沒了！你們再把那糧食全搬出來搭成梯子，讓馬兒踏著上房！」

晏博文領命，「小廝們去鋪房頂，其他人跟我去扛糧食。」

他現在完全信服了章清亭的判斷，若是用尋常的圍堵之法，肯定擋不住這麼大的洪水，現在能盡力保住馬匹就已經很不錯了，哪管得了那麼許多？

大家火速行動起來，等房上頂棚搭好的時候，水已經淹到他們這兒來，沒過了腳背。

面對如此的天災，幾十匹馬，包括野馬都老實了下來，很是順從地跟著人們，踏著用一麻袋一麻袋糧食堆成的斜坡，小心踏上了工房的屋頂。縱然沒有分槽，也沒有出現撕咬和打鬥，而是本能地擠在一處取暖。最健壯的公馬圍在外面，把老弱病殘護在了中間。

等馬兒料理好了，章清亭看這屋頂承受力足夠，便又讓大夥兒將庫房裡剩下的馬糧，以及人吃的糧食柴火等物收拾上來。還不知這水什麼時候能退，這些天說不定就全靠它們支撐了。

等這些都安排好了，水已經淹到人的小腿肚深淺了。

章清亭對賀玉峰道：「賀二爺，多的客氣話我也不說了，你們趕緊回去吧。幫我給賀大爺帶個謝，這份情義我章清亭記下了。」

賀玉峰瞧著這樣的大水，確實也擔心自己家裡，「趙夫人，那我就不多留了。你們要跟我一塊回去嗎？我可以送你們一程。」

章清亭搖頭，「我必須留下。」她指著張小蝶等弟妹，「你們全部回去。」

「我們不走！大姊，妳在這兒，我們也在這兒！」

章清亭怒斥：「在這兒好玩嗎？明珠，妳家就妳爺爺一個人，妳能不回去嗎？相公不在家，成棟，你怎麼能不回去看看？若是你們那邊也淹了，就到新胡同裡頭去，叫你娘別捨不得那些破爛，把銀錢細軟收拾好就行。咱們家現在也是老的老，小的小，金寶，你不回去成嗎？小蝶，妳去跟玉蓮和旺兒作伴。趁著現在還能走，你們趕緊走，再磨磨蹭蹭的，可當真走不了了！」

晏博文正色道：「老闆娘說的是。你們就別擔心了，這裡糧食只有這些，少了你們幾個人，我們撐的時間還能更長些。老闆娘，妳也回去吧。妳相信我，妳既交給我這麼多馬，水退之後，我一匹不少地還給妳。」

章清亭搖頭，她是這裡的東家，她要是走了，夥計們肯定心慌，「別說了，我留下。」

「不！」張金寶道：「大姊，妳回去，我留下。妳一個女人家留在這裡，有我們男人方便嗎？

家裡有妳，可比有我更強些。咱們在這兒不過是困守，若是情況有變，還得靠妳想法子來營救。若是妳困在這裡了，我們怎麼辦？再說，爹還不老，能管事的。別再多說了，妳跟小蝶和明珠回去。」

「可是……」留下來實在太危險了，章清亭就是知道，所以不願意讓弟妹們冒這個險。不是她有多崇高，實在是她覺得自己的性命是老天給的，那她就是天生命硬。有她在，這裡恐怕還穩妥些。縱是老天要收回去，她也值了。可是弟妹們不一樣，他們還小，怎麼能出事？

張金寶堅定地搖頭，一向孩子氣的臉，此刻在大雨裡竟顯出幾分男人的剛毅來，「大姊，妳回去。妳之前說過，一個家要撐得起來，必須父兄得力。現在這麼大的天災，妳讓我把妳留在這兒，自己躲回去，那跟從前躲在妳身後看妳殺豬，等著吃白食有什麼區別？」

他直接把章清亭往房下趕，「別再多說了，快回去吧，走啊！」

章清亭心頭感動，這個弟弟真的是長大了。

張金寶轉而對馬場的雇工們道：「今兒的大水說不好是什麼局面，你們若是擔心家裡，也趕緊回去。大姊，我就擅自作個主了。」

章清亭點頭，這一層她還差點忘了，「危難關頭，你們縱是回去了，我也不會怪你們的。等水退了，若是回來也可以。不想回來了，就到胡同那兒找我們家結算工錢。」

幾個雇工一聽，相互商量了幾句，「那我們都回去看看，等雨歇了，再來上工可以嗎？」

生死攸關，章清亭也不想為難他們，只千叮嚀萬囑咐留下的人，「若是水實在淹得厲害，你們一人挑一匹馬，先逃命要緊。馬場就是毀了，只要咱們還有這塊地，不愁日後建不起來。人沒了，可就什麼都沒了。」

交代完畢，章清亭一行人先回去了。這麼大的雨，車是無論如何不敢走的。他們幾個騎術又不是甚佳，此刻也顧不得什麼男女之別，一人跟一個賀家夥計上馬，衝進了茫茫的雨幕裡。

雨仍在下，絲毫沒有半點要停歇的意思。

幾個雇工家有遠近，賀玉峰很是好心，乾脆讓夥計們送他們回家，免得在大雨裡有個好歹。走到岔路口，讓幾個不帶人的夥計先趕回自家馬場，自己領著其餘幾人送章清亭他們。

天黑沉沉的，也不知道是什麼時辰了，所有人都覺得飢腸轆轆，卻無心進食，只焦急地盼望著快點回到家中，看個究竟。

再往市集裡走，因沒有馬車，他們便抄了近路，路過那段小獨木橋的時候，才驚見那一根小小的木頭早不知被沖到哪兒去了，翻湧的河水已經帶著濁黃的山洪漫上兩岸，形成一道看似不太寬，卻蘊藏著無數凶險的河溝。

章清亭望而生畏，「要不，咱們繞回大路吧？」

賀玉峰卻有些不捨，「再回大路，還不知是怎樣的情形，這兒過去前面就是市集了，我先下去試試。」這一路，他始終都在前頭探路，馬背上誰也沒帶。

馬兒天生善泳，試探了一下，安然游了過去，「沒事，你們過來吧。」

大家精神大振，紛紛驅趕著馬匹，踏進水裡。

本來走得還算順利，忽地，一股激流湧來，瞬間捲起半人高的大浪。眾人驚呼，帶著章清亭的夥計異常沉穩，沒空理會旁人，只大喝一聲：「抓緊！」提著馬，一鼓作氣成功衝上了岸。

章清亭嚇得眼睛都閉上了，死命抓著那夥計的衣裳，耳邊聽賀玉峰叫了一聲：「小心！」

然後是眾人的抽氣聲，「二爺！」

等她睜開眼一瞧，大夥兒都過來了，唯獨缺了賀玉峰。不對，還有個夥計的馬背上空了。

「小蝶！」章清亭嚇得臉都白了，不過是一轉頭的工夫，卻是連人影都瞧不見了，「趕緊去救人啊！」

可是人在哪裡呢？

還是帶著章清亭的夥計心思沉穩，看得真切，「方才張二姑娘被浪打到水裡，是二爺甩鞭撈住了她。只要二爺不鬆手，張姑娘就沒事。二爺騎術好，他既敢提著馬下來，就淹不了。不過是朝下游被沖上一段，遇上拐彎能藉著力的地方就能停下來。」

他吩咐那個失人的夥計先順著路找，「咱們先送你們回家，順便在胡同那裡留下話，再回頭來找。只要找著我們二爺，就能找著張二姑娘了。趙夫人，您放心，丟不了的。」

章清亭明知他是在寬自己的心，但畢竟也丟了自家的主子，若是沒幾分把握，斷然不敢說這個話的。而她現在還帶著趙成棟、方明珠，必須把他們平安送回家去，不能再損失人了。

先到趙家，把趙成棟放下。他們家地勢較高，倒沒受什麼災。趙王氏眼見這麼大的雨，心疼家裡的莊稼，牽著驢和趙老實去地裡搶些能收割的東西了。她家那地都在半山上，只怕沖毀，無論如何淹不上去。

章清亭聽柳氏說完，放了一半的心，交代趙成棟把家看好，有什麼事趕緊過來。

趙成棟應下，章清亭和方明珠再往家趕去。老胡同那塊，淹得也有小腿來深，漫過了多家門檻，各家各戶都在忙著排水。

相形之下，倒是新胡同這邊，因當初設計得好，地基打得高，下水管道又寬敞，除了路面往兩邊湧著漫過腳背的水，倒是一點水都沒積。

而書院那兒，門庭大開，圍著不少人，當中最為扎眼的，便是身著官服的孟子瞻了。

見張發財、趙玉蓮他們全在那兒幫忙，章清亭下了馬，迎了上去，「出什麼事了？」

張發財看見她，鬆了一口氣，「咱們家沒事。這不是好多人家房子淹了嗎？無處可去，就把學堂騰出來安置人了。孟大人讓咱們都過來幫忙，對了，馬場怎麼樣？」

章清亭真是覺得沒臉見他爹，「馬場暫時還好，金寶和阿禮在那兒守著。只是回來的路上，小蝶被水沖走了，賀家二爺倒是撈著她了，可一起隨馬往下游沖去，他家夥計已經去找了。」

張發財白了臉，「這可如何是好？不行，咱們也得趕緊去找找！」

「這各家各戶丟的人還少嗎？」孟子瞻沙啞著嗓子轉身吼了一句，「他們既是兩人在一塊，又這麼大個人了，想來沒什麼大事。你們有這空閒，不如快點來幫忙。全鄉就這一處地勢高的，再往其他地方跑，若是雨不停，丟的人更多。」

這一嗓子，吼得大家連哭的心情都沒有了。

再看看那些只收拾了細軟出來，哭得呼天搶地的災民，大家又覺得自家的事沒這麼煩難了。這危難關頭，只能先救助自己身邊最需要救助的人。

青柏過來問章清亭：「你們是從大路走，還是抄近道回來的？」他的嗓子也啞得不像話了，想來這一日很是辛苦。

「近道。那兒的獨木橋已經被沖走，水漲得表面沒什麼，但底下有暗流，走不了人，小蝶就是在那兒被沖走的。」

青柏當即過去又發了一道令，叫兩個人過去立塊牌子，警示鄉民不要再貿然通行。

趙玉蓮覷空對大嫂道：「大哥已經回來了，快晌午那會兒到的，當時見雨下得厲害，便提前下了學，跟著李老師一起去送學生了。」

章清亭點頭，這確實是他們老師應該做的。

正收拾心情，忙忙碌碌著，忽然有兩個鄉民慌慌張張跑了來，「大人，不好了！」

又怎麼了？孟子瞻今日可著實聽怕了這句話。

從今早這雨開始猛下開始，他就開始著急，就怕出點什麼事，可事情並沒有因為怕就不來了，反而接二連三，一樁一樁的出。到處都是家園損毀、人員丟失的報告，聽得他頭皮都快發麻了。

從前坐在京師朝堂之上，每年聽著這些災情報告，只要看著賑災不力，就成朝臣們藉以相互攻擊的把柄，可現在自己坐在這個父母官的位置上了，他才知道這九品芝麻官到底有多艱難。

難道他就不想組織得力，救援及時嗎？問題是，哪裡來的人力和物力呢？

兩個來報訊的災民都快哭了，「不是我們，是趙老師和李老師出事了！」

「他們出什麼事了？」章清亭耳朵尖，剛好聽到，立即奔到他們面前。

一個災民擦著眼淚，「他們送咱們的孩子回家，我家兒子年紀小，一個沒走穩，掉進了溝裡。李老師去拉，沒拉住也掉進了水裡。趙老師跳下水去救他們，結果就沒上來了，嗚嗚……」

他情緒過於激動，說不清楚，旁邊災民補充著：「趙老師倒是把老苗家的兒子先給推上來了，是我兒子和幾個小子幫著拉的，可趙老師再去救李老師，就拉不動了，只喊了一句，讓孩子們趕緊回家叫人，就被水沖得沒影了。我兒子回家報了信，我們才知道，趕緊又叫人去找他們，可是……可是就怎麼也找不到了！」

章清亭聽得腦子裡嗡嗡作響，趙成材找不到了？他怎麼會找不到了？

就見她臉白得像張紙似的，身子不住顫抖，眼前一黑，眼看就要往後栽去。

方明珠眼疾手快，一把扶住了她，「大姊，妳可千萬別慌！姊夫會水的，也許沒事！」

孟子瞻重重一拳捶在牆上，指節一片鮮血淋漓，指天怒斥：「你到底還給不給人活路了？。」

蒼天無情，仍是下著暴雨，毫不理會凡人的生死。

章清亭回過神來，喃喃地念叨著：「我要去找他！我要去找他！」

她一把扯著那鄉民的衣裳，就要人家帶路。

「不許去！」孟子瞻上前攔住，咬著牙道：「若是他們沒造化，妳現在去了也是白搭。若是他們有造化，妳縱是不去，他們也能平安歸來。」

「你放開！」章清亭憤怒地質問：「我要去找我的相公，你縱是官，也不能攔著！」

張趙兩家人已經聽到消息，圍攏上來，「大人，您讓我們去找找吧！」

孟子瞻掃了他們一眼，強忍著心裡的難過，硬起心腸，「青松，他們要是敢走，你見一個打暈一個。」

「你憑什麼？」章清亭落下淚來，又急又怒，「你方才不讓我們去救小蝶，救賀二爺，那是知道他們有馬，又有人去救了，應該不會有事，但是我相公和李公子呢？他們沒有馬，什麼都沒有，兩個大活人被水沖走了，怎麼能不去救？」

「那我問妳，妳有什麼辦法救？」孟子瞻走到她面前，「妳會游水嗎？妳知道他們現在被沖到哪裡嗎？妳什麼都不知道！趙夫人，我一直敬重妳是個聰明人，難道妳就想不到？妳縱然去了，也只是白費力氣。現在雨這麼大，興許還會白白搭上一條性命。」

「可我們不能坐在這裡見死不救，他是我們的親人啊！明知要送死，我們能不管嗎？」

「妳若是出去遇到什麼意外，他平安回來了，又該怎麼辦？怎麼辦？」孟子瞻已經沙啞成破鑼的嗓子禁不起這麼折騰，全然啞了下去，乾咳著說不出一個字來。喘了半天，才勉強平復了胸中的氣息，大力咳嗽著，「縱是要去，也不是妳去。青松，妳立即帶這兩位鄉民去李老師家中，讓他們家組織家丁前去救援。記得一定要注意安全，千萬不能再讓救人的人出事了。」

「爺，可您……」青松猶豫著不願離開他。

孟子瞻指著地，「我就在這兒，一步也不會離開。除非是天要亡這個紮蘭堡，否則我決計出不了什麼事。趙李二位老師是為了救學生出事的，若是救不回他們，咱們又如何向這兒的父老鄉親交代？不要耽擱了，快去！」

青松領命匆匆去了。

章清亭哭得不能自已。

趙成材，你千萬不要出事！你要是有個什麼三長兩短，我這輩子都不會原諒你！

章清亭無法想像，若是沒有了趙成材，未來的生活該如何繼續？

趙玉蓮哭著把章清亭往裡扶，「大嫂，大哥是好人，又是為了救人才落水的，老天不會這麼無情帶走他的。妳瞧妳這臉色，快進去歇歇吧。」

張發財也是老淚縱橫，「女婿不是個短命的相，他肯定沒事，妳就放心歇一會兒。老天爺，您可一定要保佑我們家成材還有小蝶啊！」

張發財向老天爺跪下磕了個頭，抹了臉上混合著淚水的雨水，招呼一家人繼續救助災民，「咱們多做點好事，幫成材和小蝶多積點福。」

孟子瞻感動得眼睛都紅了。

這些百姓都是最底層最平凡的人，若是平日，自己肯定是連眼角也看不上他們，但是此刻，瞧瞧他們，沒有人問酬勞，沒有人問名利，各家各戶能夠騰出手來幫忙的，全都自發出來幫忙了。需要用些什麼東西，只要自家拿得出來的，都無私地拿了出來。

百姓用他們最質樸的情懷給這個貴公子上了最生動的一課，也深遠地影響了他的一生。

章清亭本來如行屍走肉般隨著趙玉蓮回去，可聽到張發財的話，猶如溺水之人抓住一根救命的稻草，「對，我也要來做事，幫他們積德，老天爺肯定就不收他們了。」

她喃喃說著，不知從哪裡生出一股大力，轉身又奔進雨裡，搶著幹活。用繁忙的勞作來填滿自己的思緒，腦子裡什麼也不能想，什麼也不敢想。

旁人就見她白著一張臉，像是發了瘋似的不停在雨裡奔波，任人怎麼勸也不聽。

雨一直下個不停，到處都忙得不可開交，也只好由她去了。

沒過多久，到底是體力不支，章清亭縱是再有心也無力應付。這一日來，接二連三的打擊把章清亭的神經越拉越緊，繃得就像一碰就斷的弦，而此時，趙成材的突然失蹤又給了她重重的一擊。強撐著幹了一陣，她忽覺一陣頭重腳輕，一頭栽倒在地，昏迷不醒。

在陷入那片黑暗的沼澤地前，章清亭的耳邊還能遠遠聽到大夥兒的驚呼聲、劈里啪啦的雨聲，可是再往後就什麼也聽不到了。

昏迷之前，她心裡只記掛著一件事：趙成材，你一定要平安回來！

也不知沉睡了多少，章清亭才悠悠恢復了意識。

疼，真疼啊！全身上下好像筋骨全被打斷了一般，又像是置身於熊熊燃燒的火爐裡，在紅得發白的烈焰裡被反覆炙烤著。

「大嫂，大嫂！」

耳邊是誰在呼喚？章清亭費了半天的力，才勉強掀動了沉重的眼皮，黃黃的燭火柔柔地傾瀉滿屋，溫馨而又寧靜。

窗外，雨仍未停。章清亭皺了皺眉，重又把眼合上，歇了一會兒，才有力氣又睜開了眼。

趙玉蘭眼含熱淚地望著她，「可算是醒過來了，現在覺得怎麼樣？」

章清亭定了定神，想了想，才漸漸記起之前的事情。

驀地眼睛亮了，一張口，卻覺得喉嚨好像被烤乾了似的，一動就有千萬把小刀在割似的難受，「玉……」

現在這是什麼時辰了？相公呢？小蝶呢？他們都回來沒有？

趙玉蘭握著她的手，先告訴她一個好消息：「小蝶和賀家二爺已經找到了，他們被沖到一處河灘上，人都沒事。只是現在天也黑了，水太急，人過不去。不過賀大爺打發人來說，等天亮就能把他們救回來，最遲明兒中午就能送小蝶回來了，讓咱們別著急。馬場明兒孟大人會派人去看的，這會兒已經大半夜了，妳暈了好幾個時辰，可把我們嚇壞了。大夫說妳是急怒攻心，又外感風寒，得好好將養幾日。妳渴了吧？我去倒碗米湯來給妳。」

趙玉蘭轉身想走，章清亭卻緊拉著她的手不放，殷切的目光焦急地注視著她。

趙玉蘭想說個笑話給她聽：「咱們家現在可是銀寶和元寶在幫著方老爺子熬粥做飯呢，我去端來給妳嘗嘗。」

章清亭想知道的不止這些。

趙玉蘭想想到底瞞不住，忍不住又落下淚來，「娘……娘也來了，就在廳裡神前跪著。」

章清亭的心立即往谷底沉去，費力地擠出個字來：「沒……」沒找到嗎？

趙玉蘭哽咽著道：「李家老爺把全府能派出去的家丁全都派出去了，就順著他們丟的地方，可找到這會兒也沒個音信。不過他們已經借到船了，二更天那時派人過來報了信，坐著船一路往下找去了。大嫂，妳別著急，也許到了明兒就有大哥他們的消息了。」

只要沒找到，那就是還有希望。

章清亭暗暗給自己打氣，一定不可以放棄，趙成材說不定就被困在哪兒等著他們去營救，若是自己先就這麼灰心喪氣，那他該有多少失望？

她又重睜開了眼，指著桌上的米湯。

要救人，首先得把自己的身體養好了。不說別的，光是自己家裡，這麼多人都看著。要是自己倒下了，他們該怎麼辦？

喝了一碗濃濃的米湯，章清亭感覺好過多了。喉嚨沒那麼疼，體內的熱度也退了不少，瞧著趙玉蘭憔悴的面容，忽地又想起一事，「田家……如何了？」

問起這個，趙玉蘭也是愁上心頭，「他家那老房子被沖垮了，所幸人都沒事，現在就在隔壁安置著。孟大人有令，所有災民的衣食供給都由各家各戶提供，官府日後統一結帳。只是等水退了，他們家該怎麼辦？」

章清亭想了想，「妳之前還有五十兩銀子在我手裡，回頭我再借他一些，讓他把房子先蓋起來吧，別為了圖省事就隨便弄兩間。」

「我……」趙玉蘭有些赧然，低頭小聲道：「我原本是想把那兩套金銀首飾賣了，給他們家先建兩間房起來住著。」

章清亭想著馬場損失慘重，自己重建也得要不少現銀周轉，現在能省一點是一點，「有了妳那首飾，再加上五十兩，夠他們家蓋個不錯的小院子。不過妳讓人帶個話去，這錢算我借他的，他得立個字據，要還的。」

見趙玉蘭不解，章清亭解釋道：「傻丫頭，他們家那麼多人住在妳出錢蓋的房子裡，縱是妳不要他還，他們一家能住得安心嗎？妳想要人家帶著報恩的心情跟妳過日子嗎？」

趙玉蘭明白了，滿懷感激，「還是大嫂想得周全。」

章清亭說了會兒話，費了不少精神，甚是疲倦，「妳去歇著吧，我也要再睡會兒，明兒還有好多事呢，得快些把身子養好了才行。」

趙玉蘭見她神思清明，意志堅定，也沒那麼擔心，自己回去休息了。

等章清亭一覺睡醒，再睜開眼的時候，感覺身上輕鬆了些，她自個兒掙扎起來洗漱了。眼見鏡中的自己臉色蒼白，很是憔悴，這模樣走出去，定是讓人看著擔心的。便好生梳洗打扮了一番，換件豔色的衣裳，還塗了些胭脂，掩蓋病容，打起十二分的精神出了門。

「大姊，妳好啦？」張銀寶和張元寶見章清亭容光煥發地下了樓，很是驚喜。

這兩個小兄弟現在懂事多了，大人們全出去幹活，他們就在家裡做飯打掃，一大早就起來在廚房裡忙活著，很是認真負責。

「是啊，沒什麼大礙了。」章清亭含笑跟他們一一打過招呼，又勉勵了幾句：「幹得真不錯。」但聲音裡仍透著幾分虛弱。

「大姊，妳快去坐下。」小弟們趕她去廳裡，「妳的藥就快煎好了，先吃點東西，一會兒喝藥吧。」

章清亭很是欣慰，到廳裡一瞧，果然趙王氏還在神龕前跪著。想是徹夜未眠，臉上一點血色也無，總是梳得整整齊齊的頭髮也有些蓬亂，整個人似乎一下子老了十歲，讓人瞧著心裡很不是滋味。

乍見章清亭打扮得鮮豔奪目地進來，趙王氏連眼珠子都不會轉了，愣愣地瞧著她，半天沒反應過來，這還是昨兒那個昏迷不醒，似乎隨時都要斷氣的媳婦兒嗎？

章清亭先沒跟她說話，誠心誠意地也拈了三炷香，在神前叩拜默默祝禱一番，方才起身對趙王氏道：「婆婆，您都跪了一夜了，快去歇歇吧。」

她本是一番好意，但趙王氏瞧見她這身打扮，氣就不打一處來，「妳……妳看妳像什麼樣子？妳相公下落不明，妳倒好意思收拾打扮起來？」

想她一聽說趙成材落水失蹤，立即哭得死去活來，明白過來後馬上就跪在了神前，誠心祈求上蒼保佑兒子平安。

趙王氏這一點可是非常清楚，他們老兩口將來要養老，還是得靠大兒子，若是成材有個什麼三長兩短，那她可就沒轍了。說起來還有個成棟，可成棟……趙王氏一想起他就是一肚子火。昨兒過來時，本來是有事情和章清亭相商，卻驚聞大兒子為了救人落水，生死不明，可把趙王氏嚇了個半死。

又見到章清亭暈倒那小可憐的樣兒，趙王氏也有幾分疼惜，在神前還為媳婦也燒了炷香。可誰料想，這媳婦一醒來竟是這樣花枝招展，塗脂抹粉，難道根本沒把相公的死活放在心上？

章清亭這還真是有冤沒處訴，自己不過是想打扮得精神一些，為一家老小和自己打氣，卻讓這愛挑理的婆婆誤會了。

不過憐她為人父母，兒子失蹤定是難受，便也不與她爭執，倒是耐心解釋：「婆婆，我這不也是想讓大夥兒看得放心嗎？家裡出了這麼大的事，大家心裡頭都不好過，要是咱們再有個什麼，讓人看著怎麼想？」

章清亭有感而發，不覺也落下淚來，「若是眼淚能換回相公，您讓我哭出一缸淚來都行，可那有用嗎？越是這危急時刻，咱們越是要保重好自己，照顧好家裡，讓相公回來了瞧著不揪心。我昨兒淋了場雨都病了，相公在外頭都這麼長時間了，想來捱得更是辛苦。若是咱們都倒下了，那相公回來了，誰來照顧他？所以不但我要保重，婆婆您更要保重好自己的身體，不能再添亂了。」

趙王氏聽著也有些道理，自己要是也病倒了，家裡那攤要如何收拾？

見她臉色緩和下來，章清亭把婆婆扶了起來，「您也一日沒吃吧？咱們先用些飯，吃飽了才有力氣去尋人。」

趙王氏想想有理，借坡下驢，站了起來，「希望老天開眼，好生照看著我們家成材。」

「一定會的。」章清亭陪她坐下用飯，又問她：「家中可好？這麼大的雨，那些莊稼就別管它了，別傷了自個兒的身子。」

趙王氏重重嘆了口氣，面有愁容，可現在這情況，她還是把話嚥了回去，「還說趕著秋天給你們種一季黃豆高粱出來，眼下全泡湯了，只好等來年再說了。」

章清亭倒是勸她：「不過是些莊稼，想想許多牆倒屋塌的，咱們還算好的了。」

這個道理趙王氏是懂的，吃了早飯，也不在這兒添亂了，「我先回去，家裡還有事要照應著。要是有成材的消息了，趕緊來通知我。再有，我瞧著大夥兒都在雨裡忙著，那薑湯多熬些，讓大夥兒都喝著。咱家別的沒有，薑長在地裡，沒被沖走，我晚上再送些來給你們。這個鬼天，沒人出來賣菜了，妳拿著錢也沒地兒買去。」

章清亭點頭應下，「您就不必親自跑了，讓成棟送過來吧。」

「他……」趙王氏沒好氣地道：「我讓他在家裡挖水渠，不得空。」

章清亭以為她是失了大兒子，捨不得再讓二兒子出來冒險，沒多留心。

趙王氏臨走前又回頭看了一眼章清亭的肚子，嘆了口氣，「有個孩子也好啊！」

章清亭聽得心裡又是羞澀，又是難過。看著趙王氏佝僂著身子離去，連頭髮似乎都一夜之間白了不少。若是趙成材真有個什麼，連個孩子都沒留下，也真是……太可憐了！

不，他一定會回來的！

章清亭不讓自己胡思亂想，振作精神，出去幫忙了。

大家都忙得灰頭土臉，突然見她這麼神清氣爽地出現在面前，頓時都覺得精神為之一振。

「閨女，妳沒事了吧？」

「沒事了。」章清亭見眾人都是熬了一個通宵，雙眼通紅，這樣下去肯定不好，「大家現在輪流回去休息，若是這麼強撐下去，到頭來全都病了，又該怎麼辦呢？」

青柏聽她這番話，忙上前道：「趙夫人，妳快去勸勸我們大人吧。從昨兒到現在，一天一夜都沒合眼了，一直咳到現在，話都說不出來了，怎麼勸他都不肯聽。」

章清亭微微一笑，「對付你們大人，只有一個法子，這也還是他昨天教我的。」

雙眼血紅，已經累得快要咳血的孟子瞻，在喝過章清亭特意遞來的一碗藥茶後，倒下了。

青柏萬分感激，「趙夫人，衙門裡已經沒有人了，我還得在這裡替大人處理公務，能不能暫時把他放在你們家裡看護一二？」

就張家離書院最近，就算孟子瞻醒了，也不至於太過責怪。

當然可以。章清亭讓他把孟子瞻背回自家，就安置在張金寶的房間，讓張銀寶和張元寶在家好生照看著。這邊青柏就開始安排了，把累了一天的人放一些回去休息，又讓那些已經安置好的災民出來救助新的災民。

章清亭見他一個小小的書僮做起事來都是有條不紊，條理清晰，便知孟家出身非凡，這書僮也很是得當。

章清亭此時再不敢胡亂逞強，除了幫著青柏料理些事情，再就是招呼好自己家。

到了中午，划船出去視察災情的人回來報告了。

整個紮蘭煲淹了大半，不過現在從上游下來的水勢減緩，看來上頭的雨已經漸漸止住了。

大家聽得心情輕鬆了不少，只盼著這兒的雨也快點停下。

說起神駿馬場，那人笑了，「從沒見過一個地方把馬全趕到房上的，趙夫人，您這主意真高明。我去你們那兒時，水已經淹過窗戶了，但沒到屋頂，你們家人馬都沒事。只要上游不再下雨，等咱們這裡雨停就安全了。妳家兄弟和夥計讓我帶個話，說你們放心，他們都沒事。我去時他們還在那兒撈魚烤著吃，這不，還非讓我也帶兩條回來給您。」

眾人聽著莞爾，卻也知道他們還有心情開玩笑，那就是真的沒事了。

等到用過午飯，一個熟悉的聲音在大夥兒耳邊響起：「大姊、爹，我回來啦！」

張小蝶興高采烈地飛撲而至，把大家高興壞了，立即團團圍著她，七嘴八舌地問：「妳沒事吧？賀二爺呢？這一日你們怎麼過的？」

張小蝶劫後餘生，極是興奮，「都沒事，不就是在河裡打了個滾嗎？嘿嘿，要不是賀二爺撈住我，說不定我這會兒就到東海找龍王去了。」

「妳這傻丫頭，說什麼胡話呢？」張發財抹著眼淚，敲了女兒一記爆栗，「妳這命小福薄的，那龍王爺是妳能見的嗎？」

張小蝶痛得直揉額頭，「爹，我這不是逗你們開心嗎？」

她一是吃痛，二是委屈，掉下淚來，「你們不知道，我掉到水裡有多害怕。後來賀二爺救了我，我們被沖到不知什麼地方，就那麼巴掌大的一塊兒地，旁邊全是水，也看不到個邊，快嚇死我們了。那水面上一會兒飄來隻死豬，一會兒飄來個死兔子，還有一條毒蛇差點就擠上我們那地方了。我們一晚上在那兒，連眼皮都不敢合一下。好不容易等天亮了，賀大爺才帶人把我們弄了出來。」

眾人聽她說得凶險，無不心驚肉跳。章清亭記掛著趙成材，心中像是壓著塊千斤巨石，沉甸甸得透不過氣來。

她不忍再聽，上前去向賀玉堂道謝，他一擺手，「如此天災，守望相助乃是本分。趙夫人，令妹已經平安送回，我也要回去忙我們家的事了，告辭。」

他匆匆忙忙帶著人走了，那邊張小蝶擦了眼淚道：「真是幸虧我們命大，又有匹馬，才能揀回條小命來。在那水裡困著時，我就親眼見到有人從我們身邊飄過，只可惜離得遠了撈不著，現下也不知是死是活。」

方明珠使勁捅她一下，拚命使眼色，「哪有那麼倒楣的？肯定都能救到。」

「那可說不好，天知道沖到哪兒去了。」張小蝶渾然不知，還在那兒說：「那兩個人抱著根木頭從我們身邊經過，我還瞧見他們頭上也戴了像姊夫他們一樣的方巾，想來也是讀書人吧。只是不知怎麼那麼倒楣，也掉到了水裡。」

什麼？所有人的眼睛都瞪大了，「妳再說一遍。」

張小蝶被嚇著了。

張發財拉著女兒，「妳快好生想想，他們是被沖往哪裡？」

方明珠索性說了實話：「姊夫和李公子昨兒為了救學生，掉到水裡，至今還沒找回來。」

張小蝶大駭，「怪道我說那人的聲音怎麼聽著那麼耳熟呢？就是雨太大，看不真切。天啊，那是姊夫？」

章清亭臉色慎重，「小蝶，妳快好好想一想，那兩個人究竟被沖去哪裡了？就算不是妳姊夫，咱們也該去救的。」

張小蝶當即道：「有船嗎？我帶你們去。」

讓她換了套乾淨衣裳，章清亭立即帶著妹子去了李家，跟李老爺一說這情況，大家的心都提到嗓子眼兒了。

「張姑娘，妳看清了嗎？他們落水的地方離妳那兒有好一段距離，怎會沖到妳那裡去了？」

張小蝶只敢肯定的是，看到的是兩個戴方巾的人。

青松也被叫來了，他覺得很有可能是趙李二人，「咱們只想著往他們掉水的下游找，可也有可能是一股水流沖上來，把他們往旁邊捲去了。這紮蘭堡掉的讀書人只有他們兩個，若是張姑娘看到的是讀書人，那十有八九就是他們了。」

那還有什麼可說的？趕緊去找人唄。一行人駕了小舟，重到了張小蝶落水的地方，順著她指的方向，一路往下找去。

章清亭只見下游那水都淹過了樹頂，不少小動物被水沖了出來，依著本能趴在樹梢，見人經過就哀鳴著求援，很是可憐。她們只要沿途看到，就救了下來。可是一片汪洋裡，趙成材他們究竟在哪兒？

忽然，青松的眉頭緊皺，示意大家安靜，側耳聆聽著什麼聲音。聽了一時，他眼睛一亮，果斷往東南方向一指，「那兒有人，我聽見有人吹樹葉的聲音了。」

李老爺也親自出馬了，當即臉色一變，「我家鴻文小時候就會吹的！」

這個卻又有誰不會呢？旁人不好打擊他。既是有人，不管是誰，總要救的。眾人奮力把小船向那方向划去。離得越近，聽得就越真切了，不過那吹樹葉的聲音斷斷續續，似已經沒什麼力氣了。這時候，若是再掉進水裡，那可就真的沒得救了。

青松站立船頭，運起丹田之氣，仰天長嘯。可惜他也是累得夠嗆，力氣不繼，只那一聲，便劇烈咳嗽起來，但這已經足矣。

只聽那邊樹葉之聲更響更急促了一些，似是知道有人過來，催促著他們過去。

章清亭簡直恨不得能插上翅膀飛過去看個究竟，會是趙成材嗎？會是他們嗎？

驀地，一抹熟悉的藍色出現在章清亭的視野裡。

「是他們，真的是他們！那是我幫他新做的衣服，趙成材，趙成材！」水中一棵孤零零的大樹梢上，掛著兩個人。左邊白衣的是李鴻文，右邊那個藍衣的可不就是趙成材？

章清亭激動得眼淚往下直掉，李老爺也痛哭失聲，「鴻文，爹來了，兒啊，別怕！」

小船兒划得更快了，如離弦的箭一般往前衝去。眼見近在咫尺了，忽地浪頭一打，那樹梢搖晃了一下，兩個人都往水裡落去。

船上的人嚇得失聲驚叫，青松眼力好，定睛一看，「他們沒事，都用腰帶綁在樹上。」不過也已經搖搖欲墜，支撐不住了。

大夥兒奮力向前，就連章清亭他們沒槳的也用手拚命划著水，想盡一點力。

十步、五步、三步……終於到了。

樹上兩人狼狽不堪，嘴唇上一點血色也無，眼神渙散無力，見著他們，李鴻文只動了動唇形，叫了聲爹，便兩眼一閉，暈了過去。

趙成材望著章清亭，勉強擠出絲笑意，說一句：「妳總算來了。」接著同樣人事不省。

李老爺和章清亭抱著各自失而復得的親人號啕大哭，不過這時的眼淚卻是重逢的喜悅。

他們哭得忘情，旁人看得心酸。

青松揉揉眼睛，「趕緊先送他們回去，咱們再往下游找找，說不定還能救些人。」

兩位丟失了一天一夜的夫子，被成功找回來的消息迅速在鄉里傳開，讓百姓們心中都是為之一振。既然丟了這麼久也能找回來，那其他人呢？是不是也能找回來？

本來都快絕望的人重新燃起了信心，更多的船隻加入了搜尋的隊伍。搜尋的範圍也越來越大，人在絕境之中的求生意念總是無比強大的，還當真又找回不少失散的親人。但是此時，李趙兩家最初救回親人的喜悅，卻被愁雲慘霧所籠罩。

他們兩人救是救回來了，可在洪水裡浸泡多時，全身上下多處被水裡飄浮的枝葉什麼的割破，潰爛紅腫，發起了高燒，危在旦夕。

大夫來瞧趙成材，只說了一句話：「這能不能揀回一條命，全看他自己的了。」

「大夫，您倒是想想辦法啊！」章清亭嚇白了臉，拉著大夫的衣袖，「他都活著回來了，怎麼可能救不回來呢？」

大夫兩手一攤，「我是大夫，不是神仙，能治得了病卻救不了命。別說妳家相公，就是李家公子那兒，瞧他的大夫也是一樣的話。他們這傷口在洪水裡泡的時間太長了，能撐下來全憑一口氣，可等到被救下來，這口氣就散了，熬不熬得過去，就瞧他的命夠不夠硬了。」

趙王氏撲通一下向大夫跪下了，老淚縱橫，「大夫，您行行好，救救我家兒子吧！」

大夫忙把她扶了起來，「真不是我見死不救，我這做大夫的必須把實話說給你們聽。藥方我開在這兒了，你們也別磨纏著我瞎耽誤工夫，趕緊讓人跟我去把藥抓來灌他喝下。現在外頭不知有多少人等著我們去醫治，實在不能久陪，得罪得罪。」

他背著藥箱，嘆著氣走了，屋子裡嗚嗚哭倒了一片。

趙老實拍著床，「我的兒啊，你怎麼就這麼命苦啊！」

「胡說什麼！」趙王氏吼了出來，「我家成材好端端的，你們這都是嚎的哪門子的喪？誰敢再哭一聲，我拿鞋底抽他！」

大夥兒皆收了哭聲，再不敢落一滴淚。

章清亭深吸了口氣，讓自己冷靜下來，堅決站在趙王氏一邊，「婆婆說的對。相公現在又沒什麼事，大夥兒哭哭啼啼的是幹什麼？有這工夫不如幹正經事去。這兒有我守著就行了，你們都走吧。」

「媳婦，成材就交給妳了。妳白天看著，我晚上來替妳。」趙王氏率先帶頭走了。

等人全都退了出去，章清亭才握著趙成材的手，淚如雨下。

秀才，秀才，你真的要捨我而去嗎？

我們才剛剛做了夫妻，難道你就這樣不負責任地把我扔下了？要是再遇到難題，你讓我跟誰商量去？若是有人再來欺負我怎麼辦？

我知道你在雨裡撐得很辛苦，可你既然都撐過來了，現在也一定能撐過去對不對？

你別以為你睡在這兒就可以裝作什麼都不知道，我知道你知道，你一定全部都知道。那你怎麼能這麼狠心，理也不理我一下？

章清亭緊握他的手放在自己的臉頰上，「你摸摸看，這全是我的眼淚。你還要讓我哭多久？快點好起來吧！」

趙成材臉燒得緋紅，默然無語。

夜裡，趙王氏來了，也是紅腫著眼睛，但在人前，卻是剛強得一滴淚也沒掉。讓章清亭去睡覺，她守在兒子床邊看護著。

昏黃的燭火下，花白了頭髮的母親跟兒子絮絮話著家常，還拈了香在房間裡算了方位，參拜四方神仙，喊著他的魂魄：「成材，回來，快回來吧！」

章清亭只覺心酸。這個婆婆對自己不算太好，但此時此刻，她們兩人的心卻是貼得最近的。她親自下了廚，煮了一碗小米粥奉了上來，「婆婆，您辛苦了，要是餓了，就吃點墊補著些。」

趙王氏點頭接過，章清亭第一次觸碰到了趙王氏的手。那是一雙粗糙的，布滿老繭，刻著歲月斑駁的手，不說比章清亭的手了，就是比她的腳都不知硬實到哪裡去。

章清亭心中一陣抽疼，就是這樣一雙不漂亮不溫柔的手，養活了趙成材和一家老小，若是沒來得及享上幾天清福，就讓這樣一雙手來白髮人送黑髮人，上天也太殘忍了些。

心事重重地到外間趙成材往常睡的小床躺下，枕蓆間似乎還留有他的味道。

章清亭心裡默默祈禱著：秀才，像你娘一樣剛強些，挺過來，好嗎？

翌日再醒來時，天光已然大亮。在接連下了兩日兩夜的暴雨之後，老天爺終於慈悲地撥開了雲層，太陽迫不及待重又灑下萬道金光。

章清亭站在窗外貪婪地看著燦爛的陽光，連壓在心頭的重重陰霾都消散了不少。

裡屋的門沒關，趙王氏坐在床邊的椅子上睡著了。雖然不忍心，但章清亭還是拍醒了她，「婆婆，您在外間好生睡一會兒吧，小心著涼。」

趙王氏驚醒過來，揉揉疲憊的雙眼，首先瞧的是兒子，「這比昨日好多了。」

不管她說的是不是實情，但這一刻，章清亭都是相信而且要附和的：「是好多了，相公一定會沒事的。」

大夫來了又走，臉色仍是一成不變。話也不多說，還是那張藥方，沒有變化。章清亭心裡一沉，卻再不多問。

快到日中，青柏特意來了一趟，「趙夫人，這是我們從家裡帶來的，消腫化淤極是靈驗。」

自從昨日章清亭幫他下迷藥放倒了孟子瞻，青柏對她的臉色好多了，話也多了幾句：「我們也統共就這麼一瓶，還是臨走前老太太給爺防身的。這一半爺說給你們，剩下一半我還得送去給李秀才。別看分量少，只要拿一小勺化在一碗涼開水裡，一日三次擦洗傷口，三天包好。」

章清亭瞧見小玉瓶上頭鵝黃的簽子，就知道是上造內用的，應是異常珍貴，趕忙拿了個乾淨小瓶收了一半，千恩萬謝地把他送走了。

怕旁人手腳不穩當，她自己依法炮製。也顧不得害臊，拿了乾淨的手絹，先把趙成材傷口上的藥洗去，再把這藥水抹上，到了下午再換藥時，果見紅腫潰爛的傷口明顯消下去了不少。

晚上趙王氏過來接班瞧見，很是高興，念了幾百句神佛保佑，又感念縣太爺的好。到半夜裡，她再幫兒子擦洗了一遍，章清亭早上起來瞧時，傷口更好些了。

大夫過來把脈時，臉色終於緩和了下來，「你們用的是什麼藥？竟如此靈驗。照這樣下去，命就保住了。」

章清亭怕給孟子瞻惹麻煩，只說是祖傳的一包藥。

大夫惋惜了半天，這回再開藥，那方子就變了。章清亭瞧那上頭清熱敗毒的減了些，添了些固本培元的，便知趙成材的身體有了起色，心中安定了不少。

雨一停，水開始慢慢退去。各家各戶都忙著打掃，重建家園。

章清亭跟著皮筏回到自家馬場去瞧了一眼，張金寶他們嘴上說得樂呵，可瞧著他們滿面倦容，就知這幾日在此過得很是辛苦。待要找人替換，可自家也是累得人仰馬翻，實在空不出手來。

晏博文反過來寬她的心：「不過是三五日的工夫，水退就好了，你們也不要太過記掛。只是馬廄已經被泡軟了，恐怕水一退就會垮，現在要趕緊籌錢，準備建房買糧食。」

章清亭心中也明白，胡同還有兩套房子，要是全租出去才好，可這受了災，又有誰肯來租新房子呢？等她回了家，才知道自己的顧慮實在是太多餘了。

天一放晴，方家便被搶著要來租房子的人擠滿了。原因無他，這場大洪災中，唯有這條新胡同是一點都沒受災的，所以那些商鋪老闆們都願意來新胡同租房子，誰都怕再有個好歹，那可就得不償失了。

方德海正被一大堆人鬧得頭疼，正好章清亭回來，「丫頭，妳瞧這可如何是好？」

有人就說：「乾脆競價吧，價高者得。妳家不是十兩一個月嗎？我願出十一兩。」

「我出十二兩。」

「我出十五兩。」

……

「大家且別慌。」章清亭抬手示意，「聽我說一句公道話，現下大夥兒都遭了災，若是我們仗著地方好，把新胡同的房子租價抬高，那就太不厚道了，對你們也不公平。」

眾人詫異，不料她作為老闆竟會說出這樣一番體貼的話來。

章清亭這也是跟著趙成材學乖了，錢要賺，但人心也要收買，「所以我這兒有個主意，說給大夥兒聽聽。」

「秀才娘子，妳就快說吧。」

章清亭微微一笑，「我知道大夥兒都是誠心想來租房子的，論起來都是鄉親，也沒個遠近親疏之說。若是給了你家，不給他家，都說不過去。不如這樣，這房子的租價我們還是照著其他房子一樣，只是這兩個名額就得憑大家各自的運氣了，咱們抓鬮來定，如何？」

「好！」眾人拍手，「到底是秀才娘子，真是公道！」

當下方明珠做了鬮來，大家各拈一個，花落誰家當場就見分曉，縱是沒租到的也無異議，反而是讚賞章清亭的人品。

收了錢，方德海趁機訓誡孫女：「瞧見沒有？這要做事先得學會做人，跟妳大姊要學的東西還多著呢！」

又過了兩日，趙成材終於從鬼門關前爬回來了。

再睜開眼時，恍如隔世。

章清亭好不容易才盼到他醒了，卻見他目光呆滯，好像不認識這裡一般，著實嚇了一跳，他不會也跟人換了魂吧？

她試探性地喚他：「趙成材？秀才？」

趙成材轉過頭來，「幹麼？」聲音雖然綿軟無力，但目光清明，神智正常。

一聽他這語氣，章清亭頓時鬆了口氣，又開始嗔怪：「你醒就醒了，東張西望的幹什麼？」

趙成材沒好氣地道：「我迷糊一下不行嗎？」

章清亭白了他一眼，卻道：「我一會兒就打發人給你娘報信去，這些天可著實辛苦她了。晚上都是她來守著的，這會兒才回家睡覺了。」

懂得心疼婆婆了！趙成材臉上露出一絲笑意，「妳也辛苦了。」

章清亭雖然塗了脂粉，仍是掩蓋不住滿面的倦容，尤其是一雙眼睛，透著深深的疲憊。

「扶我起來坐坐。」

章清亭拿了被子墊在他身後，扶著他躺高了些，「這樣可以嗎？你覺得怎麼樣？」

「頭暈。」趙成材閉目養了一會兒神，才重又睜開眼睛，「倒杯水來給我漱漱，嘴裡怎麼這麼苦？」

見他有精神說話，章清亭自然是高興的，忙倒了杯溫水來，「這天天灌藥，嘴巴裡能不苦嗎？你這些天全是靠藥養著的。你不知道，剛回來的時候，全身腫得嚇人，大夫都說你可能救不回來，把我們嚇死了。後來用了孟大人給的藥，只一天你的傷口就好多了。今早我看你傷口收得差不多了，大夫也說你這幾天就會醒了。」

趙成材重回人間，聽著她嘰嘰喳喳在耳邊嘮叨，竟是連抱怨也覺得無比幸福，壞壞地問：「妳看我全身了？還摸了吧？」

章清亭騰地一下臉就紅了，啐了一口，「還沒好就瞎想什麼呢？」

趙成材見她窘迫，不開玩笑了，「啊，別走，家裡都怎麼樣？」

「放心，都沒事。你落水那天，小蝶也掉到水裡了，幸好賀家二爺救了她，第二日就回來了。也全虧了她說起曾在水裡看到兩個讀書人被水沖走，我們才找對了方向，把你倆給撈了回來。」章清亭喜孜孜地道：「這回金寶可真是長大了，發大水那天，主動要求留在馬場裡替我看著，咱們家的馬一匹也沒事。這幾日我不得閒，明珠每天都有去看，說水已經一天退似一天了，再過兩日估計就會退得乾淨，只是馬廄得重新修了。阿禮他們閒在那兒的時候，已經設計好了，新馬廄定是要用青磚砌的，索性再建高一點，在頂上搭一層架子，擱上板子，平時可以存放糧食，若是再發大水，把馬兒牽上去就是。我還想著，等日後手上再攢下些錢來，請人在我們馬場裡挖一道溝渠，築起堤壩，若是再遇上大水，開了閘把洪水洩出去就好了，也不至於手忙腳亂的。」

趙成材點頭，「今年的水雖然大得反常，但日後指不定還有這樣的事，防患於未然，是該考慮得周到一些。這次大水損毀了不少房屋，妳現在找得到人建馬廄嗎？」

「已經都談好了。說起來，孟大人辦事真是沒話說，雨剛停就聯繫了幾家磚石土木作坊，由官府出面核准了公價，讓他們來咱們這兒蓋房子。不過要建的人太多，只好以交錢先後為序，咱們家的馬廄、田家的小院子全都算是急務，已經交了全款排上隊了。」

「至於沒錢的，只要家裡還有地，有莊稼，便可以由官府作保，先把房子蓋起來，日後再慢慢還。孟大人說，等申請賑災的款項下來，就算是福生這樣的人家，也欠不了多少錢。」

趙成材很是讚嘆，「有這樣的父母官，真是我們紮蘭堡的福氣。」

「誰說不是呢？現在百姓天天都念他好。縱是這場大水亂成這樣，大家心裡也是不慌的。至於你們家的老房子翻修，只好再等一等了。圖樣已經出來了，我拿來給你瞧瞧。」

章清亭去外間取來幾張圖稿在趙成材面前展開，「若是真要做，也算是大動作，得要個十來天的工夫。現在恐怕一時抽不出手來，此事我跟你娘也說了，她倒沒有意見。另兩張便是新馬廄和田家小院的，你瞧著都可以嗎？」

趙成材看都設計得非常簡單實用，點了點頭，卻又想起一事，「書院怎麼樣了？」

「停課了。現在那裡還住著滿滿的災民呢，等到家家戶戶重建起來才能開課。孟大人已經召集幾位夫子商量，爭取在中秋過後讓學生們復課，你這些天就在家裡安心休養著吧。」

不過就算是沒有這場雨，也馬上要夏收了，學校也是要放假的。趙成材想想算了，等養好了傷也可以在家裡好好溫書，最後又想起他的難兄難弟，「鴻文呢？」

章清亭噗哧樂了，「他昨兒就醒了，醒來就打發人到咱家來報信，還說要謝謝你的救命之恩，要跟你義結金蘭呢！」

趙成材也笑了，「那都是我們困在水裡說的話，那時人睏得不行，偏偏不能合眼，生怕一睡著就再也醒不過來了，他便把這輩子幹的大小缺德事全跟說我了一遍。要是不結成兄弟，我把他那些事傳揚出去，瞧他還要不要做人。現在家裡人有空嗎？若是有，打發人去跟他也說一聲，就說我不跟他結義，我要等著他來報恩。」

「人家才好，又何必去嘔他？」章清亭笑著出去，叫來保柱，讓他先去趙家，再去李家，把趙成材醒來之事跟他們都說一聲。

自家人聽了，都是高興的，急急忙忙上來瞧趙成材。

沒說幾句話，趙成材氣力不濟，實在打不起精神來招呼。

趙玉蘭道：「哥醒了就是沒事了，咱們都出去吧，讓他歇歇。哥，你有什麼想吃的？」

這麼一說起來，趙成材倒是真覺得有些餓了，「能幫我下碗麵條嗎？」

知道餓就是真好了，大夥兒心都放下了一大半。

趙玉蘭忙下去弄吃的，想他久病之人嘴巴沒味，很是用心煮了一碗清湯麵條，弄得紅紅綠綠的，看著就有讓人有胃口。章清亭端著餵他吃了麵，趙成材便又沉沉睡去了。

看著他的臉，章清亭無限歡喜。

等趙王氏聞訊趕過來的時候，趙成材還睡得正香。

「阿彌陀佛，總算是醒了！」趙王氏撫著兒子消瘦的臉龐，很是欣慰。她也不走了，就在床邊守著，等兒子醒來。

偏偏趙成材吃飽喝足，睡得甚沉，直到掌燈方才又醒轉過來。趙王氏本想跟兒子說會兒話，趙成材卻是一臉的尷尬，「娘，您能先等會兒嗎？我……我想方便。」

趙王氏忙叫章清亭進來，可把章大小姐羞壞了，「我扶不起你，讓保柱進來吧。」

就算是夫妻，她也是新媳婦，靦腆得很。

躺了幾日，趙成材覺得身上甚是黏膩，被子裡都是藥味，很不舒服。雖不敢洗澡，但讓保柱扶著他到盥洗室裡好生擦洗了一番，章清亭和趙王氏又幫他換了乾淨的被褥。趙成材收拾乾淨了，這才神清氣爽地回來躺下。

先喝了碗方德海特意幫他熬的藥膳粥，擦淨了手臉，他終於有力氣管事，「娘，您是有事跟我說吧。」

知子莫若母，同樣知母也莫若子。

趙成材從剛見到老娘那會兒，就看出來趙王氏有心事了。瞧這神色，還是不大好的事情。

趙王氏瞧一眼章清亭，「媳婦兒，妳先出去。」

「不用了。」章清亭剛想走，趙成材卻把她叫住，「娘，娘子又不是外人，您跟我說了，我轉頭還得再費力氣跟她說一遍。不如一次說完，有什麼就商量著辦了。」

趙王氏遲疑了一下，兒子說的也是，這個媳婦別的本事沒有，鬼主意可不少，這樁事情趙王氏翻來覆去琢磨好幾天了，就是想不出個萬全之策，興許她真能幫上什麼忙呢？

「那媳婦兒妳去把門關上。」

章清亭當即會意，肯定是什麼見不得人的醜事了。

趙王氏長長嘆了口氣，「成棟……真是快要把我氣死了。」

原來暴雨那日，趙王氏原本和趙老實一起去自家地裡搶割莊稼，可不一時就見山洪下來，他二人曉得危險，趕緊收拾了毛驢工具，急急忙忙往家裡趕。

因是雨大，根本聽不見他們回來的動靜，見洗衣盆裡有趙成棟剛換下來的濕衣服，她往東廂去尋，無人。往西廂去尋，卻見趙成棟正和柳氏赤條條抱在一塊，幹那苟且之事。

趙王氏氣得臉都綠了，抓著根棍子就把二人一頓好打。

趙成棟自是哀告求饒，柳氏卻是撒潑打滾，鬧得比趙王氏還凶，「是你家兒子占了我的便宜，你憑什麼打我？」

「妳這娼婦，給我滾！」趙王氏當即要趕她走。

柳氏心中早想好了對策，「沒門兒！你家兒子睡了我的身子，現在想把我趕出家門了？做夢！妳要趕我走，我立刻上衙門告你兒子去！」

「明明是妳這小賤人勾引我家兒子，我不告妳，妳還好意思去衙門裡鬧？」

「我有什麼不好意思的？」柳氏冷笑，「我是娘家婆家全不要的小寡婦，我這張臉值幾個錢？妳家可還有個做夫子的秀才，若是讓人知道你們家做出這麼檔醜事，我看妳怎麼見人。到時我還可以說是他們兄弟二人誘姦我，反正撕破了臉面，大家都不要做人了。」

她還得意地拍拍肚子，「說不定我這兒已有你們趙家的種了，就算是滴血驗親我也不怕。」

趙王氏氣得渾身發抖，「妳……妳怎麼能說出這種話來？妳到底想怎麼樣？」

柳氏說出心中的盤算：「讓你兒子趕緊明媒正娶接我進門，再把那馬場和胡同分我一半，咱們胳膊折了往袖裡藏，此事就這麼罷了。若不依我，我定要鬧得你們家雞犬不寧！」

「做妳的千秋大夢去吧！」

趙王氏火了，當下也顧不得醜，叫了趙老實進來，把柳氏拿被子一裹，嚴嚴實實捆了起來，鎖在西廂。趙成棟被鎖在東廂，芽兒她自己抱回屋裡看著，直到如今。

趙王氏愁眉不展，「柳氏起初天天在家裡吵嚷，尋死覓活，我怕街坊鄰居聽見丟人，把她那嘴給堵上了。餓了兩天，估計沒什麼力氣了，人是消停了不少，只是仍一口咬定必須要分家產，做正妻。我恨不得一刀殺了她，再給她抵命去。可你爹說，若是我行凶殺了人，一樣帶累你們的名聲。」

她忿忿地道：「那柳氏我是死也不會讓她嫁給成棟的，要是有那樣一個媳婦，我寧可讓他一輩子打光棍，可現在到底該怎麼辦？」

「混帳！」聽完此事，趙成材本來就蒼白的臉氣得更白了，眼前一陣發黑，往後暈去。

章清亭連忙撫著他的胸，幫他順氣，「你這才剛好一點，千萬別動氣。」

「這能不氣嗎？」趙成材氣得渾身直打哆嗦，「敗壞門風，淫亂無恥！娘，您別說那柳氏，最該打死的先是成棟！柳氏不是要成親嗎？行啊，就讓成棟娶了她，然後把他們趕出家門，我就當沒這個弟弟了！」

趙王氏半晌不吭聲，卻問：「媳婦兒，妳說呢？」

這幾日兒子病著，這個媳婦對她著實不錯，噓寒問暖的，讓趙王氏找到一些做婆婆的感覺，兩人關係有明顯的鬆動跡象，故此把話題拋給了她。

章清亭當然明白婆婆的心思，生氣歸生氣，趙王氏才捨不得把最心愛的小兒子逐出家門，她現在著急的是要如何把這件事情擺平。

這柳氏確實太可惡了，想著嫁給趙成棟就好了，憑什麼還要攀上趙成材？

但更可恨的是趙王氏。

早說了寡婦門前是非多，她偏不聽，現在好了，終於惹出禍來，又要他們來收拾爛攤子。

章清亭很是不悅，縱有主意也不願意痛快告訴趙王氏，只是保持沉默。

趙王氏無奈，只好自己老著臉開了口：「成材，若論起此事來，確實是你弟弟對不住你，但他畢竟是你唯一的兄弟，這兄弟如手足……」

「我沒這樣的手足！」趙成材一口打斷了趙王氏的話，「做出這樣的醜事，讓我怎麼顧他？您也聽見了，這還要拉我下水呢！當初就跟您說了不要留那柳氏，您就是不聽，現下如何？」

趙王氏心裡著實憋屈，可在媳婦面前，她卻不能就這麼承認，「若是你早把她打發走了，不就沒事了？」

「那就是說，這事反倒成了我的不是了？」趙成材火冒三丈，「成棟也真是沒出息，就這麼熬不住，一定要火急火燎地上趕著跟一個寡婦私會嗎？」

「肯定是她勾引成棟的！」趙王氏忙為自己的小兒子分辯。

「一個巴掌拍不響，兩個都不是好東西！」趙成材把章清亭想罵的話說了出來，「行了，這事就按我說的辦，讓他們成親，趕他們出去。若要分家，就把您那兩畝地給他們，想要別的，哼，我看誰有臉來拿！」

趙成材氣鼓鼓地轉過身，再不肯談這事了。

趙王氏僵在那裡，進退兩難。

章清亭心中卻是明白，趙成材嘴上說得狠，但這口氣要是消了，就又會轉頭開始替趙成棟想辦法了，還不如自己現在去做個好人，給趙王氏一個臺階下。

「婆婆，相公正在氣頭上，說的全是氣話，您別往心裡去。現在天也晚了，您就在我們這兒歇一宿，這事明早再說。」

小兒子做出這等傷風敗俗之事，大兒子又這樣絲毫不給情面，讓趙王氏自覺灰頭土臉，在媳婦面前抬不起頭來。可章清亭這麼一說，她又覺得心下好過了些。

「那我就在外頭歇一夜吧，免得妳又費事幫我收拾床鋪。」

您在外頭歇？章清亭不好意思了。

趙王氏卻已然走進盥洗室，「媳婦兒，借妳的東西用用。」

能說不好嗎？

可章大小姐到底是嫌棄的，暗暗想著明天自己就去買套新的備用，免得再有這樣的事。

各自洗漱完畢，章清亭門門回房，卻見趙成材還在生氣，「別氣了，氣也沒用。」

「能不氣嗎？這是我病著，若是我能動，都恨不得去揍那小子一頓。妳說他怎麼就不能給我省點心呢？」

章清亭似笑非笑，「你不是說要把他趕出家門，那還操什麼心？」

趙成材橫她一眼，嘟囔著：「妳也就會氣我。」他無奈地嘆了口氣，「就是趕出去了，敗壞的還是趙家門風。妳過來，咱們好生說說。」

「說什麼？」章清亭裝傻，在他身邊躺下，「你是當家的，你拿主意就成了。」

「我都病成這樣了，妳還來消遣我。」趙成材換了個口氣，「妳倒是幫忙想想，這事還有什麼辦法沒有？」

「沒有，你那主意就很好。」

趙成材著急了，「都這時候了，妳還藏什麼拙？成棟的事情要是真鬧出來，妳也跟著顏面無光。好了，知道妳主意多，快幫著想想吧，啊？」

章清亭噗哧笑了，「這時候知道求我了？不過我也把醜話說在前頭，我幹這事可沒安什麼好心，你要是想聽，我就說給你聽聽，你要是不想聽，我就不說了。」

趙成材想了想，「只要妳能把這事揭過去，對成棟再損都不要緊。」他恨恨地磨著牙，「居然還想著分咱們的馬場和胡同，簡直是癡人說夢！」

章清亭微微一笑，「那你聽我道來……」

夫妻二人躲在帳內，竊竊私語核計了大半夜。等翌日天明，趙成材在床頭跟趙王氏交代：「成棟的事情就交給娘子，娘您幫著辦就是。」

聽兒子口氣緩和了不少，趙王氏忐忑一夜的心放下不少，只是到底要怎麼做？

「相公還病著，不能太勞神。」章清亭把婆婆請到外面，「咱們首先得去見一個人。」

到底要去見誰，章清亭也不肯說，把趙王氏悶在葫蘆裡。

一直等大夫來瞧過趙成材，又抓了藥，料理完了家務，章清亭才收拾東西，帶著趙王氏出了門，也沒找別人，上隔壁找來方德海。

讓趙王氏在廳中稍坐，她自己進去跟老爺子嘀嘀咕咕說了半天，方德海聽得直搖頭，「這也太便宜他們了。」

章清亭也很鬱悶，「可是怎麼辦？畢竟是相公的親兄弟，難道真的見死不救？」

「行吧。」方德海搖著頭，拄著拐棍起身，「咱們就去走一遭了。」

再見到趙王氏，方德海皮笑肉不笑地道賀：「趙大嬸，妳這小兒子有本事啊，不聲不響的，也不費妳一個錢的彩禮，就給妳弄個現成的媳婦來了，真是好本事！」

把趙王氏窘得臉上一陣紅一陣青的，直恨不得鑽進地縫裡去。

章清亭道：「婆婆莫怪，今兒這事，必須得請個外人作見證，若是方老爺子還信不過，那還有什麼人信得過呢？」說罷，讓保柱雇了輛車來，三人同去趙家。

才進院門，章清亭便跟趙王氏約法三章：「婆婆，現在我是代替相公過來料理家務的，一會兒有什麼僭越之處，您可千萬不要見怪。這斬亂麻須用快刀，若是這一回料理不清，以後生出事來，可就麻煩了。」

趙王氏有幾分緊張，「妳好歹給我交個底吧，這事情你們到底打算怎麼辦？」

章清亭淡笑著揶揄：「您放心，不會將您的寶貝兒子趕出家門，甚至連他一根手指頭都不會傷著。這下，您放心了吧？」

趙王氏訕訕無語，可心下著實有些不快，有這麼跟婆婆說話的嗎？

方德海插了句嘴：「趙大嬸，妳若是實在心疼趙成棟，捨不得讓她來管，那我倒是要勸成材和他媳婦一句，乾脆都別管，由著妳鬧去，他們哥嫂還不用做這惡人，豈不是好？」

這話嗆得趙王氏無語。

她要是有好辦法，何至於去找兒子和媳婦？其實她原本打算是想讓章清亭私下來處置，讓她做這個惡人，就不傷她們母子和兄弟情分。可偏偏趙成材就在那個節骨眼回來了，又把這事接過手去，如今鬧起來，就是兄嫂一起做惡人。

可她要是攔著，就應了方德海這話，兄嫂全撒手，難道讓那柳氏嫁成棟去？

趙王氏心中暗嘆，只得撒了手，「罷罷罷，由著你們去吧，我也不愛操這心。」

章清亭望著方德海輕笑，老頭兒對她挑挑眉毛，彼此都不言語。

東西廂皆鎖著門，家中只有趙老實在堂屋裡看著小芽兒，見他們回來，鬆了一大口氣，「成材沒事了吧？」

「沒事了。」章清亭跟公公也見了禮，開始安排正事，「我這會兒先去問問成棟事情的始末，婆婆，您要是不放心，可以在外頭聽著，但請別出聲。您若是出了聲，我轉頭就走，再不管了。」

趙王氏還有什麼可說的？這邊還有方德海呢，自己就是想去聽牆腳也不好意思了。把東廂的鑰匙交給了她，又去奉茶給方德海。

「娘，娘，您放我出去吧！」聽得門響，趙成棟還以為是趙王氏來了，在裡屋裡道：「哥那兒怎麼樣了，我也得去瞧一眼啊！」

章清亭冷笑，這還真會找藉口。

「放心，你哥沒事。水淹不死，你也氣不死。」

趙成棟一聽就啞了，心裡嗔怪著他娘，怎麼把這個殺豬女給招惹來了？

如今手上有了兩個閒錢，趙王氏幫小兒子這房間置辦得光鮮亮麗。蚊帳竹蓆一色全新，透著股新鮮勁兒。章清亭心下不忿，想著自己剛成親那會兒的寒酸，肚子就有了三分氣。

再看趙成棟，雖被鎖在家裡，但既不捆也沒綁，一日三餐好生養著，人倒還圓潤了些。哪像她家弟妹，成天累得要死。尤其是張金寶，都多少天沒回家了，人不像人，鬼不像鬼的，他倒好，做錯事反倒在家享清福了。

她一張嘴，那話裡就帶著刺：「趙成棟，在家休息得不錯嘛！」

趙成棟頓時臉就紅了，期期艾艾地站在炕前，低著頭喊了聲大嫂。

章清亭老實不客氣在椅子上坐下，「你也別站著了，坐下。」

趙成棟剛答應了一聲，卻瞥見大嫂那目光像刀子似的，寒光四射，嚇得他坐下一半的屁股立即抬了起來，「我……我站著就好。」

算你還有點眼力勁兒！章清亭也不再客套，開門見山地問：「聽說你想分家了？」

這是從何說起？趙成棟一下就懵了，「沒有啊，我還沒成親呢！」

縱是成了親，他也不想就這麼快分家，跟著大哥大嫂過日子多好？

章清亭當然知道他的心思，斜睨著他冷笑，「你這不是馬上就要成親了嗎？」

趙成棟的臉瞬間火燒火燎的，知道大嫂的來意了，赧顏低著頭，聲如蚊蚋：「那個，我……我不是……」

「怎麼？你沒想著要和她成親？那你怎麼就到人家房裡去了？現在人家正鬧著呢，要你明媒正娶。這樣也好，橫豎你也這麼大了，早點把親事結了吧。你哥說，等你們成了親，就把家裡那兩畝地全讓給你們，你們小倆口男耕女織的，日子也能過下去了。哦，對了，還有房子。這裡你們肯定是不能住了，你大哥說你們家那老宅子那兒還有塊菜地，到時就幫著你們起兩間屋子，就算是我們做大哥大嫂的送你的新婚賀禮了。」

趙成棟越聽臉越白，現在讓他回去種地？打死他也不幹！

在馬場的工作雖然辛苦，但只要幹得好，大嫂一年至少得分他幾十兩銀子。只要不分家，他可以名正言順跟著老子娘住著，吃喝穿戴等於全是兄嫂供給，自己攢的錢還是自己的。可要是去種地，一年撐死了也就換一家人的口糧，還過得緊巴巴的，一點富餘也沒多。現在家裡仗著有哥哥嫂子，日子著實從容多了，每日魚肉不斷，四季添衣，真要是把他分出去單過，那豈不是得又過回從前那種吃糠嚥菜，朝不保夕的苦日子？

「大嫂！」趙成棟急得衝上前，章清亭一瞪眼，把他給止住了，只聽他焦急地分辯著：「我……我不分家！」

章清亭眉毛一挑，「可你媳婦要分啊！」

「她不是我媳婦！她又沒跟我成親，算哪門子媳婦？」

章清亭聽得不悅，這男人真沒良心，有膽子做還沒膽子擔了！

「你沒跟她成親，怎麼跑她房裡去了？你哥可說了，這做男人不能不負責任，你既占了人家的便宜，就得對人家負責。」

「我……」趙成棟憋得臉都醬紫了，「是她勾引我的。」

章清亭嗤笑，「你有什麼憑證？」

趙成棟急急辯解：「就是那日，嫂子妳過生日，大夥兒都喝多了。我晚上起來小解，就遇上了她，是她……她把我引她房裡去的……」

章清亭掩嘴微咳，不好意思再聽下去，「那你們……自此之後就常常幽會？」

趙成棟老老實實地點頭，「只要我在家，她都讓我過去。」

「一直都沒被發現？」章清亭真是無語，那趙王氏是幹什麼吃的？

趙成棟窘迫地盯著自己的鞋尖，「都是等著爹娘睡了，半夜才過去……」

算算日子，都快大半個月了，搞不好柳氏還當真懷了孩子，怪不得這麼硬氣。

「那她跟你好時是怎麼說的？你是不是答應了要娶她？」

趙成棟連連搖頭，「她有提過，我沒答應。我說婚事肯定要娘和大哥作主，我說了不算。」

還不算糊塗透頂，章清亭追問：「那她也不計較？」

趙成棟飛快瞟了她一眼，「她只是說，說只要給她們娘倆兒一個容身之地就行了。」

那時的柳氏溫婉可人，通情達理，每每倒讓趙成棟不好意思了，許下千般承諾萬般好處，一定善待她們娘倆。又吹噓自己哥嫂如何有錢，到時也是要分給自己一半的，等到自己能作主那時，就把她迎進門來，做個二夫人。

章清亭不用問，也能猜出究竟，卻嘆了一聲，反過來替柳氏說好話：「人家孤兒寡婦的，怪可憐，既然成棟你也喜歡，不如就娶了她吧。這婚事你放心，你大哥和我會幫你料理得風風光光的，等成了親，你們就安安分分好好過日子吧。」

「我……」趙成棟不要。

柳氏再好，他也不蠢。娶媳婦若不是黃花大閨女，豈不是被人家笑死？

章清亭打斷了他：「只是你這媳婦說話口氣太大了些，張口就要分咱們一半的馬場和胡同。這胡同和馬場你是知道的，我們和方家才是一人一半，她若要一半去，那我們還過不過日子？還是說，這是你們商量好了，要把家產全都占去？」

這話裡的意思就很不善了，趙成棟嚇得不輕，他再大膽也不敢侵吞家產呀！

章清亭又道：「她說這話可也趕巧了，剛說完你大哥就出事了。莫不是你們還有請神調將的本事，做符下咒害你哥？這幸虧還是你大哥救回來了，若是你大哥救不回來，可不就應了你們的話？」

趙成棟再也顧不得，撲通一下就跪了下來。

「大嫂，妳幫我跟大哥說說，我可真沒那心呀！那全是柳氏的話，跟我一點關係沒有！」

趙成棟之前經歷過絕味齋之事，對外人的評價還是非常在意的。自己跟柳氏的瓜葛，說出去不過是鬧點風流韻事，還無傷大雅，但若是因為一個女人去害自己的親大哥，那可真該天打雷劈。

「你這是幹什麼？快起來！」章清亭假意叫著，手卻不動。

趙成棟跪在地下，眼中都含著淚了，「大嫂，我知道我錯了，這事要怎麼發落，全憑妳和大哥作主，縱是要打斷我的雙腿，我也不敢有半句怨言的！」

章清亭故作難色，「成棟，大哥大嫂肯定是信你的，只是柳氏那裡實在難纏，這些天她在家裡是怎麼撒潑打滾你也都瞧見了。不管起初是她勾引你，還是怎麼著，你們兩人畢竟有了夫妻之實，說不好她還有了你的骨肉。若是把她趕出門去，鬧了起來，確實是不好辦啊。」

趙成棟頭磕得砰砰響，「大嫂，妳一向最有辦法的，妳幫我想個主意啊！」

章清亭故意反問：「事情你已經做下了，等你跟柳氏成了親，她就是你名正言順的媳婦。要說分家，也不是不可能的事。」

趙成棟此刻已經六神無主了，頭搖得像波浪鼓似的，「那是她貪財！我不要胡同和馬場了，看她還能怎麼鬧？」

章清亭等的就是這句話，卻沉吟半晌才道：「那我倒有個法子，只是不知你願不願意。」

「願意！」趙成棟立即點頭，「大嫂，妳就說吧！」

成了！章清亭心中暗笑，面上誠懇，「不如這樣，你立個字據給我，字據上就寫清楚若是日後你們兄弟分家，胡同和馬場怎麼分配都憑你哥作主，你絕無異議。如此一來，那柳氏可就鬧騰不起來了。」

自己的大哥是什麼樣的人，趙成棟心裡有數，絕不至於對他做出刻薄之事，聽了這話，忙道：「謝謝大嫂，我信大哥！」

章清亭的本意是要誆趙成棟立下一個日後永不分胡同和馬場的字據，可跟趙成材一商量，他卻堅決不同意。

「我讓妳在馬場帳上作了手腳，就已經是私心了，這明面上的東西，不能再做得太過，否則咱倆可不得被人戳脊樑骨罵死？妳放心，日後分家，我一定不會讓妳吃虧。不過該給的也得給他，到底是我弟弟，總沒得說咱們吃飯，讓他連粥也喝不上的道理。這事聽我的，成棟以後爭氣便罷，若是不爭氣，我另有主張。」

章清亭也不想傷了夫妻和氣，想想也就算了。

立好字據，帶趙成棟來到堂屋。趙王氏雖擔心章清亭會日後作梗，但目前確是最好的辦法。

「成棟手上都沒錢了，我看那小賤人還怎麼鬧？可她若是要賴上成材，那可怎麼辦？」

章清亭胸有成竹，「婆婆別擔心，您和公公都在這字據上按個手印，再請方老爺子作個見證，我就去找柳氏講講道理。」

搞定這張字據對她來說才是大事，至於那個柳氏，章清亭微微冷笑。既然是妳趙王氏招進來的，日後少不得讓妳自己也吃吃苦頭了。

找趙王氏要了一件芽兒的小衣服，塞在袖子裡，自個兒又去了西廂。方才說了半天的話，有些口渴，她還特意端了杯茶。

這西廂可就沒東廂像樣了，用的全是舊東西，柳氏連衣服都還沒穿上，仍是拿被子裹著，這是趙王氏怕她跑了，故意不給的。幾日沒有梳洗，弄得蓬頭垢面，狼狽不堪，見章清亭進來，也只是冷哼一聲，並不搭理。

章清亭也不理她，自己坐下，好整以暇地喝著茶，鴉雀無聲，渾似沒瞧見還有個人似的。

等了一晌，柳氏終於沉不住氣，「妳來做什麼？」

章清亭冷笑，「這話倒問得巧了，這兒是我家，妳在我家問我來做什麼，這不是笑話嗎？」

「妳少裝神弄鬼！」柳氏滿是敵意，「妳既然來了，可是你們有什麼決斷了？我可告訴妳，我的條件一點都不會變，否則我就……」

「妳就上衙門去告狀，上大街去鬧事，對嗎？」章清亭接著她的話，不緊不慢地說著，像是在說別人家的事情。

柳氏心中警鈴大作，她怎麼一點也不怕？之前跟趙王氏說的時候，可是把那老太婆氣得跳腳，難道這殺豬女想到什麼應對的法子了？還是說……

「你們想殺人滅口？」

章清亭噗哧笑了，這柳氏雖有幾分小聰明，到底還是不夠有心機。

「殺妳？為什麼？妳不過是不守婦道，耐不得寂寞，相公屍骨未寒便勾搭了我家小叔。妳要說，儘管敲鑼打鼓地說去，我家丟的什麼人？不過是好心沒好報，收留了妳們母女反而被妳敗壞了門風而已。殺妳？我還怕髒了我們的手！」

「妳——」柳氏氣得臉通紅，怨毒地望著章清亭，「明明是趙家兄弟強暴我的，還把我綁在這兒，怕我揭穿你們的醜事！」

章清亭心中暗惱，你勾搭趙成棟也就罷了，憑什麼還誣陷我家相公？

「那妳倒是說說看，我相公和小叔是什麼時候強暴妳的？在哪兒強暴妳的？是兩人一起，還是分開？妳當時是怎麼掙扎反抗未果，最後失了貞節？又是怎麼忍辱偷生，活到如今再上衙門告狀的？」

章清亭微微冷笑，「妳可要想仔細了再說。我相公每日的行程我可是一清二楚，白日在學堂，有諸位夫子和學生們作證，晚上回了家，那更不必說。我倒是想不出，他什麼時候有空來強暴妳？要是有一絲半點對不上，妳在公堂要怎麼把話圓回來？又怎麼讓縣太爺不認為妳是無中生有，含血噴人？」

柳氏倒吸了一口冷氣，她還當真沒想這麼多。起初只是想著恐嚇趙家，逼他們就範，她想著這種事情又不光彩，趙家怕她出去亂說話還來不及，怎麼好意思問得這麼仔細？

可章大小姐是什麼人？從前深宅內院裡，要是連這點事都料理不清，早被人連骨頭都吞了。

見柳氏心虛地低了頭，章清亭輕笑，「怎麼？想不出來了吧？別著急，慢慢想。只是，我家相公那兒呢，估計謊比較難扯，但我家小叔這兒是確有其事，妳要告他強暴誘姦都可以。不過呢，只有一處地方就不太說得過去。」

見柳氏不解，她好心提點：「妳想想啊，若說妳是被強迫跟他有了私情，怎麼都這些天了，也一直不見動靜？直到我婆婆撞破，妳才吵嚷出來，那這之前呢？妳可是好手好腳，又沒病沒災地待在我們家裡。妳要當真那麼三貞九烈，不是該立刻一頭撞死在衙門口，怎麼就像個沒事人似的，反而在我們家太太平平地過日子？」

柳氏的臉白了，章清亭字字句句直指要害。不論是趙成材，還是趙成棟，她都告不了。若是承認通姦，第一個要受罰的，反而是她自己。

見她理屈詞窮，章清亭這才從袖中取出一包東西，往桌上一扔，「好了，妳的謊話妳自己慢慢去編，可這事兒怎麼說？」

柳氏莫名其妙看著她，章清亭打開小包袱，「這兒是我的一對銀鐲子和銀簪子，全家人都認得，可為什麼用妳家芽兒的衣服裹著，收在妳的房裡呢？」

「妳……妳誣陷我！」柳氏紫漲了面皮，氣得眼睛裡都快冒出火來了。

章清亭故作無辜，「我怎麼誣陷妳了？這東西明明是在妳房裡找到的，人贓俱獲，我婆婆才綁了妳，本要去報官的，可這些天不是發大水嗎？縣太爺忙得亂七八糟，沒得說為了這點小事就去煩他的道理。況且我婆婆心眼好，憐妳是個年輕寡婦，無依無靠的，縱是一時手長，做錯了事，也得給妳個悔過自新的機會。她想好心放過妳，卻不料妳被揭了短，反而惱羞成怒，一定要把事情鬧大，勾引了我家小叔，做下醜事。妳要鬧，我們家也只好拚上丟臉面，陪妳一同去見官，把此事分說明白。」

她斜睨著柳氏，「男人嘛，年紀輕輕的，哪裡保得住貓兒不偷腥的？走出這個門去，小叔他該怎樣還是怎樣，日後娶妻生子，也未必就沒有黃花閨女願意嫁進我們家來。至於妳……剛死了丈夫，就做出如此醜態，妳自個兒倒是想想，世人該怎麼看妳？」

柳氏被她一番話說得瞠目結舌，半天腦子裡還在嗡嗡作響。這樣一來，別說她想進趙家的門，要那些東西了，只要是鬧騰出來，她就是連做人的活路都沒了。

章清亭也不催她，就這麼慢慢撥著茶杯上的浮沫，細細品著茶。趙王氏雖然捨不得買章清亭喝的那樣好茶，但現在手頭寬裕些，也買了包茉莉香片，這夏天泡出來，清香宜人，聞著神清氣爽。

章清亭忽地想起，自家房子都住這麼些時候了，但家中盆景花卉等等裝飾卻是一應皆無，看起來有些單調。那些貴重東西添不起，這些小東西還是可以添置一二的。到時放在案頭簷下，有些青蔥嬌豔之色，看著也賞心悅目。也不知這時節都有些什麼花兒，回去問問，可以栽種一些擺放起來才是。

見她怔怔的不知想著什麼出神，柳氏想了半天，才像抓住一根救命稻草似的，「你們……你們不能這麼對我？」

章清亭回過神來，柳氏結結巴巴地道：「我……也許我已經有了……」

章清亭慢悠悠地撣撣衣襟，似是撣去並不存在的灰塵，「打掉就是，這樣的孩子誰家會要？不過是費一副藥錢，能值幾何？」

柳氏面如死灰，徹底失了鬥志，聲音顫抖著：「你們到底要怎樣？我……我把話放在這兒，要是你們真趕我出門，我就吊死在你家門前。」

她是嫁過人的婦人了，還拖著一個小女兒，現在又失了足，再讓她離開趙家，那她真的是前途渺茫，生不如死了。

章清亭嗤之以鼻，「妳想留下？妳憑什麼留下？」

「我……」柳氏也被激上了絕路，說話沒了顧忌，「就憑趙成棟他汙了我的身子，難道就不該負責任嗎？姓張的，妳好歹也是個女人吧，能這麼心狠手辣嗎？妳也積點陰德吧！」

她撲簌簌落下淚來，「要是真趕我走，讓我們母女怎麼辦？真要把我們母女逼上絕路嗎？那我到了地府也不會放過你們！」

嚇唬誰呢？地府本小姐又不是沒去過。這事說起來跟我有關係嗎？章清亭翻個大大的白眼，等著柳氏繼續降低要求。

果然，柳氏越哭越傷心，越哭越覺得膽怯，生怕章清亭真就一點情面也不留，一定要把她趕出家門。她一個婦道人家，說起來捨得臉面，不怕丟人，可螻蟻尚且偷生，她想活下去啊。娘家和婆家是早就不管她了，離了這兒，她帶著女兒該怎麼辦？

最終，柳氏嗚嗚咽咽地求饒：「我只求……只求你們給我們母女倆一個容身之所！」

這還像句話。

章清亭道：「既是如此，那就收了眼淚說正事。也不要說我們家欺負妳，妳要是肯老老實實的，也未必就容不下妳們母女。」

柳氏絕處逢生，再不敢哭嚎，立即收了眼淚，眼巴巴地等著她的判決。

「妳想嫁與我家小叔做元配，那是絕不可能。妳若一定要留下，我就挑個日子去請金牙婆來作個見證，給妳立個契約，便算是我家小叔的妾室了。雖說這沒娶妻就先納妾確實有些不像話，但怎麼辦呢？說不得只好委屈日後的弟妹了。不過話可說在前頭，妳可別癡心妄想要扶正，否則我們家即使讓妳進了門，也一樣能隨時把妳趕出去。」

柳氏還有什麼可說？章清亭並沒有說錯，自己一個失婚的婦人，又婚前失了貞節，怎麼可能讓一個未曾娶妻的年輕男子娶她為正妻？

「哦，對了。」章清亭又把趙成棟簽了兄弟分家之事跟柳氏也說了一聲，「往後這事別說是妳了，就是成棟再娶了妻來，也沒個二話可說。以後可別瞎鬧騰，否則我聽了可是不依的。」

柳氏心裡更涼，這就完全得依附於兄嫂生活，那她怎敢得罪此二人？

章清亭起身到堂屋去跟眾人一說，趙成棟長長鬆了口氣，終於把事情擺平了。這柳氏雖是個寡婦，到底經過了人事，又年輕嬌媚，還是很得他的歡心。反正日後還能娶老婆，他倒是樂得去享這個齊人之福了。

趙王氏卻很不高興，「就不能打發出去嗎？留在家裡我看著就鬧心。」

趙老實幫著說了句話：「孩子他娘，事情都這樣了，就算了吧。等她進了門，有什麼不好，難道妳管教不得？」

趙王氏臉拉得老長，「我怕她胚子不正，改都改不過來！」

章清亭勸道：「若是打發出去，那事情就得傳揚開來，讓旁人議論好聽嗎？不如先收進屋來，她若是乖順便罷，若是鬧騰生事，您再讓她走，還免了旁人口舌，豈不為美？」

趙王氏聽了這才作罷。

章清亭又讓趙成棟拿了套衣裳進去給柳氏，讓她收拾好了出來當著方老爺子的面，把此事說個清楚。

章清亭又告誡趙成棟：「你哥可說了，讓你收了這柳氏進門，但你日後的妻室必須由他和你娘說了算，你再不能有任何意見。還有，你若是再敢鬧出這些傷風敗俗的事來，你哥說讓你自己收拾東西出門，他再不會管你任何一遭了。」

趙成棟不敢言語了，柳氏雖然對他也有諸多不滿，可現在是人在屋簷下，不得不低頭。況且這趙家日漸興隆，趙成棟又年輕力壯，能找個這樣的男人做妾室，到底比胡亂配個鄉野村夫要強。

但柳氏心裡一點都不記恨嗎？當然不可能。她只是暫時偃旗息鼓，消停了下來。

章清亭當然看得透這情勢，可為什麼還要把這柳氏留下呢？她當然也沒安什麼好心。

留下柳氏，表面上是為了把趙家的顏面給遮掩過去，實際上，她就是不想讓趙成棟日後好過。章清亭心裡清楚，這個小叔是個私心很重的人。人有私心並沒錯，錯就錯在有了私心還不知足，這就讓人很不喜歡了。

留下柳氏，趙成棟私生活就留了個污點，日後娶不到什麼高門媳婦，一來滅了趙王氏瞎折騰的心，二來做兄嫂的也好拿捏得住。

再者，這柳氏也非善碴，等趙成棟娶了妻，日後這一家子就有熱鬧瞧了。等他們自己窩裡鬥不清了，哪裡還有閒工夫來琢磨兄嫂？

不過這也是趙成棟自己挖坑自己跳，章清亭只是順手給他加個蓋子而已。

當然，多了一個柳氏，又擱在趙王氏眼皮底下，讓那個老太太有心可操，有事可忙，就沒那麼多心思來關注自己，也算是替自己省了點事。

趙成材倒是通透，昨晚想了半宿，還是嘆了口氣，「畢竟是成棟有愧於人家，縱是日後煩惱，也是他自己惹禍上身，怪不得旁人。」

事情已定，就得商量後續。

趙王氏想就著給趙成棟準備成親的東西一起辦了，章清亭卻不同意，「這先妾後妻本就是對妻的不敬，若是再讓小妾用了妻室的東西就更不像話了。不如破費幾吊錢，把西廂簡單收拾一下，讓他們住著。至於那東廂，安置好了東西，連成棟也不許去住，一色全是新的迎接新人，才是禮數。」

趙王氏聽得有理，果真只簡簡單單收拾了一下，給柳氏做了件便宜新衣，就近挑了個好日子，把金牙婆請來，作了女方的見證，男方見證依然是請方德海。柳氏對公婆和相公磕了頭，就算是迎進門了。

金牙婆這種事情見多了，一請她來，便明白了八九分，還向章清亭賠不是：「全怪我忙，來遲了幾日。起初看她還算老實，真沒想到竟給你們添麻煩了。幸虧你們家人厚道，肯收容她，要不，我真是沒臉來見你們了。」

她轉頭又把柳氏訓斥一番，讓她在趙家好好孝敬長輩，侍奉兄嫂，「可別以為那就是妳公婆和相公，那都是妳的主子。再讓人家把妳打發出門，可別再來找我了，我可丟不起這人。」

柳氏被罵得顏面無光，可這小妾的身分確實成了她的一塊心病。她立即開始用上了心，一心哄好趙成棟，免得日後正妻來了，受人刻薄。

既進了門，趙王氏對她更不客氣了，柳氏不敢得罪她，心裡又憋氣，只好回頭去找趙成棟抱怨。慢慢的，這夾心氣的滋味趙成棟也嘗到了，家長裡短的矛盾就漸漸來了。

章清亭旁觀不語，趙王氏，妳不總嫌我不好嗎？

這有比較才有高低，妳倒是好生瞧瞧妳跟誰能合得來。

柒之章　宗親上門打秋風

待把趙成棟納妾的事情辦妥，紮蘭堡第一批報建的房屋也開工了。

章清亭主動讓賢，雖排在第一批，還是讓官府先去建平民住宅，馬場先搭了個草棚子應付。有了她作表率，孟子瞻乾脆下令，所有批次裡，均是住宅優先，讓百姓們無不心服，也越發感念秀才夫妻的好。可暴雨雖停，但米麵立即漲價。孟子瞻雖開了官倉，平抑物價，不過也只能讓漲勢稍緩，尤其是各大馬場，飼養成本肯定會大幅增加。

不過家人和馬兒都沒事，章清亭已經謝天謝地了，反正她還有一些存糧，先頂著再說。

趙王氏卻是心焦不已，等水一退去，立即領著趙老實和柳氏下了地。糧食暫時種不了，種些菜總是可以的，能省一點是一點。

只是這樣一來，柳氏叫苦不迭。以往她還拖賴個幫工的名聲，趙王氏也不太好意思叫她下地，如今既是兒子的小妾了，那還客氣什麼？再說她心裡還憋著氣呢，更是拚命使喚。

柳氏自打出閣，再沒遭過這罪。一雙手好不容易養得白白嫩嫩，沒兩日已全是血泡，重又磨起老繭。待要找趙成棟訴苦，可惜連人影都摸不著。

趙成棟現在成天在馬場裡泡著，也是苦不堪言。

這是趙成材下的令：「馬場淹著時，你也沒出什麼力，在家養得白白胖胖。你看看人家金寶，瘦成什麼樣了？還有阿禮，都弄得病了，你還好意思回去摟著你的小老婆？這新馬廄沒建好，你不許給我回來！」

趙成棟心裡有虧，被大哥訓斥得不敢動了，老老實實留在馬場裡幹活。這回趙王氏倒不爭了，因為家裡只要能動的，連張銀寶和張元寶都去馬場幹活了。收拾災後的爛攤子，預防瘟疫，也確實要人出力。

反倒是章清亭和趙成材閒了下來，兩口子一起在家養病，順便商量災後重建的事情。

最重要的當然是糧食問題，但比糧食更重要的是人。

「姨媽也不知道怎麼樣了，那邊還有沒有糧？等官府開了通行令，趕緊打發人去瞧瞧。」

趙成材躺在床上，心裡著急。趙玉蓮和旺兒已經過來哭過好幾回了，可一點辦法都沒有。章清亭天天讓人上衙門打聽，可各地都遭了災，橋樑道路沖毀不少，哪有那麼容易修復？

「這個也是急不來的，沒有壞消息，就是好消息。」章清亭寬慰著他，還說起一事，「上回小蝶落水的地方就是那獨木橋，我從前不是跟你說過想找人捐資修助嗎？要不，這回趁孩子們上學前弄好吧，否則這路要繞多遠？」

趙成材一拍腦袋，「對哦，只是妳上回說的那石橋我打聽過，沒工匠會做啊！」

章清亭一笑，又畫了個吊橋出來，「我也想到這個了。你瞧，要是這樣，用鐵鍊一搭，再鋪上木板，兩邊都用麻繩編成護欄。雖走不了重貨，但是輕便的馬車行人都是可以通行的。」

趙成材點頭，「這個好，趕緊託人送去給孟大人。也不光是小蝶落水那兒，還有幾處……」

兩人正說著，趙玉蓮忽地牽著哭哭啼啼的牛得旺來了。

不用問，旺兒又想娘了，趙玉蓮也坐不住了，「真是等不下去了。姨媽一個人在那兒，這麼多天都沒消息，我真是放心不下。哥，你想想辦法，讓我回去一趟吧。」

趙成材想了想，「眼下外頭太亂，玉蓮妳是肯定不能去的。要不，這樣吧，讓妳嫂子陪妳去衙門問問有沒有去那邊報信的官差，順道去找找姨媽。若是沒有，讓福生幫著請幾個年輕精壯的小夥子去找。」

「那我現在就去，大嫂妳也不用去了，家裡正沒人呢。我不過是去問句話，很快就回來了。有旺兒陪著，沒事的。」

趙玉蓮說完，急匆匆就走。章清亭忽地想起，追上她把吊橋圖紙給她，大致說了一下，「妳把這個送去，好歹也算件差事。去了若孟大人不在，妳找青松和青柏也是一樣。」

趙玉蓮記下走了，章清亭回屋，和趙成材相顧嘆氣，這一場大雨真是把人攪得雞犬不寧。

到了衙門，青松和青柏都不在，反而孟子瞻在。只是要見，得等一會兒。

那就等著吧。趙玉蓮道了謝，帶牛得旺進了偏廳，直等了快一個時辰，孟子瞻才忙完進來。他的臉色雖比大雨那幾天好些了，還是非常憔悴，一路走一路乾咳。

「不好意思，讓你們久等了。」

「孟老師好。」牛得旺規規矩矩先向他鞠了躬。

孟子瞻點頭一笑，「牛得旺，你怎麼哭了？是想你娘了吧？」

牛得旺點了點頭，小鼻子又覺得酸溜溜的，「孟老師，我娘都好些天沒來了。」

趙玉蓮見孟子瞻似乎有話又不太好說的樣子，想來王家集那邊可能情況不大好，便爽直問道：「孟大人，若有什麼，您不妨直說。都這麼些天了，那邊一個過來的人也沒有，我們心裡也有準備了。」

孟子瞻也不避諱牛得旺了，直接說了實話：「我今兒上午才收到公文，王家集那一塊兒賑災不利，當地百姓四處逃散，現在郡裡剛派了人過去接管，具體情況如何，還未可知。先不說路上危險，萬一去了又撲了空，那可怎麼辦？」

趙玉蓮一聽更著急了，「可姨媽要是出來了，沒可能不到我們這兒來呀？」

孟子瞻搖頭，「這妳就有所不知了，如今好多路都不通，她也有可能去了外地，想繞路過來。我勸你們不如再耐心等上三五天，等那邊有個明確情況了，再回去不遲。總不能為了尋人，再搭上幾個吧？」

趙玉蓮是真著急了，可孟子瞻說的對，若是王家集那邊情況還未明朗，貿然讓人回去，那不是害了人家？

道了謝，趙玉蓮又拿了吊橋圖呈上。

孟子瞻對這個倒有興趣，聽趙玉蓮講解更是明白，「回去謝謝妳哥嫂，這事我記下了。」

趙玉蓮起身告辭，孟子瞻起身相送，才想說幾句話讓她寬心，卻又是一陣撕心裂肺的咳嗽，連氣都喘不上來，復又坐下。

趙玉蓮見著嚇了一跳，迅速從衣襟上取下一根小小的繡花針，抓著孟子瞻，擼起他的衣袖，當即就運針如飛，迅速在他手上少商、孔最等穴上相繼挑刺而過，擠出黑血，又眼疾手快地在他耳朵上扎了一下。

耳朵敏感，孟子瞻不覺吃了一驚，可驚呼起來時，卻發現自己的咳嗽好了許多。

「啊，多謝姑娘，沒想到妳還懂歧黃之術？」

趙玉蓮一面拿帕子輕輕吸去擠出的黑血，一面道：「不過是跟人學了幾招，也就會治個咳嗽風寒、頭疼肚痛。只是我倒有一句話想奉勸大人，這病向淺中醫。大人即使公務再忙，也還是要保重身子，否則您累病了，耽誤的事情就更多了。」

孟子瞻有些不好意思，看她動作自然熟練至極，未免多說了句：「妳這手藝倒是不錯。」

牛得旺忽地插言：「一點也不疼對不對？比吃藥好多了。」

孟子瞻輕笑，知道這手藝怎麼學來的了。

想想這姑娘真是不錯，就算是配給個傻子，也沒嫌棄人家半點，還操心費力地替他家賣力，光這份純樸良善就很可貴了。

送他們離開，轉頭想想，命人請了大夫來。

等青松回來，發現苦勸多時的主子居然很自覺地喝起了藥，不由得很是訝異，「太陽打西邊出來了嗎？」

青柏道：「長得漂亮，說話就管用。」

青松遞過去一兩銀子。

青柏道：「這個得二兩。」

沒兩日，果如孟子瞻所言，牛姨媽回來了。

見著他們，牛姨媽是一把鼻涕一把眼淚，「我差一點兒就見不到你們了！」

但這不是天災，而是人禍。

壞就壞在王家集那縣太爺身上，他見雨勢太大，生怕毀了家財，不急著救災，倒是讓衙役先把自家的老婆孩子、金銀細軟全運了出去。

百姓們一看就慌了，也不知道是出了什麼情況，各種流言滿天飛，家家戶戶都打點行裝，趕著跑路，弄得十室九空，人心惶惶。

牛姨媽本不想走，可架不住夥計們全都鼓動著她走，有幾個膽小的竟偷偷溜了。這下大夥兒就更害怕了，牛姨媽只得逼著夥計們把糧食全轉移到高地倉庫，這才分了錢給大家，各自逃命。

牛姨媽想來紫蘭堡，可路已經沖垮，在暴雨中又不知道確切消息，只能像個沒頭蒼蠅似的到處亂竄。折騰了幾天，人也病了。

幸好牛姨媽主意正，見勢不妙，乾脆哪兒也不去，就住在客棧裡，好生將養著。直到雨勢漸停，人也好了，又聽說往紫蘭堡的路通了，就趕緊過來了。

眼見親人無恙，到底是萬幸，只是牛姨媽仍是忿忿難平，「各處都受了災，偏偏就咱們那一處弄成這樣，那縣官就該抓去砍頭！家裡連個人都沒有，還不知被人禍害成了啥樣？」

出了一口氣，再看著章清亭，牛姨媽想起正事，「妳也甭指望我了，我那兒還不知何時能回去。妳倒是趕緊上賀家去籌點糧食，他們家這樣的大馬商肯定更著急，要是方便，幫我進點貨，咱們都先把生意做起來，後頭的事再慢慢來。」

章清亭聽得有理，反正也近，就親自過去留了句話，卻見賀家小廝瞧著她的神情有些古怪，章清亭倒是納悶起來。

等到晚飯的時候，連自家也不對勁了。

平常嘰嘰喳喳話最多的張小蝶，今兒卻是不言不語，吃完飯就到後頭廚房待著，將那一鍋剛熬好的綠豆湯攪得嘩啦嘩啦響，還拿扇子拚命扇著，明顯是在發洩心中悶氣。

章清亭莫名其妙，「這丫頭是怎麼了？」

「可能是口渴吧？」張金寶是個粗枝大葉的，還說：「我說，小蝶，妳那扇著多費勁，還把灰扇起來了。」

張小蝶白他一眼，「我高興扇你管得著嗎？有那廢話的工夫快把飯吃了，還等著洗碗呢！」

「這人吃了火藥嗎？」張金寶不言語了。

章清亭一聽，就知道這裡頭肯定有事了，小聲問張發財他們，幾人都說不知道。她想了想，便去了方家。他們一家正好也剛吃完飯，小青正在收碗，見她來了，忙要去倒茶。

章清亭擺手，「客氣什麼？忙妳的吧。阿禮，你今兒可好些了？」

晏博文點頭，「謝謝老闆娘惦念，已經好多了。大夫說，再把這兩副藥吃完就沒事了，到時就能回去幫忙了。」

「沒事也得在家歇幾日再去，往後要你出力的地方還多著，可別逞強。」

章清亭閒話幾句，找方明珠去打聽：「妳可別說不知道，我知道妳倆最是要好。她要有什麼，必不會瞞妳，快說來聽聽。」

方明珠先到門外瞧瞧無人，閂了門，這才鬼鬼祟祟地道：「有人笑話小蝶了。」

章清亭微微一怔，張小蝶是個火爆脾氣，若是尋常之事，她定是跟人吵一架，然後便罷，這是什麼事情讓她生悶氣？

章清亭忽地想起一事，「莫非是因為落水之事？」

方明珠一挑大拇指，「大姊真是聰明，我就說這事瞞不過妳！」

張小蝶上回被賀玉峰所救，兩人被困了一夜，初時還好，等時間一長，便有些風言風語傳出來了。這一層，其實在張小蝶最初被救回來時，章清亭便想到了，只是那時大家都忙著救人，無暇顧及。她那時還想著，說不定大夥兒反而因此會同情他們，也就揭過此節。沒想到，還是被人惦記上了。

「那小蝶自己怎麼想？」

「生氣唄！」方明珠答得爽快，「差點跟人吵了起來，我把她攔下來了。這種事，大姊妳之前教過，是越描越黑，反正我們行得正坐得端，哪裡怕人家來說？」

可眾口鑠金，任憑妳再清白也架不住人家謠傳。

章清亭深感頭痛，正想著對策，丫頭小玉來報：「賀家大爺來了。」

章清亭忙起身回去，賀玉堂見了章清亭，先賠了個禮，「此事論理不該等妳來找我，應該是我們家主動上門才對。只是這洪災之後，實在忙得不可開交，才一直拖延至今，還望恕罪。」

章清亭一聽這話，便知他誤會了，「賀大爺，您這是說的哪裡話？我們馬場的存糧在洪水中盡毀，想請您幫忙介紹幾家糧商，給個公允價，解這燃眉之急。」

她故意不提張小蝶之事，想聽聽他的說法。若是他就此打住，那便是沒有結親的意思，只是迫於輿論壓力，所以才不得不先表態。若是他接著往下說，那也得聽聽他是怎樣的說法，才能下結論。

婚姻大事，非同兒戲，章清亭可不會為了旁人的幾句閒言碎語，就隨隨便便把妹子嫁出去，哪怕對象是賀家也不行。

已經有了趙玉蘭那樣一個慘痛的教訓，章清亭可不想讓張小蝶再步她的後塵。就算是賀家誠意求娶，她也得好生思量一番才能作定論。

賀玉堂怔了怔，不知章清亭是真不知道還是裝糊塗，既說正事那便先解決正事吧。

「糧食沒問題，正好我們家也要採購一批，趙夫人，妳要多少，直接把數量報給我，到時咱們一起去驗貨就是。」

章清亭含笑道：「賀大爺辦事是極牢靠的，還驗什麼貨？你就容我再偷個懶了，我直接拿訂金給你。」

賀玉堂道：「這卻不必，我們馬場和那糧商早有協定，都是先送糧，用完再結帳。雖然價格貴上一些，但給的必是最好的貨色，不敢短斤缺兩。趙夫人，您既信得過，便也這麼來吧。手上的錢，先留著把馬場修好了再說。」

章清亭道過謝，賀玉堂想了想，直言不諱地道：「趙夫人，我知妳是爽快人，便也不藏著掖著了。上回我家二弟救了令妹，本來兩人都是清清白白的，卻被有些人亂嚼舌根。依我的意思，不如就讓他們成親，也算是成就一樁美事。只是他二人年紀不大，可以先放定，等著明後年再正式迎娶，妳看如何？」

章清亭聽得暗暗點頭，賀家沒有慌慌張張娶人過門，而是先訂親，緩上一兩年的工夫，這便顯出誠意來了。

「多謝賀大爺體諒，只是這婚姻大事，不比旁的，家裡還得商量商量才行。您看可否緩上幾日，再行答覆？」

「當然可以，那我們就靜候佳音了。」

門一關，家庭會議就在樓上趙成材的床頭召開了。

章清亭道：「咱們家也不興誰一人說了算，大家都可以提意見，這門親事能不能結？小蝶，妳也別害臊，這可事關妳的一輩子，別糊裡糊塗嫁了人，日後才後悔。」

眾人聽完皆是沉默，皺眉沉思。

半晌，張金寶先發了言：「依我說，這門親事好。賀家咱們都認識，也算是知根知底。賀玉峰雖然有錢，但沒有那些壞毛病，他來咱們家馬場幫忙，都是大夥兒見過的。小蝶要是嫁過去，那就算是掉進福窩裡了，日子肯定是好過的。」

「這個道理大夥兒當然都知道。」張發財顧慮得更多一些，「只是，咱家現在雖仗著你大姊姊夫，日子好過了些，但比起賀家來，還是差得太遠了。小蝶要是嫁過去了，首先，光是陪嫁就不是一筆小數目。」

「這個我來出。」章清亭道：「雖不敢說能撐起多大場面，但總能幫小蝶準備得體面。」

張發財搖頭，「就算陪嫁解決了，人家也不是誠心求娶，要不是落水，人家會來提親嗎？」

張羅氏又道：「也許這就是姻緣天註定呢？要不，怎麼就那麼巧，偏趕著小蝶掉水裡頭，那人來救？」

這話說得也有幾分道理，可張發財還是擔心，「咱們畢竟根基太淺了，小蝶嫁過去，能懂那些大戶人家的規矩嗎？別討嫌才是。」

章清亭不太贊同這一條，「規矩什麼的都可以慢慢學，他們家說穿了不過是有點錢，也不是什麼書香門第。不過，嫁人是大事，小蝶，妳喜歡賀玉峰嗎？對他有好感嗎？願意跟他過日子嗎？」

張小蝶嘴巴噘得老高，手托著兩腮，坐在小杌子上，悶悶地說：「我不知道。」
全家人都瞧著她，「妳怎麼能不知道？這可是妳的終身大事。」
張小蝶半是著急，半是不知該如何形容，「我就是不知道嘛！」
趙成材呵呵笑了，「要不，咱們都別催了，讓小蝶好生想想。賀家有錢，卻也不能光指著錢過日子。再說，咱們家也不窮，何必一定要巴著他家那個福窩？」
這話有理，章清亭道：「要不，我放妳幾天假，妳在家好生琢磨琢磨？」
張小蝶搖頭，「馬場裡都快忙死了，哪還有空放假？我晚上想想就行了。」
她帶頭先出去了，那就這樣吧。
章清亭送走一夥人，回來閂了門，趙成材道：「妳是不是不太同意？」
章清亭一笑，「你看小蝶那心思，根本就不在這上頭。雖說年紀是到了，可根本沒開竅。」她說起來還真有些不捨，「我還想多留她兩年，等她再大些，心思也沉穩了，不管嫁到哪裡，才能真正讓人放心。」
趙成材很是贊同，「別說小蝶，像金寶都不用著急，咱們慢慢幫他們都尋個好的。成棟是自己不爭氣，如今可由不得他挑揀了。」
他說起來又是一肚子的火，章清亭道：「我這也不是背地裡說人壞話，成棟確實有些毛毛躁躁的，那個柳氏就更甭提了。他那媳婦，必得要個行止端正，能持家，又能壓得住人的才行。」
趙成材點頭，其實若是章清亭心思壞一點，讓趙成棟去娶個溫柔聽話的回來，那往後的日子可就亂套了。
「其實我心裡跟妳想的差不多，這娶妻當娶賢。我倒寧可他娶個潑辣懂事的，也不能要個一味順從的。」

「那你打算什麼時候幫成棟找去？依我說，越快越好。這柳氏弄不好都有身孕了，難道真要打掉？還是讓人家進門就當大娘啊？」

趙成材斜睨著她笑，「妳安什麼心思真打量我不知道？別催啦，我心裡有數。」

章清亭挑了挑眉，知道就知道，她也不怕他知道。

錢是她辛辛苦苦賺來的，要說功勞，趙成材有，可他趙成棟有什麼？憑什麼就仗著一個弟弟的身分來跟咱們分？不如早點讓他成親，早點把家分了。

瞧她那打著算盤的小模樣，趙成材又恨又愛，把人按住，手就不老實往她衣襟裡伸了去。

章清亭臉通紅地推拒著，「你幹什麼呢？病還沒好，想什麼心思？」

趙成材手不停，還在媳婦耳邊吹著小風調笑，「我哪想了？就是摸一摸而已。妳想了嗎？」

章清亭被他揉得渾身發燙，趁自己還有餘力，大力把人推開，面紅耳赤地跑去洗漱了。

等回來一瞧，趙成材睡得倒是香，讓她平添一番羞惱。

而張小蝶晚上回了房，對自己的終身大事考慮了不到一盞茶的工夫，就去會周公了。

一早起來，她神清氣爽地宣布：「本姑娘不嫁！」她也有她的小道理，「我們倆本來沒什麼，要是成了親，那不是讓人以為真有什麼了嗎？」

章清亭聽得眼前一亮，這丫頭說的有理。清者自清，何必非得管別人說什麼？

趙成材附和道：「世上本無事，庸人自擾之。既然都沒什麼，何必為了旁人幾句閒話決定自己的終身大事？姊夫支持妳！」

張小蝶大言不慚：「我本就打算嫁個像姊夫這樣的秀才，嫁那賀玉峰，豈不是沒機會了？」

章清亭啐了一口，「這話也就在這兒說說，妳要是敢出去胡說，當心我割了妳的舌頭！」

張小蝶嘿嘿一笑，「割了我的舌頭，沒人跟妳頂嘴了，妳豈不是無趣得很？」

趙成材撐不住，笑得直打跌，「我今兒才知道什麼叫做青出於藍。」

張小蝶對姊夫扮了個鬼臉，「別以為我不知道你幫著大姊取笑我呢，趕明兒我也找個會耍嘴皮子的相公，跟你來拌嘴，看誰厲害得過誰！」

章清亭目瞪口呆，張小蝶趾高氣揚地去馬場了。

可氣完了，章清亭還是得去賀家幫這個妹妹收拾殘局。

其實認真說來，賀家對這門婚事也不滿意，既然女方都不怕人非議地大方回絕了，他們家乾脆把事情傳揚開來。如此一來，一些想嚼舌根的人也沒得嚼了。又傳了一陣，就漸漸風平浪靜了。

倒是趙王氏後來聽說，甚為可惜。這麼好的親事都錯過了，那後面還能結怎樣的親？

趙成材卻是趁機跟她提起趙成棟的親事，讓她擇一個寒門小戶的能幹女孩就好，可趙王氏自恃家境日好，有些看不入眼。母子二人意見不合，這事便拖延了下來。

章清亭卻也因此對弟妹的將來有了新的打算。

如果趙成棟能仗著有個好哥哥就來分家產，那憑什麼張金寶和張小蝶就不能分自己的？家裡的錢，是她和趙成材一起賺來的，那她的弟妹也得享受相同的待遇。

尤其這回說起賀家婚事的時候，張發財的話給她也提了個醒。自家的弟弟和妹妹，日後若是想結門好親，必須手上有點東西，腰桿才能硬得起來，總不能讓他們老這麼在自己手底下不明不白地混，章清亭也得替他們打算打算了。

又過得數日，便是七夕。

未婚女子要祈求如意郎君，讀書人在這一天還得拜魁星。

橫豎都是找個樂子，況且大災之後，大家也想放鬆放鬆，於是早早議定，在張家這邊供奉魁星，方家那邊就是女眷們拜織女。

養了這麼些時日，趙成材漸漸康復了，章清亭也回了馬場理事。

賀玉堂答應的糧食到位之後，她心裡更加安定。眼見官府建房需要牲口拖運磚木，她忽地想起上回趙王氏租馬幫人耕地一事。想著馬兒養著也是費錢，不如報個價，把能幹活的馬兒全都牽出去幹活，多少也能貼補一下。

趙成材笑她財迷，她還振振有辭：「我這不是幫人加快建房的進度嗎？」

趙成材笑得更甚，「照妳這麼說，咱們牧場還有那麼大的空間，妳怎麼不租給人家放牧？」

章清亭還真動了這個心思，可仔細想想，馬場前些年放牧較多，其實也有些吃力，不如藉此機會讓馬場休養生息，這才作罷。

趙成材看著這個財迷老婆，實在無語，不過她提出的吊橋一事，倒是造福了鄉里。

孟子瞻是個幹實事的人，命工匠勘察可行之後，在屬地裡的好幾處河道上，都造起那種吊橋來。而之前田福生因得章清亭引薦，幹過修理農具的活，做事勤快又本分，給衛管事留下了好印象，這回都不用章清亭去打招呼，就想到他了。

打吊橋的鐵鍊可是筆大活，難度不大，要的就是扎實厚道。田家接了之後，不敢怠慢，認認真真去幹了。不過田福生也專程跑來請教了一回，要不要送個禮給衛管事。

趙成材指點了一二，田福生知道怎麼做，安心回去忙活了。最後再三留下話，到時開了識字班，一定要通知他。

那個估計得到中秋前後了，眼下各家重建，都在忙活，縱是開了學，也沒幾個孩子能來。

晚飯過後，等到月上中天，先放了一串爆竹，趙成材領著家裡幾個讀書的孩子焚香禮拜。然後設了一小圓桌擺上糕點，團團圍坐，玩起取功名的小遊戲。

用桂圓、榛子、花生三種乾果代表狀元、榜眼、探花，輪流在桌上投擲，搏一把「功名」。

張金寶他們瞧得有趣，全都興高采烈參與，而對面方家樓上，一群女眷玩得也很開心。不許點燈，每個人面前都擺著七根小小的繡花針，得一口氣在月下穿過，才算是心靈手巧。因章清亭的建議，來了一場小小的比賽。別人尚好，只有方明珠和張小蝶落後了。這個還是要點基本功的，她們兩人自小針線做得少，直到現在也才學了一點簡單的縫補，那針線拿得讓人看著都著急。

眼看大家都已經穿過，她倆急出一身汗來，還在那兒費勁地瞄啊瞄的，章清亭笑道：「算了算了，咱們就取最後兩名吧。妳們兩人各給我們幾人做一樣小針線便罷。也不用描花繡朵，挑塊好看的布，一人縫個小香袋或是荷包總該不難吧？」

她二人聽如此一說，心神鬆懈下來，倒是很容易把餘下的針都穿過了。

天色漸暗，趙成材那邊燃起了鞭炮，將供奉過的魁星像和成串紙錢焚燒掉，便收拾散場了。

章清亭見狀也道：「咱們也散了吧，明兒還要早起，都別太晚了。」

幾人一起動手，東西收妥，各自回房安歇了。

章清亭回了屋，伸指勾著一樣小針線放在趙成材面前晃蕩，「送你的。」

這是一只用布紮的小蟬兒，僅有拇指大小，裡面放了香料，做得十分精巧。

趙成材一瞧便知是取其一鳴驚人、金榜提名之意，不由喜笑顏開，「多謝娘子費心。」

章清亭掩嘴笑道：「我也是盼著你一人得道，我們跟著雞犬昇天呢！」

趙成材收好了香袋，卻故作不滿，「那才送這麼一個小香袋，恐怕也太輕慢了？」

「你還想要什麼？」章清亭嗔他一眼，「做人可別太貪心，不要就還來。」

「哪有送了人的禮，還要收回去的？」趙成材腆著臉問：「我想要什麼，難道妳不知嗎？」

章清亭頰上飛紅，「又胡說了，早點歇著吧！」

可趙成材把她抓住，「我記得有人說過，等我回來時，要穿紅衣給我看的。」

章清亭半氣半惱，「那是春衫，如今都這麼熱，怎麼穿？」

趙成材含笑不語，章清亭臉上紅暈更深，「你、你還沒好呢……」

火熱的吻已然落下。

夜已深，燈猶明。罩著紗，透過床帳，只餘一點朦朧的微光。

章清亭跪坐在床，身披那件大紅新衣，內裡卻是寸縷皆無。及臀的烏黑長髮如水般蕩漾，胸前那兩團豐盈更是漾出動人心魄的波濤。

終於，男人似是受不住這誘惑一般，半抬起身含住一顆不斷跳動的鮮紅櫻桃。

滋味果然是如他想像中的甜美，讓人流連忘返。

可身上人兒的呻吟，卻被生生逼出嬌弱泣音。人在推拒，身體在邀請。

男人的喘息聲更加粗重，似不解渴般，又去吮吸那一顆櫻桃的甘甜。

滾燙的淚，終於從早已濕潤的眼角落下，混著淋漓香汗一起落到男人身上。

你中有我，我中有你。

翌日，章清亭自然又起晚了，趙成材自然也很自覺地去了馬場。走前還特意把那件大紅新衣洗了，就晾在洗漱間裡。

這件衣裳，章大小姐覺得她這輩子也是沒臉穿出去見人了，就壓箱底吧。

下樓吃過早飯，張羅氏剛好買菜回來，她突然想起要幾盆花的事情，就問了問。

張羅氏早有此意，還曾留過心，「……只怕你們說我敗家，故而沒提。這家裡乾淨是乾淨，可是光禿禿的，一片綠葉都沒有，實在難看。妳若是要，我現就去跟那花匠說，讓他一車拖來，妳看好了就要，行嗎？」

當然可以，這張羅氏是懶，可花錢的事兒很勤快，立即就去。

她如今管著家用，倒也練出了幾分膽色，不再像從前那麼蚊子哼哼似的。腰桿也挺直了，眉目也舒展了，倒是與章清亭有五六分相似。

看著她的背影，章清亭忽地注意到她光禿禿的髮髻，猛地想起，還想著要給她們打幾件首飾，給夥計們添些東西的，要不，今日一起辦了吧。

等到花匠過來，挑了十幾盆花，把家裡裝點得花紅柳綠了，章清亭又打發人各送了四盆給方家和牛姨媽，自己則去了一趟銀樓，幫眾人和自己挑揀了一些首飾，滿載而歸。

等到晚上人多時一拿出來，可把人都樂瘋了，尤其是小玉和小青那兩個丫頭，各得了一對銀耳墜，忙不迭戴上又取下，藏哪兒都怕弄丟了，惹得眾人笑得不行。

不過，最開心的是張羅氏，獨她得了一整套的首飾，耳環髮簪鐲子戒指一應俱全，閃著耀眼的銀光。她激動得手都哆嗦了，在衣襟上擦來擦去，蹭了半天才拿起來試戴。

畢竟是年紀大的人，戴得少了惹人笑話，既然要辦，就索性辦一套了。

至於方明珠和張小蝶都是一對銀花鈿，趙玉蘭和趙玉蓮卻是沒有。不是小氣，實在是錢不夠，只能先給幹活比較辛苦的幾個。

趙玉蘭很能理解，只樂呵過了，方德海卻提醒一句：「那些馬場夥計妳可別忘了。」

章清亭笑道：「放心，都安排好了。中秋快到了，過些天把那幾個小廝輪班帶出來，給他們一人買兩雙鞋，做一身新衣，也給他們打賞些錢，放出去逛逛。」

直到晚飯後，章清亭又在房裡把給自己買的幾件新首飾悄悄戴給趙成材看，「好看嗎？」

趙成材見她小女兒家天真爛漫的神態，不由心旌搖動，在她臉上重重親了一口，「我家娘子最好看了！」

章清亭羞得臉通紅，忍不住滿心歡喜。

「尤其是穿那件紅衣時。」

章清亭頓時惱羞成怒，重重掐了他一把。

笑鬧一時，趙成材又幫她把新首飾摘下，「好了好了，這些留著日後慢慢戴，走吧。」

「上哪兒？」

「回家啊。」

章清亭臉上紅暈未褪，餘怒未消，佯裝不知，「回去幹麼？」

趙成材挑眉一笑，「媳婦兒送禮去給婆婆啊。可別說妳就買了首飾給妳娘，沒買給婆婆。」

「若我沒買呢？」

「妳不是這種人。」趙成材很有自信，「就算咱們從前不是真夫妻，妳給妳家做件衣裳，都會想著我家的人，何況咱們現在是夫妻了，妳更不會厚此薄彼了。」

章清亭輕哼一聲，打開抽屜，取出一個小首飾盒，「你自個兒回去吧，我就不去了。你娘要嫌不好，可別告訴我。」

「怎麼會？一起去吧。娘也就是刀子嘴，心地卻是好的。」

「她的心是好的，只是有些偏了。」章清亭從他身上起來，整整衣襟，「我真不去了，昨兒沒抄書，今兒又沒去馬場，我還得去跟明珠對帳。你自己去吧，也好跟你娘說些體己話，我在又不方便了。」

趙成材也不勉強，自帶著保柱回去了。

只是他剛走不久，張發財忽地拿一個帖子過來，「這是什麼東西？誰家送來的？」

哎呀！小玉一拍腦門兒想起來了，「這是早上有個人送來的，說是姓趙的什麼人……本還想著一文錢也沒落著。」

「小氣！」章清亭橫他一眼，轉身回房了，卻著實有些心虛。那錢……她也一文沒收過，全做新衣服了。

趙成材收拾乾淨進來，見她噘嘴坐在床邊，不由笑了，「怎麼，這就生氣了？行啦，是我願意給妳花的行不？非那麼嘔我做什麼？咱們倒是想想該怎麼應對才是。」

「能怎麼應對？」章清亭冷哼一聲，「要依我說，以前該怎麼著，現在還是怎麼著，憑什麼欺負我們？賺點錢怎麼啦，又不是賺了他們的錢，憑什麼來打秋風？這回應了，下回肯定還會來，那不成了無底洞了？」

趙成材也是這個意思，可得怎麼辦呢？

結果到了第二日，張家百年難得一見的老親戚們也相約登門了。

在那裡擺著親戚款兒，既要好吃要好喝地伺候，話裡話外也是藉著祭祖的由頭想要錢。

張發財被吵得頭暈，直接撂下狠話：「這可不是我家，是我閨女家，我身上一個子兒也沒有，吃的喝的全是我女兒女婿的！要我出錢沒有，要人出力倒是有一個！」

「那你閨女發了財，還不是你發了財？」有人不忿，開始強要，「連老親戚也不管，這也太沒良心了！」

張發財立即跳了起來，「我怎麼沒良心了？老子當年沒錢的時候，你們怎麼一個兩個見了我，都像見了鬼似的？我張發財不是沒良心的人，當年有吃過喝過欠過賭債沒還的，我心裡有數，可你是嗎？憑什麼來跟我講良心？」

趙成材出來打圓場：「你們要是誠心叫我岳父回去祭祖，那沒得話說，該多少是多少，我岳父家的這份就由我出了。把帳本拿來，讓我瞧瞧每一家應該是多少。」

這些人你望我，我望你，都不作聲了。

半晌才有人道：「這不是發了洪水嗎？家計實在艱難……」

趙成材裝糊塗，「那可以去找衙門啊，有工派的，管飯還發錢。」

「那能不能借幾兩銀子？」

「成。」趙成材痛快答應，「拿東西來抵，找保甲估個公價，立個字據。」

幾個親戚無法，只得灰溜溜地走了。

這頭秀才擺平了，那頭得章清亭做壞人了。

到了第三日，趙家派人上門來取銀子。一問秀才不在，只有她在家，頓時知道這事夠嗆。

章清亭直截了當開了口：「請把帳本拿來，看是什麼樣的大祭祀，一家需要攤到二十兩。」

一人猶豫著說：「不是說好了你們家出嗎？」

章清亭冷笑，「煩請帶句話回去，是不是趙家只剩下我們這一門嫡系子孫了？若是的話，這錢就歸我們拿。」

那人大窘，紫漲著面皮走了。

當晚卻又有人傳了話來，要趙成材明兒過去說話。

趙成材火了，「這還沒完沒了了？我明兒就去，看他們要怎麼管我要錢！」

章清亭柔聲勸著：「你先別生氣，這事也不是生氣就能解決得了的。想想我家來人時，你不心平氣和處理得很好嗎？」

「那不一樣。」

張家人肯痛痛快快離開，有很重要的一點，是因為章清亭是他的妻子，畢竟是嫁出去的女兒，就不是張家人了。她肯供養娘家人是一回事，並不代表就得由她來襄助娘家的親戚們。但是趙成材

沖喜

桂仁／著
畫措／繪

琴棋書畫樣樣精通的大家閨秀，淪落為寒門小戶的殺豬女，
卻因此與斯文俊逸的貧寒秀才做起了假夫妻，
誰知做著做著，竟做出了生死不渝的真感情來……

不一樣，他是男人，總不能說這家當是章清亭的，跟他沒有干係。

章清亭想了想，「若要得罪人，就讓我去。」

趙成材是有功名之人，若是為了錢財與宗族起了爭執，不管怎麼說，傳出去都不好聽。若是章清亭去了，哪怕吵起來，罵她幾句小氣刻薄也沒什麼關係。

而且若是趙成材和宗族談崩了，那就一點轉圜的餘地都沒有了。再說，他們日後總不得就孤家寡人過日子吧，宗族事務得有些往來的，所以章清亭決定了，由她去。可去了要怎麼談？小夫妻又商議了半天才定下。

章清亭說得累了，準備歇下，可趙成材親親她的面頰，又轉頭去溫書了，「趁著這時候有空，晚上也不冷，多讀一點總是好的。前些天病著可耽誤不少，我若是能再進一步，日後咱家也能少些煩心事。」

瞧他燈下用功，章清亭雖是心疼，卻很歡喜。

算來他們現在還算是燕爾新婚，這秀才雖有時壞了一點，但依舊惦記著自己的正業。有這樣的相公，是福氣呢！

「那我去樓下拿兩塊點心上來給你，你一會兒餓了，自己記得吃。」

趙成材瞧著她笑得溫暖，分明是見慣了的面容，卻硬是多出幾分動人心弦的味道。

「這莫非就是情人眼裡出西施？要不，我怎麼覺得娘子越來越好看了？」

章清亭早被他目不轉睛看得臉紅，聽了這話，更是嗔道：「好好看你的書吧！」

她匆匆下去了，心裡卻是異常甜蜜。

翌日一早，章清亭誰也沒約，就帶著自家丫頭小玉，一起去了趙族長家裡。

本來是想要約趙王氏一同去的，可轉念一想，趙王氏畢竟也是上年紀的人了，老這麼出來撒潑打滾的甚是不雅，況且只是些銀錢之事，不如自己一人做這惡人算了。為此，她特意挑了件素色衣裳，毫無裝飾，又讓小玉把那睡覺都捨不得摘的銀耳墜子收了起來，備了幾樣點心，前來探視。畢竟是長輩，這禮數不可缺。

趙族長約了趙成材，沒想到來了章清亭。有些意外，但也算合情合理。

上回趙玉蘭一事幾乎讓他名聲掃地，趕巧那一場大洪水過來，趙族長重又抓著機會，領著頭兒在雨裡沒日沒夜地幹，幫著救人搬運財產，這一下子，不僅又幫他挽回了聲譽，更比從前還要好些。

中元將至，今年在這場大災過後，劫後餘生的人們格外容易相信鬼神的力量，故此對這一回的祭祀也甚是看重，可要是想辦得風光，這錢從哪裡來？

畢竟遭了災，各家都有些受損，此時的趙成材，自然進入大家的視線。

早知道趙家建了條胡同，又得了個馬場，這樣發財，難道不應該由他家多出點錢嗎？

若趙家只是普通人家，那根本不用對他們客氣，一聲召喚他就得拿著錢過來。不過，趙成材有個秀才功名，又在學堂裡教書，名聲頗好，所以族長才讓人客客氣氣寫了個帖子過去。

只是沒想到，竟被如此無禮地打發了回來，趙族長有點意外，卻也有點歡喜。

若是趙成材這麼不識好歹，那麼他盡可以借助族人的仇富心理，趁機好好報一箭之仇了，所以他一點也不著急，就等著聽章清亭如何狡辯。這個小媳婦他是領教過的，刁鑽古怪，潑辣蠻橫，只要她沉不住氣鬧了起來……

趙族長心中閃過一抹狠厲之色，端起茶杯。

初來乍到，章清亭也觀察了一下趙族長家。

他家應該也算是殷實人家了，一個兩進的院子，齊齊整整的青磚大瓦房。雖然簡樸，但還是看得出幾分底氣。只是四處都塞得滿滿當當，連堂屋裡也擺著不少東西。想來，是人口眾多的大家庭，這樣日子也不會好到哪裡去。

寒暄幾句，章清亭先賠了個罪，「今兒本該是相公要來的，奈何這場洪水之後，家中實在事多。尤其是他前些天病得厲害，有許多外頭場面上的事情都沒人料理，實在是走不開。因想著大伯是至親，咱們一家子關起門來也好說話，這才打發我來，還望大伯莫怪。」

她這番話說得很是委婉，且趙成材為了救落水學生幾乎喪命，人人皆知，趙族長一時還挑不出理來，便順勢問了句：「成材沒什麼大事吧？若是實在支應不過來，回來說道一聲，看讓哪個叔伯兄弟去給你們搭把手，也是應該的。」

這就想塞人了？章清亭假裝聽不懂，「謝謝大伯關心，相公已經好多了，如今家家都不容易，縱有困難，咱們自個兒咬咬牙克服一下也就好了。」然後迅速岔題：「大伯，你家這回可有什麼損失？日子可還好過？」

趙族長一愣，從來都是族人們向他哭訴災情，還當真少有人來關心他家的生計。

若是旁人問了，他少不得感動一回，可偏偏是印象最為惡劣的殺豬女，便把這當作無事獻殷勤，臉上淡淡的，答了兩個字：「還好。」

章清亭也不生氣，卻哀嘆一聲，「我家卻是時運不濟，剛剛掏光了老底，接手一個馬場，誰想就趕上這場禍事？我們馬場地勢又低，洪水一來，一下被沖得乾乾淨淨。幸好幾個夥計們忠心，守住了那幾匹老馬，還算有點盼頭。可人又接二連三地病了，真是……一言難盡。」

這是來哭窮的嗎？趙族長譏諷道：「你們既有能力接那麼大個馬場，難道日子還過不下去？就算沒了馬場，你們還有那麼大條胡同呢，不也是穩穩的收益？要是連你們都叫日子艱難，那叫族裡這些人家怎麼過活？」

章清亭算準了他會說這話，又裝出愁眉苦臉的表情，「大伯，您可千萬別誤會，我可不是來哭窮的，實在是這其中……罷了，大伯，您也不是外人，說給您聽聽也不要要緊。」

她努力洗刷著自家的有錢形象，「咱們那胡同是怎麼來的，全紮蘭堡的鄉親們都瞧著。這房子也是前幾個月才完工的，剛收上租來就全還了蓋房子的欠款。那馬場能接下來，也是指著胡同押的款子借的。」

「我們家起初也沒做過這門生意，只是我一時頭腦發昏，見別人賺錢眼熱，便也弄了下來。等真養起來，才知道那裡頭學問可大著。沒個三五年，根本摸不著錢影。而這馬兒成天要吃要喝，花錢不說，比人還難伺候。」

「也不怕您笑話，我們是接了這馬場才知道原來那馬場裡的好馬全被人挑走了，剩下的全是些老弱病殘。現在家裡人成天埋怨我，旁人還以為我們多有錢似的。」

趙族長聽著倒也覺得有理，人的心理就是這麼奇怪，當你見到昔日與你相仿，或是還不如你的人陡然發家時，除了妒忌，還會生出一種隱隱的不信任，就是不願意相信他們真能這麼好。而此刻章清亭這麼虛虛實實交代了家底，倒讓人心裡平衡起來。再看章清亭，身上也不過是家常舊衣，別無飾物，毫不起眼，看著跟自家人也差不了多少。

趙族長心態平和了些，但仍是不願放過她，「你們縱是一時為難，但正如妳所言，這過上幾年便比許多族人強多了。」

章清亭自嘲道：「託您吉言，但願如此吧。要是再來一回天災，恐怕我那馬場真就得關門大吉了。」她兜了一圈，把話題引回正題上來，「瞧我瞎扯些什麼？差點誤了正事。我家相公打發我來問一聲，那個讓我們家出二十兩銀子是怎麼回事？收到這帖子，我們起初還以為弄錯了。雖說這祭祀肯定得用心，但今年剛遭了災，就出這麼高的份子，大夥兒都受得了嗎？若是大夥兒都這麼出，那咱們少不得去借高利貸也還是得交這份子，只是請大伯您給句準話就行。」

聽章清亭已經把話扯到這裡來了，趙族長也不好虛應，乾脆就說了個明白：「正因為大夥兒都遭了災，所以這回分派到你們家的就多些。這也不是我的主意，是大夥兒的主意。」

這話他說得問心無愧，可以儘管找人去對質。可章清亭要找人對質做什麼？誰家出多少錢，若不是你這個族長金口玉言，旁人又怎能來我家強要？

章清亭面有難色，低下了頭，半晌不語。

趙族長陪她乾坐了半天，忍不住道：「成材媳婦，你們家的難處我也能體諒，但畢竟你們家現在的家業是大夥兒都瞧見的，我也不好偏袒。總不能說，你們不出，還讓那些更窮的族人來出吧？」

章清亭擠出了幾滴眼淚，帶了幾分哽咽道：「大伯，您是最知疼著熱的。這也不是我們小氣不肯出這個錢，實在是心有餘而力不足。」

「因接那馬場，我們現在還欠著衙門裡的債，每年二百兩，要還足十年的。若是我們真的闊氣了，何以我家公婆還要成日照管那兩塊地？就連我娘家老宅那一塊，也全給扒拉出來種了菜。」

「我娘家什麼情形，鄉里沒有不曉得的，半分薄田也無，家中弟妹又多，全跟著我們過活。這日頭還毒著，連我家弟妹都全上馬場幹活去了。若是真有錢，至於這麼著嗎？再說那胡同和馬場也不是我一家的，還有人家方老爺子在裡面，我們家統共算下來，光是吃飯就十幾張嘴，又能餘下幾個呢？」

她越說越傷心，拿手絹擦著眼角，「但凡家裡略能過得去，我一個婦道人家又何須不顧臉面成日在外奔波？難道我就不知道羞恥嗎？這不全是沒法子的事情？」

趙族長聽著這番話，氣順了不少。

他們家要是當真有錢，遠的不說，那個趙王氏就不是個消停人，肯定早作威作福四里八鄉炫耀起來。這肯定是表面花架子搭得漂亮，但日子過得也是一般般的。

他的心裡略有些鬆動之意，「可這事不好辦啊，這都是幾個族中長輩一塊兒定的。要不，這樣，成材媳婦，你們家就受一回委屈，把那馬賣上兩匹吧。」

呸！你家有馬捨得賣嗎？今兒賣了要祭祀，明兒又得來打主意，哪裡禁得起這麼折騰？

「大伯，我們家馬一共才那麼幾匹，都已經接了活，一時半會兒也賣不了。您瞧這方圓百里開馬場的，可有一家像我們家這麼租馬出來幹活的嗎？打著燈籠也找不出第二家來。」

「那你們家想出多少呢？」趙族長心想著她可能真的拿不出來，開始討價還價了。

章清亭吞吞吐吐道：「要不，這樣，這中元節也就幾天工夫了，這錢我們家實在湊不出來，可我們也不能讓您為難對嗎？那就把我家的家具搬來您這兒吧。您帶人去估價，算夠二十兩就拖走，先讓族裡大夥兒都湊湊，回頭等我們湊足了銀子再來贖家具。」

這話說得太過了，趙族長臉面有些掛不住。這要是讓人知道，不罵死他們才怪。

「這可絕對不行，妳還是想些別的法子吧。」

章清亭兩手一攤，「可真是想不出了。您若是怕有人瞧見而閒言碎語，就半夜三更領著人來。咱們既應允了這個帳，肯定是要還的。只是請大夥兒寬限數日，別逼得太急。要不，我讓我家相公來立個字據？」

她越是這麼說，趙族長越是搖頭，「讓成材為了這個來立字據？那也太難看了。」

章清亭面上很是誠懇，「這還是相公特意囑咐的，他說大伯您難得跟他開一回口，咱們就是砸鍋賣鐵也得盡力辦了。族裡就他一個讀書人，若是他再這麼不知禮，可怎生是好？」

她又似是不經意地絮絮叨叨著家務煩惱，「只可惜學堂現在停了學，要到中秋過後才開課，現在他也沒有什麼進項。上回去郡裡進學，連送老師的賀儀都是東拼西湊的，實在不像個樣子。等秋後過去，必又是一大攤，這可要從哪兒來呢？」

趙族長聽得詫異，「成材還要去郡裡進什麼學？」

章清亭忙掩了口，似是說漏了嘴，卻起了話頭又不好意思隱瞞，「大伯可別笑話，不過是相公的一點小意思。他常跟我說，如今雖有了個小功名，到底登不上大雅之堂。他想明年去參加秋試，若是祖宗庇護，僥倖搏個功名回來，那咱們全族可都能揚眉吐氣了。只是這事情也未成，他也不好意思張揚，正日日在家用功呢。」

「哎呀，這等大事你們怎麼不早說？」趙族長激動得一拍桌子，「還讓他管什麼家裡的事？趕緊讓他回家好生讀書才是。」

章清亭心中暗喜，到底還是這個理由打動了他。

之前在家跟趙成材合計時，他還覺得此事又沒成，不好意思拿出來說，可是章清亭卻有不同的看法。這不論是南康還是北安國，一個家族出一個有功名的人可是件了不得的大事。若是族裡遇到什麼事情，可比那些沒有功名的同鄉要硬氣許多。

趙成材雖然還沒有得到更好的功名，卻是趙氏宗族目前唯一有資格去爭取功名的人。

趙族長不由得思緒澎湃，若是趙成材日後真的高中，那他們這一族得到的好處會少嗎？再等他弄個官當當，那他們豈不是都能跟著雞犬昇天？

他們這些族人現在出不了錢支持趙成材，但起碼可以跟趙成材弄好關係吧？到時有了個這樣的族侄，他們面上該是多麼光彩？

趙族長當即就問章清亭：「那你們家能拿出多少？若是太多就算了，可也不能太小氣，畢竟大夥兒那裡不好交代。」

章清亭心中竊笑，知道已經妥了，故意猶猶豫豫地道：「那我們家這回就出二兩銀子行嗎？這原本是預備給相公看病的，後來有了縣太爺送來的藥，好得快，就省了這一條。本說給他燉些補品的，他人還年輕，不吃也行。」

其實二兩銀子真不算少了，一大家子一個月的花用都是夠的，往常一次祭祀，一家攤個幾十文錢就可以辦得似模似樣了。

趙族長迅速做了決定，「那你們家這回就出一兩銀子，剩的還是給成材買點好吃的。讀書人傷腦子，該補就得補。家裡的事情妳多擔待著些，這求取功名可是大事，千萬別讓他再操心家裡的事情，還是讓他來……算了，等祭祖那天總會見到的，到時說也是一樣，妳先把我的話帶給他聽。」

章清亭當即應允，又將荷包全倒出來，零零碎碎湊出一兩銀子交了。這也是她事先設計好的，若是一說要錢就拿出現銀來，未免惹人疑心，便特意收了些零錢過來應付。一共就一兩多一點，若是要二兩，還得讓人回家再跑一趟。

送走了她，趙族長臉上顯出一絲近乎凝重的表情。

趙成材要進學是好事，他要是能考取舉人那更是天大的好事。只是，等他真的飛黃騰達了，雖是自己的族侄，卻畢竟沒那麼深的牽絆，那怎麼能讓他為自己家謀求更多的好處呢？

人都有私心，而聯姻，永遠是最可靠最穩妥的方法。

他有個外孫女，今年十四，長得不錯，正好可以嫁人了。

趙族長此時忽然有些妒忌起張發財來，那老小子怎麼就這麼走運，招到這麼一個好女婿？自己當初怎麼沒早發現這樣一個寶藏呢？

可若是趙成材當真高中了，便是將自己的外孫女送他做妾，又有何不可？至於輩分，那更不是問題，只要不是血親，就都說得過去。

趙族長開始認真籌謀起這件事來，若是要做官夫人，首先得把外孫女送去學習，讀書識字、琴棋書畫都得懂一點。再有，得跟趙成材搞好關係。當然，最重要的一點，就是要等。等到明年秋天大比，成績出來之時，再行定論。

他眼睛一睉，心裡開始湧動著難言的喜悅。若是此事成了，那他們家可都飛上高枝了。

章清亭離開趙族長家時，見時辰尚早，便去馬場找趙成材報喜。

趙成材聽了自然高興，要不是外頭人多，都恨不得親她兩下當作獎勵。

兩人雖未有親密的舉止，但瞧見他們彼此之間濃得化不開的眼神，落在旁人眼裡，只要不是瞎子，就能看出這小夫妻感情甚篤，郎情妾意。

等去祭祀的那天，趙族長明顯對趙成材的態度更加親熱和客氣。就是有些族人仍心存不滿，都被趙族長頂了回去。

祭祀完畢，趙族長又把趙成材單獨叫到一邊關心了一回，讓他安心讀書，若是家中人手不夠，甚至表示願意讓自家子侄免費過去幫忙。

媳婦來這一趟的效果也太好了吧？趙成材心中又是納罕，又是好笑，連連道謝，但對於讓他辭去教習之事，卻是堅決不幹。

一來他是真心喜歡教書，二來若是什麼都不幹了，鄉親們不更得疑心他家有錢？

回去路上，趙老實很高興，「瞧，還是成材有用，現在連族長對咱們家都這麼客氣。」

趙成材心中卻是明白，這無事獻殷勤，必有所求。

估計如娘子所言，是聽說自己要去參加鄉試了，怕他萬一高中，是以提前搞好關係。

天氣晴熱，走不一時便出了一身的汗，趙成棟忍不住抱怨：「好好的連馬也不能騎，這麼遠的路，還得走一個時辰呢！」

趙成材瞪他一眼，「出來時怎麼交代的？是不是你錢多得耐不過，想去充那有錢大爺？」

趙成棟悻悻的不作聲了。

出門前，章清亭特意提醒了趙成材，都不要騎馬騎驢了。以前怎麼去的，現在還是怎麼去。別這頭剛叫窮，那頭就大搖大擺露了馬腳。

瞧瞧四下無人，趙成材正好尋著個機會，教訓弟弟：「你呀，也長點心眼吧。眼看就要成家立室的人了，還成日這麼毛毛躁躁的。上回偷了人家東西，這回更好，索性偷起人來，羞也不羞？」

趙成棟被罵得臉紅，極力辯解：「上回的事，不是娘攛掇的嗎？就這回，也是柳氏她先那啥的。再說，我不也接進門了。」

他還有理了？趙成材心裡怒氣更熾，這個弟弟出了錯永遠都是往別人身上推。

「要說上回那事，確實是娘調唆的，可你敢說你當時不是見財起意嗎？這回可不是娘的意思吧？人家一勾搭你就去了，你怎麼就這麼沒出息？若不是你大嫂從中周全，你如今怎麼辦？也不想想她要是沒點心思，憑什麼給你占便宜？」

趙成棟被罵得抬不起頭來，前面不敢多說，後面卻要解釋：「其實不是這樣，她也是個可憐人，就想找個依靠來著。」

趙成材冷哼，親兄弟之間，話也說得不客氣了，「那你憑什麼給她依靠？現在就把你們放出門去，你能養得活她們母女嗎？這話虧你也信！若是當真只要個依靠，為什麼我們剛說要把她送走，她就攀上了你？」

「你也動腦子想一想，要是咱家什麼都沒有，人家能看得上你嗎？別耳根子又軟，眼皮子又淺，被人幾句甜言蜜語就哄得不知姓什麼了。我看還是早些給你娶個正經媳婦，管管的好。」

趙成棟被罵得臉上無光，火氣也起來了，逆反心更重，可又不敢得罪大哥，只能悶在心裡。

私心卻想著，還是柳氏說的對，總怪他有私心，可大哥大嫂不是一樣嗎？明明有錢，卻裝副窮酸樣子來祭祀。說是為了逼柳氏作妾，為何要讓他簽下那樣的字據？如今還想給他尋媳婦，怕是想早點分家吧，我才不上你們的當！

趙成材一片苦口婆心，卻不想敵不過枕頭風。

那柳氏哪裡安的好心？她就盼著趙成棟晚娶，自己好多生幾個孩子，讓好姑娘不願意進門，她就能占便宜。

回到集市，父子三人分手，趙成材回胡同那邊，趙老實和趙成棟自歸家去。

趙成棟本說要回馬場裡去，可柳氏好些天才見自己男人回來了，拉扯著就不想放手。

趙王氏也心疼小兒子，便作了個主，「那就歇一晚再走，你哥問起來有我呢。」

趙成棟正沒好氣，挑撥道：「得了吧，您現在又不當家又不管事，說了也是白說，走了。」

趙王氏甚覺顏面掃地，心頭隱有火起，一把拉著韁繩，「我今兒就留你在家了，我現在就去找你大哥說去。」

趙成棟正巴不得有人去找趙成材麻煩，不過也要為自己開脫，「去了可別說是我想留下，省得又讓大哥回頭找我麻煩。」

沒問題，要是連這麼點大的事情都作不了主，她這當娘的還有什麼面子？趙王氏氣勢洶洶地出門了。

柳氏滿心歡喜，勾起成材，想回屋去，趙成棟卻將她一把推開，翻身上馬，「走了。回頭跟娘說，她不怕，我怕受那個鳥氣。」

他也不傻，不管娘鬧不鬧得成，自己若是當真留下，到底得有一場不痛快。不如躲了，那就是趙王氏一人的事了。

趙成材剛回家沒一會兒，正跟趙玉蘭交代，把趙族長送的羊婆奶拿去燉了湯給大家補補，若是好吃，也送些過去給趙王氏，忽地趙王氏就殺氣騰騰地衝來了。

她也不進屋，就站在院裡，「成材，我只說一句話就走，我留成棟在家歇一晚了。你有什麼怨氣就衝著我來，別找你弟弟麻煩。」

這話怎麼說的？趙成材一聽就知道，肯定又是弟弟回去挑撥離間了。

「娘，我哪有什麼怨氣？我不讓成棟在家裡歇，不就是想給他一點教訓，讓他以後凡事都記得輕重？」

「你別跟我扯那些大道理，我只說把趙成棟在家留一晚，你肯不肯，給句話吧？」

趙玉蘭聽著不對勁，「娘，您要是有什麼話，好好跟哥說。」

「這兒沒妳的事。」趙王氏指桑罵槐起來，「我跟妳哥說話，妳亂插什麼嘴？一點規矩都不懂，別讓人又說我沒家教，淨教出些忤逆子！」

這話可太過分了，趙成材氣得臉都黃了，「娘，您今兒到底是怎麼了？還是成棟在您面前說了什麼？是，我今兒是說了他一頓，可都是拿道理在勸他，可他倒好，愛理不理的，這會兒回家又煽陰風點鬼火。您讓他來，咱們當面說說這道理！」

「讓他來幹麼？」趙王氏更加護著，「你現在是當家的，讓他來，他敢說什麼嗎？也別說他了，就是你娘，不也得看你的臉色？想留自己兒子在家歇一晚，還得大老遠來問你！」

趙成材氣得都開始打哆嗦了，「娘，您到底是怎麼回事？您是為了成棟，還是對我有意見？不錯，這家是我要當的，我當錯了嗎？我哪點責任沒盡到？」

提起這個，真是趙王氏生平的奇恥大辱，被兒子搶班奪權，心頭總有些不忿，陰陽怪氣地道：「你哪兒有錯啊？你讀了書的人，多明白事理啊！又出錢又管事，咱們家哪個不靠著？我只問你，我要留成棟在家歇一晚，你依還是不依？」
「不依！」趙成材鐵青著臉，斷然拒絕。
「你──」趙王氏沒想到大兒子竟然這麼不給她面子，氣得臉也白了。
趙成材努力壓抑著胸中翻騰的怒火，這才開了口：「娘，您不是說我沒錯嗎？那我就覺得成棟應該回馬場去。還是那句話，馬場的工程一日未完，他就是不許回家歇著。娘，您要是沒有別的話，就早點回家歇著吧。」
這……是趕她走嗎？趙王氏又羞又怒，這要是回去，她怎麼面對小兒子？怎麼面對柳氏？她一屁股坐在地下就嚎開了：「天啊，我的命好苦啊，想留兒子在身邊歇一日都不成，這是哪裡的道理呀？」
自己親娘居然在自己家裡呼天搶地，撒潑打滾，這還有一點長輩的樣子嗎？也不怕人笑話！
「娘，您若是覺得我做的有什麼不對的，請您指出來。您若是就這麼無理取鬧，那就隨您高興了。」趙成材一甩袖子，懶得再理，自己往樓上走了。
趙王氏更加生氣，指著他的背影罵：「有你這麼對娘的嗎？你讀書讀到哪裡去了？」
「娘，您快起來吧！」趙玉蘭挺著七個多月的肚子，蹲不下來，伸手想把趙王氏拉起來。
外頭張羅氏倒是有心來幫忙，又怕越幫越忙，讓趙王氏拉扯上她們，因而不敢上前。
趙成材實在忍無可忍，回頭怒道：「我到底有什麼地方做的不對，您要這麼鬧？若是因為成棟嫌我對他不好了，那行，咱們趕緊給他娶個媳婦回來，等他成了親，就當著眾人的面分家。您若是為了當家的事情跟我鬧，那沒辦法，除非您不認我這個兒子，往後不要我管了，否則這個家我就當定了！」
趙王氏被噎在那裡，半晌無語，末了只得哭哭啼啼打苦情牌，「我知道你現在翅膀硬了，長本事了，娘再說什麼你都不會聽了，可就這麼一個小小的要求，你也不答應嗎？」

這是小小的要求嗎？趙成材知道，他今天要是退一步，他娘明天就會進一尺，後天就能再把當家之權要回去，他太了解趙王氏了。

說穿了，他娘就是不死心。之前因為玉蘭之事理虧，才勉強交了當家大權，等到如今漸漸好了傷疤，又開始鬧騰了。

確實前些時日還好，但隨著家大業大，趙王氏心思再次活動開了。

連方明珠和張小蝶這樣的小丫頭片子都能在馬場裡忙得熱火朝天，憑什麼她這麼個老於世故的精明人卻在家閒著？她也想幹些大事情，威風八面，讓人羨慕呀！

可現在的趙成材可不是往日任她拿捏的大兒子，在經過那麼多事歷練之後，趙成材開始成熟了，開始明白什麼時候可以好說話，什麼時候必須堅持原則。

於是，母子倆就在這裡槓上了。

章清亭到家的時候，這一老一小還在那裡鬧彆扭。

趙王氏還是坐在地上，趙成材負手站在一旁，趙玉蘭尷尬地夾在中間。

小玉機靈，聽到她們回來的動靜就迎了出來，悄悄跟她說了始末。

章清亭讓眾人去方家坐一會兒，自己上前，向趙王氏行了個禮，「婆婆來了。」

趙王氏理都不理她，心中除了覺得丟臉，更加執著。現在這麼多人都瞧見了，她要是再低頭，那才叫真正沒臉呢。

章清亭一針見血：「怎麼祭祀回來，成棟好好的回了馬場，相公卻跟婆婆鬧起了彆扭？」

啊？人已經回去了？

母子二人更生氣了。一個想，死小子，你娘在這兒替你衝鋒陷陣，你倒不聲不響做了逃兵。另一個罵，你把娘招惹來了，自己倒躲了個乾淨，這不成心給我添堵嗎？

章清亭好言相勸：「現下天雖還熱著，但早晚也涼了。婆婆，您年紀大了，坐在這石板地下，萬一著了涼怎麼辦？相公，你也真是的，這病才好一點，就跟人嘔氣，可是忘了大夫怎麼說的？要是再病了，可不又是全家人不得安生？」

她這話分兩頭，既安撫了趙王氏，也提點了趙成材。

兩人都被說得有些訕訕的，可臉面仍是拉不下來。

章清亭對趙玉蘭使了個眼色，趙玉蘭會意，上前拉扯趙王氏，「娘，您縱是再有什麼不高興，跟哥哥進屋好生講道理嘛。這老坐在石頭地上，著了涼怎麼辦？」

趙王氏有了個臺階，也想下來了。半推半就拉著女兒的手，就要起身，可是她坐的時間長了，腿麻了，忽然起身，兩腿就像千萬隻螞蟻在爬似的，哎喲叫了一聲，又撲通跌坐在地。她這一跌不要緊，反拉著趙玉蘭一起摔了下去。

章清亭眼看趙玉蘭那麼沉的身子往下跌去，驚叫起來，待要伸手去扶，卻已經來不及。

幸好趙王氏雖先摔了，但她護女心切，本能地伸手托了一下，減緩了趙玉蘭跌下的力道。可這一下，對於一個孕婦來說，也太重了。

趙玉蘭疼得連哼都哼不出，臉色煞白，瞬間凝起了一頭冷汗。

「玉蘭！」

全家人都嚇壞了，趙成材一個箭步衝了過來，把妹子半抱了起來，「玉蘭，妳怎麼了？」

趙玉蘭緊皺眉頭，捂著肚子，劇烈的疼痛讓她眼角不住落淚，卻一個字都說不出來。

「趕緊請大夫呀！」章清亭急得跳腳，「金寶，你快去！相公，快把她扶到床上去！」

趙王氏嚇得連聲音都變調了，「妳這是怎麼了，倒是說句話呀！」

趙玉蘭哪裡說得出聲，只捂著肚子痛苦萬分，等張金寶拽著大夫滿頭大汗跑回來時，她已經有些見紅了。

大夫當即給她扎了幾針止痛，拿保胎丸讓她服下，才又把脈開方子。等出了這門，把全家人狠狠說了一頓：「你們也太不小心了，這都七個多月的身孕了，要是跌得再重些，一屍兩命都是有可能的！」

趙王氏後悔不迭，趙成材也嚇出一身冷汗。萬一妹子有個好歹，他這罪過可就大了。

章清亭見他神色，悄悄握了握他的手，那裡是濕淋淋的一片冰涼。

給他一個安慰的笑容，章清亭道：「玉蘭也累了，大家都回去，讓她歇會兒吧。婆婆，就勞煩您在這兒照看著了。」

這個時候她不說，趙王氏肯定也是不會走的。章清亭讓保柱回去報個信順便歇下，省得留趙老實和柳氏在家，有些不好看。

安排好了，章清亭把趙成材拖回了房揶揄：「氣夠了沒？」

趙成材哪裡還氣得起來，倒是自責不已，「我也真該打，怎麼就跟娘鬧彆扭成那樣？還累得玉蘭無端跌了一跤，要是真有個什麼，叫我怎麼能安心？」

章清亭抿嘴笑著，斟了杯茶來給他，「你把今兒的事原原本本說給我聽聽。」

等他說完，章清亭微微一笑，「你呀，想法是對，可是方法用錯了。先說成棟那兒，你自認為你說的是正理，可你有沒有想過，他已經不是三歲兩歲的小孩子了，那麼劈頭蓋臉訓下去，哪怕你這道理是對的，他也聽不進去，說不定還覺得反感。」

趙成材鬱悶反問：「難道連說都說不得？」

章清亭搖頭，「你想想，若是今兒反過來，做了那些事的是金寶，你會怎麼說他？」

趙成材略一沉吟，明白過來了，「我確實有點著急了，應該客氣委婉一點，可我就是怕說得不重，他更加聽不進去。」

章清亭道：「人呀，總是對自己身邊至親之人最直接，但也往往這樣才最傷人心。成棟雖是你親弟弟，可有些話你也只能點到為止。哪怕你再好心，可他不樂意，你也不能強按著牛頭喝水。」

趙成材仍不甘心，「可若是看著他行差踏錯，也不言不語，又豈是為人兄長應該做的？」

章清亭忽覺得這書呆子有些執拗得可愛了，「我不是讓你不管，是要注意管的法子。我不怕說句實話，有些道理，非得自己受些挫折才能學乖。你們也別老把成棟當成不懂事的孩子，就讓他跌幾次，知道疼，他才知道誰是真的為他好。」

可這說得容易，真要放手哪這麼簡單？樓底下還有個趙王氏呢！

「我盡力吧。」趙成材又想起老娘，真是渾身無力，「妳說娘那麼大的年紀，到底是為什麼？怎麼就不能享享清福？還撒潑打滾，真是……」

忽聽章清亭咯咯笑出聲來，他忍不住惱怒地屈指彈了她額頭一記，「妳還有臉笑！」

章清亭疼得皺眉，心下不忿，毫不客氣地回踢了他一腳，「笑笑怎麼了？本來就很好笑。我又沒招惹你們，幹麼還怪上我了？」

趙成材三分佯怒，把將她攬進懷裡揉搓著，「妳怎麼沒招惹我了？就招惹了，就招惹了！」

章清亭羞得滿臉通紅，捶打著趙成材的雙肩，「越發沒個正形了，快放開我！」

可惜人家不聽她的，還吻上那張總是惹火的小嘴，直到把那兩片櫻唇啃得如同盛夏裡綻放的薔薇般紅腫起來，方才饜足地離開。

章清亭本就水靈靈的大眼睛裡似蒙上了一層水霧，氤氳得令人著迷，兩腮更是紅得如鮮荔，含嬌帶嗔，「這還大白天的……」

「怕什麼？又沒人瞧見。」見她這模樣，讓人越發忍不住，趙成材的手在她圓潤的臀上拍了兩記，「今晚看我怎麼收拾妳！」

章清亭淺淺驚呼著，薄怒中卻帶著幾分幸災樂禍，「討厭，我今早身上來了！」

經歷過一次的趙成材明白過來，忽地動了好奇，抱著她問：「我瞧那書上說得不甚清楚，只總是鬧不明白，到底是怎樣一回事？」

這等私密之事，只能與最親近的人分享。

章清亭紅著臉悄悄說了，趙成材恍然，「怪不得妳到了冬日那麼怕冷，有次我還說笑，說妳恨不得鑽到爐子裡去了，妳氣得直翻白眼，半天也不理我，那回是不是身上來了？」

有嗎？章清亭不記得了。

趙成材學她當時的表情，把章清亭逗得咯咯直笑。

笑過之後，他又正色起來，「既如此，那妳今兒怎麼不說呢？應當在家裡好生休養才是。」

見他知道心疼自己，章大小姐越發賣乖，「那怎麼行？誰都沒說為了這個休息的，偏我一個能例外嗎？少不得只好自己撐著了。」

趙成材道：「既然從前沒有，那往後就改。還有明珠她們也是一樣，女孩兒家本就柔弱，更要好生保養才是。」

章清亭笑得如小狐狸般得意，攬著他的脖子撒嬌，「這可是你說的，往後我可不客氣了。」

「這種事怎麼能客氣？」趙成材攬她起來，「走吧，也該下去吃飯了。我再去跟娘說會兒話，免得她又擱心裡頭嘔氣。」

章清亭卻道：「我倒覺得你不用去哄你娘，不如換個人去勸勸，徹底打消她的念頭才好。」

「妳要毛遂自薦？」

章清亭白她一眼，「我有那麼傻嗎？去幫你請個高手來，包管滅了你娘的心思。」

趙成材當下就樂得丟開手了。

兩人下樓，他讓章清亭坐著，自己挽起袖子，忙前忙後地伺候她。

章清亭心裡甚是甜蜜，有這樣一個知道疼人的相公，就是窮點，她也甘心。

捌之章 秀才為義幫說媒

趙王氏這飯是在趙玉蘭床頭吃的，吃完沒一會兒，見小女兒進來，忙讓她坐，神情中多了幾分客氣和討好的意味。

趙玉蓮心中莫名生出酸楚來，自從把她送給牛姨媽，趙王氏再不敢跟她親近了。每回見了面，總是躲躲閃閃的不敢正視，又偷偷摸摸背著她擦眼淚，想靠近又愧疚，看著就讓人揪心。

壓下心頭的難過，問候了趙玉蘭，趙玉蓮問：「我想跟娘說會兒話，會吵著妳嗎？」

趙玉蘭搖搖頭，示意她們可以開始。

趙玉蓮才道：「娘，您今兒怎麼就跟大哥鬧起來了呢？」

趙玉蘭冷不防妹子竟如此直白地問起娘親，瞅了趙王氏一眼，聽她作答。

趙王氏神色有些尷尬，「是妳哥叫妳來的？」

趙玉蓮道：「是啊，他知道您在氣頭上，讓我來跟您賠個不是。」

趙王氏臉色好些了，「他自己怎麼不來？」

趙玉蓮微微一笑，「娘，您別怪我說句不該說的話，這事兒，我覺得大哥沒錯。」

他怎麼沒錯了？趙王氏瞟了小女兒一眼，怎麼都來編派我的不是？

趙玉蓮柔聲細氣地道：「娘，您先別生氣，容我說兩句。咱們這個家裡，不管是從前還是現在，第一能幹的人是誰？肯定是您。」

趙王氏被小女兒這麼一奉承，心下有了幾分歡喜，「妳別說好聽的哄我開心了。妳娘能幹個什麼呀？連大字也不認識一個。」

「這可不是哄您開心，咱們放眼看看，這十里八鄉的，有幾家是靠當娘的支撐起來的？您這還是大字不識，若是讀了書識了字，怕不得弄個官兒當當？」

趙王氏被逗得笑了，「拿妳娘開心呢！」

趙玉蓮道：「娘，您的能幹是大夥兒都瞧在眼裡的。姨媽背地裡也時常說，您挑起這麼一大家子，還把大哥供出功名來，可著實不易。」

得知平常老跟她置氣的妹子也讚她，趙王氏渾身舒坦了不少，女人都能體諒女人的難處，她也說了句大實話：「你們姨媽這些年，也真是不容易。」

「妳們姊妹倆都是厲害人呢！」趙玉蓮巧笑倩兮，轉入正題，「可是，娘，您再厲害，能管了我們一世嗎？讓我們幾個子女都趕不上您，您願意這樣嗎？」

趙王氏一怔，趙玉蓮又道：「我們現在都慢慢大了，您是想要人家說我們比不上您，還是想要人家說我們比您還強？」

「那當然是想你們比娘要強。」

「正是這話了。您既想讓我們比您強，卻為何要攔著大哥，不許他管事呢？若是您老是什麼都管了，大哥什麼時候才能學得比您強？」

趙王氏一下子明白過來了。

趙玉蓮抽絲剝繭般說著道理：「我近日聽旺兒讀書，有句話說得好，玉不琢，不成器。大哥雖是讓二哥辛苦一點，但也是想磨礪二哥。我還記得小時候大哥才入學，也有貪玩的時候，可您只要瞧見，就是一頓好打。說寬是害，嚴是愛。您從前既能那麼嚴格要求大哥，怎麼現在就不能要求二哥呢？」

趙王氏聽得有理，只是心裡仍彆扭，「不過是歇一晚，這多大點事兒呀，妳大哥他至於跟我那麼爭嗎？」

「娘，您也說不過點小事，那您為什麼一定要跟大哥爭呢？還是在大嫂娘家那麼多人面前，讓大哥下不了臺。雖說您是長輩，但大哥畢竟是個男人，他能不要面子嗎？」

這一層趙王氏倒是沒有想到，若是讓張家人都瞧不起這女婿了，那她縱是爭贏了，又有什麼意思？尤其那殺豬女，本來就夠強悍的了，若是讓成材在她面前失了威風，那不得更被她取笑一輩子？

「妳這話說得很是，是娘一時疏忽了。」

見她有所鬆動，趙玉蓮又道：「大哥現在也是個夫子了，住在這胡同裡，左右都是些有身家的人，您過來大吵大嚷，幸好是學堂放假，隔壁又是方老爺子家，不怕人多嘴。若是一個不察，被外人瞧了去，您讓人怎麼想大哥？怎麼想咱家？」

趙王氏聽得赧顏，支支吾吾道：「我一下子……這不是氣上來了嗎？」卻暗下決心，以後再怎麼吵也得關起門來吵。

趙玉蓮笑道：「依我說，大哥不讓您管事，也是一番孝心在裡面，這不是想讓您享點清福嗎？再說，大哥也不是事事都不問您的意思就擅作主張的，對嗎？」

趙玉蘭聽了半天，此時虛弱地接過話來：「娘，妹子說的對。大哥對咱們真是沒話說，連嫂子也是真心孝順。這手上剛有點錢，就打首飾給您，若是心裡沒您，這非年非節的，縱是不送，您又能說什麼？」

趙玉蓮點頭，「大嫂就跟大哥一樣，都是嘴上不愛作聲的，可當真有什麼事，咱們還是得靠他們的。」

兩個女兒都這麼說了，趙王氏也只好妥協，「行了，那這事就算了吧。」

趙玉蓮一笑，「我就說還是娘最明白事理，一會兒大哥跟您說話，你就搭個幾句，讓嫂子一家人看看，這事就算過去了。」

趙王氏既然鬆了口，當然也就一併應承下來。

又坐了一時，趙玉蓮見時候不早，便要領著牛得旺回家，又順便把趙王氏帶了出來，給她和大哥一個和解的機會。可那小胖子跟張銀寶和張元寶玩上癮了，捨不得走。章清亭便親自下廚，教小玉泡了幾碗八寶茶，留他們多坐一會兒。

等弄好了，她親自端了出來，遞個眼色，趙成材立即端去給趙王氏，「娘，您先嘗嘗。」見兒子如此殷勤，趙王氏也隨和地接過，「你也端去給你岳父和岳母。」

這一開口，滿天的雲彩就算散了。

只是趙王氏吃著茶，瞧這茶碗精緻不說，裡頭更是用枸杞紅棗、桂圓菊花等許多好東西泡的，雖喝起來清甜潤喉，但也覺得太講究了些，「喝個茶還放這些好東西，這幾碗怕是十幾文錢都出去了吧。」

章清亭低頭裝沒聽見，趙成材有心想解釋，又怕他娘更加挑刺。

趙玉蓮聰明地接過話來：「成日不是綠豆湯就是銀耳湯，怪膩味的，大嫂這個法子倒挺新鮮的，一會兒也教我怎麼做。反正這裡頭都是好東西，吃了也沒便宜外人去。」

眾人皆笑，趙王氏這才不言語了，又瞧那茶碗，「這是多少錢買的？」

這個連章清亭也不知，她只讓張羅氏去買一套待客的好茶碗回來，出錢的是張發財，她啥也沒管。

「十二文。」張小蝶記得清楚，她如今幫忙記家裡的流水帳，這一套茶碗恰是她經手的。

趙王氏當即眼睛就瞪了起來，「就這小玩意兒要十二文？一文錢就能買兩個粗碗，你們這也太敗家了吧！」

「啊……趙大嬸，您沒聽完，是十二文一套。」張小蝶眨巴眨巴眼睛，自己把話給圓了過來，「這一套有四個呢。您瞧這又有碗又有蓋又有托的，還描了花，怎麼著也該這個價了。這是我選的，您瞧好看嗎？」

見她主動把事情攬到自己頭上，章清亭暗道好險，給了妹子一個獎勵的眼神。

趙王氏還是搖頭，「你們小姑娘家，真是不當家不知柴米貴。不就是喝個茶，用什麼不行？莫非這樣就喝得香些？」

趙成材趕緊插了一句：「咱家如今也不時來個有身分的客人，像鴻文，你拿那樣的粗碗給他像話嗎？」

趙王氏剛氣順了些，張小蝶卻嘻皮笑臉地打趣：「按說也不是不行，橫豎咱們還沒討他茶錢呢！」她壞笑著對大姊挑一挑眉，章清亭待要發火，嘴角卻不由得向上彎了起來。

趙成材低頭悶笑不吭聲，趙玉蓮拿手絹捂著嘴，張金寶憋不住，端著茶碗就往外走，只是肩膀抖得厲害。

張發財倒是無所顧忌地呵呵笑罵：「這丫頭就是貧嘴，親家母，您可別見笑。」

趙王氏不忿地橫了張小蝶一眼，「妳這丫頭，現在跟著老子娘過活，當然什麼心都不用操。將來等妳自己過日子了，看妳還這麼三不著兩的嗎？」

張小蝶樂呵呵地有一句頂一句：「那我以後多賺點錢，賺的比花的多，也就能花了。」

這樣的歪理趙王氏可是聞所未聞，瞟了章清亭一眼，「妳這都是跟誰學的？難道非得把賺的都花了才痛快？總得攢點吧？」

張小蝶反問她：「那大嬸您攢了錢幹麼呢？」

「留著唄！」趙王氏一臉的理所當然，「要不，就拿去買地，再賺更多的。」

「可您再賺了錢呢？難道又存著？」張小蝶很不認同，「這錢放在那兒就是一堆死物，只有用了，讓自己舒服了，才物有所值。」

趙王氏不跟她爭了，「咱們倆沒法說，等妳自個兒過日子就知道了。」

張小蝶說得興起，還嘰嘰喳喳地道：「姊夫說了，錢財乃身外之物，生不帶來，死不帶去。所以要那個啥，人生得意須盡歡。」

趙成材重重地咳嗽一聲，瞪了張小蝶一眼，章清亭卻抿嘴壞笑起來。

就見趙王氏果真尋上趙成材麻煩了，「成材，你就是這麼教她們的？」

「哪能呢！」趙成材趕緊推諉，「小蝶是曲解了我的意思。我的原意是做人應該積極向上，努力幹活，好好賺錢。當然，該花的時候是要花，不能把錢看得太重，斤斤計較。小蝶，我告訴你，妳下回要再這樣，我就跟妳好好上一課。」

張小蝶吃吃直笑，「明明就是……」

章清亭發話了，「小蝶，我給妳的那些經書，抄了多少？」

張小蝶做個鬼臉，端了自己的茶走了。

她這一走，趙玉蓮也要告辭了。喚了牛得旺過來，見他一頭的汗，把涼了的茶指給他喝。

小孩子手沒輕重，掀了茶蓋就往几上一扔，眼見那蓋子骨碌碌就往下滾。趙王氏眼疾手快衝上前，把那茶蓋接住，倒把牛得旺嚇了一跳，茶水潑了自己一身。

趙王氏捧著茶蓋心有餘悸地道：「全是錢呢，這要是落了地，砰一聲就沒影了。既是待客用的，往後就別拿出來用了，也愛惜著點。」

眾人但笑不語，送走了趙玉蓮和牛得旺，趙王氏就在趙玉蘭房裡睡下了。

翻了幾個身，趙王氏忽地咬牙，「打量我真什麼都不知道呢，分明就是十二文一個。玉蘭，妳說，是不是妳嫂子買的？」

趙玉蘭倒是覺得好笑，「買都買了，您還說有什麼用？再說，大嫂如今可沒空管家裡的閒事，都是張大叔兩口子張羅著。」

趙王氏當即就問：「那用的全是文房店收的錢？」

「應該是吧。自開了鋪，我就沒見大嫂給他們錢了，每日小蝶她們記帳，我也瞄過幾眼，一家子花用應該是夠了。」

趙王氏聽得心裡像貓爪子撓似的，還是做買賣有錢賺啊。她可以不當家，但能不能給她也弄間鋪子來管事？

瞧瞧那張羅氏，從前連自己腳跟也趕不上的人，現在收拾得清清爽爽，戴著全套銀首飾，屁股後頭還有個小丫頭吆喝來吆喝去，頗有幾分當家主母的氣勢。

趙王氏立定決心，從明兒起，自己也開始留心尋門生意來做，到時鎮一鎮這些人。

幸喜趙玉蘭一夜安睡，並無什麼異樣。早上大夥兒都放了心，趙成材趁機提讓趙王氏回去，家裡留章清亭照看小姑，「她這做大嫂的，也該盡些職責。」

這話聽得趙王氏很是滿意，不管賺多少錢，都得讓那殺豬女記住，侍奉翁姑才是本分。

趙成材和眾人去了馬場，這頭大夫來過，重又把了脈，說是無甚大事，開了幾劑安胎的藥，讓她在家靜養幾日便好。

趙王氏放心地回了家，保柱昨晚來時，已經跟他們說了大致情形。不過隱去吵架一節，只說趙玉蘭跌了一跤。

柳氏想著其中定有蹊蹺，又唯恐天下不亂，把趙成棟臨去時的話跟趙王氏複述了一遍。

趙王氏冷靜了一夜，心態平和多了，再見柳氏這麼一副巴不得生事的模樣，甚是不喜，「成棟不過說一兩句氣話，妳有什麼好傳的？可見不是個正經過日子的東西。這太陽都老高了，怎麼家裡的事還沒做完？那地也沒下，是等著老娘拿轎子馱嗎？」

柳氏被罵得臉通紅，忿然退下。

趙老實把她一拉，「孩子他娘，妳跟成材沒事吧？」

「沒事。」趙王氏故意說得大聲，好叫柳氏聽見，「就算我們母子、他們兄弟之間偶爾爭執幾句，又值什麼？總還是一家子，可不像某些人，老娘要是看不過眼，隨時讓她收拾包袱滾蛋！」

柳氏再不忿，也只能忍氣吞聲。

章清亭在家打理家務，幫著趙玉蘭做些小孩的針線。趙王氏那意思恨不得都揀人家剩的，她卻不依，幫趙玉蘭扯了好些小孩衣料，讓她自己做，幫孩子打扮得漂漂亮亮的。

從前瞧著還沒感覺，現在和趙成材成了夫妻，再做這些小衣裳小鞋子，自然而然就會開始想像他們自己的孩子。也不知道將來會有個男孩還是女孩，長得像他還是像自己。最好能像趙玉蓮似的，充分吸取他們倆的優點，男孩英俊，女孩美麗……

章清亭心裡頭不由得又是羞澀又是甜蜜，笑上一陣又臉紅一陣。

「大嫂，你們怎麼這麼長時間還沒動靜？」趙玉蘭服了藥，睡了一覺醒來，就見章清亭那毫不作偽的表情，一瞧就明白了。

章清亭臉通紅，心想我們才多久，哪有這麼快的？結結巴巴的也不知怎麼回答好，只搪塞著：「還沒……以後再說吧。」

趙玉蘭輕聲笑道：「我不怕告訴妳，娘都在我跟前嘮叨過好幾回了。嫂子，要不，改日我陪妳去找個大夫瞧瞧吧。要是你們早些給娘添個孫子，估計她也能消停些。」

章清亭紅著臉道：「我們心裡有數，妳先顧好妳自己吧。這眼看著過了中秋就要生了，馬上又入冬，倒是多給孩子準備些衣服才是。」

趙玉蘭低下頭，忸怩了半晌才道：「他……倒是讓秀秀來說了，他娘和爺爺自住進新房子，又通風又暖和，身體都好多了，也能起來照管點家務了……等那時候，讓秀秀過來幫忙。嫂子，妳瞧著行嗎？」

「哪個他呀？」章清亭明知故問，逗著小姑。

趙玉蘭臉像塊大紅布似的，有些急了，「嫂子！」

章清亭正待應允，卻見門外喧譁，小玉過來傳話：「大姊，是李家公子來了。」

這可是稀客，章清亭整了整衣襟才起身迎了出去。

有些時日不見了，李鴻文可著實長好了，下巴圓了，滿面紅光，看來他生了這場大病後，在家調養得頗好。

門口停著輛車，跟著小廝和車夫，張羅氏要請他們進來喝茶，李鴻文卻擺手不用，「我成材兄弟呢？」

章清亭掩嘴笑道：「去馬場了。怎麼，你那難兄不在，就連進來喝杯茶的工夫也沒有？」

李鴻文笑道：「我這些時候在家悶壞了，好不容易今兒得個空出來逛逛，本想約了成材一起去衙門走走，謝謝孟大人的贈藥之恩，偏他又不在。」

章清亭笑道：「孟大人那兒若是要去，倒是晚些時候的好，這災後重建不知多少事呢，大人成天忙得不可開交。上回相公病一好也說要去的，我就讓人先去問了下他身邊的青柏，說是心意領了，讓大人歇著就是最大的體諒了。我們只好自家熬了些滋補湯水，做了幾道小菜送去，算是略盡一點心意。」

李鴻文聽著點頭，「倒是嫂子妳想得細緻，我今兒也準備了幾樣禮品，那妳說我就打發人送去，帶個話行嗎？」

章清亭一笑，「你既然來了，就親自走一趟吧，若是正好趕上孟大人有空呢？我不過說給你聽聽。若是無空，你送了東西就來咱們家。你今兒既是好不容易才出來的，一定要在我家用個飯，我這就去馬場叫相公回來。」

李鴻文道：「我們之間還客氣什麼？說起來，你們家那馬場我還沒去過。不如妳告訴我位置，我送了禮就去逛逛。」

章清亭見日頭快近正午了，便道：「那我跟你一塊兒去吧。要是不嫌怠慢，中午就在咱們馬場用個便飯，晚上再回來吃好了。」

「那就恭敬不如從命了。」李鴻文欣然允諾，先去送禮了。

章清亭轉身讓張羅氏再去加幾個菜回來預備著，又趕緊到了後頭的福雅居，找他們的夥計買了些好酒好菜，等著李鴻文轉頭來接，一同去馬場。

李鴻文讚道：「嫂子真是善體人意，怎麼知道我肚子裡的酒蟲犯了？這些天在家，家裡人可是一滴酒都不許我沾，可把我憋壞了。」

說說笑笑，到了馬場。這邊正忙得熱火朝天，章清亭讓趙成材招呼李鴻文，自去指揮人收拾吃的，幹活的工人們瞧見有酒有肉，甚是歡喜。

趙成材和李鴻文躲一旁嘻嘻哈哈了一陣，才去參觀馬場。

李鴻文對那幾匹野馬尤其感興趣，躍躍欲試想往上湊。

趙成材趕緊攔著，「這馬可凶了，牠們跟你不熟，小心咬你。」

「這麼厲害？」李鴻文不大相信，忽地一條黑狗衝了出來，也不叫，只是戒備地打量著這個陌生人，露出了雪亮的獠牙。

「黑虎，沒事。」張小蝶扛著柄大竹帚過來，哄著獒犬，「這不是壞人，不咬啊。」又交代李鴻文：「黑虎聰明著呢，牠不會隨便傷人的，你可別凶牠。」

李鴻文平日在張家，也是跟張小蝶玩笑慣了的，此時見她這麼一副行頭，不由打趣：「喲，這幾日沒見，妳怎麼就改行掃起了地？別是又做錯了事，被妳大姊發配來的吧？」

趙成材往姨妹臉上貼金，「小蝶可能幹了。現在咱們馬場裡，有一多半的馬都是她照管的，像這野馬和黑虎，連我的話也不聽，就是跟她親。」

「那當然。」張小蝶仰著下巴，大模大樣的也不謙虛，「平日全是我伺候牠們吃喝拉撒，要是還有外心，那才叫沒良心呢！是不是，大毛？」

她伸手拍了拍一隻野馬的頭，馬兒很通人性，溫馴地用面頰擦著她的手，以示親密。

李鴻文忍不住也伸出手去，那馬兒當即惡狠狠地瞪著他，大眼睛裡是毫不掩飾的怒氣，張嘴就想咬人，嚇得李鴻文把手又縮了回去。

張小蝶咯咯直笑，「大毛跟你不熟，你再動手動腳的，牠可真就不客氣了。你們快出去吧，別在這兒礙手礙腳的了。我再掃一遍地，給牠們添點清水，就出去吃飯了。李大哥，你要是想要騎馬，等下午幹活的回來，我幫你挑一匹，現在這些馬可都不能讓你騎的。」

李鴻文和趙成材出來，這才笑問：「你剛才說的是真的？讓這麼個小丫頭管馬？」

「可不就是她在管事？你可別小瞧了人。」趙成材很是驕傲，「現在我家這馬場，幾個弟妹都管起了事。別看他們年紀都不大，做起事來卻是似模似樣的，可省了我們許多的心。」

李鴻文調笑著：「怪不得看你一臉的春風得意，想是跟弟妹有更多閒暇卿卿我我了吧？」

「說什麼呢？這裡還這麼多人！」趙成材沉著臉要惱，看看左右無人，嘴角卻忍不住噙著一絲笑意，「你若是羨慕，就早點娶妻啊，老這麼瞎混著，也不像個名堂。」

「快別提這了！」李鴻文一肚子的鬱悶，拉他到旁邊悄悄道：「我今兒躲出來，也就是為了這事兒。上回自咱倆掉進水裡，我爹就著急了，說什麼生怕我有個好歹，他還沒抱上孫子。我還在床上躺著呢，他就開始尋媒婆了。他倒想得簡單，只要是個女人，都覺得可以。我略多說兩句，他就罵我挑三揀四。還說，你看不上人家，也不知人家看不看得上你。你倒是評評理，我有這麼差勁嗎？」

趙成材呵呵悶笑，拍拍他的肩，「誰讓你是你爹最心疼的小兒子呢？行啦，你就聽你爹的，讓他擇個差不多的就好了。」

「那可不行，娶妻是大事，要麼不找，要找就得找個自己中意的。首先，一定得漂亮。再者要聰明能幹，性子溫婉……」

「你拉倒吧，這樣的天仙上哪兒找去？怨不得你爹說你挑剔，一點兒都沒錯。」

誰說找不到？你家小妹就是。

李鴻文沒好意思說出口，只垮下肩一聲嘆息，「可惜人家已經有主了，算了，不提了。」

趙成材也不好再問，忽地想起賀家之事，「我這兒倒有門親事，不知你有沒有興趣。那家跟你家也不相上下，他們家姑娘就不用說了，模樣性格既好，也有學識，正想嫁個讀書人。」

「真有這麼好？」李鴻文心動了。

「你要有意，我就幫你們說合去。不過就一條，人家得要女婿肯努力上進，最好能中了舉當個官兒什麼的。」

李鴻文想想，「那就算了吧。我好說歹說了小半年，又在學堂裡有個正經差事，我爹才把要讓我中舉的心思淡了些。要是結個這樣的親家，成天被媳婦盯著，老丈人嘮叨著，我還活不活了？」

趙成材收了笑，有了幾分正色，「這個也不是我說，你是該好生努力一把了。咱們就算是考不上，也得趁著年輕爭取幾回不是？萬一中了，那可是一輩子的大事。」

李鴻文搖了搖頭，「你不用勸我，我是什麼人，自己心裡清楚。現在除了教學生，一拿起書本就頭疼，哪有你那恆心？」

趙成材笑罵著：「你呀，真該娶個媳婦回去好好管管才是。我也是我家娘子說了，才收拾心情來看書的。要不，你先去相看相看這門親事，萬一瞧對了眼，有了紅袖添香，你看書就不頭疼了？」

這話說得李鴻文心動了，「到底是哪家的姑娘？」

趙成材一笑，「你先別管。若是肯了，就等我安排。」

「行。」

兩人說定，中午在這兒聚餐，倒也熱鬧。回頭李鴻文又跟張小蝶去尋馬，討好那幾匹野馬，爭取下回來了好騎上一騎。

中間抽了個空，趙成材便把想幫李鴻文提親之事告訴了章清亭，「妳回頭先問問賀家，要是可以，就幫著安排一下。」

章清亭應下。

忙到了下午，出去接活幹的馬匹陸續都回來了。張小蝶選了兩匹溫順些的，讓張金寶騎著陪李鴻文在馬場跑了一圈過過癮。

晚上到趙家去吃了個飯，李鴻文痛痛快快玩了半日，才回自己家去。

等章清亭約了賀玉堂過來一提，說是李鴻文，他卻是知道的。

章清亭笑道：「你們兩家若論起來，當真是門當戶對，又是同鄉，彼此知根知底。李家那邊，我們只說了有此一事，並未點明，不如你們自己先考慮一下，覺得可以，再安排相見如何？」

賀玉堂很是感謝，「多謝趙夫人想得周到，若是事成，必當重謝。」

他也不多客套，回去跟家裡商量，都覺得可以，便打算先讓章清亭幫忙安排見一面，要是彼此看對了眼，就接著往下說。誰知賀夫人和李老爺都想悄悄跟著看一眼，倒是費了章清亭一番思量，才安排妥當，不用照面。

趙成材聽著費勁，忍不住說笑一句：「妳瞧我們成親那會兒，哪有這麼麻煩？」

章清亭卻勾起心事，很是遺憾，「你還好意思說？沒見哪家成親像咱們似的，還得綁著來。玉蘭嫁人時好歹有兩件首飾，可我呢？連塊布都沒扯。」

她越想越委屈，一時間竟紅了眼眶。

趙成材忙道：「那不是此一時彼一時嗎？妳沒新衣裳，難道我就有了？妳現在哪回做新衣裳我攔著了，要不，中秋再多做兩件？」

「那不一樣，成親一輩子就一次，怎麼能這麼隨隨便便？」

「那妳想怎麼辦？難道再成一次親？」

章清亭也覺得不現實，可心裡到底不甘。

趙成材道：「都生米煮成熟飯了，再走那些過場有什麼意思？又不小孩過家家，算了吧。」

章清亭很是窩火，忿忿地白了他一眼，「早知道就不該跟你……哼，恐怕你就依了！」

趙成材盡力和稀泥，「得了得了，這事都是鴻文鬧的，回頭不管成不成，我都讓他送份厚禮來給妳。你看是要敲他一塊衣料，還是一件首飾？要不，乾脆敲個狠的，要件大毛衣裳來？」

章清亭重重哼了一聲，轉身走了。死秀才，一點意思都沒有！

趙成材望著她的背影搖頭無語，這女人的想法，當真是不可思議。

過得幾日，安排好了，兩口子特意空出一天，幫人相親。

賀玉華今兒穿了一身新做的桃紅百花裙，非常嬌豔。只是含羞帶怯，很是赧顏。

章清亭輕拍她的手，低聲耳語：「就當去我們那兒隨便逛逛，別太緊張了。」

賀玉華聽她這麼說，心下好過了一些，隨著她施施行來。樓上的李老爺瞧見，就中意了。

那女子雖然肌膚微黑，卻眉目端正，體態勻稱。年紀不大，倒有一股安詳寧靜的味道，一看便知家教甚好，是個能過日子又懂道理的模樣。

不多時，另一位正主兒到了。

李鴻文今兒也頗為慎重，由趙成材陪同，穿了一套銀灰團花的新衣，收拾得清清爽爽，斯文儒雅。從胡同那頭一路走來，他也知道賀家人在相看自己，手心裡暗捏了一把汗。及至進來，先是瞧見了一個姑娘的背影。

聽見動靜，賀玉華的心裡頓時怦怦直跳，羞得臉紅到耳根，抬也不敢抬。

章清亭暗自捏她一把，「快瞧一眼，這可是妳的終身大事。」

賀玉華更窘，鼻尖都冒汗了。

章清亭無法，乾脆強拉著她出來，「李公子也來了？」

雖是風流場上打過滾，到底此事不比尋常，李鴻文也微微臉紅，失了平日的伶牙俐齒，結結巴巴地應道：「是啊，來了。」

趙成材不覺莞爾，故意問道：「娘子，這是哪家小姐？」

章清亭會意，把賀玉華往前推了一步，「這是賀家三小姐。賀小姐，這位就是我相公了。」

反正他們倆也是第一次見面，打個招呼也不失禮。

趙成材先施了一禮，「賀小姐好。」

賀玉華聲如蚊蚋，回了一禮，「趙……趙相公好。」

既然見了一個，再見一個就很自然了。

趙成材指著一旁介紹：「這位是我們書院的李老師。」

李鴻文長施一揖，「賀小姐好。」

賀玉華急忙也回一大禮，「李公子好。」可她仍是深埋著頭，瞧不清相貌。

章清亭靈機一動，忽道：「喲，李公子，你頭上爬了個什麼小蟲子？」

眾人聞言皆向李鴻文看去，賀玉華一抬頭，恰好和李鴻文四目相對。

章清亭見目的達到，轉而笑道：「是我眼花了，倒讓你們虛驚一場。」

賀玉華會過意來，臉紅得幾乎要燒起來了。

章清亭上前拉了她的手，「相公，你先招呼著李公子，我和賀小姐約好了還要到後頭綢緞莊逛逛的。」說罷，帶著人就掉走了。

直等她們消失在視線裡，趙成材才對李鴻文挑眉，「方才怎麼呆成那樣？這個可還中意？」

「中意，中意！」李老爺樂呵呵從樓上下來，「成材呀，還是你們兩口子辦事牢靠。鴻文，要是這姑娘你還看不中，那未免也太心高了。」

趙成材和李老爺見了禮，都瞅著李鴻文笑。

李鴻文被他們笑得不好意思，略略頷首，「爹中意了就好。」

這分明就是允了。

那邊章清亭送賀玉華出來，見她雖是臉紅，但嘴角含笑，料來有七八分允意了。李鴻文雖然油嘴滑舌一點，但人還是生得很不錯的。

及至送她回了胡同那頭的家，也不進門，只跟賀玉堂道：「我就在旁邊米麵鋪子裡坐一會兒，你們有信兒過來說一聲便是。」

不多時，賀玉堂喜孜孜地出來回話：「煩請趙夫人去回個話，讓他家挑個好日子請媒婆上門提親，先合個八字吧。」

那邊李家父子得了信，當然高興，當即就要請張家人吃飯。

趙成材婉拒：「這事既定下，你們不知有多少要忙的呢。咱們都這麼熟了，不必講這些虛禮，等到大喜之日，我們再上門來討一杯喜酒就是。」

李老爺還待客氣，李鴻文卻把他爹一拉，私下問趙成材：「那我就單給你封份禮如何？這也是規矩。你是想藏私，還是交給嫂子？」

趙成材一笑，「哪有你那麼多心眼？不過為你這事，她還跟我鬧了場小彆扭，嫌我們成親那會兒太寒酸了，你下次再教我兩招怎麼哄她就好了。」

李鴻文一笑，「那我回頭送樣好東西來給你，再封個紅包，你自帶她去買就是。」

趙成材想要的就是這樣，「那我就不客氣了。」

「咱倆誰跟誰呀！」

李家父子高高興興走了，果然沒多久，就打發人送來十兩銀子，想是對這門親事非常滿意，要討個十全十美的好彩頭。

趙成材轉手把銀子給了章清亭，「妳要是喜歡什麼，自己買去。」然後悄悄把李鴻文給他的另一本冊子私藏起來，算著章清亭身上已經乾淨了，暗自歡喜。

回頭衛管事使人來說，現下忙得告一段落，可以抽出手來幫趙家翻修屋子了。趙成材忙又趕了回去，跟趙王氏打了招呼，又商量著若是中秋節前能做完，就請張家人一起來熱鬧一番。

及至晚間，因趙成材要溫書，章清亭仍舊先睡。

睡至半夜，迷迷糊糊覺出有人從身後解開她的小衣親熱。因知是趙成材，也未曾留意，卻不料他竟趁她不甚清醒，擺弄出一個古怪姿勢，弄得她欲生欲死，好哥哥好相公的也不知求饒了多少次，到底讓他得逞，方滿足地摟著她歇下。

天亮後，章清亭要尋人算帳，趙成材卻早早跑去趙家，忙著翻新房子的事了。惱得章清亭暗自咒了千遍萬遍，卻不得不拖著酸軟的身子自去忙活。

因見家裡要修房子，柳氏也是高興，想要一張章清亭那樣的床，可話一出口，趙王氏便冷冷道：「跟她一樣？那妳也先給我起個二樓啊！」

柳氏噎得無語，到底只得眼看著對面的東廂房修成寬敞明亮的套房，而她這西廂卻被隔成逼仄狹窄的三間獨立小屋。

這是章清亭私底下出的主意，妻妾尊卑，本就得分出主次來。要是日後趙成棟成親，新娘子進門一看，東西廂一模一樣，讓人怎麼想？這房子一小，家具什麼的也擺不了好東西。縱想鬧騰，也沒了藉口。

趙成材悄悄跟趙王氏一說，她也覺得大好，心想回頭就隨便弄幾個小家具打發柳氏。

只是，趙成材晚上回家，卻也吃了閉門羹。

媳婦著惱了，早早就閂了門，死活不讓他進去。

趙成材被迫睡了兩天書房，第三天晚上，悄沒聲息地把洗漱間那邊的門閂下了，半夜鑽回被窩裡，好娘子好妹妹的一番求饒，總算把媳婦哄得回心轉意，然後又趁機賣力地在媳婦身上耕耘一回，把媳婦伺候得也得了趣，這才跟她商議：「這種事，只要快活，管那麼多幹麼？還為這個生氣，豈不冤哉？」

章清亭又羞又怒，「哪有這樣的道理？人總要知禮義廉恥的，虧你還是讀書人！」

「這妳可就錯了，就因為是讀書人，才更要知情識趣，否則與禽獸無異。我只問妳，那次弄得妳快活嗎？」

章清亭不肯答。

趙成材道：「咱們夫妻還要相伴一輩子呢，像妳喜歡吃清蒸排骨，天天吃妳受得了嗎？若不換個花樣，人生還有什麼樂趣？知道為什麼好些成了婚的男人弄了三妻四妾，還要出去花天酒地？不是男人花心，而是有些女人著實無趣。在外頭嘗到新鮮花樣，自然魂就飛了。」

章清亭忽地起了戒心，「是李鴻文說的吧？這些花樣是不是他教你的？」

趙成材道：「不管如何，我總是一心一意跟妳過日子的。可妳要老這麼著，我若哪天在外頭被勾引得失了足，定是妳這緣故。」

章清亭想惱，可又覺得心虛。

趙成材趁機摟了她道：「不管咱們怎麼鬧，妳可以發脾氣，但把關我屋外這樣好嗎？要是我哪天生了氣，出去找別的女人，妳虧不虧？」

章清亭思忖半晌，要是在這些事上吃點虧，能管住丈夫，那還是值得的，「那你……也不許太欺負人了。」

趙成材聽她這話，知是允了，心中大喜，趁機把話說定：「以後妳在這事上依我，旁事上我必依妳，咱們一言為定。」趁她心神鬆動，又由著自己的性子要了一回。

章清亭只得半推半就，任他把自己弄得骨軟筋麻，神魂顛倒。

及此天明起來，忽覺上當。

家裡的事本就是兩人商量著辦，哪裡要他來依？可又怕男人果真生出外心，只得裝起糊塗。幸好趙成材還知道節制，因要讀書，要去馬場幫忙，還得操心家裡的大事小情，並不一味耽於貪歡。

章清亭放下心來，反倒怕他熬壞了身子，時常交代家裡多燉些湯水給他滋補，可回頭等被人弄得受不了了，又覺後悔。

這矛盾糾結的心情，連章大小姐自己也理不清楚，索性不再去理，就這麼糊塗地過。

這晚飯後，夫妻倆正商量著家事，忽地李鴻文來了，愁眉不展，一臉沮喪。

這是怎麼了？趙成材收回嘴邊的玩笑話，把章清亭打發出去，才關了門問是何事。

這卻也是李鴻文想要知道的。

原來他們家早請了媒婆上門提親，可送了庚帖八字後卻如同石沉大海，杳無音信。

過了這麼些天，今兒賀家才打發人來回了話，說是算得賀小姐流年不利，還望李家另擇良配云云。李鴻文又不是傻子，當然知道這是人家反悔了。

「我們家也不是非要結這門親事不可，只是想知道到底是為了什麼。」

李老爺在家也發了好大的脾氣，「他們家若是另擇了高枝，那也就罷了，好歹說一聲，總比打這悶葫蘆強！」

這樣無端被拒，確實是讓人心生不快。

趙成材皺眉沉吟，這樣的事，讓他們怎麼好去打聽？

忽地小玉又來報：「秀才大哥，賀家大爺來了，就在前廳，要見您和大姊。」

這還當真熱鬧了！趙成材忙問：「李公子來的事，跟他說了沒？」

小玉搖頭，「只請他在前頭坐下了，張大叔在陪著。」

這便瞧出章清亭調教人的功力了。

趙成材一指客廳屏風，「鴻文到那後頭躲一躲，恐怕他要說的也是你們的親事。」

雖說君子不聽人私語，但此事關係自身，又經過允許，李鴻文便躲到屏風後頭。小玉把給他二人剛上的茶撤下，再把章清亭叫來，請了賀玉堂相見。

賀玉堂很是為難，尷尬了半天才道：「你們夫妻我自然是信得過的，可我有一句話想問你們，那李秀才，他……他是否性喜風流？」

屏風後頭的李鴻文一聽這話，當即心裡一涼，明白了大半。

趙成材和章清亭面面相覷，只得說出實話：「鴻文兄從前是有些年少輕狂，但他自從回了這兒教書，一直是謹言慎行。若他當真品行不端，我們再怎樣也不會來做這個冰人。」

賀玉堂索性說了實話：「實不相瞞，本來我們家是極願意結這門親的，可將八字交與人去合時，家母卻無意聽到李秀才的一些風言風語。後來一打聽，才知他家現在還有幾個美貌婢女……」

他又苦笑道：「家母生平最不能容忍的便是此事，家中也爭執了好些天，到底無法，才於今日派人回絕。我特來跟你們說上一句，若是李家問起，便請你們轉告一聲，實在是不好意思。」

其實像他們這樣的有錢人家，李鴻文有此行徑本是常事，連賀玉堂自己都兩個有美貌通房，但自己兒子是一回事，女婿又是另一回事。更兼賀敬忠多年前也曾納過妾室，且跟賀夫人鬧得不可開交，讓她記恨了一輩子。故而一聽說李鴻文也有此情形，賀夫人當時就生氣了。

「我的兒子要娶什麼妻妾我管不了，但我女兒嫁什麼人須得由我作主！縱是給她招個寒門女婿，我也不要那種花花公子！」

這就沒什麼好說的了。

等送走賀玉堂，李鴻文出來見他們夫妻倆，灰頭土臉地自嘲：「這就是自作孽，不可活。」

章清亭開導他道：「天涯何處無芳草？也是你們沒有緣分。」

趙成材也勸：「年少時，誰沒有過荒唐的時候？只要你現在行得正，坐得端了，日後不愁沒有淑女相配。」

李鴻文搖頭，「這也是我自作自受，但凡我早年行事檢點些，也不至於有今日之恥。是我活該，沒那個福分。」

他垂頭喪氣地走了，看得小夫妻大為不忍。

因家裡人瞧見了，不免問起幾句，章清亭只說八字不合，婚事吹了。

張小蝶大為不屑，「不就是沒說成親事嗎？至於跟死了爹似的。趕明兒把他叫到馬場去，跟我幹上一天活，包管什麼毛病都沒有了。」

章清亭又好氣又好笑，趙成材卻道：「小蝶說的可行，鴻文現在心情不好，讓他到我們馬場去逛逛。他不是對大毛有興趣嗎？讓他去幫著馴馴也好。有點事做，比悶在家裡七想八想要強。」

等回了房，趙成材才有感而發：「我現在才發現我運氣真好。當年同妳認識時，荒唐事可也沒少幹，見一次就吵一次。幸好妳沒嫌棄我，才有今日。」

章清亭哼了一聲，「你才知道自己那時幹的事荒唐啊？這也就是我大人不計小人過了。日後再犯，必不輕饒。」

「豈敢豈敢！」趙成材打著官腔，一揖到底，「多謝娘子寬宏大量，不棄之恩！」

章清亭捂嘴笑著躲開，「我命小福薄，受不起這大禮。不過得給你提個醒，你瞧鴻文這麼好的家世，一聽說家裡有通房丫頭，人家就拒了親，你家弟弟連名正言順的小妾有了，你娘還挑三揀四個什麼勁兒？別到時弄一堆孩子出來，就更沒人要了。」

趙成材知她說的是實情，可趙王氏就是不允，他能有什麼法子？

緊趕慢趕，中秋節前，馬場和趙家修繕的房屋總算是全都完工了。

趙王氏現在是見誰都帶三分笑，實在是心裡頭高興。她就是做夢也沒想到，自己在有生之年也能住上這麼好的房子。

院子雖還是那個院子，但徹底翻修過後，煥然一新。外頭是青磚黛瓦，齊齊整整。裡頭那牆粉刷得雪白，一色的青磚鋪地，光可鑑人。所有的門窗都刷了一遍大紅的漆，糊了嶄新的碧紗，紅紅綠綠透著一股喜慶。

前院裡，還學那富貴人家，用鵝卵石鋪成花地，當中一朵牡丹，旁邊分出幾路通向各房門前，不僅漂亮，而且下雨落雪的也不擔心鞋沾了泥。空出來的地方，便種上花花草草，弄得像個小花園子似的，甭提有多漂亮了。

廚房盥洗室和趙王氏特別提到的小磨坊都挪到了後院，一字排開，井然有序。對面搭了一條長棚，往後就是再添牲畜，或是下雨天要晾衣裳什麼的，都有了妥當的去處。

就連那雞舍都是用磚砌得嚴嚴實實，晚上把小門一關，就不再怕黃鼠狼或野貓來搗亂了。

這新房子弄好之後，連趙王氏自己都覺得自家從前那些破桌子爛凳子礙眼，本來趙成材說讓她換，她還有些捨不得，如今她自個兒一瞧，二話不說，全部換了。

趙王氏的正房裡置了一套深栗色的，沉穩莊重，又幫趙成棟那新房裡精挑細選了一套棗紅色的，喜慶吉利。至於柳氏那房，趙王氏撇嘴，「就她還想用新東西？我怕她消受不起！」

於是，便從全家淘汰下來的舊家具裡挑一些能用的，重新上個漆擺進西廂，只實在要添置的，才揀了最便宜的去買。

等幾車家具陸續拖回來，柳氏初時還很是積極地幫著收拾，待瞧明白後，氣得牙都要咬碎了，一摔門簾，回了自己的房間生悶氣。

趙王氏轉身一瞧沒了她的影兒，不高興了，「我說芳姐兒，妳可不能光顧著收拾自己屋子，還不快出來幫忙？」

這柳氏閨名便是一個芳字，趙王氏不願叫她媳婦，便如喚丫頭一般，就叫她芳姐兒。

柳芳氣得腦子發熱，忘了自己手裡還抱著閨女，一時手勁兒使大了些，勒得芽兒哇哇大哭，正好就藉著這由頭道：「芽兒哭了，我先哄哄她。」

「早不哭晚不哭，怎麼偏這時候哭？」趙王氏一掀門簾進來，把柳氏還來不及藏起的怒色盡收眼底，「怎麼，妳不服？」

「我哪敢呀？」柳芳佯笑著拍著女兒，卻刺了一句：「反正這家裡都有大哥大嫂作主，我算得上是什麼東西，有什麼好不服的？」

趙王氏聽得心裡騰地火就起來了，「妳不用費心思挑撥我們母子的關係，我就樂意讓我兒子當這個家了，妳待怎地？」

她臉色一冷，「把孩子背上，出去幹活！哪那麼嬌貴了，有點什麼就躲在房裡裝千金！還有一句話，妳這小妮子既是我們趙家養大的，等到該幹活的時候，也不許偷懶！」

柳氏氣得怔怔無語，賠上自己一個，還得搭上女兒嗎？可待要回嘴，想想又不行。她女兒不姓趙，憑什麼要人家白養活？

思之再三，柳氏還是背著女兒出來了。

趙王氏怕她黑心弄壞東西，交代了一句：「手腳妥當些，若是碰壞一點，小心妳的皮！」

柳氏一口氣悶在肚子裡，等收拾完了，連晚飯也吃不下，回房瞧見那些舊東西就生氣。

因馬場收工，趙成棟也終於可以回家了。

柳芳原想找他告狀，可趙成棟瞧著自己東廂的新家具，歡喜不已，哪裡管她氣不氣？她才提個頭兒，他就不樂意聽了，反攬著她要親熱。

柳芳還想用這來拿捏一下，沒想到趙成棟立即翻了臉。她只得低了頭，反而故作百般溫柔，把他伺候得舒服了，再圖後計。

再說趙成材今日回來，就見章清亭有些不高興，才自納悶，先開飯了。

飯桌上，張金寶問起節後開學一事，催他和李鴻文快拿個定論，好早做準備。自求親遭拒，別說李副院長心灰意冷，連李老爺都對兒子生了氣，於是婚事又耽擱下來。李鴻文在家待得煩，現在成天泡在趙家馬場，跟著張金寶和張小蝶照顧馬匹。

這兄妹倆都是沒心沒肺之人，完全不懂他的傷感，尤其是張小蝶，更把他當小工似的指使來指使去，李鴻文反倒覺得這樣相處輕鬆許多，跟他們兄妹很快打成了一片。

趙成材道：「這還說不準。我是想把晚班一起開起來，又怕許多人來不了，故此未定。」

這個簡單呀，章清亭剛想答話，卻被張金寶搶了先：「姊夫，那你瞧這樣好不好。我們晚上那班還是先開起來，讓能上的人先上完。那些實在走不開的，允他們跟著第二撥，或者第三撥來學。反正我們那個也不難，主要是識字算數，縱有些進度不一，請老師費神多講講就好了。」

章清亭不由高看了弟弟一眼，行啊，這小子終於也開始動腦子想事情了！

趙成材一笑，「過兩日書院的老師們要召集起來開個會，到時我再把這意思說說，應該是能開的，你在家先溫書吧。」

張金寶應下：「還是上學好，天天逼著自己讀書識字。這些天一放羊，我那字就退步了。」

張發財拍了他的後腦杓，「不行一樣抄書去，咱家現在這麼多書，哪裡還不夠你學？」

眾人說笑了幾句，又商議過中秋節的事情。

馬場已經定了，自己家裡也早說定要到趙家新房去團圓。

「只是這麼多人，得讓小玉早些過去幫忙才是。少不得娘子妳也辛苦些，還有那辦節的費用，也得早些打點下來給娘才好。」

章清亭沒吭聲，及至回了房，趙成材就問了起來。

章清亭不想說，就是擺出一臉的不高興。

趙成材急了，「妳看妳，又這麼陰陽怪氣的！心裡頭有什麼氣，妳倒是說出來呀，要不，我哪知道妳生哪門子的氣？」

章清亭見把他的火也撩上來了，這才先挑了個事由：「不過是過個中秋，要得了幾個錢，你娘怎麼就置辦不起？」

趙成材一聽這話裡有話，「娘那兒能有什麼錢？妳也知道，我每個月給她的也不過是些家用，她手上縱然攢了幾個，也得留著自己過日子不是？這好端端的，妳怎麼就計較起來了？」

章清亭冷笑，「她手上沒錢？她手上沒錢還給成棟買那麼好的家具？」

趙成材一噎，這個……還當真不好說什麼了。

章清亭先是給了五十兩銀子翻修老屋，趙成材轉手給了趙王氏。等真正開工時，章清亭又拿了二十兩給趙成材，還很通情達理地交代：「房子是一輩子的大事，他們年紀大了，也該住好房子。你花著若是不夠，再回來拿，別讓人說咱們不住在家裡就刻薄他們。」

一番話說得趙成材很是感動，有了銀子撐腰，他辦起事來也就從容了許多。

怕娘心疼錢，做事小氣，每回他去趙家，有些什麼花銷都是他打點的，那二十兩銀子用淨後，章清亭還陸續貼補了十來兩進來。

趙成材心裡清楚，娘手上那五十兩銀子基本沒動，原打算那錢留著買家具過年也夠了，沒想到趙王氏轉身就拿去給趙成棟置辦了一套快五十兩的家具，至於其他的家具東西，還是用趙玉蘭出嫁的那三十兩聘銀換的。

趙王氏猶自不覺，還要他準備趙成棟將來的聘禮，張嘴就是四五十兩，再加上酒宴什麼的，讓他備個七八十兩再說。

章清亭那話裡都快擰出醋汁來：「我是那樣小氣的人嗎？可你娘也實在太偏心了！她手上拿那麼多銀子，何曾想過給咱們置辦一點東西？我買個十二文的茶碗她就嫌貴，可你瞧瞧咱們這樓上樓下全部加起來的家具，還沒有你弟弟那屋東西值錢呢！」

趙成材無語了，平心而論，無怪乎章清亭會生氣。想想，他們成親那會兒有什麼？若說這錢是趙王氏自己出的還好一些，偏偏又不是。

自己辛辛苦苦賺了錢，卻拿去給別人享受，這讓人如何不氣？

趙成材思忖再三，溫言勸和：「娘子，算了，這不是此一時彼一時嗎？妳要是覺得咱們這兒的東西寒酸了，等再攢了錢，換掉就是。畢竟成棟他這輩子也就成一次親……」

「那我這輩子還能成兩次親不成？」章清亭氣得眼睛都紅了，「咱們自己換得再好，跟她的心意能一樣嗎？花錢也就算了，我只是不服你娘那個理直氣壯的態度！一不按她說的做，就拉長著個臉，我們這是欠她的嗎？」

趙成材自悔失言，鬱悶得直撓頭，想來想去，只得陪著笑臉，攬著她的肩哄著：「好了，娘子，知道妳受委屈了。」

章清亭欲待掙脫，趙成材摟得越發緊了，半是為難，半是勸哄著道：「我也就這麼一個弟弟，不過是這兩年，日後定是要分家單過的。縱是費上一二百兩銀子，咱們又不是付不起。不如就遂了老人家的心意，給他好生辦了吧。將來，娘也就安生了。」

「你少給我灌迷魂湯，我還沒傻到那個分上！」章清亭嗤笑著，「你當真以為一二百兩銀子就能打發你弟了？那還只是成親的費用。若是分家，沒個千兒八百的，咱們都別想安生！」

趙成材笑不出來了，只好認真說了實話：「可那以後不就一勞永逸了？始終要來上這麼一遭，妳再抱怨又能怎地？成棟是我弟弟，也就是妳弟弟，妳不如把他當成金寶一樣看待。難道金寶成親時，妳能這麼撒手不管？」

「我弟弟能拿著刀子為我拚命，他能嗎？要是不能，就別讓我把他當兄弟。」章清亭冷笑著起身，「那咱們可說好了，就這一兩年必須得分家，你可別到時又推三阻四的。」

「絕對不會。」趙成材見她鬆口，忙滿口應承，「我還答應過妳，分家時一定讓妳滿意。」

「你記得就好！」章清亭白他一眼，拿了李鴻文上回送的十兩禮銀，「這錢既然退不回去，索性就拿來過節吧。」

李賀兩家親事告吹，趙成材當即就拿了銀子要退回去，可是李鴻文說什麼也不要，「你們夫妻該盡的心已經盡到了，人家沒看上我，是我自己不爭氣，這錢還是該謝你們的，務必請你們收下。」

這錢只好又拿了回來，一直擱著沒動。

此時見章清亭取了來，趙成材以為是要給趙王氏，剛鬆了口氣，準備再拍拍她的馬屁，卻見章清亭轉身把小玉喚了上來：「這銀子拿去交給我娘，讓她和我爹商量著去辦過中秋的東西，該給我婆婆的，也送一份。再有多的，就自己存著。」

章清亭想得明白，錢到了趙王氏手上，最後餘下來的，無非又貼補到趙成棟身上。既是便宜不了自己，那還不如乾脆只送東西，不給錢。

趙成材訕訕的也不好說什麼，只得拿了要給書院衙門眾人辦節的藉口，扯著她說話，慢慢的讓媳婦一點一點把氣消掉。

等到晚上熄了燈，更是使出美男計，在枕畔溫言私語，賣力討好。

直到章清亭終於露出笑臉，在他臂彎裡甜笑睡去，趙成材才暗自嘆氣，深覺這個家，真是非分不可了。

不過，美男計效力不長，章清亭次日便私下交代老爹，讓他別將店裡的收益全貼補了家用，適當的也要攢些體己。

「這事連相公也不必說，往後我有什麼錢給了你們，使不了的，也都攢起來。若在我手上，遲早也是貼到那邊去的，那又何必？」

張發財懂她的意思了，現在他們兄弟未分家，章清亭手上錢越多，反而分出去的越多。可這小店卻是張家的，不如替閨女攢些私房了。

要說起來，張發財可是攢錢高手，從前家徒四壁時，他還能變著法子摳錢去賭，何況現在還有進項了呢？回頭立即弄了口箱子，就攢起了小金庫。此事連下頭幾個子女都不知道，只他父女二人知曉。

及至過了兩日，趙成材抽了個人少的時候，特意回了趟家，略催了一下趙成棟的親事，讓他娘別太挑剔。

趙王氏頓時就不高興了，道：「急什麼，等明年你們馬場開始賺錢了再說。」

那時趙家會更闊氣，趙成棟也想到那時再說門好親。

可那時，矛盾就更多了。

趙成材急道：「娘，您現實一點好不好？就成棟這樣的，莫非您還想娶個富戶千金？」

趙王氏臉一垮，「不行嗎？這紮蘭堡有馬場的能有幾家？連張家的張小蝶都差點跟賀家二爺結親，你弟弟憑什麼不能娶個好媳婦？」生恐兒子搶先發話，她又特意補了一句：「縱是你弟弟成了親，你也別想分家。想分家，等我閉了眼再說。」

這就有點無理取鬧了，可有些話，趙成材這個做兒子的不能說得太直白，「這樹大分岔，人大分家，哪家兄弟成了親不是分開過活的？等他也成了家，就不是我們兩兄弟的事了，那是兩個家的事了，這硬綁在一起有意思嗎？」

「怎麼綁一起了？」趙王氏扯些歪理，「你們依舊住你們的新房子，你弟跟著我們住在這兒。反正空著也是空著，人多還熱鬧。」

趙成材心說，那不擺明還得要他無條件照顧成棟一家子？

「娘，這房子弄好了，不是給成棟預備的，是給您和爹預備的。我們現在是住在胡同裡，但是往後難道這個家還就不許我們回來住了？讓成棟分家出去單過，只怕他自己也便利些。」

「那他要是不願意分出去呢？」趙王氏終於說了心底話，「你們現在有錢了，難道就不許弟弟跟著沾沾光？」

這話可說得太過了，說得他們好像刻薄弟弟一樣。

趙成材有些生氣了，「娘，您講講道理好不好？是，我們現在是比從前好過了，可這些東西哪來的？您說是我幫著娘子賺回來的，可也得她先去賺是不是？難道單憑咱們家就能有這些東西？那咱們家之前怎麼會窮那麼多年？」

趙王氏被堵得一個字也辯解不出，確實，家裡能興旺，這個媳婦是居功至偉。

趙王氏能不知道嗎？當然知道，可她就是不肯，也不願意承認。

「一碼歸一碼，這家業不管是誰賺的，總之是姓趙的。成材，你就這麼一個弟弟，為什麼就一定要分家？不是也有兄弟都結了親也不分家的嗎？」

趙成材忍無可忍，反問了一句：「那您之前為什麼一定要爹和叔伯們分家？」

趙王氏被噎得無語，那不也是嫌棄他家兄弟們窮嗎？自顧都來不及了，誰還願意操別人家的閒心？

趙成材語重心長地道：「我要跟成棟分家，又不是從此就跟他斷絕兄弟關係了。說句不好聽的話，成棟雖是我兄弟，合著就該我養活一輩子了？反過來您問成棟他願意嗎？這世上人人都有私心，我當然也有。所以，娘，您還是聽我的，早點幫成棟結個親，咱們分了家，都踏踏實實過日子吧。您再這樣不講道理，可別怪我這個做大哥的不講情義。」

話說到這分上，趙王氏覺得這家是分定了，那只能扯些由頭，為小兒子多爭取些東西。

這也不是她偏心，老大既有功名，媳婦又精明，將來的日子肯定是不愁的。倒是小兒子那邊，一定要幫他也娶個厲害的媳婦，再得挑個有利的時機分家才是。

於是，趙王氏便鬆了口：「你既如此說了，娘要是還爭，你更要說不是我親生的了。其實我對成棟的媳婦也沒多大的要求，就照你媳婦那樣找就成。」

紮蘭堡的殺豬女狀元，開天闢地獨此一個，再無分號！

趙成材也不囉嗦，道：「那中秋過後我就讓媒婆去張羅了。」

趙王氏勉強應下，卻越想越不甘心。

她不會生兒子的氣，卻是在生章清亭的氣。

這個媳婦，也著實太自私自利了。妳這做大嫂的，既有本事賺錢，為什麼就不能對弟弟大方一點呢？親可以先成，但要分家，她死活得拖到馬場開始賺錢不可。

（未完待續）

快來吧！
錯過就只能等明年囉！

晴空家族
2014 集點活動開麥拉

超值好康獎不完，千萬別錯過！

為慶祝晴空家族成立，麥莉莉要來舉辦好康大放送的活動了！凡購買晴空家族 2014 年 11 月底至 2015 年 3 月底出版之指定新書，集滿任 10 本書腰或折口截角上的「晴空券」，就有機會獲得晴空家族 2015 全新推出的獨家限量好禮，一年只有這一次，機會難得，請快把握！

活動辦法

請於 2015 年 4 月 15 日前〈郵戳為憑〉，剪下晴空家族指定書籍內附的「2014 晴空券」10 點，貼於明信片上，並於明信片上註明真實姓名、電話、年齡、學校〈年級〉或職業別、住址、e-mail，寄送到 104 台北市中山區民生東路二段 141 號 5 樓「晴空家族 2014 集點活動收」，就能參加抽獎。

獎品

【名額】以抽獎方式抽出 20 名幸運讀者
【獎品】送 2015 年書展首發新書全套周邊精品。
【活動時間】於 2015 年 5 月 5 日抽獎，5 月 15 日在「晴空萬里」部落格公布得獎名單，並於 6 月 1 日前寄出獎項。

注意事項

1. 單書的「晴空券」限用一張，如同一本書重複寄了兩張以上晴空券參加抽獎活動，將以單張計，不另行寄還，如晴空券不足 10 張，將視同棄權。
2. 主辦單位保留隨時修正、暫停或終止本活動之權利，如有變動將另行公布於「晴空萬里」部落格。
3. 活動辦法及中獎名單以「晴空萬里」部落格之公告為準。
4. 本活動獎品之規格及外觀以實物為準，網頁／書封／廣告上圖片僅供參考，獎項均不得轉換、轉讓或折現。

主辦單位保留更換活動書單與等值獎品之權利。

〔預定參加書單〕

漾小說	綺思館		狂想館
沖喜 1-5（完）	喂，別亂來（上、下）	娘子說了算（上、下）	縷紅新草（上）
許你盛世安穩（上、中、下）	出槌仙姬 1-2	夫君們，笑一個 1	超感應拍檔（上）

漾小說 136

沖喜 3

國家圖書館出版品預行編目資料

沖喜 / 桂仁著. -- 初版. -- 臺北市 :
麥田, 城邦文化出版 : 家庭傳媒城邦分公司發行,
2014.12
冊 ;　公分. --（漾小說 ; 136）
ISBN 978-986-91202-4-1（第3冊：平裝）

857.7　　103021525

作者　桂仁
封面繪圖　晝措
責任編輯　施雅棠
國際版權　吳玲緯
行銷　陳麗雯　蘇莞婷
業務　李再星　陳玫潾　陳美燕　枡幸君
副總編輯　林秀梅
副總經理　陳瀅如
編輯總監　劉麗真
總經理　陳逸瑛
發行人　凃玉雲
出版　晴空
城邦文化事業股份有限公司
104台北市中山區民生東路二段141號5樓
電話：（886）2-2500-7696　傳真：（886）2-2500-1966
發行　英屬蓋曼群島商家庭傳媒股份有限公司城邦分公司
104台北市中山區民生東路二段141號2樓
客服服務專線：（886）2-25007718；25007719
24小時傳真專線：（886）2-25001990；25001991
服務時間：週一至週五上午09:00~12:00；下午13:00~17:00
劃撥帳號：19863813；戶名：書虫股份有限公司
讀者服務信箱：service@readingclub.com.tw
晴空部落格　http://blog.yam.com/readsky
香港發行所　城邦（香港）出版集團有限公司
香港灣仔駱克道193號東超商業中心1樓
電話：852-25086231　傳真：852-25789337
E-mail：hkcite@biznetvigator.com
馬新發行所　城邦（馬新）出版集團【Cite (M) Sdn Bhd】
41, Jalan Radin Anum, Bandar Baru Sri Petaling,
57000 Kuala Lumpur, Malaysia.
電話：(603) 9057-8822　傳真：(603) 9057-6622
Email：cite@cite.com.my
美術設計　洸譜創意設計股份有限公司
印刷　鴻霖印刷傳媒股份有限公司
初版一刷　2014年12月09日
定價　250元
ISBN　978-986-91202-4-1